W9-ATH-942

UN MAPA DE SAL Y ESTRELLAS

JENNIFER ZEYNAB JOUKHADAR

Un mapa de sal y estrellas

Traducción de **Noemí Sobregués**

NUBE **DE TINTA**

Primera edición: noviembre de 2018

Printed in Spain – Impreso en España

ISBN: 978-84-16588-37-4
Depósito legal: B-22.893-2018

Compuesto en M.I. Maquetación, S. L.

Impreso en Romanyà Valls, S. A.
Capellades (Barcelona)

NT 8 8 3 7 4

Penguin
Random House
Grupo Editorial

Para el pueblo sirio,
tanto en Siria como en la diáspora,
y para todos los refugiados

PRIMERA PARTE

SIRIA

Oh,
amor mío, te mueres
con el co- razón roto. Las muje-
res gimen en la calle. Lanzan arroz y lentejas. Pisotean
sábanas. El *wadi* se llena de lágrimas. ¿En qué lengua me dijiste
que todo lo que amamos era un sueño? Ya no sueño en árabe... Ya no sueño en absoluto. Cuando cierro los ojos, veo los
tuyos, amor mío: dos piedras blanquecinas en el río. Tus brazos,
el mármol agrietado por el paso de los siglos. Las estrellas, tu manta,
y las colinas, peldaños. Nos movíamos muy deprisa cuando soñábamos.
Recoge el mar en tu ombligo y limpia mis lágrimas. Mis lágrimas y las tuyas
se mezclan, amor mío. No quería dormirme, ahora no, pero debo hacerlo.
¿Por qué tememos la muerte cuando lo que deberíamos temer es derrum-
barnos? Todo se viene abajo a nuestro alrededor..., tu susurro es verde,
un relámpago se refleja en tus muñecas. Los planetas liberados se
alejan girando. ¿Es aquí donde nació mi madre, en la curva de tu columna vertebral? Sangro; me brotan alas de
la carne. Hasta el alba en que huya —¿nunca volveré, oh, amor mío?—, hasta esa mañana, ro-
déame con tus blancas manos. Lléname la
boca con la niebla de tu aliento, tu corazón es una pepita de granada. Oh, amor
mío, estás conmigo hasta el final,
hasta que el mar se separe, hasta
que nuestros recuerdos rotos
nos conviertan en un
solo ser.

La tierra y la higuera

La isla de Manhattan tiene agujeros, y ahí es donde duerme mi padre. Cuando le di las buenas noches, el fardo blanco que lo contenía cayó pesadamente, el agujero que le habían cavado era muy profundo. También yo tenía un agujero, y a él fue a parar mi voz. Se introdujo en la tierra con mi padre, en la médula de la tierra, y ahora ha desaparecido. Mis palabras se hundieron como semillas, las vocales y el espacio rojo para las historias quedaron aplastados debajo de mi lengua.

Creo que mi madre también se quedó sin palabras, porque, en lugar de hablar, vertía lágrimas por toda la casa. Aquel invierno yo encontraba sal por todas partes: debajo de las espirales de los fogones eléctricos, entre los cordones de mis zapatillas y los sobres de las facturas, en la piel de las granadas del frutero con ribetes dorados. Llamaban por teléfono desde Siria, y mi madre, mientras intentaba desenrollar el cable, lo cubría de sal.

Antes de que mi padre muriera, apenas nos llamaban desde Siria. Nos mandaban emails. Pero mi madre dijo que en caso de emergencia tienes que oír la voz de las personas.

Parecía que la única voz que le había quedado a mi madre hablaba en árabe. Incluso cuando las vecinas trajeron cazuelas de comida y claveles blancos, mi madre se tragó las palabras. ¿Cómo es posible que para el dolor tengamos una única lengua?

Aquel invierno oí por primera vez la voz de color miel de Abú Sayid. Huda y yo estábamos sentadas fuera de la cocina y escuchábamos de vez en cuando. Huda aplastaba contra el marco de la puerta sus rizos castaños ceniza como ovillos de lana. A diferencia de mí, Huda no veía el color de su voz, pero las dos sabíamos que el que había llamado era Abú Sayid porque la voz de mi madre se recolocaba en su lugar, como si todas las palabras que había dicho en inglés fueran solo una sombra de sí mismas. Huda descubrió antes que yo que Abú Sayid y mi padre eran dos nudos de una misma cuerda, un hilo cuyo extremo mi madre temía perder.

Mi madre contó a Abú Sayid lo que mis hermanas llevaban semanas murmurando: las facturas de la luz sin abrir, los mapas que no vendía, el último puente que construyó mi padre antes de ponerse enfermo. Abú Sayid dijo que tenía conocidos en la Universidad de Homs y que podría ayudar a mi madre a vender sus mapas. Le preguntó: ¿qué mejor lugar para criar a tres hijas que la tierra que alberga a sus abuelos?

Cuando mi madre nos mostró los billetes de avión para Siria, la O de mi nombre, Nour, era una delgada mancha de sal. Mis hermanas mayores, Huda y Zahra, le dieron la lata con las manifestaciones en Daraa y con lo que habíamos visto en las noticias. Pero mi madre les dijo que no fueran tontas, que Daraa estaba a la misma distancia de Homs que Baltimore de Manhattan. Y mi madre sabía de estas cosas, porque se gana la vida haciendo mapas. Mi madre estaba segura de que la situación se calmaría, de que las reformas que el Gobierno había prometido permitirían que Siria recuperara la esperanza y volviera a brillar. Y aunque yo no quería marcharme, me entusiasmaba la idea de conocer a Abú Sayid y de volver a ver a mi madre sonreír.

Solo había visto a Abú Sayid en las Polaroids de mi padre de los años setenta, antes de que se marchara de Siria. Abú Sayid tenía bigote y llevaba una camisa naranja, se reía con alguien que no salía en la foto, y mi padre siempre estaba detrás de él. Mi padre nunca decía que Abú Sayid era su hermano, pero yo sabía que lo era porque estaba en todas partes: comiendo el iftar las noches de Ramadán, jugando a las cartas con mi abuela y sonriendo mientras tomaban café. La familia de mi padre lo había acogido, y se había convertido en uno más de la familia.

Cuando llegó la primavera, los castaños de Indias se cubrieron de flores blancas que parecían gruesos granos de sal bajo nuestra ventana. Dejamos atrás el piso de Manhattan y las granadas con lágrimas incrustadas. Las ruedas del avión se alzaron como patas de pájaro, y yo observé por la ventanilla la estrecha franja de ciudad en la que había vivido durante doce años y el hueco verde de Central Park. Buscaba a mi padre. Pero la ciudad estaba tan lejos que ya no veía los agujeros.

Mi madre dijo una vez que la ciudad era un mapa de todas las personas que habían vivido y muerto en ella, y mi padre dijo que todo mapa era en realidad una historia. Así era mi padre. Le pagaban para que diseñara puentes, pero sus historias las contaba gratis. Cuando mi madre dibujaba un mapa y una rosa de los vientos, mi padre señalaba invisibles monstruos marinos en los márgenes.

El invierno anterior a que lo enterraran, nunca olvidaba contarnos una historia antes de que nos fuéramos a dormir. Algunas eran cortas, como la de la higuera que crecía en su patio cuando era niño, en Siria, y otras eran epopeyas tan enrevesadas e increíbles que tenía que esperar noches y noches para escucharlas enteras. Mi padre alargó mi favorita, la historia de la aprendiz de cartógrafa, durante dos meses. Mi madre escuchaba desde la puerta y le traía un vaso de agua cuando se quedaba ronco. Cuando perdía la voz, yo contaba el final. Y entonces la historia era nuestra.

Mi madre solía contar historias de cómo mi padre daba sentido a las cosas. Decía que él tenía que desatar los nudos del mundo. Ahora, a nueve mil metros por encima de él, intento desatar el nudo que dejó en mí. Me dijo que algún día yo le contaría nuestra historia. Pero mis palabras son territorio desconocido, y no tengo un mapa.

Pego la cara a la ventanilla del avión. En la isla de abajo, los agujeros de Manhattan parecen de encaje. Busco el agujero en el que duerme mi padre e intento recordar cómo empieza la historia. Mis palabras atraviesan el cristal y caen en la tierra.

En Homs el mes de agosto es cálido y seco. Hace tres meses que llegamos a Siria, y mi madre ya no deja caer sus lágrimas sobre las granadas. Ya no las deja caer en ningún sitio.

Hoy, como cada día, busco la sal donde dejé caer mi voz... en la tierra. Salgo y me dirijo a la higuera del jardín de mi madre, llena de higos, como me imaginaba la del patio de mi padre. Pego la nariz a las raíces e inhalo. Estoy boca abajo, con el calor de las piedras en las costillas, e introduzco la mano hasta los nudillos en la tierra rojiza. Quiero que la higuera le lleve una historia a mi padre, al otro lado del océano. Me inclino para susurrar y rozo las raíces con el labio superior. Siento el sabor a aire púrpura y a aceite.

Un pájaro amarillo picotea el suelo en busca de gusanos. Pero aquí hace ya mucho tiempo que el mar se secó, si alguna vez hubo mar. ¿Sigue mi padre donde lo dejamos, marrón, rígido y seco como la leña? Si yo volviera, ¿me saldrían los lagrimones que deberían haberme salido en su momento, o dentro de mí el mar se ha secado para siempre?

Froto el olor a agua de la corteza de la higuera. Le contaré a mi padre nuestra historia, y quizá encontraré el camino de regreso al lugar al que fue a parar mi voz, y mi padre y yo no estaremos tan solos. Le pido al árbol que acoja mi historia en sus raíces y la mande a las oscuras profundidades, donde duerme mi padre.

«Asegúrate de que le llega —le digo—. Nuestra favorita, la de Rawiya y al-Idrisi. La que mi padre me contaba todas las noches. La historia en la que cartografiaban el mundo.»

Pero la tierra y la higuera no se saben la historia como yo, así que vuelvo a contarla. Empiezo como siempre empezaba mi padre: «Todo el mundo sabe la historia de Rawiya —susurro—. Pero no saben que la saben». Y entonces las palabras vuelven como si nunca se hubieran marchado, como si desde entonces no hubiera dejado de contar esa historia.

Oigo a Huda y a mi madre moviendo cuencos de madera y piezas de porcelana. Había olvidado totalmente la cena especial para Abú Sayid de esta noche. Quizá no me dé tiempo a acabar la historia antes de que mi madre me llame con su voz de bordes rojizos para que las ayude.

Pego la nariz a la tierra y le prometo a la higuera que encontraré la manera de acabar. «Esté donde esté —le digo—, dejaré mi historia en la tierra y en el agua. Así llegará a mi padre, y os llegará también a vosotras.»

Imagino las vibraciones de mi voz viajando miles de kilómetros, atravesando la corteza del planeta, entre las placas tectónicas de las que nos hablaban en las clases de ciencias el invierno pasado, hundiéndose en la oscuridad, donde todo duerme, donde el mundo es de todos los colores a la vez, donde nadie se muere.

Vuelvo a empezar.

Todo el mundo sabe la historia de Rawiya. Pero no saben que la saben.

Había una vez una niña llamada Rawiya, hija de una pobre viuda, cuya familia se moría de hambre poco a poco. El pueblo de Rawiya, Benzú, está junto al mar, en Ceuta, una ciudad de la España actual, un pequeño distrito en una península africana que se adentra en el estrecho de Gibraltar.

Rawiya soñaba con ver el mundo, pero su madre y ella apenas podían permitirse el cuscús, pese a que el hermano de Rawiya, Salim, llevaba dinero a casa de sus viajes por mar. Rawiya intentaba conformarse con sus bordados y su tranquila vida con su madre, pero estaba inquieta. Le encantaba subir y bajar las colinas, cruzar el olivar a lomos de su querido caballo, Bauza, y soñar con aventuras. Quería salir de su pueblo en busca de fortuna, salvar a su madre de una vida que consistía en comer gachas de harina de cebada en su casa de yeso, bajo el rostro pétreo del Yebel Musa, y en observar la costa en busca del barco de su hijo.

A los dieciséis años, cuando por fin decidió marcharse, lo único que Rawiya podía llevarse era su honda. Su padre se la había hecho cuando era una niña que tiraba piedras a las libélulas, y no iba a dejarla atrás. La metió en su bolsa de piel y ensilló a Bauza junto a la higuera que había al lado de la casa de su madre.

Pero Rawiya temía decirle a su madre por cuánto tiempo iba a marcharse, porque pensaba que intentaría detenerla.

—Voy al mercado de Fez a vender mis bordados —le dijo.

La madre de Rawiya frunció el ceño y le pidió que le prometiera que tendría cuidado. Aquel día, el viento procedente del estrecho soplaba con tanta fuerza que agitaba el pañuelo de su madre y el dobladillo de su falda.

Rawiya se había cubierto la cabeza y el cuello con un pañuelo rojo para que no se notara que se había cortado el pelo.

—No me quedaré más de lo necesario —le dijo a su madre.

No quería que su madre supiera que pensaba en la historia que tantas veces había oído, la historia del legendario cartógrafo que iba al mercado de Fez una vez al año.

El viento abría y cerraba el pañuelo de Rawiya como si fuera un pulmón. La golpeó el doloroso pensamiento de no saber por cuánto tiempo se marchaba.

La madre de Rawiya creyó que la tristeza de su hija eran nervios y sonrió. Sacó del bolsillo un misbaha de cuentas de madera y se lo colocó a Rawiya en las manos.

—Mi madre me dio este rosario cuando era una niña —le dijo—. Si Dios quiere, te reconfortará mientras estés lejos.

Rawiya abrazó muy fuerte a su madre y le dijo que la quería intentando retener su olor en la memoria. Luego subió a la silla de Bauza y le puso la embocadura.

La madre de Rawiya sonrió al mar. En una ocasión había ido a Fez, y no había olvidado el viaje.

—Todos los lugares a los que vas se convierten en parte de ti —le dijo a su hija.

—Pero ninguno más que tu casa.

Nunca había estado tan convencida de lo que decía. Y luego Rawiya de Benzú tiró del caballo y giró hacia el camino que se dirigía tierra adentro, más allá de las altas cumbres y las fértiles llanuras del montañoso Rif, donde vivían los bereberes, hacia la cordillera del Atlas y los repletos mercados de Fez, que la llamaban desde el sur.

La ruta comercial serpenteaba entre colinas de piedra caliza y verdes llanuras de cebada y de almendros. Durante diez días, Rawiya y Bauza avanzaron por el sinuoso camino, que los zapatos de los viajeros habían aplanado. Rawiya se recordaba a sí misma su plan: encontrar al legendario cartógrafo Abu Abd Allah Muhammad al-Idrisi. Pensaba hacerse pasar por el hijo de un comerciante, convertirse en su aprendiz y hacer fortuna. Le daría un nombre falso, Rami, que significa «el que lanza la flecha». Un buen nombre, con fuerza, se dijo a sí misma.

Rawiya y Bauza cruzaron las verdes colinas que separaban la costa curva del Rif de la cordillera del Atlas. Subieron empinadas laderas cubiertas de bosques de cedros y alcornoques en los que los monos agitaban las ramas. Bajaron atravesando valles tapizados de flores silvestres amarillas.

La cordillera del Atlas era la fortaleza de los almohades, una dinastía bereber que pretendía conquistar todo el Magreb, las tierras del norte de África, al oeste de Egipto. Aquí, en su territorio, cualquier sonido inquietaba a Rawiya, incluso los resoplidos de los jabalís y el eco de los cascos de Bauza en los acantilados de piedra caliza. Por la noche oía los sonidos lejanos de instrumentos y cantos, y le costaba dormir. Pensaba en las historias que había oído de niña, cuentos de un pájaro amenazante tan grande que podía llevarse un elefante, leyendas de valles de la muerte llenos de serpientes gigantes de escamas de color esmeralda.

Al final, Rawiya y Bauza llegaron a una ciudad amurallada en un valle. Caravanas de mercaderes del Sáhara y de Marrakech se extendían por la hierba de la llanura salpicada de eucaliptos. El río Fez, como una cuerda verde, dividía en dos la ciudad. Los pliegues de las barbillas del Alto Atlas proyectaban largas sombras.

Dentro de las puertas de la ciudad, Bauza trotó entre casas de yeso en tonos rosa y azafrán, minaretes con la parte superior verde y ventanas doradas en forma de arco. A Rawiya la deslumbraron los techos de jade y los jacarandás en flor del color púrpura de los rayos. En la medina, los comerciantes estaban sentados con las piernas cruzadas detrás de enormes cestas de especias y de granos. A Rawiya le llamó la atención la variedad de colores: el índigo escarchado de los higos maduros y el rojo oxidado del pimentón. Lámparas colgantes de metal forjado y cristal de colores lanzaban pequeños pétalos de luz que se adherían a los callejones oscuros. Los niños correteaban por las calles, que olían a piel curtida y a especias.

Rawiya guio a Bauza hacia el centro de la medina, donde esperaba encontrar al cartógrafo. El polvo de las calles teñía los cascos de Bauza. En aquel día cálido, la sombra de piedra tallada y mosaico de azulejos resultaba refrescante. Los gritos de los comerciantes y de los vendedores de especias la ensordecían. El aire estaba cargado de sudor y aceite, del almizcle de caballos, camellos y hombres, del picor de las granadas y del dulzor de los dátiles.

Rawiya buscó entre los comerciantes y los viajeros, e interrumpió a los que compraban especias, perfumes y sal para preguntar por un hombre que viajaba cargado con rollos de cuero y bocetos de papel de pergamino de los lugares en los que había estado, un hombre que había navegado por el Mediterráneo. Nadie sabía dónde encontrarlo.

Estaba a punto de darse por vencida cuando oyó una voz:

—Conozco a la persona que buscas.

Se volvió y vio a un hombre frente a un camello atado a un olivo. Estaba sentado en un pequeño patio fuera de la medina, con un turbante blanco y con los zapatos de cuero y la túnica cubiertos de una pátina de polvo. Le indicó con un gesto que se acercara.

—¿Conoce usted al cartógrafo?

Rawiya entró en el patio.

—¿Qué quieres de él?

El hombre, que llevaba una barba corta y oscura, la observó con ojos de obsidiana pulida.

Rawiya eligió sus palabras.

—Soy hijo de un comerciante —le dijo—. Quiero ofrecer mis servicios al cartógrafo. Me gustaría aprender el oficio y ganarme la vida.

El hombre esbozó una sonrisa felina.

—Te diré dónde encontrarlo si me respondes a tres acertijos. ¿De acuerdo?

Rawiya asintió.

—El primer acertijo —dijo el hombre— es este:

> ¿Quién es la mujer que siempre está viva,
> que nunca se cansa,
> que tiene ojos en todas partes
> y mil caras?

—Déjeme pensarlo.

Rawiya dio unas palmaditas a Bauza en el cuello. Estaba mareada por el hambre y el calor, y la mujer a la que había mencionado aquel hombre le había hecho pensar en su madre. Rawiya se preguntó qué estaría haciendo su madre..., seguramente mirando el mar en busca de Salim. Hacía mucho que no veía el agua con su padre, que no paseaba con él por el olivar. Rawiya recordó que cuando era pequeña, su padre le había contado que el mar era una mujer que cambiaba de forma, que nunca moría...

—¡La mar! —gritó Rawiya—. Siempre está viva y su estado de ánimo es cambiante. La mar tiene mil caras.

El hombre se rio.

—Muy bien.

Y siguió con el segundo acertijo:

¿Qué mapa llevas contigo
adondequiera que vas,
un mapa que te guía, te sostiene
por el campo, el sol y la nieve?

Rawiya frunció el ceño.

—¿Quién lleva siempre un mapa? ¿Quiere decir un mapa en la cabeza? —Se miró las manos, las delicadas venas que le recorrían la muñeca y la palma. Pero entonces...—. La sangre forma una especie de mapa, una red de caminos en el cuerpo.

El hombre la miró.

—Muy bien —le dijo.

Rawiya se movió, impaciente.

—¿El tercer acertijo?

El hombre se inclinó hacia delante y dijo:

¿Qué lugar es el más importante de un mapa?

—¿Nada más? —preguntó Rawiya—. ¡No es justo!

Pero como el hombre se limitó a fruncir los labios y a esperar, Rawiya gimió y se puso a pensar.

—El lugar en el que estás en ese momento —le contestó.

El hombre volvió a esbozar su sonrisa felina.

—Si supieras dónde estás, ¿para qué necesitarías el mapa?

Rawiya tiró de la manga de su túnica.

—Pues tu hogar. El lugar al que vas.

—Pero si vas allí, lo conoces. ¿Es tu respuesta definitiva?

Rawiya frunció el ceño. Nunca había visto un mapa.

—Este acertijo no tiene respuesta —le dijo—. Solo utilizaríamos un mapa si no supiéramos adónde vamos, si nunca hubiéramos estado en un lugar... —De repente lo entendió y sonrió—. Ya lo tengo. Los lugares más importantes de un mapa son aquellos en los que nunca has estado.

El hombre se levantó.

—¿Cómo te llamas, joven que resuelves enigmas?

—Me llamo... Rami. —Miró hacia la medina—. ¿Va a llevarme con el cartógrafo? He contestado a sus preguntas.

El hombre se rio.

—Soy Abu Abd Allah Muhammad al-Idrisi, erudito y cartógrafo. Es un honor conocerte.

Rawiya sintió la sangre latiéndole en el pecho.

—Señor... —Bajó la cabeza, aturdida—. Estoy a su servicio.

—En ese caso navegarás conmigo hasta Sicilia antes de dos semanas —le contestó al-Idrisi—, al palacio del rey Roger II en Palermo, donde nos espera una gran y honorable misión.

Acabo de empezar a contar la historia de Rawiya a la higuera cuando una explosión lejana sacude las piedras debajo de mi barriga. Mis tripas dan un bote. Desde algún otro barrio de la ciudad llega un ruido sordo, grave y lejano.

Es la tercera explosión en tres días. Desde que nos trasladamos a Homs, solo he oído explosiones así un par de veces, y siempre lejanas. Algo parecido a truenos... Si le diera muchas vueltas, me asustaría, pero no creo que vayan a caer en mi casa. Nunca había oído una explosión tan cerca, en un barrio tan próximo al nuestro.

Las vibraciones se desvanecen. Espero otro estruendo, pero no llega. Levanto los dedos del suelo, con los pulgares agarrotados.

—Nour. —Es la voz de mi madre, de un cálido marrón cedro, con bordes rojizos. Está enfadada—. Ven a ayudarme.

Beso las raíces de la higuera y coloco la tierra en su sitio.

—Acabaré la historia —le digo—. Te lo prometo.

Me doy media vuelta y me sacudo la tierra de las rodillas. El sol me da en la espalda, y el calor me ha agarrotado los omoplatos. Aquí el calor es diferente, no como en Nueva York, donde la humedad te obliga a tumbarte en el suelo, delante del ventilador. Aquí el calor es seco, y el aire te agrieta los labios hasta romperlos.

—¡Nour!

La voz de mi madre es tan roja que está a punto de volverse blanca. Corro hacia la puerta. Esquivo el lienzo extendido que está secándose junto a la puerta y los mapas enmarcados que mi madre no puede guardar en casa, porque no hay sitio. Me introduzco en la fresca oscuridad golpeando la piedra con las sandalias.

Dentro, las paredes exhalan zumaque y desprenden un fuerte olor a aceitunas. En una sartén chisporrotea aceite y grasa, que saltan hasta mis oídos en ráfagas amarillas y negras. Los colores de las voces y de los olores se enredan ante mí como si los proyectaran en una pantalla: los picos y las curvas de la risa rosada y púrpura de Huda, el metálico sonido rojo ladrillo del reloj de cocina, el picor verde de la levadura.

Me quito las sandalias en la puerta. En la cocina, mi madre murmura en árabe y chasquea la lengua. La entiendo en parte, aunque no del todo. Desde que nos trasladamos, parece que de mi madre no dejan de brotar nuevas palabras, giros, cosas que nunca había oído y que suenan como si se hubiera pasado la vida diciéndolas.

—¿Dónde están tus hermanas?

Mi madre tiene las manos metidas en un cuenco de carne cruda con especias, que al amasarla desprende un punzante olor a cilantro. Hoy no se ha puesto sus pantalones, sino una falda, una pieza azul marino que parece de papel y que se le pega por detrás de las rodillas. Aunque no lleva delantal, no hay una sola mancha de aceite en su blusa blanca de seda. Creo que nunca, ni una sola vez en mi vida, la he visto con una manchita de aceite o una pizca de harina en la ropa.

—¿Cómo voy a saberlo?

Estiro el cuello hacia la encimera para ver lo que está haciendo... ¿Sfiha? Espero que sea sfiha. Me encanta el cordero especiado con piñones, los finos círculos de masa aceitosa y crujiente.

—Mamá. —Huda entra de la despensa, con el pañuelo de rosas estampadas manchado de harina y cargada con botes de especias y manojos de hierbas del huerto. Los deja en la encimera—. Nos hemos quedado sin comino.

—¡Otra vez! —Mi madre levanta las manos, rosas del jugo del cordero—. ¿Y dónde está la vaga de Zahra? ¿Va a ayudarme con las empanadas o qué?

—Encerrada en su habitación, seguro.

No me oyen. Zahra lleva enfrascada con el móvil o metida en la habitación que comparte con Huda desde que nos trasladamos a Homs. Desde que mi padre murió, está insoportable y no sabemos qué hacer con ella. Las pequeñas cosas que nos mantenían activas mientras mi padre estaba enfermo han desaparecido: comprar caramelos en el colmado y jugar a lanzar la pelota a las paredes laterales de los edificios. Mi madre hace sus mapas, Zahra juega con el móvil y lo único que hago yo es dejar pasar estos largos y abrasadores días.

Zahra y Huda siempre hablaban de Siria como si fuera nuestro país. La conocieron mucho antes que Manhattan, decían que les parecía más real que Lexington Avenue o la calle Ochenta y cinco. Pero para mí es la primera vez que no estoy en «Amrica» —que es como la llaman aquí—, y el árabe que creía que sabía no es tanto. A mí este no me parece mi país.

—Ve a buscar a tu hermana. —Los bordes de la voz de mi madre vuelven a ser rojizos, a modo de aviso—. Esta noche es especial. Queremos que todo esté listo para Abú Sayid, ¿no?

Me rindo y voy a buscar a Zahra. No está en la habitación que comparte con Huda. Hace tanto calor que las paredes rosas están cubiertas de sudor. La ropa y las joyas de Zahra están esparcidas por el edredón arrugado y la alfombra. Me abro camino por encima de vaqueros, camisetas y un sujetador. Examino una botella de perfume del tocador de Zahra. La botella de cristal es una especie de gruesa gema púrpura, como una ciruela transparente. Me rocío un poco en el dorso de la mano. Huele a lilas podridas. Estornudo encima del sujetador de Zahra.

Vuelvo de puntillas al pasillo, cruzo la cocina y entro en la sala de estar. Los dedos de mis pies se hunden en la alfombra persa roja y beige, y desbaratan el cuidadoso aspirado de mi madre. Un equipo de música escupe algo que se supone que es música: rojos trinos de guitarra y manchas negras de tambores. Zahra está tumbada en el sofá, tecleando en el móvil, con las piernas encima del brazo del sofá estampado en flores. Si mi madre la viera con los pies en los cojines, gritaría.

—Verano de 2011 —dice mi hermana arrastrando las palabras—. Se suponía que iba a graduarme el año que viene. Promoción del 2012. Habíamos planeado ir a Boston. Iba a ser el mejor año de mi vida. —Gira la cara hacia los cojines—. Pero aquí estoy. A setenta grados. No tenemos aire acondicionado y esta noche mamá organiza una estúpida cena.

No ve mi mirada furibunda. Zahra tiene envidia porque a Huda le dio tiempo a graduarse en el instituto antes de que nos marcháramos de Nueva York, y a ella no. No parece importarle lo más mínimo cómo me siento yo, ni se plantea que perder a tus amigos es una mierda tanto a los dieciocho años como a los doce. Le toco la espalda.

—Tu música es malísima, y no estamos a setenta grados. Mamá quiere que vayas a la cocina.

—Y una mierda.

Zahra se cubre los ojos con el brazo. Sus rizos negros cuelgan a un lado del sofá y entorna los ojos obstinadamente. La pulsera de oro que lleva en la muñeca hace que parezca altiva y mayor, como una señora rica.

—Tendrías que estar ayudando a preparar las empanadas. —Le tiro del brazo—. Venga. Hace demasiado calor para arrastrarte.

—¿Lo ves, listilla?

Zahra se levanta del sofá tambaleándose y, descalza, se dirige despacio al equipo de música y lo apaga.

—Hemos vuelto a quedarnos sin comino. —Huda entra secándose las manos con un trapo—. ¿Queréis venir?

—Vamos a tomar un helado.

Abrazo a Huda por la cintura. Zahra vuelve a reclinarse en el brazo del sofá.

Huda señala la cocina con el pulgar.

—Ahí dentro hay un cuenco de cordero con tu nombre —le dice a Zahra—, si no quieres venir a comprar.

Zahra pone los ojos en blanco y sale después de nosotras.

Mi madre nos llama.

—Quiero que esta noche os portéis lo mejor posible..., las tres. —Inclina la barbilla hacia abajo mirando a Zahra. Echa cilantro al cordero y amasa la carne—. Y aquí, en el bolsillo.

—Se acerca a Huda levantando las manos aceitosas—. Coge un poco más de dinero, por si el precio ha vuelto a subir.

Huda suspira y coge unas monedas del bolsillo de la falda de mi madre.

—Seguro que no habrá subido tanto.

—No me discutas. —Mi madre vuelve al cordero—. Todo ha subido este mes. El pan, la tahina, el coste de la vida en general. Y escuchadme..., cuidado por dónde vais. Ni sitios llenos de gente ni tonterías. Vais a la tienda y volvéis directas a casa.

—Mamá. —Huda pellizca la seca masa de harina de la encimera—. No vamos a meternos en líos.

—Bien. —Mi madre mira a Huda—. Pero hoy es viernes. Las cosas se pondrán peor.

—Tendremos cuidado. —Huda apoya un codo en la encimera y mira desde debajo de sus espesas cejas, de las que gotea sudor. Arrastra los pies y se le arruga el dobladillo de la falda de gasa—. De verdad.

Mi madre lleva dos meses diciéndonos que evitemos las aglomeraciones. Parece que por todas partes aparecen grupos de chicos protestando y gente protestando por las protestas, y se rumorea que se pelean entre ellos. Las últimas semanas gritan tanto y con tanta rabia que se oyen sus cantos y sus megáfonos por todo el barrio. Desde hace meses mi madre nos dice que estar en el lugar equivocado en el momento equivocado puede hacer que te detengan, o algo peor. Pero, como en Nueva York, alejarte de los problemas no siempre evita que los problemas te encuentren.

Cierro los ojos e intento pensar en otra cosa. Inhalo el olor a especias de la cocina con tanta fuerza que siento los colores en el pecho.

—Dorado y amarillo —digo—. Masa de aceite. Sabía que era sfiha.

—Esta es mi Nour, en su mundo de color. —Mi madre sonríe mirando el cordero. El sudor le brilla en el nacimiento del pelo—. Formas y colores para olores, sonidos y letras. Me gustaría verlos.

Huda se aprieta los cordones de las zapatillas.

—Dicen que la sinestesia tiene que ver con la memoria. Memoria fotográfica, ¿sabes? Puedes volver atrás y ver las cosas con el ojo de la mente. Así que tu sinestesia es como un superpoder, Nour.

Zahra se ríe.

—Más bien un trastorno mental.

—Cállate la boca. —Mi madre se frota las manos—. Y marchaos ya, por Dios. Son casi las cinco. —Se sacude el agua de los dedos y se los seca—. Si hoy vuelve a irse la luz, tendremos que comer cordero y arroz fríos.

Zahra se dirige a la puerta.

—Buena memoria, ¿no? ¿Es por eso por lo que Nour tiene que contar la historia de al-Idrisi de papá cien veces?

—Cállate, Zahra.

Sin esperar respuesta, vuelvo a ponerme las sandalias y abro la puerta. Me aparto la cortina de ramas de higuera de la cara. En los mapas de mi madre se mueven sombras moteadas. Pasado el callejón nos llegan fragmentos de conversaciones azules. Un coche pasa con un zumbido, y los neumáticos lanzan un silbido gris. La brisa emite un crujido blanco al rozar hojas de castaño.

Camino por la sombra del edificio de al lado arrastrando los pies mientras espero a que Huda y Zahra se aten los zapatos. Quiero volver a pegar la cara en la tierra salada del jardín, pero lo que hago es empujar las esquinas de las telas de mi madre con los dedos de los pies.

—¿Por qué deja todo esto aquí fuera?

Huda sale. Mira los mapas, apilados contra la pared como fichas de dominó para que se sequen.

—Son demasiados para tenerlos en casa —me dice—. Fuera se secan antes.

—Ya no vende tantos mapas como cuando llegamos —dice Zahra enjugándose el sudor de un lado de la cara—. ¿Os habéis dado cuenta?

—No se vende nada —le contesta Huda. Me coge de la mano—. *Yalla*. Vamos.

—¿Qué quieres decir con eso de que no se vende nada? —le pregunto. El hiyab con rosas estampadas de Huda me tapa el sol—. Nosotras compramos pistachos y helado a todas horas.

Huda se ríe. Siempre me ha gustado su risa. No es como la de Zahra, nasal y ruidosa. Huda tiene una risa bonita, rosa púrpura y aguda al final.

—El helado se vende siempre —me dice.

Las piedras de la acera humean como pan recién salido del horno, y el calor traspasa mis sandalias de plástico y me quema la planta de los pies. Salto de un pie a otro intentando que Zahra no me vea.

Nos dirigimos a la calle principal. Varios coches y autobuses azules rodean la plaza cambiando de carril. Es Ramadán y parece que todo el mundo conduce y camina más despacio. Esta noche, después del iftar, hombres con el pelo gris y el estómago lleno pasearán por las calles del casco antiguo con las manos entrelazadas a la espalda, y las mesas de las terrazas de las cafeterías se llenarán de gente que beberá café con cardamomo y se pasará las boquillas de los narguiles. Pero por ahora las aceras están casi vacías, incluso en nuestro barrio, que es de mayoría cristiana. Mi madre siempre dice que en esta ciudad cristianos y musulmanes llevan siglos conviviendo, y que en el futuro seguirán prestándose harina y agujas de coser.

La pulsera de oro de Zahra sube y baja lanzando óvalos de luz. Mira el pañuelo de Huda.

—¿Tienes calor?

Huda mira a Zahra de reojo.

—No me molesta —le contesta, que es lo que dice siempre desde que empezó a ponerse pañuelo, el año pasado, cuando papá enfermó—. ¿Tú no tienes calor?

—Quizá me ponga pañuelo cuando sea mayor. —Extiendo el brazo y rozo con los dedos el dobladillo de algodón—. Este es mi favorito, por las rosas.

Huda se ríe.

—Eres muy pequeña para preocuparte por estas cosas.

—Ni siquiera tienes aún la regla —dice Zahra.

—Sangrar no es lo que te convierte en adulta —le digo.

Zahra se observa las uñas.

—Está claro que no sabes lo que significa ser adulta.

Giramos en un edificio de ladrillo. El calor brilla en el pavimento y en el pelo negro de Zahra. En la calle, un hombre vende té que transporta en una garrafa plateada a la espalda, pero no tiene ningún cliente. Está sentado en los escalones de un bloque de pisos, y el sudor le resbala por debajo del sombrero.

—Llevo pañuelo para recordar que pertenezco a Dios —dice Huda.

Pienso en nuestra estantería en la ciudad, en el Corán al lado de la Biblia, en mi madre y mi padre intercambiando notas. Algunos domingos mi madre nos llevaba a misa, y los viernes especiales mi padre nos llevaba a la yumu'ah.

—Pero ¿cómo lo decidiste? —le pregunto.

—Algún día lo entenderás.

Cruzo los brazos.

—Cuando sea mayor, ¿no?

—No necesariamente. —Huda me separa los brazos cogiéndome de la mano—. Cuando llegue el momento.

Frunzo el ceño y me pregunto qué quiere decir.

—¿Cuántos años tiene Abú Sayid? —le pregunto.

—¿Por qué?

—¿No celebramos esta noche su cumpleaños?

Zahra se ríe.

—Qué tonta. No te enteras de nada.

—No es culpa suya —dice Huda—. No se lo he contado. —Se lleva la mano al muslo con los dedos rígidos—. Hoy es el aniversario del día en que Abú Sayid perdió a su hijo. Mamá no quería que estuviera solo.

—¿Tenía un hijo?

No sé por qué nunca me había imaginado que Abú Sayid tuviera familia.

—Y vamos a distraerlo con la comida. —Zahra da una patada a una piedra y se burla. Casi parece una loca—. Nos preocupa el comino.

—Entonces Abú Sayid es como nosotras. —Miro mis sandalias de plástico, aún calientes por las piedras de la acera—. Le falta el ingrediente más importante.

Huda ralentiza el paso.

—Nunca lo había pensado así.

El sol abrasa los techos plateados de los coches.

—Deberíamos jugar con él al molinillo —digo.

—¿Al molinillo? —Zahra sonríe—. Hablando de inventos.

Huda comprueba las señales de tráfico antes de alejarnos de la maraña de coches. En esta calle no hace tanto calor, y las puertas de hierro de las casas se enroscan adoptando formas de pájaros y de manojos de pétalos de flores. Mujeres con vestidos veraniegos riegan las jardineras de las ventanas o se abanican en los balcones más altos. Recorremos una calle de bloques de pisos con piedrecitas grises y blancas a los lados, y cojo una.

Huda vuelve a cogerme de la mano y me la aprieta.

—¿Cómo se juega al molinillo?

Sonrío y de un salto me coloco delante de ella. Camino hacia atrás balanceando las manos.

—Cierras los ojos y das vueltas. Entonces la magia te hace pasar por diferentes niveles, cuentas hasta diez mientras giras, una vuelta por cada nivel por el que pasas. Y cuando abres los ojos, las cosas parecen igual que antes, pero la magia las hace diferentes.

—¿Niveles?

Huda gira la cabeza hacia unas voces lejanas. Oigo el rugido negro y naranja del tubo de escape de un coche.

—Niveles de existencia —le digo abriendo los brazos—. Hay diferentes capas de realidad. Debajo de esta hay otra, y luego otra. Y en todo momento pasan cosas de las que no sabemos nada, cosas que no sucederán hasta dentro de un millón de años o cosas que sucedieron hace mucho tiempo.

Olvido mirarme los pies y tropiezo con el bordillo.

—Nour ha vuelto a perder la cabeza —dice Zahra.

—¿Y esas otras realidades avanzan junto a las nuestras, al mismo tiempo, como diferentes corrientes del mismo río? —me pregunta Huda—. Entonces hay un nivel en el que Magallanes sigue navegando alrededor del mundo.

—Y otro en el que Nour es normal —dice Zahra.

—Quizá hay un nivel en el que todos tenemos alas —dice Huda.

—Y un nivel en el que puede oírse la voz de papá —digo yo.

Las palabras me atrapan como si mis pies hubieran echado raíces hasta el otro lado del planeta y me detengo ante la puerta de hierro de un bloque de pisos. Siento el peso del pánico en los tobillos al pensar que nunca volveré a oír a mi padre contando sus historias. ¿Por qué una historia que ya no se cuenta deja un agujero tan grande si solo es una concatenación de palabras?

El sol gotea en las hojas de un álamo torcido. En la siguiente manzana, los mercados halal y las tiendas de shawarma están cerrados, los dueños se han ido a casa temprano para acabar con el ayuno. No decimos nada, ni siquiera Zahra. No comentamos que mi madre y mi padre vivían aquí, en el casco antiguo, cuando Huda y Zahra eran muy pequeñas. Nadie presume de conocer todas las tiendas y todos los restaurantes, de que el árabe de Zahra es mejor que el mío.

Pero yo lo siento, siento que esta no es mi ciudad, que en Nueva York nadie cuelga mantas en los balcones, que en Central Park no hay palmeras, sino arces, que en estas calles no hay puestos de pizza ni carritos con pretzels. Que mi árabe suena raro. Que ya no puedo ir andando al colegio con mis amigos ni comprar chicles en el quiosco del señor Harcourt. Que a veces esta ciudad tiembla y se desmorona a lo lejos, que hace que me muerda el labio tan fuerte que trago sangre. Que mi hogar ha desaparecido. Que sin mi padre siento que mi hogar ha desaparecido para siempre.

Las zapatillas de Huda proyectan rojas sombras vespertinas. Los edificios a ambos lados de la calle bostezan en piedra amarilla y blanca. En algún lugar, alguien vierte una taza de agua por una ventana, y las gotitas corren blancas y plateadas por debajo del bordillo de la acera.

Huda se recoge la falda entre las rodillas y se agacha delante de mí.

—No llores —me dice.

Me seca la cara con una rosa de algodón de una esquina de su hiyab.

—No estoy llorando, Huppy.

Me coloco el brazo en la cara, por encima de la nariz. Huda me abraza y me curvo hacia ella como un cuenco de madera. Está caliente, su calor es rojo dorado, como las manzanas McIntosh. Pego la cara a los suaves pliegues de tela, donde el pañuelo se encuentra con el cuello de la camisa.

La risa de Zahra es áspera.

—¿Es que tienes tres años? Ya nadie la llama Huppy.

Miro a Zahra con el ceño fruncido.

—Cállate.

—Puede llamarme como quiera —dice Huda.

Caminamos el resto de la manzana en silencio hasta la tienda de especias, y Zahra esquiva mi mirada. Debería haberlo sabido: apenas hablamos de mi padre desde el funeral. Mi padre es el fantasma del que no hablamos. A veces me pregunto si mi madre, Huda y Zahra pretenden fingir que nunca estuvo enfermo, que el cáncer no le pudrió el hígado y el corazón. Supongo que es como el molinillo: a veces prefieres estar en cualquier nivel mágico, cualquiera menos el tuyo. Pero yo no quiero olvidarlo. No quiero que sea como si nunca hubiera estado aquí.

En la tienda, los estantes están llenos de sacos, latas y botes, cuencos de polvo rojo y amarillo con pequeñas etiquetas escritas a mano en árabe. Un hombre nos sonríe y extiende las manos detrás del mostrador. Me pongo de puntillas y alargo los dedos hacia cestas llenas de clavos enteros y de vainas de cardamomo que parecen diminutas cuentas de madera.

Zahra coge del brazo a Huda. Su pulsera se balancea.

—He pensado en un juego —dice Zahra en inglés para que yo lo entienda. Esboza una sonrisa tan despacio y con tanto cuidado que acaba resultando cruel—. ¿Por qué no pide el comino Nour?

Huda fulmina a Zahra con la mirada.

—No.

—Así practica el árabe —dice Zahra.

Se tapa la boca con la mano y sonríe.

El hombre que está detrás del mostrador espera rascándose la oscura barba incipiente. Me seco las manos sudadas en el pantalón corto. El vendedor de té pasa por delante de la puerta. «¡Shai, shai!», grita.

«Té», pienso. Esta palabra me la sé. Observo el jirón de un tapiz al fondo de la tienda, un hilo suelto de lana roja que tiembla debajo del ventilador. Intento recordar cómo se dice «quiero».

El hombre que está detrás del mostrador me pregunta algo que no entiendo. Su voz son ráfagas verdes separadas por los puntos negros de las consonantes.

—Vamos —dice Huda—, no es...

—*Ana*... —Mi voz irrumpe en el calor, y todos se quedan en silencio. Solo he dicho la palabra «yo». Trago saliva y me clavo las uñas en la palma de la mano para que el dolor aplaque mis nervios—. *Ana*... —Siento pinchazos en el cerebro, que me hierve, quemaduras rojas y rosas, y aunque recuerdo cómo se dice comino (*al-kamun*), sigo sin recordar cómo decir «quiero». Debo de haberlo dicho decenas de veces, pero, como todos me miran, me quedo en blanco.

—*Shu*... ¿qué? —me pregunta el hombre.

—*Ana... al-kamun*.

El hombre se ríe.

—¿Eres comino? —dice Zahra soltando una carcajada.

—*Ana ureedu al-kamun* —digo en voz alta—. Sé decirlo. ¡Lo sé!

—Sé que lo sabes —me dice Huda.

Zahra regatea con el tendero. Pego la mejilla al hombro para no llorar. Las monedas tintinean en la mano de Huda mientras las cuenta. Al salir suelta un silbido. Susurra a Zahra por encima de mi pelo enmarañado:

—Mamá tenía razón en lo de los precios.

De vuelta a casa, Zahra se niega a callarse.

—¿Qué clase de siria eres? Ni siquiera hablas árabe.

Dentro de mí oigo lo que realmente quiere decir: que no sé lo que significa ser siria.

—Para ya —le dice Huda.

—Ah, vale —dice Zahra—. Lo había olvidado. No eres siria. Ni siquiera recuerdas nuestra casa antes de que nos trasladáramos a Estados Unidos. Eres americana. Solo hablas inglés.

—¡Zahra!

Huda clava las uñas en el brazo de Zahra.

Zahra aúlla y aparta el brazo.

—Solo era una broma. Por Dios.

No parece una broma. Zahra se cruza de brazos, y la pulsera de oro parpadea en su muñeca. Quiero arrancársela y tirarla al suelo para que la aplaste un coche.

Volvemos a casa por las calles vacías del casco antiguo de Homs. El sol es rojo y grande. Los tenderos bajan las persianas metálicas. Busco con la mirada las raíces expuestas de una palmera o un trozo de tierra limpia y desnuda.

Volvemos a pasar por los tobillos pelados del álamo torcido. Me imagino a mí misma pegando los dedos a la áspera corteza y hundiendo mi voz en las raíces.

Como dos manos

Y así fue como Rawiya, una niña pobre de Benzú, un pueblo de Ceuta, en la punta de África, consiguió navegar por el Mediterráneo. Quería hacer fortuna, volver y mantener a su madre. Su padre, que había muerto cuando ella era muy pequeña, así lo habría querido. Su hermano, Salim, siempre estaba ausente, navegando con un grupo de comerciantes. Su vida era dura, y su madre nunca sabía si su barco regresaría o no.

Rawiya se marchó de casa convertida en Rami, con la honda de su padre y el misbaha de su madre, y se unió a la expedición de al-Idrisi para cartografiar todo el Mediterráneo, que por entonces no se llamaba Mediterráneo, sino *bahr ar-Rum*, mar de Roma o mar de Bizancio, o a veces *bahr ash-Shami*, mar de Siria. Para al-Idrisi, aquel mar era la entrada a buena parte del mundo habitado.

Pero el mundo de Rawiya era el terreno de su madre en Benzú, el pequeño olivar y la orilla del mar, los mercados de Ceuta y el puerto de Punta Almina. Rawiya nunca había imaginado que el mundo fuera tan grande.

Cuando llevaban más de tres semanas navegando, la tripulación empezó a murmurar que les faltaba poco para llegar a Sicilia. Animada por la noticia, Rawiya salió a la cubierta con la capa sobre los hombros. El aire salado acentuó los mareos que llevaban semanas atormentándola. Pensó en Bauza, que estaba en la bodega del barco, y sintió una punzada de dolor.

Al-Idrisi se acercó a ella. La brisa le formaba ásperos rizos en la barba, y sus pantalones sirwal ondeaban al viento. Le dijo que le encantaba mirar el mar, y la brisa salada se abría camino entre las arrugas que rodeaban sus ojos, como si no hubiera pasado décadas leyendo, sino riéndose. Rawiya quería contarle que de niña observaba la costa, que en ese mismo momento Salim estaba en algún punto entre aquellas olas, pero no abrió la boca. Incluso ahora su madre estaría esperándolo..., y pensó con una oleada de vergüenza que empezaría a preocuparse por ella.

—Pasé muchos años en torres y bibliotecas, leyendo y recitando. —El pecho de al-Idrisi se llenó de aire marino—. Llegó un momento en que no quise perder más años de los que ya había perdido. —Le dijo a Rawiya que tuviera cuidado con las palabras—. Las historias tienen mucha fuerza, pero guardas en el corazón demasiadas palabras de otros, que acaban ahogando las tuyas. Recuérdalo.

Aún no veían tierra por ninguna parte, solo los rodeaba el mar, el mástil gemía y las velas chirriaban como las alas de cien albatros.

—Su lugar no es una biblioteca —le dijo Rawiya—. Aquí parece en casa, como si estuviera en las montañas y en la medina.

—Hace tiempo tenía una familia que habría estado de acuerdo contigo. —Al-Idrisi miró al mar y apoyó los codos en la barandilla—. El mar nos muestra quiénes somos. A veces pienso que venimos del agua, y que el agua nos pide que volvamos. Como la palma de una mano acercándose a la otra.

Rawiya se volvió hacia las olas esculpidas. Había pensado que el mar abierto sería plano, como un espejo o una moneda. Pero tenía colores y formas, se volvía verde o negro cuando se acercaba una tormenta. A veces era rojo, púrpura, plateado y color oro blanco. Tenía bordes escarpados. Tenía sus estados de ánimo, sus ratos tristes y sus ataques de risa.

—El mar es un niño —dijo Rawiya—, curioso, hambriento y alegre a la vez.

—El mar adopta la forma que quiere —dijo al-Idrisi.

Y Rawiya pensó en su padre, en cómo contemplaba la costa mientras se ocupaba del olivar, en que siempre decía que el mar cambiaba de forma por la noche. Pensó en la corta enfermedad de su padre, en cómo se había deslizado irreparablemente hacia la oscuridad, como si hubiera resbalado de una escalera en los olivos. No había podido despedirse de él.

Al-Idrisi volvió a sonreír, esta vez con más delicadeza.

—Descansa un poco —le dijo—, y así habrás recuperado las fuerzas cuando atraquemos en Palermo. Los dos tenéis mucho que aprender.

Al-Idrisi se había llevado a otro aprendiz, un chico llamado Bakr, que estaba descansando debajo de la cubierta porque se mareaba.

—Rami, tú eres el más fuerte de mis aprendices.

Y se rio.

Luego al-Idrisi se marchó. Su risa rebotó en los cabos y en el mástil del buque. Se convirtió en la risa del padre de Rawiya, ondas verdes como hojas de olivo bañadas por el sol. Rawiya vio por encima de la barandilla su propio reflejo en la superficie del agua, su turbante rojo y su cara de niño. No se reconoció.

Después del funeral de mi padre, después de que los vecinos, mis profesores y los compañeros de trabajo de mi padre se hubieran marchado, mi madre retiró las cazuelas y colocó los claveles en un vaso de agua. Como los tallos eran demasiado largos para el vaso, cuando mi madre se alejó, Huda lo cogió y lo puso junto a la ventana, con las flores apoyadas en el armario.

Mi madre no se dio cuenta. Era como si estuviera en un lugar en el que nada podía llegarle. Se movió por la cocina igual que la brisa de un ventilador, encendió la cocina de gas y llenó demasiado la tetera.

Mientras estábamos sentadas sin decir nada, mi madre se limpió el maquillaje corrido y preparó un bote de té de salvia fuerte, ese té que a mis amigos les producía náuseas y que a mí me encantaba.

El té tenía el sabor de las mañanas de sábado en que mi madre iba con nosotras al colmado a comprar verdura, y todo olía a fruta y a agua. El sabor de las tardes de otoño en que mi padre me llevaba a Central Park y se metía dentro del estanque de los aspersores, que estaba vacío, para colocarse a mi altura cuando lanzábamos una pelota. El sabor de las historias de mi padre antes de dormirnos.

Así que le pedí a mi madre la única historia de mi padre que estaba segura de que se sabía. Le pedí que contara la historia de Rawiya y al-Idrisi.

Mi madre se inclinó sobre la mesa y alzó las cejas pensando cómo empezar. Pero aunque siempre escuchaba, nunca había contado historias como mi padre.

—Hace muchos años, una valiente niña llamada Rawiya se marchó de Ceuta a Fez en busca de fortuna —dijo.

—Papá no empieza así —le dije—. ¿Qué pasa con la higuera y con Bauza?

Mi madre acercó su silla a la mía y alisó los manteles individuales tejidos por nosotras.

—Recuerda que incluso papá decía que no hay dos personas que cuenten una historia exactamente igual —me contestó.

Tiré de un hilo de mi mantel. No quería otra versión de la historia, quería la de mi padre.

—Echo de menos su manera de contarla.

—Ninguna de nosotras tenemos su voz —dijo mi madre.

Me sujetó las manos para que parara de tirar del hilo. Mis dedos dejaron un hueco en el tejido, como bordes esquilados.

Aquella noche, después de haberme puesto el pijama y haber entrado corriendo en la cocina para ver cómo estaban los claveles, encontré los primeros círculos de sal en el mango de la tetera. Dibujaban contornos de mares que nunca había visto, países que nunca había visto.

De vuelta a casa desde la tienda de especias, Zahra nos suplica que nos detengamos en una joyería. Al fondo de la calle veo a policías enfadados al sol, debajo de un retrato del presidente. Suenan gritos procedentes del centro del barrio. En la manzana no hay nadie, aparte de los policías, Huda y yo. Me vuelvo con el bote de comino colgando de mi mano.

—¿No puede darse prisa? —Doy patadas a las piedras—. Abú Sayid estará a punto de llegar.

—No te preocupes —me dice Huda—. Abú Sayid vive a una calle de la tienda de especias. Si estuviera en camino, nos encontraríamos con él.

Resoplo y frunzo el ceño.

—De todas formas, ¿para qué necesita Zahra más cosas? Ya tiene esa pulsera de oro con formas idiotas.

—¿Te refieres a la filigrana? —Huda se encoge de hombros y se aprieta los cordones de las zapatillas—. A las personas les gustan cosas diferentes. A Zahra le gusta tener una imagen... determinada.

—Pero lo que hace es feo.

Las piernas de mi sombra en la acera son largas como cuellos de jirafa. Parecen ridículas con sandalias.

Huda mira hacia la joyería y me coge de la mano.

—¿Te apetece un helado?

Caminamos despacio por la piedra y el hormigón calientes hacia una pequeña heladería, a una manzana de distancia.

—A Zahra le queda mucho por aprender —me dice Huda—, pero no es mala.

—¿Qué tiene que aprender? —Toqueteo el bote de comino observando las ventanas que están por encima de las tiendas de ropa y de las cafeterías. Las mujeres se asoman y sacuden alfombras y cortinas, de las que sale polvo—. Ahora es mala. Es la peor hermana del mundo.

—No digas eso.

Huda y yo nos separamos al pasar por una brecha en la acera. Huda levanta el brazo e inclina hacia abajo la muñeca como una bailarina. La brisa le agita la falda por detrás igual que la estela azul metálico de un barco.

—Hay personas que necesitan tiempo para descubrir quiénes son —me dice—. Se dejan llevar por esas pequeñas cosas, les importa mucho lo que diga el mundo. Como si las arrastrara el viento.

Toqueteo la tapa del bote de comino. El polvo que hay dentro se mueve formando crestas de olas y picos de montañas.

—Eso no quiere decir que esté bien ser gilipollas.

—No, no está bien.

Un hombre en bicicleta pasa por delante de nosotras. Su sombra se extiende por la pared y revolotea por encima de las columnas de las puertas formando rayas blancas y negras. La banderola de la heladería ondea al sol, y apenas puedo leer las letras. Los paneles de vidrio están abiertos para que salga el calor. Fuera hay una mesa y dos sillas de plástico, vacías.

Dentro, las paredes están decoradas con paños y fotos enmarcadas, y el aire caliente de los ventiladores nos hace cosquillas en la cara. De vez en cuando la electricidad pierde fuerza y la luz adquiere un tono marrón. Los ventiladores se detienen.

Como es Ramadán, Huda ayuna, así que solo pide un cucurucho para mí. Un hombre saca una cucharada de helado y le da forma con las manos, echa pistachos por encima y la coloca en un cucurucho envuelto en papel encerado. Detrás de él, un hombre en camiseta y con un gorro de papel remueve helado con un mazo de madera. Cuando doy las gracias, nota mi acento y me mira.

Fuera, el calor ataca mi helado. Atrapo con la lengua los chorretones, con el comino en una mano y el cucurucho en la otra.

Muerdo el helado y tiemblo de frío.

—¿Por qué tú no te dejas arrastrar por el viento? —le pregunto a Huda.

—Decidí que había cosas más importantes para mí que lo que el mundo quiere —me contesta.

—¿Por eso te pusiste pañuelo cuando papá enfermó?

Me sale vapor de la boca.

Huda me da una servilleta. Me paso el papel por los pliegues de los nudillos, pegajosos de azúcar.

—Dios me llevó a ello —me contesta—. Llámalo como quieras. *God* en inglés. *Allah* en árabe. El universo. Hay una bondad en el mundo que me llevó a hacerlo, que me enseñó que es importante saber quién eres. A veces te pierdes. —Huda se inclina y me da un beso en la cabeza—. Tienes que escuchar tu propia voz.

Nos interrumpe una fuerte explosión, como la que oí en el jardín. De los pisos más altos caen trozos de baldosas. Quiero pensar que es un trueno —ruidoso e inofensivo—, pero ha sido demasiado cerca. Me estremezco, aprieto los dientes y abro surcos púrpura en el brazo de Huda con las uñas.

—¿Qué es eso? —Aparto los dedos pegajosos de la piel de Huda—. ¿De dónde viene?

Huda frunce el ceño.

—Ha sonado más cerca que esta mañana.

Volvemos deprisa a la joyería. Me termino el helado y paso la lengua por el azúcar de mis uñas. Saben a madera, como si el miedo hubiera ido a parar a mis papilas gustativas.

Huda entra en la joyería y llama a Zahra. Apoyo las manos en el hormigón y noto las últimas vibraciones. Creo que siento los cimientos de la ciudad, que siguen temblando. Me pregunto cuánto tiempo aguantarán los edificios. Pienso en algo que Zahra susurró a Huda la semana pasada: que las bombas caían en zonas en las que se iba la luz. No sabían que las estaba escuchando. Pero he oído muchos rumores: grupos de gente que se enfrentan, amigos que toman partido y cogen las armas, personas que se acusan entre sí de crear problemas. Pero mi madre, mis hermanas y yo no queremos problemas. Solo quiero que mi madre venda sus mapas, y quiero que Zahra deje de chincharme, y quiero volver a escuchar las historias de mi padre. Pienso en el precio del comino. Espero que en casa sigan funcionando la cocina y la luz. Recuerdo los ventiladores fluctuando en la heladería.

Zahra sale con Huda. Tiene los vaqueros y la camiseta pegajosos por el calor. Nos dirigimos a la calle Quwatli por la vieja torre del reloj y pasamos por el hotel Kasr ar-Raghdan, rojo y amarillo. Aquí todo tiene un volumen más alto, incluso los gritos, que parecen venir de todas partes a la vez. El helado me da vueltas en el estómago.

Un taxi rodea la plaza con Umm Kalzum en la radio a todo volumen, que ahoga los gritos. Umm Kalzum es mi favorita, y siempre lo será. Mi madre y mi padre solían bailar sus canciones en nuestro piso de Nueva York. Cuando mi padre se puso enfermo, el CD se quedó metido en el equipo de música, cubierto de polvo. Yo ponía música de vez en cuando con la esperanza de que volvieran a bailar. Pero no lo hicieron.

Rodeamos la plaza y nos dirigimos a casa entre ventanas enrejadas y tiendas que cierran. De aquí deben de venir los gritos: un grupo de chicos de la edad de Huda alrededor de la vieja torre del reloj, con voces de color tiza y chocolate. La multitud estalla en gritos color ciruela, como las notas de un oboe, el instrumento que más me gusta.

Me imagino lo que mi madre diría si estuviera aquí. La multitud hace que quiera echar a correr, pero las tres nos quedamos en la esquina, observando. Algunos chicos son tan jóvenes que empiezan a tener barba, desigual e incipiente. Otros llevan polos de rayas o camisas, y pantalones vaqueros desgastados en los muslos y las rodillas. Me fijo y veo que entre ellos hay algunas mujeres. El árabe llena el aire como una bandada de pájaros asustados. Me pregunto quién está en cada bando. Me pregunto si hay bandos.

—Esto es lo más fuerte que he visto —dice Huda.

Zahra arrastra las zapatillas como si estuviera preparándose para salir corriendo.

—Lo más fuerte en los dos últimos meses, sin duda —dice.

Los gritos aporrean y protestan como música enfadada.

—¿Qué dicen? —pregunto.

Nadie me oye. El miedo me presiona como un pulgar. Me doy cuenta de que estoy sudando cuando me llega el olor de mi desodorante, verde amarillento como sopa de pollo. Qué raro oler a desodorante. ¿No es lo contrario de lo que debería hacer?

Entonces Huda me pone una mano en la espalda y nos aleja del ruido. Nos metemos en otra calle. Los gritos se reducen a puntos negros, parásitos de megáfono. Se siguen oyendo por todo el casco antiguo, un zumbido que no desaparece por alto que se hable.

El callejón que conduce a nuestra casa está lleno de luz naranja cuando llegamos. Giramos entre los edificios y los sonidos empiezan por fin a desvanecerse. Fuera está secándose un mapa nuevo, apoyado en la puerta del jardín. Mi madre debe de haberse impacientado esperando a que volviéramos y debe de haberse sentado a trabajar para matar el tiempo. Siempre está haciendo algo, no para quieta. Busco el brillo del óleo, pero es mate. Observo la rosa de los vientos dorada y las curvas de la caligrafía árabe de mi madre. Las letras son de colores diferentes a las inglesas, incluso las que no sé pronunciar. Sé leer algunas de ellas: la curva azul de la *waw*, la *haa* de un naranja tostado y la *ayn* amarillo azufre.

Huda abre la puerta. En el jardín hay más mapas, dispersos debajo de la higuera, secándose a la sombra. Mi madre debe de haberlos movido para hacer sitio a los nuevos. Las piedras desprenden vapor mientras la tarde se desvanece, y el olor químico se mezcla con el olor de la tierra. El sol bajo convierte las paredes amarillas de nuestra casa en latón y desciende en listones por las contraventanas de madera y las jardineras de hierbas aromáticas de mi madre.

Dentro, mi madre mete los pinceles en una taza con agua, con más fuerza de lo habitual. La mayoría de los días no pienso en ello. Ahora mi madre está siempre ocupada con los mapas, pintando el mundo para profesores y gente con americanas rígidas que vienen a casa a comprarlos. Pero hoy no es un día como los demás, porque se ha ido la luz y mi madre ha colocado velas en las ventanas y en la mesa del comedor. Cada dos por tres me descubro a mí misma deseando que vuelva la luz, esperando que solo sea un parpadeo, como en la heladería. No lo es.

Cuando entramos, mi madre lanza un trapo al fregadero y se pasa la mano por el pelo. Al verme mirando las velas, fuerza una sonrisa.

—¿Dónde está el aguarrás? —pregunta Zahra.

Mi madre se alisa el pelo.

—Hoy es acrílica.

—Huele mucho mejor. —Finjo taparme la nariz. Huda me pellizca la oreja—. ¡Ay!

Mi madre entorna los ojos, como suele hacer cuando algo le divierte pero no quiere que se note que está divirtiéndose. Huda deja el bote de comino en el armario y Zahra va a lavarse. Ayudo a mi madre a recoger los pinceles y limpiar la paleta. Me da la impresión de oír, flotando por la habitación, las brillantes vocales árabes de los clientes de mi madre que han venido esta mañana. Cuando yo era pequeña, mi madre solo hablaba en árabe con mi padre. Ahora habla en árabe con todo el mundo, y en inglés solo conmigo. Hace que sienta que no estoy en mi lugar.

—¿De qué color es la letra *E*? —me pregunta mi madre.

Pongo los ojos en blanco. Otra vez el juego de los colores.

—Amarilla.

—¿Y la letra *A*?

—Roja. Ha sido roja desde que aprendí a leer, mamá.

Mi madre siempre juega a este juego conmigo. Me pregunta de qué color es una letra o un número, como si comprobara si siguen igual. ¿A estas alturas no debería saber que sí? Mientras contesto a sus preguntas, ella echa un vistazo al mapa que ha dibujado y luego extiende por encima una sábana blanca.

Esbozo una mueca.

—Parece un cadáver.

Mi madre se ríe, lo que significa que no me he buscado problemas.

—He pintado algo nuevo —me contesta—. Un mapa especial. He pintado una capa tras otra.

Miro a mi madre detenidamente.

—¿Por qué pintas algo para volver a pintar encima?

—Hay que hacerlo así —me contesta—. A veces no basta con una sola vez. A veces se necesita más de un intento para que quede bien.

—Como aquella vez que Zahra le echó henna en el pelo a Huda mientras dormía. —Me rio—. Y al día siguiente, al ver que no se le quitaba, tuvimos que hacerle reflejos rojos.

Mi madre también se ríe.

—El hecho de que añadas algo no significa que estuviera mal. Quizá simplemente no estaba terminado.

Entonces algo dentro de ella se agrieta y se sienta a mi lado a la mesa. Sonríe, pero parece agobiada y vieja, como si estuviera tirando de los hilos de un ovillo enmarañado oculto dentro de ella, como si estuviera buscando algo que se le ha caído en la oscuridad.

—Igual que los viejos cuentos que te gustan —me dice sonriendo con los buenos tiempos en los ojos, los tiempos en que teníamos a mi padre—. Hay que unir dos historias para contarlas bien las dos. —Junta las palmas de las manos y luego las separa—. Como dos manos.

Zahra llega y abre el armario en busca de algo. La pulsera de oro brilla en la luz de la tarde. El bote de comino está justo al lado de la puerta del armario, mantiene el calor de las manos de Huda, y el polvo de bronce tiembla cuando Zahra empuja el estante.

La petición del león

La proa del barco en el que iba Rawiya siguió surcando las esculpidas olas una semana más. Tras un mes de viaje, arribaron por fin a una costa rocosa en la que las palmeras llegaban hasta el mar. Rodearon la costa, con el Monte Gallo a su derecha, y entraron en una tranquila bahía en la que se extendía Palermo a la sombra de las verdes montañas. Desde la cubierta, Rawiya escuchaba el torbellino de lenguas procedente del muelle: italiano, griego, árabe y francés normando.

La ciudad de Palermo estaba en la costa noroeste de Sicilia, una isla próspera y culta compartida por árabes y griegos, cristianos y musulmanes por igual. Palmeras verdes y doradas se apiñaban alrededor de iglesias de mármol blanco y mezquitas con cúpulas. Al norte de la ciudad estaba el pico de piedra caliza del Monte Pellegrino, curvado como la joroba de una ballena.

—Bienvenidos a Palermo —dijo al-Idrisi bajando del barco—, sede del rey normando Roger II.

El segundo aprendiz de al-Idrisi, Bakr ibn al-Thurayya, salió de debajo de la cubierta. Era un chico larguirucho, moreno y vestido con una rica capa verde oliva. Era hijo de Mahmoud al-Thurayya, un famoso comerciante cuyo apellido era la palabra árabe para la constelación que los griegos llamaban Pléyades: las Siete Hermanas.

Al-Idrisi dio una palmada en la espalda a Bakr.

—Conocí al padre de Bakr en Córdoba hace muchos años —dijo—. Le prometí que enseñaría a su hijo todo lo que sabía.

Mientras al-Idrisi saludaba a los criados del rey Roger, Bakr se dirigió a Rawiya.

—Seguro que vas a aprender mucho como aprendiz de al-Idrisi, Rami —le dijo—. ¿Sabes que viajó a Anatolia a los dieciséis años? Al-Idrisi procede de un linaje de nobles y de santos. Dicen que es descendiente del Profeta. Que la paz sea con él.

Rawiya asintió y mantuvo la boca cerrada, nerviosa por no delatarse. Pero Bakr, que era un chico curioso, le preguntó:

—¿Llegaste a Fez en una caravana? Yo llegué con un grupo de comerciantes de especias. Mi padre lo había organizado todo para que me encontrara con al-Idrisi en Fez. Me dijo que unos años de aprendizaje serían buenos para mí.

Rawiya sonrió a su pesar.

—Llegué solo, a caballo —le contestó.

—¿Desde Ceuta? —le preguntó Bakr—. Tuviste suerte de que no te mataran unos bandidos.

Al-Idrisi, que había estado escuchando la conversación, esbozó su sonrisa felina y dijo:

—Elegí a Rami por el ingenio y el valor que Dios le ha dado. Recuérdalo, Bakr. Harías bien en tomar prestado algo de su coraje.

Los criados del rey Roger recogieron a Rawiya, Bakr y al-Idrisi en el muelle y los llevaron al palacio. Pasaron por debajo de arcos color crema, multitud de palmitos y la iglesia de San Juan de los Eremitas, con su decoración en mampostería y sus cúpulas rojas de estilo árabe. El palacio no estaba lejos del puerto. Las ventanas estaban adornadas con rosas y enredaderas talladas y las puertas de madera, con filigrana de oro. Los criados llevaron los caballos a los establos. Rawiya se despidió de Bauza con un beso y le ofreció un poco de azúcar de dátiles mientras le acariciaba el cuello.

—Así que este es el caballo que te llevó sano y salvo a Fez —dijo Bakr.

Rawiya dio unas palmaditas en las crines de Bauza.

—Lo tengo desde que era un potrillo —le contestó. Bauza estaba en la flor de la vida, tenía por delante casi una década de buena salud—. Es un caballo bueno y fuerte, y más valiente que la mayoría.

Entraron los tres juntos en la sala dorada del palacio real de Palermo. Criados vestidos de seda dorada y blanca estaban firmes bajo el techo con frescos. El rey, vestido con las prendas más ricas de su reino, avanzó hacia ellos. Su túnica índigo tenía ribetes de terciopelo rojo y la sujetaba con broches de oro. Sus guantes de seda roja tenían águilas doradas bordadas y su capa roja, un león con las patas delanteras alzadas, con los músculos realzados con rubíes. La melena y las patas traseras estaban decoradas con escarapelas que aludían a la constelación Leo, porque en aquellos tiempos la gente creía que el poder de los reyes procedía del cielo.

—Amigo mío. —El rey Roger cogió a al-Idrisi de las manos y no le permitió que se inclinara—. Por fin has vuelto.

Hacía mucho tiempo, el rey Roger se había enterado de que al-Idrisi era un maestro de los mapas y de que había estudiado la medición de la Tierra, y le pidió que se trasladara a su corte. Desde entonces, al-Idrisi solo había salido de Palermo en busca de aprendices adecuados para la misión que le había encomendado el monarca.

—Sabio rey —le contestó al-Idrisi—, querido amigo que me ha protegido de mis enemigos. Estoy al servicio de Vuestra Majestad. He vuelto, como os prometí..., para crear al fin para vos, si Dios quiere, una auténtica maravilla de la cartografía.

—Soy yo el que está a tu servicio —dijo el rey Roger.

Se dirigieron al estudio real hablando de sus planes. Un criado con el pelo claro como la luna condujo a Rawiya y a Bakr hasta un gran patio en el que los pájaros cantaban en los balcones.

En el otro extremo del patio, el criado apartó una estatua de madera y quedó al descubierto un pasadizo húmedo. Indicó a Rawiya y a Bakr que no contaran a nadie lo de la puerta secreta, porque era un túnel oculto que utilizaban solo los sirvientes para llevar comida a los invitados del rey.

Recorrieron el túnel, con el suelo de arena. Al llegar al fondo, el criado abrió una puerta y entraron en la cocina del palacio. Hombres vestidos de blanco iban y venían con cuencos y ollas en sus fuertes brazos.

El criado los sentó a una gran mesa apartada del caos de las cocinas y les ofreció humeantes cuencos de lentejas estofadas y pan de corteza crujiente. Trajeron del huerto vainas de guisantes frescos y los cocinaron con pescado y berenjena. Rawiya y Bakr mojaron pan en requesón y mantequilla que habían sacado de ánforas de barro. La cocina del palacio palpitaba con el calor de la grasa, el olor bruñido de la piel de las berenjenas y el brillo de la piel de las naranjas.

Después de cenar, el criado volvió con una bandeja de pastelitos rectangulares cubiertos de almendra troceada. Rawiya, que acababa de degustar la comida más suculenta de su vida, cogió un delicado trozo de masa y preguntó qué era.

—Estos manjares se hacen con una masa llamada *pasta reale* —le contestó el criado.

Era una pasta de almendras, una especialidad siciliana que elaboraban las monjas de Martorana en el convento que estaba junto a la iglesia de Santa Maria dell'Ammiraglio.

Rawiya mordió el pastelito. La calidez de la almendra y el fuerte aroma de los cítricos florecieron en su lengua. Recordó con nostalgia las galletas de dátiles de su madre y se sintió culpable al pensar en las gachas de cebada que probablemente estaría comiendo. Sintió por primera vez sobre sus hombros el peso de haberla abandonado. Se prometió que algún día su madre probaría también aquella *pasta reale*, una masa elaborada para un rey.

Aquella noche, la luna menguante mantuvo abiertos los párpados de Rawiya. Se levantó de la cama, salió al patio y observó a través de los árboles de pistachos los siete puntitos de las Pléyades, de Thurayya. Pensó en el padre de Bakr. En lo mucho que les gusta a los ricos ponerse nombres de estrellas.

Rawiya vio al otro lado del silencioso patio la oscura sombra de una puerta que se había quedado entreabierta. Curiosa, se introdujo en la total oscuridad.

Parpadeó y se quedó paralizada al oír pasos procedentes del fondo de la habitación. Se dio un golpe en el pie y maldijo en susurros. Al buscar a tientas una vela, sintió hileras de algo suave y granulado, como pliegues de piel de animal.

Retrocedió. ¿Serían elefantes? En los mercados había oído historias de comerciantes que vendían colmillos de marfil, y las madres contaban historias salvajes para asustar a los niños.

—He ido a parar a los establos de los elefantes —susurró.

—No, no estás en los establos de los elefantes —dijo una voz grave—, suponiendo que existan.

En la oscuridad surgió la silueta de un hombre ante una ventana.

Rawiya se acercó a él, incómoda.

—Me he perdido...

—Si no puedes dormir, en esta sala siempre encontrarás compañía —le dijo el hombre.

Se encendió una antorcha. Rawiya estaba en una enorme biblioteca de cuatro pisos, frente al rey Roger, vestido con un camisón blanco.

Rawiya le hizo una reverencia.

—Perdonadme, Majestad...

El rey Roger se rio.

—No tienes que disculparte. Tu maestro es un amigo muy querido. —Le explicó que por las noches solía ir a la biblioteca. Señaló las estanterías de libros con lomos dorados, marrones y rojizos—. Todo aquel que quiera compañía y conocimiento encontrará aquí lo que busca. Estamos entre amigos.

—Perdonadme que lo diga —dijo Rawiya—, pero ¿no es raro que un rey ande leyendo por el palacio de noche?

—Puede ser —le contestó el rey Roger—. Pero me encanta pasar los dedos por los lomos de viejos amigos y leer detenidamente libros de matemáticas. Me encantan la botánica y la filosofía, la geografía y los mitos. Así que espero a que todo esté en silencio y brille la luna para deambular a placer.

—Perdón por haberos interrumpido —dijo Rawiya.

El rey Roger hizo un gesto restándole importancia.

—Vamos, muchacho —le dijo—, eres mi invitado. Puedes deambular conmigo por estos pasillos cuando quieras.

Cogió un volumen de un estante y se lo tendió.

Rawiya tocó las páginas de cortes dorados. La *Geografía* de Ptolomeo.

—Este lugar debe de albergar el conocimiento de todo el mundo —dijo.

El rey Roger sonrió.

—Si tu maestro termina su misión, así será. La labor que al-Idrisi y yo hemos emprendido es no solo cartografiar el Mediterráneo, sino también hacer un mapa de todo el mundo, el mapa más grande y exacto que se haya visto jamás.

No podemos comer hasta que se ha puesto el sol porque Huda y Abú Sayid ayunan por Ramadán. El sol bajo me zumba en el cuello. Mientras esperamos a Abú Sayid, las sombras rojizas se alargan. Cojo piedras de entre las raíces de la higuera y coloco encima, a modo de tablones, trozos de granito del suelo rocoso del jardín. Saco de mis bolsillos los tesoros que he recogido en nuestro paseo hasta la tienda de especias para Abú Sayid: semiesferas de piedra rosa, un trozo de cristal turquesa incrustado en hormigón y piedrecitas blancas de delante de las casas. Al otro lado del callejón, nuestros vecinos encienden velas y revisan las cajas de los fusibles. Me alegro de que los edificios nos aíslen de los gritos de la plaza.

Pienso en que a Abú Sayid siempre le han gustado las piedras, incluso las de bordes rugosos, incluso las que brillan cuando se mojan, pero que al sol son sosas y decepcionantes. A lo largo de las tardes de este verano he descubierto que Abú Sayid lo sabe todo sobre las piedras: rocas, cristales de sal, grandes bloques negros con venas de cuarzo y guijarros planos como monedas. Me pregunto cuánto sabe Abú Sayid y de dónde lo saca. Recuerdo los tiempos en que mi padre se agachaba a mi lado en una piedra rugosa de Central Park y me contaba lo que era un glaciar, y me imagino a Abú Sayid contándole lo mismo a mi padre.

De repente oigo su voz.

—¿Nubecilla?

Me vuelvo con las manos llenas y el pelo meciéndose como hojas de higuera.

Abú Sayid se acerca por el callejón. Se ríe y canta en árabe, y su voz amarillo miel aumenta de volumen. El color es más brillante y claro que por teléfono. Hace tres meses, cuando llegamos a Homs, la voz de Abú Sayid era lo único que me resultaba familiar.

Corro hacia él cuando abre la puerta de hierro.

—¡Abú Sayid!

Pasa por encima de lienzos, rodea mapas secándose y evita que el dobladillo de sus pantalones de lino roce la pintura húmeda. No se parece al de las viejas Polaroids de mi padre. El bigote ha avanzado hasta cubrir la barbilla y formar una barba, el sol le ha arrugado la frente y los hombros han descendido como si hubiera cargado algo pesado durante demasiado tiempo. Pero sigue teniendo las mismas arrugas alrededor de los ojos grises, y la sonrisa sigue elevando sus curtidas mejillas.

Extiende las manos hacia mí. Llego hasta él entre los postes de la entrada, con mis tesoros apretados en los bolsillos y en los puños. Doy un salto, arrastro los pies y, radiante y sin aliento, saco las piedras que he recogido.

—Tengo más para nuestra colección.

Abú Sayid abre las manos. Le tiendo las piedras que he recogido en las polvorientas calles del casco antiguo, junto a la carretera y detrás de verdulerías. Llevo todo el verano intentando mostrarle algo que nunca haya visto. Aún no he conseguido sorprenderlo, ni siquiera cuando le llevé capas brillantes de mica ni cuando le llevé un trozo de basalto negro poroso como el queso ni cuando le llevé rosas de yeso y puntas de arenisca, ásperas como las mejillas de mi padre.

Abú Sayid conoce todas las piedras de memoria. Dice que las piedras le hablan. Le hablan, y él me cuenta sus secretos. No sé si lo creo, pero en los bolsillos de mi corazón, sin palabras, quiero creerlo.

Cada piedra es diferente. Algunas son de pueblos cercanos, pero otras proceden de continentes lejanos. Una vez le llevé a Abú Sayid, sin saberlo, un pedazo de mármol verde de China, trozos verdes azulados de cobre de Turquía y grandes trozos de granito de África. Cada piedra es diferente y todas son iguales: brillantes y dispuestas a susurrar sus secretos, si las escucho.

Hoy, Abú Sayid se acerca mis ofrendas a los ojos y a los oídos. Zahra y Huda salen y se quedan esperando, ocultando sus sonrisas. Zahra está descalza y se golpea un tobillo con las uñas pintadas del otro pie mientras se mete el móvil en el bolsillo de los vaqueros.

Abú Sayid extrae las historias de las piedras. Las agita, y de las grietas sale polvo. Acaricia la piel rugosa de las piedras con los ojos cerrados. Al final, asiente, parpadea y las aprieta entre los dedos.

—¿Y? —Levanto la mirada de los tesoros que Abú Sayid tiene en las manos—. ¿La he encontrado?

—Me temo que aún no. —Abú Sayid se sienta en el jardín con las piernas cruzadas—. No te sientas mal. Yo tampoco la he visto nunca.

Señalo un trozo de calcita que sujeta.

—¿No es esta?

Abú Sayid se ríe.

—No, Nubecilla —me contesta—. Tienes que seguir buscando.

Me acerco a sus rodillas.

—Tienes que haberla visto. Has visto todas las piedras del mundo.

No me puedo creer que haya una piedra que Abú Sayid no haya calentado en su mano.

—Ah, pero esa piedra es única en toda la tierra. —Abú Sayid nos indica con un gesto que nos acerquemos—. La gema más rara y preciosa, tan increíble que no tiene nombre.

Frunzo el ceño intentando dar a entender que no me ha convencido, pero solo funciona a medias.

—¿Cómo sabes que existe si no tiene nombre?

—Mi querida Nubecilla, siempre tan escéptica —me dice—. Los genios han contado a los hombres muchas cosas que les cuesta creer.

Zahra cruza los brazos.

—Cuentos para niños.

Abú Sayid abre mucho los ojos.

—Oh, no, pequeña. Los genios son tan reales como tú y yo. Pero a casi todos ellos los encerraron en estrechas prisiones hace mucho. Allí esperan a que los liberen y guardan el conocimiento del mundo antiguo.

—¿Y qué pasa con la piedra? —le pregunto.

Abú Sayid se ríe y levanta las manos.

—¡Impaciente! Hace cientos de años, un grupo de viajeros encontró una vieja botella de latón tapada con plomo. Cuando abrieron la botella para pulirla, surgió una niebla verde que adoptó formas aterradoras: pájaros gigantes, leones y serpientes. En medio de la niebla había un hombre extraño con cara de rayo. Era un genio que llevaba siglos encerrado. Como agradecimiento por haberlo liberado, el genio habló a los viajeros de una piedra misteriosa y les pidió que la encontraran. Dado que el nombre de la piedra se había perdido con el paso del tiempo, les dijo que la reconocerían por su color a la luz.

—¿Su color? —pregunta Huda.

—A la sombra, la piedra es púrpura como las remolachas maduras —dice Abú Sayid—. Al sol, emite ardientes reflejos verdes, como una esmeralda.

Por cómo Huda entorna los ojos y Zahra echa un vistazo al móvil sé que no se lo creen. Yo nunca lo admitiría, pero creo que me habría creído cualquier cosa que hubiera dicho.

Me he pasado todo el verano buscando por calles y zocos la piedra sin nombre de Abú Sayid, pero no la he encontrado. Le pido a Huda que busque destellos púrpura y verdes cuando subimos a lo alto del olivar, fuera de la ciudad, pero aún no ha visto nada. A veces me deja sentarme sobre sus hombros, y entonces lo veo todo: Homs con sus antenas parabólicas y sus laberintos de edificios de hormigón, el río Orontes, al oeste del centro de la ciudad, y a lo lejos la blanca cordillera del Líbano. Desde ahí arriba puedo verlo todo, menos lo que estoy buscando.

Entramos juntos cuando mi madre nos llama. Abú Sayid viene a cenar una vez por semana, aunque mi madre lo invita casi a diario. Mi madre dice que no viene más a menudo porque su soledad es tal que solo es capaz de deambular de la ventana a la puerta. Creo que Abú Sayid se siente solo porque echa de menos a una persona concreta. Hoy me pregunto si se siente solo porque echa de menos a mi padre o a su hijo.

—Hemos preparado una cena especial —le digo al entrar.

Me quito las sandalias para que mi madre no me pegue un grito por llevarlas puestas en casa, y Abú Sayid hace lo mismo. Huda ha puesto la mesa con nuestra mejor vajilla de porcelana, y mi madre coloca en el centro un jarrón de flores silvestres azules. Seguimos sin luz, y las velas están ya medio consumidas. La cera mancha el mantel bueno de mi madre, el blanco con bordados dorados.

—¿Una cena especial?

Al sonreír se le arruga la piel alrededor de los ojos.

Pero no puedo decir nada más. Quiero decirle que echo de menos a mi padre tanto como él a su hijo, pero no puedo. Quiero preguntarle si los dos echamos de menos a mi padre, si echamos de menos a la misma persona. Pero las palabras, demasiado pesadas para salir, se me quedan dentro.

Una explosión marrón oscuro golpea la casa. Levanto la cortina de la ventana de la cocina en busca de nubes. Hace tres días, una pequeña mancha cayó al suelo a cierta distancia. Después de la explosión se elevó una nube de polvo gris igual que tinta en un vaso de agua. Me asusté, pero fue solo como cuando observas pasar una tormenta. Mientras esté lejos, no temes que te golpee.

Ahora espero a que se disipen las vibraciones. Intento convencerme de que no es lo que pienso, de que he apartado la cortina para observar el cielo púrpura porque va a llover. Pero no es un trueno, y no llueve. No me llega el olor verde frío de las tormentas que teníamos en Nueva York. Allí sacaba la cabeza por la ventana y respiraba una y otra vez, intentando retener en la nariz aquel aroma limpio a electricidad y agua antes de que desapareciera. Hoy el único olor que me llega es el de espirales verdes de azufre, una peste a ceniza.

Quiero que vuelva la electricidad y que las luces parpadeen de nuevo.

La sangre me golpea las pantorrillas. Cojo un vaso y voy al grifo a llenarlo de agua para Abú Sayid. No sale nada.

Cierro el grifo y vuelvo a abrirlo. Las cañerías silban y repiquetean, pero el grifo está seco como la pizarra. Meto la cabeza en el fregadero y lo miro desde abajo. No hay agua. Cien arañas diminutas me trepan por las piernas y los hombros. Siento que algo no va bien.

Mi madre entra y coloca el sfiha en una gran bandeja de cerámica.

—No hay agua —le digo.

Vuelvo a girar los grifos del agua fría y caliente para mostrarle lo que quiero decir.

Mi madre deja la bandeja y, sin abrir la boca, se dirige al frigorífico a zancadas. Lo abre deprisa para que no se escape el frío y me coloca una jarra de agua en los brazos.

—No abras más el grifo —me advierte, y vuelve a coger el sfiha—. Primero la luz y luego el agua. Hoy he tenido la sensación de que pasaría. No bebas mucho. Solo tenemos esta jarra.

Levanto la mirada del vaso de Abú Sayid, que tengo en la mano, al callejón al otro lado de la ventana. Anochece. Me pregunto si nuestros vecinos sienten las vibraciones.

—Pero mamá...

—Nada de peros. Llena el vaso y siéntate ya, ¿vale? Me pones nerviosa yendo de un lado para otro.

Dejo el vaso en la mesa e intento levantar la jarra. Pesa mucho y el vaho hace que se me resbale. Dejo la jarra en la mesa para intentar sujetarla mejor. Encima de la pila de cartas hay un periódico con un gran titular y la foto de una ciudad que sobresale hacia el mar. Entiendo algunas palabras en árabe, los nombres de Marruecos y de España.

Debajo del titular hay una foto de un hombre riéndose, apoyado en el marco de una puerta. Tiene una barriga enorme, como una bola de masa, y ojos castaños de poni. Creo que lo he visto antes, pero no sé dónde. Alguien ha rodeado el nombre de debajo de la foto con un círculo rojo, a bolígrafo, pero la letra es tan pequeña que no puedo leerlo.

—¿Qué haces aquí? Dámela. —Mi madre me quita la jarra y corre hacia el comedor con la bandeja de sfiha en la otra mano—. *Yalla*, siéntate a comer con tus hermanas.

Mi madre deja en la mesa la jarra y la bandeja. Coloca bien las velas antes de sentarse con la servilleta en las rodillas. Empujo el vaso hacia Abú Sayid, y mi madre lo llena.

—Siento muchísimo lo de la luz —dice mi madre mientras sirve el agua. Está sofocada—. No sé qué pasa.

—No importa. —Abú Sayid hace un gesto con la mano quitándole importancia—. En mi casa también se había ido la luz.

«¿En la casa de Abú Sayid también?», pienso. Las arañas trepan hasta mis clavículas.

Si a mi madre le ha sorprendido, no se le nota. Mueve los dedos hacia nosotras hasta que nos colocamos la servilleta en las rodillas.

—Tengo que darte las gracias —dice—. Hoy han venido dos profesores a comprar mapas. Me han dicho que eran amigos tuyos.

Abú Sayid acerca la silla a la mesa y sus hombros se hunden aún más. Sonríe.

—Tu marido, que en paz descanse, y yo éramos uña y carne. Me alegro de poder ayudar a que se corra la voz.

Llenamos los platos en silencio. Detrás de Abú Sayid, en la cocina, la brisa levanta las páginas del periódico. La foto de la ciudad junto al mar me hace pensar en Ceuta.

—¿Es verdad que en Ceuta hay una estatua de al-Idrisi? —le pregunto a mi madre.

—Oh, sí. Ceuta. —Se acomoda en la silla y levanta las manos—. El paraíso en la tierra, *habibti*. Una pequeña maravilla. En Ceuta las costas del Magreb tienden los brazos a Europa.

—Y allí hablaste con papá por primera vez —le digo.

Me sé la historia de memoria.

—Estábamos estudiando en la Universidad de Córdoba —dice mi madre pasando la bandeja de sfiha—. Yo estudiaba cartografía y tu padre estudiaba ingeniería. Un grupo de amigos fueron de vacaciones a Ceuta. Ya sabes que tu tío se fue a vivir allí años después.

Mi madre desvía la mirada hacia la cocina, hacia la pila de cartas con el periódico encima.

—Ceuta es una ciudad española, pero está en África, ¿verdad? —digo—. En el continente africano.

—Nubecilla mía —me dice Abú Sayid—. Aprendes rápido, como siempre.

Pero no puedo imaginarme viviendo entre dos mundos. Me he alejado tanto de Nueva York que a veces me cuesta imaginar que hay muchos lugares en el mundo, muchos más de los que he visto. Se extienden por el ancho mundo, y me siento pequeña, y al otro lado está mi padre.

Cojo con el tenedor un poco de arroz salpicado de piñones.

—Papá y tú visteis la zona en que África se encuentra con Europa.

—Nosotros y varios más. —Mi madre se lleva la mano a la mejilla—. En aquella época yo había estado en toda Europa y en Oriente Próximo, pero quería ver más. Te lleve Alá a donde te lleve, siempre deseas ir a otro lugar.

Observa las ramas del olivo del jardín, de color carne en el crepúsculo. Luego sus ojos se desplazan hacia el centro de la ciudad y no se da cuenta de que Huda le está ofreciendo el cuenco de fattoush. Zahra mira su móvil, encima del mantel, sin prestar atención a lo que dice mi madre.

Llega una explosión, más fuerte que nunca, y el olor verde a azufre. Dejo de comer mi sfiha. Mi madre mira la oscuridad al otro lado de la ventana y arruga la frente preocupada. No ve el miedo en mis ojos.

Desde mi silla, solo veo la calle entre las cortinas de la ventana de la cocina. Una neblina grasienta se cierne sobre el callejón, y no sé si es el crepúsculo o polvo. Ha oscurecido tanto que no veo el color. Vuelvo a respirar por la nariz deseando desesperadamente que me llegue el olor a lluvia.

Al otro lado de la puerta de hierro

Tras varias semanas felices en la corte del rey Roger, Rawiya, Bakr, al-Idrisi y la expedición se despidieron del monarca y embarcaron rumbo a Asia Menor, donde empezaría de verdad su viaje. Aunque Rawiya tuvo que dejar a Bauza en los establos del rey, la expedición contaba con una docena de criados, caballos y camellos, así como con comida y agua para varios meses. Zarparon de la costa norte de Sicilia, con la oscura línea de la isla de Ustica en el horizonte. En la Antigüedad había estado habitada por fenicios, pero sus oscuras grutas estaban ahora vacías. Al-Idrisi dijo que algunos la llamaban la Perla Negra, por su roca volcánica.

El barco giró hacia el este y luego hacia el sur para cruzar el estrecho de Mesina. Surcaron sin problemas las fuertes corrientes del estrecho y dejaron atrás la costa de Calabria indemnes. Navegaron hacia el sudeste, cruzaron el mar Jónico y el mar de Creta hasta llegar a las costas de Asia Menor y echaron el ancla en la ciudad portuaria de al-Iskanderun.

Desde la costa de Anatolia, la expedición avanzó hacia el sudeste, cruzó el paso de Belén y entró en Bilad ash-Sham —el Levante— y en la provincia siria del Imperio selyúcida. Debajo había un frondoso valle de verdes laderas cubiertas de pinos. Mientras descansaban, al-Idrisi dibujaba en un libro encuadernado en cuero y describía la ruta de su viaje. Serpentearían hacia el sur por la provincia siria y pasarían por las ciudades de Halab, Hama, Homs y ash-Sham, la hermosa Ciudad del Jazmín. Rodearían el condado cruzado de Trípoli y el reino de Jerusalén, en la costa, y seguirían hacia el oeste por el golfo de Aila hasta El Cairo, Alejandría y luego el Magreb. Su objetivo era cartografiar los territorios entre Anatolia y los enclaves del rey Roger en Ifriqiya, que estaban más allá del golfo de Sidra y de la ciudad de Barnik. Desde allí volverían en barco a Palermo.

La expedición siguió las rutas comerciales hacia el sur y luego hacia el este, y días después llegó a la ciudad de Halab, que los francos llamaban Alep, Aleppo en italiano. Halab, llamada Al-Baida, «la Blanca», por su pálido suelo, era una antigua ciudad en el extremo oeste de la Ruta de la Seda. Tras descansar y anotar descripciones del zoco cubierto de Halab, la ciudadela fortificada y la Gran Mezquita, la expedición de al-Idrisi siguió hacia el sur por una llanura del centro hasta Bilad ash-Sham y siguieron el río Orontes hasta Hama. Cada noche se detenían en un khan, un castillo junto al camino que albergaba a los viajeros.

Desde que habían salido de Palermo, Rawiya había sido siempre la primera en levantarse. Como los khan estaban llenos de viajeros, temía que la pillaran vistiéndose o que la invitaran a los baños y la descubrieran. Bastante difícil era encontrar una habitación vacía para cortarse el pelo con una piedra.

En cada khan paseaba por los patios, observaba a los comerciantes colocando sus puestos de aceites y especias, y rodeaba las mezquitas y las fuentes. Todos los khan eran básicamente iguales: una gran entrada arqueada, un par de puertas de hierro forjado y paredes de piedra caliza tallada o basalto. Los zurrones de piel y las provisiones de los viajeros se alineaban en los pasillos abovedados de las habitaciones de verano, y oscuros pasajes llevaban a las habitaciones de invierno, interiores. Los polvorientos patios centrales estaban atestados de gente que cambiaba moneda, y en medio había una mezquita cuadrada.

Una mañana, en el último khan de camino a Hama, Rawiya se acababa de levantar y estaba rezando cuando oyó un golpe seco procedente del patio central. Se enrolló el turbante y salió de la tarima donde dormía hacia la luz. Al amanecer el khan debería haber estado en silencio. Rawiya escuchó las palmeras meciendo las ramas como derviches en la brisa. ¿Qué era el golpe seco que había oído?

—Te levantas muy temprano, Rami. —Bakr apareció bostezando—. Hasta el sol está aún dormido.

—He oído un ruido —le dijo Rawiya—. Como alguien que dejara caer un saco de lentejas.

Pero Bakr se limitó a bostezar y empezó a empaquetar sus cosas. Rawiya volvió a inspeccionar el patio. El camino superior estaba amurallado y no veía nada por encima de las cabezas de los hombres con sirwal polvoriento que lo cruzaban a zancadas observando el amanecer. El sol teñía de verde y rosa el horizonte. A su alrededor, comerciantes desenrollaban sus alfombras y colgaban sus artículos en las arcadas. La brisa que entraba por la puerta del khan transportaba el olor a agua del valle del río Orontes.

Bakr le hablaba de los comerciantes a los que había conocido en el khan, pero Rawiya solo lo escuchaba a medias.

—La provincia de Siria es rica por el comercio —dijo—. Nur ad-Din es estricto con sus inspectores. Los impuestos proporcionan una gran riqueza.

Al-Idrisi salió desperezándose y revisó los camellos.

—Espero que hayáis dormido bien —les dijo—. Tenemos un largo camino por delante, y esta noche no encontraremos ningún khan en la ruta. No, esta noche seguiremos hacia Hama.

—No acamparemos en el camino, ¿verdad? —preguntó Bakr.

Al-Idrisi alzó las cejas y frunció el ceño.

—Si no te parece aceptable, quizá deberías haberlo pensado mejor antes de venir a esta expedición. —Pero al momento sonrió—. En fin, eres joven, y cuando veas cómo brillan las estrellas, me darás las gracias. No, Bakr, esta noche no. Acamparemos pronto.

Estas palabras fueron las primeras de al-Idrisi en muchos días. Solía estar sumido en sus pensamientos y enfrascado en su cuaderno de notas con tapas de cuero, dibujando mapas. Solo Bakr buscaba a los viajeros en cada khan para que le contaran historias. Al-Idrisi lo anotaba todo, pero no decía nada, como el padre de Rawiya de joven, cuando escuchaba historias de los viajeros bereberes. Rawiya observó el río, al otro lado de las puertas, y se preguntó si el Orontes cambiaba de forma por las noches, como el mar.

De repente se oyeron gritos.

—¡Está muerto! —gimió un hombre—. ¡Lo ha matado! ¡Mutilado!

El dueño del khan, un hombre bajo y fuerte con una túnica de rayas, corrió hacia la puerta.

—Han encontrado un cadáver en el camino de arriba —resopló—. Lo ha lanzado un horrible monstruo volador que le ha desgarrado la carne con las garras.

Rawiya pensó en el ruido que había oído, como de un saco de lentejas. Tuvo miedo y se sintió lejos de casa como nunca. Habían pasado meses desde la última vez que había visto a Bauza en Benzú, balanceando la cabeza para asustar a las gaviotas. En esta época del año los algarrobos tendrían grandes vainas y los higos aún estarían verdes. A la sombra del olivar, los ibis proyectarían sombras alargadas.

—¿Ha dicho garras? —preguntó al-Idrisi.

La llanura los llamaba desde el otro lado de la puerta. Ante ellos, a pleno sol, se extendía el camino hacia Hama.

—¿Mamá?

Siento la explosión en los huesos. La sala se queda en absoluto silencio, solo oigo los escarabajos correteando entre las grietas de las ventanas. Noto el pulso en la muñeca. En la mesa, mi cuchillo golpea el mantel. Las arrugas de la frente de Abú Sayid son gruesas y profundas como raíces de un árbol.

—Debe de ser en otro barrio —dice mi madre.

Pero deja de comer. El bocado de ensalada de pepino de su tenedor, que mantiene en el aire, gotea salsa de yogur. La luz le cae en el triángulo de la nariz, tan recta como la regla T de mi padre.

—¿Estás segura?

Abú Sayid dice algo en árabe. Me inclino hacia delante para escucharlo, pero habla tan deprisa que no lo entiendo. Huda y Zahra se miran. Ahora estoy segura de que algo no va bien.

El teléfono de Zahra vibra en la mesa buscando señal.

—No seas ridículo —le contesta mi madre a Abú Sayid. El bocado de ensalada de pepino sigue en el tenedor, como si no supiera si comérselo o dejarlo, como si no supiera en qué lengua hablar—. Acabamos de llegar —dice resoplando—. Nací aquí. He traído a mi familia. Volveré a tener trabajo. Ya hemos sufrido demasiado.

—Sería solo por una semana, dos como máximo —dice Abú Sayid.

—Esto pasará. —Mi madre mueve el tenedor hacia arriba y hacia abajo. Frunce la boca y se muerde los labios como si intentara retener las palabras—. No tenemos nada que ver. Quiero comprar pan. No quiero preocuparme cuando mis hijas vayan al mercado. No llamo la atención. Trabajo. Tengo que alimentar a tres hijas. ¿Adónde voy a ir?

Abú Sayid inclina la cabeza y se le hunden los hombros. El zumbido de un helicóptero invade la calle y un gato maúlla.

—Terminad de cenar —dice mi madre.

Se levanta y oigo el frufrú de su falda larga mientras se mueve por la sala. Mi padre solía decir que mi madre siempre era una señora, que podría correr una maratón con tacones y luchar contra un león sin hacerse una carrera en las medias.

Ahora está junto a la ventana y aparta las cortinas amarillas. El ruido negro y púrpura de las aspas del helicóptero flota por encima nuestras cabezas y luego se aleja. Algo pasa en la calle, la gente corre a los coches y los niños gritan. El barrio crepita de electricidad, como una maraña de cables. El miedo es un nudo en mis muslos, mis codos y mis pulgares.

Abú Sayid carraspea y sonríe, pero tiene la boca torcida y algo no va bien en sus ojos grises. Se dirige a mí.

—Dime. ¿Por qué has dicho que hoy era un día especial?

Lo miro intentando entender lo que acaba de decirme. Oigo voces procedentes del callejón, zapatos que golpean la carretera. El viento se cuela por la ventana abierta y desconcha la pintura del techo, que cubre de polvo gris el plato de sfiha de Abú Sayid.

Llega otro sonido, un zumbido como de ventilador roto. Lo ahoga todo, incluso las bocinas de los coches y los gritos. Me recuerda al día que enterraron a mi padre, al día que perdí la voz.

Otra explosión, más cerca. La casa tiembla como cuando un coche pisa la banda rugosa de la autopista y me repiquetea la mandíbula.

—¿Por qué hoy?

Abú Sayid intenta sonreír para que no piense en el nudo que tengo en la garganta, caliente y duro como el carbón.

Sé que no debería decírselo, no un día como hoy. Sé que hay cosas que no se olvidan, por mucho tiempo que pase.

Mi madre se pone rígida junto a la ventana. Los escarabajos corren por el alféizar moviendo las patas, finas como pestañas.

—Id a buscar vuestras cosas —dice mi madre.

Huda y Zahra empujan sus sillas hacia atrás, y al levantarse caen al suelo sus servilletas arrugadas y el móvil de Zahra.

Mi madre tiembla y tira con fuerza de las cortinas amarillas. La barra repiquetea.

—Tenemos que irnos. Tenemos que salir ahora mismo.

Me vuelvo hacia Abú Sayid. Su sonrisa se ha hundido, lo que queda de ella permanece inmóvil, como si no tuviera tiempo de retirarlo.

Mi voz forma puntiagudos triángulos amarillos.

—Porque hoy es el día que perdiste a tu hijo —le digo, y algo blando se agrieta en sus ojos.

Mi madre sale disparada desde la ventana. No la oigo gritar.

Todo pasa muy rápido. Un zumbido agudo, como un aparato de aire acondicionado al caer desde una ventana o una lavadora demasiado llena. Un tamborileo. Y algo me golpea en la espalda.

Silencio. El rojo se convierte en negro. Ya no hay colores.

No veo nada, ni siquiera cuando parpadeo. Me pican los ojos como si me hubiera echado zumo de limón. Quiero frotármelos para que no me duelan tanto, pero no puedo mover los brazos.

Alguien tose a lo lejos. Todo huele amarillo amargo. Detrás de mis párpados flotan sollozos púrpura. Cuando los abro, la sala son piedras grises oscuras, como el fondo de una cantera. Una maraña de cables asoma entre los escombros y veo trozos de una pantalla de plástico machacada. El móvil de Zahra.

El móvil me devuelve a la cena, a lo último que recuerdo: a mi madre junto a la ventana.

—¿Mamá? —Siento en la boca un sabor naranja ácido—. ¿Huppy?

Un pitido amarillo en los oídos me impide oír mi propia voz.

—¿Nour?

Surge una mano de la oscuridad. La alianza de mi madre está cubierta de polvo gris. Me quita de encima un trozo de pared y tira de mí. Al moverme me duele: grandes barras rojas de dolor en los ojos, la sensación de rasgarme la piel de las pantorrillas con piedras y cristales y un ardor en la sien izquierda. Se me doblan hacia atrás los codos y me palpitan incluso cuando vuelven a estar en su sitio. Me hago cortes en los pies descalzos.

—¿Dónde está Huda? —pregunto.

Pero mi voz se pierde en el zumbido, y mi madre no está escuchándome. Habla consigo misma mientras tira de mí con la mano y me acerca a un gemido.

Ahora no hay suelo, solo montones de baldosas y nubes de material de aislamiento desgarrado. Mi madre tiene ojos de búho bajo el polvo, que le cubre el pelo de gris. El polvo me hace toser una y otra vez. La tos me asusta más que el dolor, temo que me impida respirar, que la oscuridad me ahogue.

Busco con las dos manos la de mi madre y me aferro a su muñeca. Mi madre se inclina hacia atrás, me aparta y me deja en una esquina cubierta de trozos de yeso. Leo en sus labios «Quédate aquí», pero no oigo nada.

Cuento mis respiraciones. Una espiral rosa gira por encima de mis ojos, algo que parece la sirena de una ambulancia. A la vez noto el color del llanto de un vecino que gime en alguna parte.

Está tan oscuro que solo veo la calle porque algo humea y siento su calor en la cara. Me toco la frente y los dedos me resbalan. Tengo la cara pringosa, como si hubiera sudado, pero no es sudor. La sangre se me pega en las uñas.

—¿Dónde está Huppy?

Mi madre sigue sin contestarme. Se me doblan las piernas, pero doy unos pasos. Mi madre tira de un trozo de techo que ha partido la mesa del comedor por la mitad como una tostada quemada. Oigo un resoplido, los hilillos púrpura de alguien quejándose. Estiro las piernas por encima de ladrillos y de migajas de ladrillos. Mi madre retira el bloque del techo y debajo hay un trozo de tela de flores.

—¡Huppy!

Se me revuelven las entrañas y el dolor desaparece. Todo se reduce al pañuelo de rosas de Huda y a mis pulmones ardiendo.

Tropiezo con piedras y baldosas para llegar hasta Huda. Mi madre tira de ella, la sujeta y luego, con mi hermana bajo el brazo, se dirige a la mesa rota. De debajo surge un llanto.

Mi madre sujeta a Huda con una mano y tira de la mesa con la otra. Se acerca a la mesa y me señala con los ojos la madera rota. Intento ayudarla, pero por más que tiro no sirve de nada. Respiro hondo, trago saliva, tiro de la madera y caigo en la espiral del miedo. No puedo. No tengo fuerza para levantar nada.

Un hombre gris apoya una mano en mi hombro. El polvo le cubre la cara desde la nuez hasta las arrugas de debajo de los ojos, como una barba de finos pelos. Es una sombra en la nube de polvo que se cierne sobre nosotros.

Sé que el hombre gris debería sorprenderme, pero el dolor ha dado paso al entumecimiento, y no siento nada. Aparto los ojos de él y me centro en la grieta de la madera de la mesa. Al otro lado de la grieta observo medio plato de porcelana manchado de aceite y de grasa de cordero. Es lo único que tiene sentido.

Mi madre saca a Zahra de debajo de la mesa, y el hombre gris la ayuda. Tropiezan.

Al principio no me muevo. Miro debajo de la mesa, porque quizá si fijo la mirada en algo familiar, todo lo demás también lo será. Pero el plato roto no es como pensaba. La porcelana no es lisa por dentro. Es rugosa y blanca, calcárea como un hueso roto.

Los gritos de la calle hacen que el mundo entero se vuelva rojo. Se oyen sirenas por todas partes. La ciudad ha explotado como una ampolla.

Sigo a mi madre hasta el jardín tropezando con el hormigón roto. Las casas vecinas están como la nuestra. Gruesos hombros de metal emergen de entre el polvo. Verjas retorcidas y contraventanas sobresalen como dientes.

Todos los edificios de nuestra calle han quedado arrasados.

Cuando era muy pequeña, mi madre me llevaba a jugar a casi todos los parques infantiles de Manhattan. Fuimos muchas veces a Central Park, aunque no solo. Estuvimos en el Seward Park, en el Lower East Side, al John Jay Park, en el Upper East Side, junto a la FDR Drive, al Carl Schurz Park, junto al East River, con su estatua de bronce de Peter Pan, y a muchos otros. Algo estaba destinado a quedarse atrás en uno de ellos.

Tenía solo cinco o seis años cuando perdí mi muñeca favorita. Por entonces apenas parecía ya una muñeca, y seguramente por eso nos costaba tanto encontrarla, porque nadie sabía lo que era. La había hecho mi abuela y nos la había mandado cuando cumplí cuatro años, y desde entonces siempre la había llevado conmigo. Tenía una divertida carita plana, como una rodaja de melón, y un vestido estampado que le había cosido mi abuela, con velcro en la espalda. Había perdido los ojos y la lana del pelo, se le había arrugado la parte izquierda de la boca, y el vestido estaba hecho jirones. Cuando la perdí, era un trozo de tela marrón y rosa, pero significaba muchísimo para mí.

Buscamos mi muñeca por todas partes, pero no la encontramos, porque no sabíamos en qué parque la habíamos perdido. Lloré y lloré. Fue la primera vez que supe que algo había desaparecido para siempre.

Así me siento ahora al mirar nuestra calle. Esta calle, como todas las calles que veía en las Polaroids de mi padre, con los mismos edificios de color canela, las mismas arcadas bajo las que se colocaban mi padre y Abú Sayid con sus camisas naranja..., esta calle ha desaparecido.

—Nour..., la cabeza..., te has...

Es el hombre gris, que habla desde el otro lado de su enmarañada barba gris. No oigo lo que dice.

—¿Abú Sayid?

Es él cubierto de gris. Observo su boca moviéndose. No sale el sonido. Me toca la parte izquierda de la frente, doy un respingo de dolor y grito. El mundo se abre de golpe en sus dedos, rojos fuegos artificiales de dolor.

Corro hacia un montón de ladrillos. Estoy en el jardín de la casa, si se puede tener el jardín sin tener la casa. Me tumbo en las frías piedras con el callejón frente a mí, intentando que se enfríe el fuego de mi cabeza. Muevo los dedos de ambas manos y me toco las orejas. Tengo el pelo húmedo. Sangro por todas partes.

Mi madre se echa a Huda al hombro y se acerca despacio a mí. El rojo se extiende por el pecho de Huda como tentáculos de medusa.

Una vez vi una medusa en el Acuario de Nueva York, una medusa cubo. Aún recuerdo cómo se llamaba: *Chironex fleckeri*, según me dijeron. Era pequeña con largos hilos blancos. El letrero junto a la vitrina decía que su picadura podía ser mortal, aunque solo medía treinta centímetros y sus tentáculos eran finos como el hilo dental. Me pregunto si en este caso es así. ¿Es venenoso el dolor?

Mi madre tumba a Huda a mi lado, y nuestra sangre se mezcla como pintura derramada. Los lienzos de mi madre se ciernen sobre nosotras. Algunos están rasgados y otros arrancados por completo de los marcos. Están esparcidos por el jardín, por el callejón y por las ramas de la higuera. Una raíz se ha soltado de la tierra y alarga un dedo. Estiro la mano, pero no puedo cogerla. Tengo los dedos demasiado resbaladizos.

Lo que toco es el pañuelo de flores de Huda. Mi hermana tiene la boca abierta y el dobladillo del pañuelo está desgarrado. Su hombro es una papilla roja de carne.

—Despierta, Huppy. ¡Despierta!

Sacudo a Huda, pero su cabeza solo gira de un lado al otro. Es como si estuviera diciendo que no, como si el mundo fuera demasiado para ella, como si fuera un genio que ha dormido mil años en una botella o en una piedra. Coloco la oreja en su muñeca y no oigo nada. Siento la barriga como escaldada con hielo. Lo intento en el pecho. Oigo un pulso lento, como música debajo del agua. Su corazón sigue ahí.

Apoyo la cara en la clavícula de Huda y escucho su respiración. Inspira, una larga pausa y espira. Respiro con ella. Pienso en las medusas, en que nunca parecen vivas, pero tampoco muertas. Huda está en ese lugar intermedio, aunque siempre ha sido lo bastante fuerte para abrir todos los frascos, aunque una vez ganó una medalla de oro en el campeonato de fútbol de la ciudad y aunque es la única que sabía arreglarme la bicicleta cuando se me rompía la cadena.

Pasan minutos que parecen horas. Zahra tropieza desde una esquina del jardín hasta la otra, aturdida, y luego se tambalea. Mi madre encuentra una toalla destrozada y presiona con ella el hombro de Huda. Cuando mi hermana ya no sangra tanto, mi madre y Abú Sayid buscan algo entre los escombros. Mi madre se agacha para recogerlo. Se mueve hacia delante y hacia atrás, con la falda azul marino pillada entre las pantorrillas y los muslos, y suelta pequeñas nubes de polvo gris. Tiene algo en las manos, el trozo de plato roto. Lo coge como si fuera su rosario o el misbaha de mi padre. Lo mira murmurando. Observo sus labios. «El sfiha —dice—. Qué desperdicio.»

Mi madre se levanta y se dirige a una esquina del jardín. Su último mapa, el de las capas de pintura acrílica, está secándose junto a la puerta. No está enmarcado ni acabado. La sábana blanca ha salido volando, pero curiosamente el lienzo no se ha roto. Está adornado con pegotes de polvo. Mi madre coge una bolsa de arpillera de entre los escombros de la cocina, como la bolsa del arroz que comprábamos en Chinatown. Utilizamos las bolsas para guardar juguetes viejos.

Mi madre coge el mapa y retira los soportes de madera del lienzo. Enrolla el lienzo y lo mete en la bolsa, la cierra y la ata con la tira para sujetarla. Me vuelvo mientras busca más cosas que salvar: una alfombra para rezar cubierta de hollín y dos pares de zapatillas de deporte aplastadas. Deambula de nuevo entre las ruinas en busca de algo que no puede dejar atrás. Se agacha y retira trozos de pared y baldosa como si estuviera escarbando entre hojas de árbol caídas. Saca del fondo una caja metálica abollada con la cerradura derretida. Dentro están nuestros pasaportes, incluido el mío, un pasaporte estadounidense rígido azul, y el libro de familia sirio con todos nuestros nombres oficialmente anotados. Las letras del libro de familia han perdido el brillo, y la cubierta roja es suave y está arrugada como el cuero viejo. Mi madre da gracias a Dios mientras recoge nuestros documentos, lo único que nos queda para demostrar que somos una familia.

Pego la cara a la piedra del jardín. Huele a quemado y a amarillo verdoso, el color de la suciedad y de la enfermedad. Los ojos de Zahra derraman lágrimas sobre higos machacados. Abú Sayid cojea entre escombros y madera chamuscada examinando la carcasa del móvil quemado de Zahra. Da un salto al cortarse un dedo con un frasco roto. Me llega un olor a comino quemado.

La brisa nocturna levanta los bordes del hiyab de Huda. Tira de un trozo de periódico en llamas del fondo de la casa derruida y lanza las cenizas al callejón. Leo el titular en árabe mientras el periódico se quema y traduzco fragmentos de palabras: Marruecos. España. Ese trozo de foto del periódico, el hombre con barriga, sus dulces ojos castaños riéndose. Debajo, el círculo en bolígrafo rojo hierve y se ennegrece, y el nombre que hay dentro se convierte en virutas de humo.

Plumas por encima del sol

La expedición abandonó el khan y siguió el río Orontes hacia el sur, hacia los grandes pantanos de la llanura de al-Ghab. En algunos lugares había presas y acueductos que transportaban agua para regar las tierras de cultivo circundantes. En otros, el agua se almacenaba en estanques en los que nadaban bagres negros. Las montañas costeras se extendían hacia el oeste, y al este estaba la montaña Bani-'Ulaym, con sus empinadas laderas y su multitud de manantiales que desembocaban en el valle.

Durante casi una semana, sus camellos se abrieron camino por la orilla del río. Al-Idrisi se sumía en sus notas y sus bocetos, copiaba con todo detalle los giros y las curvas del río Orontes y delimitaba la longitud de la llanura de al-Ghab. La expedición avanzó lentamente hacia el sur hasta que llegaron a las fértiles llanuras que rodean la ciudad de Hama, verdes y doradas con tierras de cultivo. La brisa pasaba sus dedos por pastos exuberantes y arboledas de pistachos, y en los campos, viejos surcos atravesaban la tierra roja. De vez en cuando veían un grupo de beduinos pastoreando sus cabras y ovejas en los bosques lejanos. El Orontes se alejó de ellos serpenteando justo en el centro de Hama, donde las caravanas de los comerciantes cruzaban las puertas.

Pararon a dormir en Hama. Aquella noche, Rawiya se escabulló de sus compañeros. La ciudad no era tan grande como

Halab, pero, como la habían construido a orillas del Orontes, estaba llena de árboles y flores, y olía a agua limpia.

En el centro de la ciudad, Rawiya volvió a encontrar el Orontes y una de las norias de Hama, las grandes norias de madera que unos siglos antes habían construido los gobernantes bizantinos. La noria estaba conectada a un acueducto que enviaba agua a toda la ciudad. Rawiya escuchó el crujido y el rítmico gemido de la madera húmeda. Pensó que parecía música. Volvió tarareando aquellas notas graves, como si la noria estuviera cantando. «Madre, ojalá pudieras oírlo», pensó sintiendo una punzada en el pecho.

Al día siguiente, la expedición salió de Hama siguiendo el Orontes hacia la ciudad de Homs. Cuando llegó el momento de hacer sus oraciones matutinas, utilizaron el agua del río para sus abluciones antes de rezar.

Los camellos bajaron la cabeza para beber. La larga fila de criados se detuvo detrás de ellos y colocó esterillas y alfombras para rezar en la orilla arenosa del río. Tres veces se lavaron las manos hasta las muñecas, los pies hasta los tobillos y la cara, y se pasaron las manos mojadas por el pelo. Cuando terminaron de lavarse, se prepararon para buscar la qibla, la dirección de la Kaaba, en La Meca, para saber hacia dónde mirar mientras rezaban. Al-Idrisi sacó un astrolabio.

El astrolabio era un disco plateado. Su superficie frontal estaba marcada y tallada como la esfera de un reloj, y era delicada como la seda de las arañas. Esa cubierta tallada, llamada red, indicaba las posiciones del sol y de decenas de estrellas cuando el instrumento se alineaba correctamente con el cielo.

Al-Idrisi giró el astrolabio y orientó un gráfico grabado por detrás que incluía una serie de ciudades y el ángulo del sol de cada una de ellas en determinados momentos del año. Se llamaba mapa de la qibla.

—Buscamos en el gráfico la posición más cercana a nosotros y utilizamos ese ángulo del sol para encontrar la qibla —dijo al-Idrisi.

—Nunca he entendido estos gráficos —dijo Bakr.

Al-Idrisi torció la boca, y Rawiya pensó que lo había visto sonreír.

—¿Te gustaría probarlo, Rami?

Le tendió el astrolabio.

El astrolabio era más grande que una granada de buen tamaño y conservaba el calor que había acumulado en el morral de al-Idrisi. El sol brillaba en la cara plateada. Rawiya observó los puntos tallados que indicaban las estrellas y descubrió el desconcertante símbolo de un águila.

Giró el disco y observó el mapa de la qibla. Como era la primera vez que veía un astrolabio, estaba nerviosa. Recorrió con la mirada la lista de ciudades. Cada una de ellas tenía una curva. Sabía que si era capaz de encontrar la correcta, podría utilizarla para descubrir la relación entre la posición del sol y la dirección de La Meca.

Aquí. Vio la curva de la qibla de la ciudad más cercana a ellos, ash-Sham, Damasco.

—Ya lo tengo —dijo. Bakr y al-Idrisi se acercaron a ella y observaron el punto del horizonte que señalaba con el dedo—. Si el sol está ahí, la qibla debe de estar... —Se volvió hacia el sur—. Allí.

Al-Idrisi esbozó su sonrisa felina.

—Muy bien. —Dejó caer el astrolabio en la palma de la mano de Bakr, que se apresuró a atraparlo—. ¿Lo ves, Bakr? Si hablaras menos y observaras más, lo entenderías.

La expedición se colocó mirando al sur y se arrodilló para rezar. Cuando acabaron, levantaron la cara hacia el sol naciente. Un gran pájaro blanco sobrevolaba en círculos y les tapaba la luz.

—¡Menudo pájaro! —gritó Bakr—. Debe de ser el ibis más grande que he visto en mi vida.

Pero tanto Rawiya como al-Idrisi sabían que no era un ibis. Rawiya tocó su honda, metida en una funda de cuero. El sol, liso como el bronce, se apoyaba en la muleta de una montaña. El vientre color crema del pájaro proyectaba sombras ondulantes y sus garras brillaban. A Rawiya se le tensó todo el cuerpo.

—¡Subamos a los camellos! —gritó al-Idrisi—. ¡Huyamos!

La expedición bajó por la colina, dejó atrás los campos de cultivo y se encaminó a refugiarse a Homs, al otro lado de la curva del Orontes. El animal descendió en picado. Era más grande que las águilas y su envergadura era de la longitud de un barco. Sus plumas blancas y plateadas brillaban como el nácar. Sus chillidos podrían romper diamantes.

El animal se acercó a ellos, pasó como el viento por encima de sus cabezas y dispersó a los asustados camellos. Rawiya pidió a gritos a los aterrorizados criados que siguieran adelante. Sacó la honda de su padre y la bolsa de piedras afiladas.

—¡No lo conseguiremos!—gritó Bakr.

Al-Idrisi inclinó la cabeza hacia el cuello de su camello para evitar el viento.

—Homs está ahí delante —dijo—. En la ciudad estaremos a salvo.

Las alas del animal arremolinaron polvo a su alrededor. Las puertas de hierro estaban delante de ellos, pero el pájaro volvió a tomar posición y adoptó la forma de una flecha, listo para atacar. Los alcanzaría antes de que hubieran llegado a las puertas.

Rawiya tiró de su camello para colocarse de cara al gigantesco pájaro. Metió a toda prisa una piedra en la honda y tiró de la correa. La sujetó con fuerza con los dedos. Clavó las uñas en el cuero para que no se le resbalara.

—¡Rami! —gritó al-Idrisi tirando de su camello.

—¡Vuelve! —gritó Bakr—. Va a matarte.

Rawiya entornó los ojos, contuvo la respiración y esperó a que el pájaro estuviera a tiro. Apuntó a sus ojos.

El animal chilló, y al extender las garras tapó el sol. Rawiya sintió en la cara su rancio aliento, que apestaba a huesos rotos y a hígado podrido.

Rawiya soltó la piedra, pero el huracán de alas desplazó su trayectoria. La piedra golpeó con fuerza las plumas del vientre del animal, que chilló, frenó y se precipitó por encima de las puertas de Homs arrastrando una sombra verde oscura. Al alzar el vuelo dejó caer plumas grandes y pálidas como espadas, y desapareció detrás de las colinas.

Bakr se acercó a ella.

—¿Dónde has aprendido a hacer eso?

Rawiya levantó la honda.

—Quería darle en los ojos, pero me ha visto y ha levantado aire con las alas. —Se desenrolló de los dedos la tira de cuero—. Mi padre me enseñó el truco.

Al-Idrisi se acarició la barba. Tenía el turbante blanco manchado de polvo.

—No es un truco —dijo—. Un talento como ese puede resultar útil en un camino lleno de peligros. ¿Cómo has sabido dónde apuntar?

—Cuando yo era niño, mi padre me contaba cuentos —le contestó Rawiya—. Cuentos de un animal egoísta y sediento de sangre al que no le gustan las canciones ni las cosas bonitas. Mata y roba lo que le place. Como tiene todo el cuerpo cubierto de gruesas plumas, su único punto vulnerable son los ojos.

Bakr se estremeció y contuvo el aliento.

—¿Qué animal es?

Salió el sol, rojo granada.

—El terror pálido —le contestó Rawiya—. El gran pájaro blanco que los poetas llaman ruc.

Las luces se han apagado. Las luces de las casas, las farolas y los semáforos. Nunca había visto la ciudad tan oscura, como el fondo del mar. Manhattan nunca estaba tan oscura. Mi padre solía decir que Manhattan estaba más viva por la noche que durante el día.

Mi madre me pone unas zapatillas raídas. La observo a través de la cortina de mi pelo. Ya no me duele la cabeza; mi cuerpo entero es un bulto entumecido. Me froto los codos y tiemblo al sentir la primera punzada de frío.

—Levántate, Nour.

Me sacude los tobillos y tira de las zapatillas hacia arriba para que no se me caigan. El calor ha fundido las costuras, que han empezado a abrirse, y me asoman un par de dedos de los pies.

Mi madre se aparta el pelo enmarañado de las mejillas. Cuando vuelve a tocarme los pies, tiene los dedos húmedos. Ha regresado la sal, que rodea mis tobillos.

—Está oscuro, mamá.

—No hay luz.

Los escarabajos se han tragado su voz.

Las calles de la ciudad son un laberinto de hormigón retorcido y de esqueletos de acero. La idea de levantarme y andar hace que sienta un escalofrío en los dedos y que se me revuelvan las tripas.

—Me duele la barriga —le digo—. Y quiero tumbarme.

—Aquí no, *habibti*. Aquí no estamos seguros.

Mi madre le toca la frente a Huda y lanza a Zahra un par de zapatillas de tela con las lengüetas arrancadas. Zahra tiene la cabeza apoyada en las rodillas y no se las pone. Mi madre vuelve a recorrer los restos de la casa con la mirada en busca del móvil destrozado de Zahra, y maldice cuando lo encuentra. Cuenta las monedas que tiene en el bolsillo de la falda. Mete un fajo de billetes chamuscados en el fondo de su bolsa de arpillera.

Mi madre y Abú Sayid hablan en árabe. Muevo los dedos de los pies, dentro de las zapatillas. Las piedras me presionan el dedo gordo. Nada parece real. Es como el minuto antes de vomitar, cuando no puedes pensar en otra cosa, solo en aguantar los cinco segundos siguientes. Así me siento. Me pregunto si toda la ciudad está arrasada, y sencillamente no lo sabemos. Me pregunto cuántos otros sitios se han quedado hoy sin luz, cuántas otras manzanas se han quedado sin farolas.

Entonces recuerdo que Abú Sayid dijo en la cena que en su casa también se había ido la luz, y el miedo me zumba en la nuca como una radio al encenderse.

—¿Qué pasa con tu casa, Abú Sayid? —le pregunto—. ¿Sigue allí?

Abú Sayid mira a mi madre, pero ninguno de los dos me contesta. A todos nos zumban los oídos. Luego Abú Sayid se acerca a Huda y la levanta con las dos manos, como si fuera una pila de leña. Las rodillas de sus pantalones están hechas trizas, y el lino, manchado de sangre. El peso de Huda hace que las piernas de Abú Sayid se doblen hacia un lado, y se esfuerza por mantener erguidos los hombros. No se parece en nada al hombre con bigote de las Polaroids de mi padre.

Mi madre levanta a Zahra por la muñeca.

—Lo averiguaremos —dice Abú Sayid.

Mi madre, Zahra y Abú Sayid, con Huda en brazos, cruzan la puerta del jardín. Yo soy la última en salir de casa. El callejón frente a mí es un desfiladero abierto, como si alguien hubiera desmenuzado masa de hojaldre con un cuchillo caliente. Detrás, una rama de la higuera resquebrajada, con el tronco manchado de hollín y de sangre, atraviesa una ventana rota. Un higo marrón cuelga deshilachado, atravesado por metal y por afiladas esquirlas de piedras. En la puerta hay salpicaduras que rezuman zumo y semillas. Toco el pestillo, que se me pega en los dedos y tira de mí cuando me alejo.

Abandonamos el jardín y el desorden de marcos y lienzos, las salpicaduras de pintura y los platos rotos. Caminamos en la oscuridad hacia la calle Quwatli, pero todo parece haber cambiado, y aunque Abú Sayid debe de saber hacia dónde va, parece confundido.

Nuestra calle no es la única del barrio que ha quedado arrasada. Paredes caídas, techos derrumbados y ladrillos amontonados cortan otra calle. No reconozco las tiendas con las fachadas desmoronadas, las carcasas de bloques de pisos en los que los sofás y las bañeras han ido a parar a la acera.

¿Cuántas Polaroids hay de lugares que ya no existen?

Damos media vuelta y lo intentamos por otro camino. Todo es gris, una nube de polvo flota sobre la carretera. Cuesta respirar. Zahra se queja de sus pies. Se queda atrás, y mi madre tira de ella. Yo tengo cortes en los dedos de los pies, pero no digo nada. Observo la mancha oscura del hombro de Huda extendiéndose y dejando rastros de sangre en su pecho y en el de mi madre. Pienso en medusas cubo.

Como no hay farolas encendidas y todo está cubierto de polvo, caminamos a tientas a lo largo de las paredes de la siguiente manzana. Nubes oscuras mezcladas con humo cubren la luna esta noche. De vez en cuando un coche pasa por una esquina a toda velocidad, con las luces apagadas, y nos pegamos a la pared más cercana. Intentamos encontrar la calle Quwatli, pero acabamos metiéndonos en un pequeño callejón, tan viejo y estrecho que no tiene acera. Vamos en fila india.

Abú Sayid se para y se vuelve. Huda cuelga de sus brazos. Parece cansado, como si cargara con un bloque de mármol. Me pregunto si todavía tiene los bolsillos llenos de piedras. Me pregunto si las piedras de mi tocador se quemaron y se rompieron al desplomarse nuestra casa, si la botella de perfume de color ciruela de Zahra explotó igual que una patata en el microondas. Siento en la barriga, como un dolor indigerible, los meses que tardé en recoger todas esas piedras.

Abú Sayid se diluye en la oscuridad. El único punto de luz es el pañuelo de flores de Huda sobre el cuello de su camisa. El brazo de mi hermana cuelga y se balancea como una cadena.

Busco a tientas la mano de mi madre y le doy golpecitos en el muslo hasta que encuentro la uña de su pulgar. Me agarro con fuerza y hundo la cara en su costado. Mi madre me pasa la mano por la oreja. Huele a aguarrás usado, ese intenso olor verde azulado, y a grasa para cocinar.

Mi madre me tapa con la mano las voces de la siguiente calle, los gritos gris tiza y los pasos que resuenan. La bolsa de arpillera se balancea en la otra mano, las esquinas del mapa asoman como grandes plumas. Pese a todo, las líneas que delimitan los países no se han corrido. La pintura acrílica se seca enseguida.

—La calle de al lado está cortada —dice Abú Sayid—. En la plaza pasa algo.

—¿Pasa algo?

Mi madre aprieta la mano contra mi pelo.

—¿Adónde vamos? —Zahra habla demasiado alto—. No podemos pasar toda noche en la calle. ¿Y si vuelve a suceder? ¿Y si...?

—Cállate. —La voz de mi madre es un susurro áspero, granuloso como el hormigón.

—Tenemos que ir por otro camino.

Abú Sayid pasa lentamente de una pared del callejón a la otra, como si estuviera buscando una puerta en la piedra, como si alguien fuera a enviar una escalera de incendios desde el cielo.

Zahra mueve las manos. Tiene los músculos del cuello rígidos como juncos.

—Tenemos que irnos, mamá —susurra.

—¡Cállate! —Las manos de mi madre revolotean sobre su cara, su pelo y su bolsa. Tiembla.—. La primera semana de mayo —dice en voz tan baja que apenas la oímos—. Nos marchamos la primera semana de mayo.

Se coloca el puño delante de la boca, como si quisiera volver a introducirse las palabras.

—Podéis quedaros conmigo —dice Abú Sayid—. Pero dejadme pensar en otro camino.

Una mancha se extiende detrás de la clavícula de Huda como un ala.

Un helicóptero roza los tejados y agita el polvo suspendido. Cuando empiezan a temblarme los tobillos y la parte delantera de los pies, todo en mí quiere echar a correr. Me aferro a mi madre. La sangre me hincha el cuero cabelludo y las yemas de los dedos, como si fuera a explotar.

—Quiero irme a casa —murmuro.

—A casa de Abú Sayid..., ahí es adonde vamos. No está lejos. —Pero es como si mi madre estuviera en otra parte. Enumera una lista de cosas que todavía no han sucedido—: Cogeremos el coche. Acostaremos a las niñas. Tendremos agua. Ropa limpia. Llevaremos a Huda al médico. —Me acaricia el pelo mientras habla. En la oscuridad, sus ojos y sus mejillas no son más que agujeros—. Todo irá bien. —Y añade en voz baja—: *Insha'Allah*. —Si Dios quiere.

Mi padre solía decirlo cuando creía que nadie lo oía, cuando todo estaba tan en silencio que lo oía rezar. Como las tardes de verano en la ciudad, cuando la gente se tumbaba en el suelo de su casa y mi padre estaba tan cansado de ayunar durante el Ramadán que se tendía en la alfombra y me leía en voz lo bastante alta para ahogar el sonido del tráfico. O las mañanas de Navidad, después de haber abierto los regalos, antes de que mi padre rompiera el silencio con Umm Kalzum y antes de que mi madre y él bailaran delante del árbol. Eran los únicos momentos lo bastante silenciosos para oír a mi padre rezando.

—Tenemos que intentarlo por la plaza —dice Abú Sayid.

En ese momento veo la arcada blanca y negra del edificio de al lado. Cierro los ojos y recorro mentalmente el camino que hicimos esta tarde para ir a comprar el comino. Huda nos llevó por esta calle. No hay duda de que es esta arcada, de que son estas franjas de piedra blancas y negras. Veo la foto mentalmente, la foto que hice con los ojos. Imagino las calles por las que pasamos, visualizo el camino como si fuera un trozo de tela y paso las manos por los pliegues. En la cafetería, a la izquierda. Recto hasta el edificio con las piedras grises y blancas. Después del álamo torcido, a la derecha. Luego repaso el itinerario por segunda vez, ida y vuelta. El atajo de Huda. «Abú Sayid vive a una calle de la tienda de especias.» Huda diciendo: «Dicen que la sinestesia tiene que ver con la memoria».

—Sé el camino —digo.

Mi madre me suelta.

—¿Adónde?

—Recuerdo este edificio. —Señalo el callejón, que desaparece en una esquina cerrada—. En la siguiente manzana hay una cafetería. Giras a la derecha en el álamo torcido...

—Estamos en Siria, no en Nueva York —dice Zahra—. Aquí no hay manzanas.

Intento no alzar la voz porque se oyen gritos procedentes de la calle de al lado.

—Sé el camino. Lo recuerdo.

—Solo has estado aquí una vez. —Zahra se vuelve hacia las voces.

Pisoteo mi zapatilla raída.

—Huda podría decírtelo. Es su atajo. Yo siempre me acuerdo..., ¿verdad, mamá?

Mi madre sujeta con fuerza la bolsa de arpillera.

—Explícale a Abú Sayid el camino, y que él vaya delante. No eches a correr, *habibti*.

Le susurro el itinerario a Abú Sayid. Giramos la esquina del callejón y avanzamos por la calle sin separarnos. Alguien enciende una vela en una ventana. La llama rebota en los ojos de Abú Sayid, hinchados y con las ramas rojas de las venas. Los cortes en las rodillas de sus pantalones hacen que el dobladillo cuelgue y se arrastre por el suelo. Miro hacia arriba y me pregunto si la luna se irá a la cama pronto, si podré verla.

Pasamos por delante del edificio con las piedrecillas blancas y el álamo torcido. ¿Qué piedras no he podido ver en la oscuridad? La noche es tan negra y polvorienta que ni siquiera se ven las estrellas por encima de nuestras cabezas.

No debería ser así. Este paseo podría haber sido una aventura, una expedición. ¿Cuántas veces me explicó mi madre cómo utilizar un astrolabio, como los antiguos cartógrafos? ¿Cuántas veces me mostró la red, en la que estaban representadas todas las estrellas? Pienso en la fe que debía de tener la gente en aquellos tiempos para confiar en que las estrellas estarían ahí cuando las necesitaran, para confiar en que el cielo no les fallaría.

Observo los brazos de Huda balanceándose frente a mí en la oscuridad. En la siguiente esquina me fijo en la pulsera de oro de Zahra. Me vuelvo y observo lo único que nos queda: la joya de Zahra y el mapa de mi madre. Espero a que los celos me den vueltas en el estómago, pero no llegan. Huda tiene las yemas de los dedos negras de hollín. Daría el último hilo de mis zapatillas a cambio de que dijera algo.

Llegamos a la tienda de especias, con la persiana metálica bajada. Me doy cuenta de que Abú Sayid sabe dónde estamos porque acelera el paso, con los labios separados y las palabras colgando de su lengua. Cambia de postura a Huda y suspira:

—Bendita seas, Nubecilla.

Giramos por una calle lateral. Frente a nosotros, como un minarete en el polvo gris, está el coche verde de Abú Sayid, aparcado en los adoquines; las luces y las alarmas, amarillas y rosas, parpadean.

Aunque Abú Sayid ha venido muchas tardes a nuestra casa, nosotras nunca hemos estado en la suya. No reconozco nada. Tropiezo con piedras que no veo, con piedras de formas extrañas y con trozos de ladrillo y de hormigón. Vuelvo a pensar en las piedras del camino. Quizá estoy pisando la piedra misteriosa de Abú Sayid, la púrpura y verde, y ni siquiera sé lo importante que es. Como las bombas que cayeron del cielo, que no sabían lo importante que era la casa en la que aterrizaron, que no sabían que era nuestra casa.

Entonces Abú Sayid grita. Giramos la esquina y pasamos junto al coche. Los faros se encienden y se apagan. El destello nos permite ver los escombros de un edificio, y por un minuto me pregunto si hemos dado un rodeo y hemos vuelto a nuestra casa. Pero no.

Abú Sayid avanza hacia su techo derruido, hacia las ruinas de su cocina. Arrastra los pies entre ladrillos partidos y levanta nubes de polvo como plumas hacia el cielo. Me pregunto de qué tamaño era la bomba que aplastó su casa y su calle. Me pregunto si alguien sabía que era su casa.

Si no hubiera ido a jugar a tantos parques, ¿tendría aún la muñeca de mi abuela?

Vuelvo a mirar la bolsa de arpillera de mi madre, con el mapa dentro. Pienso que es una tontería que las pinturas acrílicas se sequen tan rápido. Las cosas cambian mucho. Tenemos que retocar los mapas continuamente y volver a pintar nuestros propios límites.

Donde duerme el camello

En aquellos tiempos, Homs era una de las ciudades más grandes de Siria. Se extendía por una fértil llanura regada por el Orontes y estaba llena de jardines, árboles frutales y viñedos. Se hallaba a unos días de distancia a caballo de un castillo cruzado llamado Crac de los Caballeros, cerca de la frontera del condado cruzado de Trípoli. Pero el emir Nur al-Din había amurallado y fortificado Homs, y muchos viajeros y comerciantes se reunían en sus mercados al aire libre y paseaban por sus calles empedradas. A Rawiya le maravillaron la gran mezquita de al-Nuri, una de las más grandes de Siria, y la tumba del general musulmán Jálid ibn al-Walid. Se creía que la ciudad era un lugar a salvo de serpientes y escorpiones, una zona afortunada. Al-Idrisi consignó en sus libros encuadernados en cuero la estatua de piedra blanca de un hombre a caballo por encima de un escorpión, que estaba ante la puerta de la mezquita. Le explicó a Rawiya que había oído a los habitantes de Homs decir que si te picaba un escorpión, podías curarte frotando barro en esa estatua, disolviéndolo en agua y bebiéndotelo. Rawiya se quedó muy sorprendida.

Encontraron un khan dentro de la ciudad, junto a una mezquita, y se quedaron a pasar la noche. A la mañana siguiente, Rawiya se despertó antes del amanecer con una sensación de nostalgia y de soledad. Los comerciantes exponían sus artículos en los mercados al aire libre, vendían piñones y membrillo, zumaque y naranjas, cuentas de vidrio y seda. Se descubrió a sí misma intentando en vano oír entre el ruido la familiar cadencia de la voz de su madre.

Rawiya se volvió y contó a sus compañeros. Faltaba uno: al-Idrisi.

Se puso el turbante y se ató la honda al costado. El khan estaba en silencio, pero de la segunda planta llegaba un tarareo. Subió corriendo la escalera de piedra.

Más allá del khan se escalonaban las azoteas grises de las casas de piedra. Al oeste estaba el Orontes, con álamos dispersos por sus orillas. Al fondo, tierras de labranza esculpidas rodeaban las colinas.

—¿Despierto tan temprano?

Rawiya se sobresaltó. Al-Idrisi estaba sentado en el murete, con las piernas colgando hacia fuera. Escribía en un libro encuadernado en cuero apoyado en el regazo.

—Al-Idrisi... —Rawiya corrió hacia él—. Baje de ahí, que va a caerse.

—Mi suerte lo impedirá —le contestó—, y la vista no va a hacerme ningún daño. —Dio unas palmaditas en la piedra—. Ven, contempla la ciudad antes de que se despierte.

La barba de al-Idrisi estaba teñida de polvo, y el viento levantó pelos de camello de su turbante. Rawiya decidió mantener los pies en el suelo. Sopesó sus palabras y dijo:

—El ruc nos siguió desde el khan de las afueras de Hama hasta las puertas de Homs. Me preocupa. El camino que tenemos por delante está desprotegido.

Al-Idrisi se interrumpió, levantó la pluma y luego siguió arañando el papel.

—Si avanzamos deprisa, podemos llegar a ash-Sham dentro de cuatro días, máximo cinco.

Los tendales entre los edificios se mecían con el viento y las señales de madera golpeaban contra las piedras.

—El camino es largo —dijo Rawiya.

—Debes entender que no hay mapas fiables de esta zona y sus caminos —dijo al-Idrisi—. Esa es nuestra misión, hacer el mapa más completo que haya existido jamás. Ahora mismo nos basamos en los cálculos de otros viajeros. Solo estaremos seguros de la distancia cuando la veamos por nosotros mismos.

—Pero es demasiada distancia —dijo Rawiya. El viento agitó su sirwal, y los bajos bordados del pantalón le rozaron los tobillos—. Si el ruc quiere vengarse, nos buscará en todos los khanes del camino. No nos dejará tranquilos sin luchar.

Al-Idrisi cerró el libro encuadernado en cuero, pasó los pies por encima del murete y se levantó.

—Parece que tu padre te contó más cosas de ese animal de las que nos has dicho.

Rawiya le contó que en la niñez se sentaba en el regazo de su padre, bajo las ramas de un olivo, donde alcaudones de alas grises se arreglaban las plumas con el pico. Le habló del rostro arrugado por el sol de un comerciante amazigh —bereber— que le ofreció una cosa de piel suave y de un verde púrpura. Un higo maduro. Le dio un mordisco, arenoso y dulce, y el amazigh empezó a recitar la antigua historia del ruc. Cuando Rawiya terminó de contárselo todo a al-Idrisi, dijo:

—El ruc es terrible cuando se enfada y no se detendrá ante nada para vengarse de sus enemigos.

Al-Idrisi tiró de su barba.

—Entonces nos esconderemos entre las colinas y los campos para que no nos vea.

Rawiya sonrió.

—Por mi parte, me encantará dormir bajo las estrellas.

La expedición salió de Homs y siguió las rutas comerciales hacia ash-Sham haciendo todo lo posible por evitar los khanes. Por la noche, los criados encendieron fuego, prepararon ollas de lentejas y calentaron columnas redondas de pan. Al-Idrisi leyó atentamente sus notas y observó las estrellas. El verde atardecer se desprendió y dejó al descubierto la negra corteza del cielo.

—Esta noche dormimos felices bajo la cúpula de las estrellas —dijo al-Idrisi—, a salvo de bestias que nos acechen.

Bakr se sentó junto al fuego protestando.

—Me enfrentaría a una horda de bestias que nos acecharan con tal de poder bañarme como una persona decente.

Al-Idrisi se limitó a reírse y se reclinó en su alfombra.

—Mirad al cielo, mis jóvenes amigos, y ved la magnificencia que Dios ha creado con sus manos.

Las constelaciones parpadeaban. Al-Idrisi habló a Rawiya y Bakr de las constelaciones que los beduinos y los árabes habían visto mucho antes que los romanos y los griegos.

—Los beduinos veían Casiopea no como una damisela, sino como un camello hembra. En la Osa Mayor no veían un oso, sino a tres hijas de duelo y a su padre en un ataúd. En la Osa Menor veían dos terneros dando vueltas en un molino. Donde los romanos veían a Pegaso, los beduinos veían un gran cubo. En lugar de Leo Minor, veían tres gacelas huyendo de un gran león. —Al-Idrisi se llevó la mano al pecho—. Ah, Leo, el león. El emblema del rey Roger, el león de Palermo. —Luego señaló las estrellas—. La estrella Vega suele verse como una gran águila blanca —siguió diciendo—. De hecho, es lo que significa el nombre de la estrella. An-Nasr al-Waqi, el águila que cae en picado.

Rawiya pensó en las diferentes maneras de ver las cosas. Cuando estaba en el olivar con su padre, no sabía el nombre de las estrellas.

—¿Y estas constelaciones pueden verse desde lugares tan lejanos como el Magreb? —le preguntó.

—Claro que sí, y desde más lejos —le contestó al-Idrisi—. Yo observaba el cielo de niño, en Ceuta, donde nací.

Les habló de la casa de su familia, un elegante *riad* en una colina con una fuente de azulejos azules y blancos en el patio central, y les contó que antes de viajar a Europa y Asia Menor había estudiado en Córdoba.

—Espero volver a Ceuta cuando haya terminado mi trabajo para el rey Roger —dijo al-Idrisi.

Rawiya y Bakr se quedaron sorprendidos.

—Un hombre brillante como usted seguro que estaba impaciente por salir de Ceuta y viajar por el mundo —dijo Bakr.

Pero al-Idrisi se quedó muy quieto, con el brazo alrededor de la rodilla, y miró a los ojos a Bakr.

—Hubo un tiempo en que Ceuta tenía tales tesoros que daría toda mi posición y todo mi honor por volver a verlos —le contestó al-Idrisi.

Bakr se ruborizó y desvió la mirada.

—Un hombre culto como usted... —dijo Rawiya—, estaba seguro de que era de al-Ándalus, al otro lado del estrecho.

Al-Idrisi se ablandó y avivó el fuego con una sonrisa.

—Nunca des nada por sentado, Rami —le contestó—. Un hombre de ciencia debe ver las cosas como realmente son, no como parecen ser.

Los criados apagaron las hogueras y se retiraron a sus tiendas. Bakr cabeceaba de sueño. Por encima de ellos, los camellos dormían entre las estrellas. Rawiya y al-Idrisi se quedaron un rato contemplándolas en silencio y viendo correr las gacelas.

Abú Sayid pone a Huda en los brazos de mi madre y desaparece en la oscuridad dejando tras de sí el crujido de sus pasos entre los escombros. Se convierte en una criatura invisible que araña ladrillos y yeso agrietado, y que tritura baldosas como huesos de pollo.

—Abú Sayid, ¿adónde vas?

Lo sigo y me desgarro la punta de la zapatilla izquierda con un cristal tirado en el suelo.

—Nour, ven aquí.

Mi madre intenta agarrarme del codo, pero no lo consigue. En el bordillo, abarrotado de almohadas hechas jirones y de plumas de ganso, tropiezo con la hebilla metálica de un cinturón. En la acera hay un brazo de sofá pegado a un trozo de colchón quemado.

Las farolas están apagadas. La única luz es una serie de alarmas de coche que se han disparado, algunas silenciosas y otras de color rubí fuerte. Parpadean como los ojos amarillos de los coyotes.

Una vez vi un coyote, en la calle Ciento diez Oeste. Mi padre y yo paseábamos por el extremo norte de Central Park. Era diciembre y toda la acera estaba cubierta de hielo. La única parte sin hielo era el pequeño muro de piedra que separaba el parque de la acera. Mi padre me cogió de la mano mientras yo caminaba de puntillas por el muro y se acercaba a mí cuando tenía que pasar por un banco. Los niños habían apilado bolas de nieve en los laterales beige de los edificios del otro lado de la calle, y las barandillas de las escaleras de incendios eran rígidas cañas de hielo. Yo prestaba atención a mis pasos para no pisar el musgo y la porquería. En el parque, el lago era un agujero helado. Sentía en los dedos la mano caliente de mi padre.

Solté a mi padre. Corrí unos pasos hacia el final del muro, y mi padre me gritó que me parara. El parque era una mancha negra a mi izquierda, y los arces, palitos.

Salté del muro y vi al coyote. Era más grande que un perro, aunque más delgado, y de un color curioso: gris, dorado y marrón. Las uñas negras del coyote golpearon la acera. Todos sus músculos se tensaron, duros como vides.

Mi padre me llamó. Ninguno de los dos se movió. El coyote nos miró fijamente, con el pelaje rígido como las cerdas de un cepillo, y las puntas cubiertas de escarcha. Sus ojos eran del color de los anillos de ámbar que solía ponerse mi madre, como el que llevaba el día que murió mi padre.

El coyote me miró expulsando vaho por las teteras de sus fosas nasales.

Y luego, como un hermoso fantasma, desapareció. Volvió trotando a la maleza, cubierta de hielo.

Sentí el calor de mi padre antes de que apoyara las manos en mis hombros. Me levantó de la acera. Y de repente estábamos en un banco del parque, yo sentada en su regazo. Me envolvió con su abrigo, como si temiera que fuera a escaparme, y me meció como a un bebé. Nos quedamos así durante casi una hora, mi padre negándose a soltarme, y yo recordando aquellos ojos ámbar.

—Nour —me dice mi madre—, estás sangrando otra vez.

Pero no estoy escuchándola. Abú Sayid está de rodillas entre los escombros de su casa, frente al caos en llamas. Salto por encima del trozo de colchón y deslizo las zapatillas por trozos de baldosa del techo y de muebles desmembrados. Me dirijo hacia la espalda inclinada de Abú Sayid, hacia las erosionadas montañas de sus hombros. Nunca lo vi solo en las viejas fotografías de mi padre, ni una sola vez.

—Abú Sayid.

Levanta la cara y abre las manos. Alza la barbilla al cielo. Ha recogido trozos de piedras y cristales que probablemente eran pulidos, pero ya no lo son. Están agrietados y negros como el carbón. Creo ver un trozo de piedra caliza que le di una vez, un trozo de cuarzo rosa que le regalé. Todo está desparramado, y las piedras que no están rotas están cubiertas de porquería.

Los faros del coche parpadean. Las alarmas tiñen el mundo de rojo. Quiero que mi padre me envuelva de nuevo con su abrigo, sentir sus cálidas manos en la espalda. Imagino a Abú Sayid sentado en una cafetería, compartiendo un plato de mezze con mi padre y pasándose los brazos por la espalda. Me apoyo en sus hombros y me abrazo a su cuello esperando que los fantasmas de la seguridad se filtren en mí.

Abú Sayid envuelve sus piedras con un pañuelo y se las mete en el bolsillo. Volvemos a la calle. Su coche verde tiene el parachoques abollado, pero aún funciona. Mete pilas de papeles y cajas metálicas de herramientas en el maletero. Dice que son herramientas geológicas.

Arranca el coche y conduce con cuidado para evitar las piedras destrozadas. Zahra está sentada delante, mi madre detrás de ella, y Huda entre mi madre y yo. Abú Sayid se ha arrancado la tira del dobladillo de la camiseta, y mi madre envuelve con ella el hombro de Huda para intentar detener la hemorragia. Parece salpicada por el jugo de una lata de remolacha.

Empieza a salir el sol. Dejamos atrás la gran mezquita de al-Nuri y giramos en una calle estrecha para evitar la calle Quwatli y la plaza. Rodeamos la tumba de Jálid ibn al-Walid, que mi madre nos llevó a ver cuando nos trasladamos a Homs. Miro hacia la puerta de la mezquita en busca de la estatua del hombre y el escorpión, pero no está. Intento imaginar el tiempo que ha pasado desde que la construyeron, las montañas de años, que deberían ser lo bastante pesadas para aplastarnos.

Seguimos hasta el hospital más cercano, pero está lleno de coches y de pacientes. Lo intentamos con otro. Todos los hospitales de nuestro barrio están desbordados de heridos. No se sabe cuánto puede durar la espera. Solo hay aglomeraciones, montones de gente, largas filas de personas cubiertas de sangre marrón. Pasa un niño tumbado en una sábana que los médicos sujetan por las esquinas, como una hamaca, y con un tubo en la boca. Al pasar, un médico mira los pies de Huda, en el suelo, y a mi madre y a Abú Sayid, que la sujetan. Fuera, el cielo y la carretera retumban como un terremoto. El médico pasa por delante de nosotros con el chico sangrando en brazos. Le dice algo a mi madre en árabe: «No tendremos sitio para ella esta noche». Se inclina y aprieta el nudo que mi madre ha hecho con la camiseta de Abú Sayid. Mi madre y el médico se miran con el niño en medio. Antes de marcharse, el médico le dice: «No debería esperar».

Volvemos al coche, y Abú Sayid nos saca de la ciudad. Mi madre corta otra tira de la camiseta de Abú Sayid y cubre con ella el hombro de Huda hasta que la hemorragia disminuye. Presiona otra tira contra mi sien izquierda intentando que la sangre se coagule. Tengo frío y sueño.

Pasamos por el olivar de las afueras de la ciudad, el olivar por el que Huda y yo paseábamos por las tardes cuando mi madre tenía trabajo y quería que nos marcháramos de casa, el olivar en el que me senté a hombros de Huda y busqué la piedra sin nombre de Abú Sayid. Nos alejamos del río Orontes hasta que las antenas parabólicas de los tejados parecen orejas diminutas y dejamos atrás las llanuras de campos de cultivo divididos en cuadrados. Más allá están las colinas adosadas agrupadas en círculos, los lejanos contornos de las montañas. El río serpentea hacia Hama, en el norte, hacia los lugares que eran pantanos antes de que los drenaran. ¿No me dijo una vez mi madre que al Orontes lo llamaban Asi, «rebelde», porque fluye del sur al norte?

—No entiendo por qué nos han bombardeado.

Mi madre habla en voz baja, como si pensara que estamos todas dormidas, como si temiera despertarnos.

Al principio Abú Sayid no dice nada. Los neumáticos del coche zumban. El motor repiquetea y se queja.

—Puede que nunca lo entendamos —le contesta, también en voz baja—. En tiempos como estos, quienes sufren son las personas humildes.

Me quedo callada y finjo que no lo he oído. Abú Sayid cambia de marcha y el gemido del coche se convierte en un ronroneo. En un momento dado me apoyo en el cuello de mi madre y empiezo a quedarme dormida, con el brazo de Huda en mi rodilla. Al pasar por un bache abro los ojos de golpe y vuelvo a cerrarlos. Lo último que veo es el anillo ámbar de mi madre, el que no se había puesto desde que murió mi padre.

Tiene las manos hacia delante, y al dar vueltas al anillo, atrapa pelos sueltos alrededor de la piedra. Me pregunto cómo lo encontró entre las ruinas.

En el hospital de Damasco solo se oyen gemidos y huele a metal, como los parachoques de los coches. Pero el suelo de baldosas blancas de la sala de espera está limpio, las butacas marrones y beige son mullidas y suaves, y estoy demasiado cansada para asustarme.

Mi madre va con Huda y un médico detrás de una cortina. Zahra apoya la cara en la pared e intenta dormir, y yo me rasco el apósito que me ha puesto una enfermera en la sien.

La gente charla a nuestro alrededor. Mientras esperamos entra una familia con una niña muy pequeña. No deben de gustarle los pitidos ni los médicos que pasan a toda prisa, porque empieza a gritar. Su madre se levanta y pasea con ella en brazos, arrullándola. Los gritos de la niña se convierten en un gemido púrpura que gira alrededor de las sillas de la sala de espera. Me froto la piel de los brazos y las rodillas. El miedo va adquiriendo forma, caliente, afilado.

Abú Sayid me aprieta la mano.

—No llores, Nubecilla —me dice.

—No estoy llorando.

Me desenredo un nudo del pelo, detrás de la oreja, y tiro del mechón. La sangre que me ha salido por debajo del apósito lo ha apelmazado. Abú Sayid sigue mirándome con expresión preocupada. Vuelve a tener los hombros caídos, como dos colinas erosionadas por la lluvia.

—¿Por qué sales en todas las Polaroids de mi padre? —le pregunto.

—¿Qué? —Se ríe un instante—. Tu padre y yo éramos amigos desde niños. Sus padres fueron muy amables conmigo cuando perdí a los míos. En aquellos tiempos, tu tío Ma'mun era como un hermano para mí, y tus abuelos fueron como unos padres.

Dejo de tocarme el pelo y lo miro.

—¿Perdiste a tus padres?

—Cuando era muy pequeño. Después de su muerte, viví un tiempo con mi tío. —Cruza las manos sobre el regazo, sonríe y el hoyuelo de su mejilla se hace más profundo—. Pero me gusta pensar que aunque el mundo me quitó una familia, también me dio otra.

—Entonces lo sabes —le digo—. Sabes lo que es.

—Sí —me contesta—. Lo sé.

Abú Sayid y yo nos quedamos callados un minuto, escuchando los pitidos y los zumbidos de las máquinas. Luego saca del bolsillo una áspera piedra azul con vetas amarillas y blancas.

—¿Habías visto alguna vez una piedra como esta? —me pregunta.

Niego con la cabeza.

—Es que hay muy pocas —me dice—. Es lapislázuli sin pulir. Los talladores de piedras preciosas lo utilizaban para hacer joyas para reinas y azulejos para mezquitas y palacios. No hay otro azul como este en el mundo.

Deja la piedra en mi mano.

Los bordes afilados se me clavan en la palma. Capas de azul y de gris se entremezclan formando caminos imaginarios.

—Creía que las piedras preciosas eran brillantes.

—Las cosas más preciosas no lo parecen al salir de la tierra —me contesta Abú Sayid. Envuelve de nuevo la piedra en el pañuelo—. En la tierra, hasta la gema más bonita parece áspera y sin valor. Puedes ver el índigo más profundo, pero está sucio y cubierto de sal. Pero si tienes paciencia y las pules con papel de lija y un trapo..., bueno, muchas cosas pueden convertirse en bonitas.

—¿Y si están agrietadas? —le pregunto—. ¿Qué pasa si están rotas?

Abú Sayid baja la cabeza y se toca la barba. Nunca se lo he visto hacer, como si hubiera olvidado que estoy aquí. Luego me mira, sonríe y me pregunto si me lo he imaginado.

—Las piedras no tienen que estar enteras para ser bonitas —me contesta—. Hasta las agrietadas pueden pulirse y arreglarse. Los diamantes pequeños, si son cristalinos y están bien tallados, pueden ser más valiosos que los grandes con impurezas. Mira, a veces las estrellas más pequeñas son las que más brillan, ¿no?

Pero mi cabeza sigue dando vueltas. Estoy delante de nuestra casa amarilla, tumbada en el jardín, junto a la higuera. Intento recordar dónde he dejado mis juguetes y mi bicicleta, como si pudiera venir alguien y llevárselos mientras no estoy. ¿Hay alguien durmiendo en mi cama quemada? ¿Ha venido gente a coger nuestras mantas carbonizadas, a limpiarlo todo y a construir una casa nueva donde estaba la nuestra? Quiero caminar por el olivar y por las piedras calientes del jardín. Echo de menos mi casa con un anhelo rabioso, aunque mi casa sea ahora un lugar imaginario.

Ojalá mi padre la hubiera visto antes de que desapareciera. Las cosas se pierden rápidamente, con demasiada facilidad. Como cuando dejas en algún sitio un cucurucho de helado. Como cuando lanzas una piedra al Hudson. Me pregunto si las historias que conté a la higuera también se han perdido, si mi padre llegó a escucharlas. ¿Sintió los temblores cuando la casa se derrumbó? ¿Hay una parte de él dando vueltas en la tierra y teniendo pesadillas?

—Anoche estaba tan oscuro que no había estrellas —le digo.

—No, Nubecilla. —Abú Sayid me levanta la barbilla con un dedo—. En todo caso, cuanto más oscura es la noche, más brillan las estrellas.

El hospital se despierta y murmura. Zahra está dormida. Al otro lado de la ventana, la luna desciende y la Estrella Polar se apaga.

La isla de color hueso

El camino de Homs a ash-Sham empezó siendo un agradable paseo por tierras de cultivo verdes, campos de cereales amarillos y huertos de árboles frutales. La expedición pasó entre cipreses y pinos que se hacían más pequeños y escasos conforme avanzaba. Al final la tierra se volvió más seca, y las zonas con sombra en las que descansaban se hicieron menos frecuentes. Grupos de beduinos pastoreaban cabras y ovejas al pie de las colinas. Al oeste se alzaban montañas que bloqueaban las lluvias procedentes del mar. A medida que se acercaban a ash-Sham, los agradables campos de cultivo que habían cubierto las llanuras de Homs daban paso a una árida estepa. Rawiya observaba el cielo durante el día, estaba atenta al batir de alas y dormía poco por las noches.

Al tercer día de viaje, al-Idrisi echó un vistazo a sus notas, esbozó mapas y comentó que al día siguiente llegarían a ash-Sham. Recogieron sus cosas en el amanecer púrpura y dirigieron sus camellos más allá de los tamariscos y los arbustos que se recortaban ante la tierra gris.

Rawiya vio un punto diminuto, una figura tambaleante que se dirigía hacia ellos. Un hombre extraño se tiraba de la barba desaliñada y de la ropa hecha jirones. Su escasa voz rodó por encima de las piedras y del lecho reseco de un *wadi*. En aquella época del año el *wadi* estaba seco, por el lecho solo corría agua en las temporadas de fuertes lluvias. Los zapatos rotos del hombre vomitaban polvo. Blandía los puños al cielo.

Al-Idrisi levantó la mano, y toda la expedición se detuvo. Saludó al hombre, que se acercó a ellos cojeando, golpeándose el pecho y tirándose de la barba. Al-Idrisi bajó del camello, se dirigió a él, le ofreció agua de su odre y le preguntó por qué estaba tan alterado.

—Oh, destino —gritó el hombre levantando las manos—. Oh, destino cruel, me has arrebatado el honor y has arruinado mi buen nombre. Oh, divina providencia, ¿por qué has abandonado a tu sirviente, Jaldún?

Al-Idrisi, viendo que el hombre estaba medio enloquecido por la sed, el calor y la desesperación, pidió a los criados que lo atendieran. Un criado le ofreció una alfombra y le pidió que se sentara, y otro corrió a arrancar una rama de tamarisco para abanicarlo. El propio al-Idrisi ayudó a Bakr a prepararle una comida a base de nueces, aceitunas, higos y pan con aceite y tomillo.

El hombre se desvaneció bajo el ardiente sol, y Rawiya le limpió el polvo de las mejillas con un trozo de tela húmedo para refrescarlo. Con la tela en la mano, se arrodilló a su lado y suavemente le retiró la capa de suciedad de la piel. A medida que el agua le limpiaba el polvo de las mejillas, la tela dejaba al descubierto el rostro de un hermoso joven de piel morena. A Rawiya le impresionaron su barba de rizos negros, la graciosa línea de su nariz, sus gruesas cejas oscuras y sus labios carnosos. Al sentir el joven el contacto de la tela, abrió los ojos. Rawiya se ruborizó y desvió la mirada.

Después de comer llegó la hora de la oración vespertina. El hombre se arrodilló junto a los miembros de la expedición, rezó con ellos y dio gracias a Dios por su hospitalidad y su amabilidad. Después, carraspeó y habló.

El hombre, que dijo llamarse Jaldún, volvió a golpearse el pecho y alzó los brazos al cielo.

—Nací con mala estrella —dijo—. Hace un tiempo era el poeta más destacado del emir Nur al-Din. Le cantaba canciones de grandes hazañas, de héroes y de antiguos monstruos, y a cambio el emir me trataba con afecto. Me proporcionó una gran casa en la que vivían mi madre y mi hermana, y durante muchos años disfruté de las riquezas de su corte.

»El emir había luchado mucho por unificar el territorio sirio y defenderlo de sus enemigos. Reunió a numerosos hombres valientes y a muchos guerreros en su corte y solía pedirme que le cantara canciones de grandes hazañas. Pero mis palabras eran tan convincentes y mis canciones tan apasionadas que el emir llegaba a creer que yo mismo había llevado a cabo aquellas grandes gestas.

»La historia favorita de Nur al-Din era la de un terrible pájaro llamado ruc. El animal había sido expulsado de estas tierras hacía muchos años por hombres valientes que lo obligaron a abandonar los riscos de las montañas y dirigirse hacia el Magreb. Yo había oído decir que el ruc se había instalado en un valle con enormes serpientes en el que nadie se atrevía a adentrarse. Allí estaba fuera de peligro y se alimentaba de la carne de las serpientes.

»Pero un día la calamidad asoló la provincia. El ruc regresó y reclamó sus ancestrales territorios de caza: la ciudad de ash-Sham y los territorios circundantes. Aterrorizaba a los ciudadanos, les arrojaba piedras desde el cielo, se lanzaba en picado sobre los rebaños y los dispersaba, y se llevaba ovejas en las garras.

Un horror. Rawiya y Bakr se miraron. Al-Idrisi los observó con los labios apretados y las manos entrelazadas en el regazo.

—Todos decían que aquella calamidad era mucho peor que la anterior —siguió diciendo Jaldún—. Entonces el emir decidió que debía defender la ciudad de ash-Sham de aquel terror y buscó a personas que conocieran las debilidades del ruc.

Me mandó llamar al gran salón. Me contó lo que estaba sucediendo con la mezquina criatura, y como yo le había narrado un sinfín de historias sobre la primera derrota del ruc, me ordenó matar a la bestia y poner fin a la tortura del pueblo. —Jaldún se tiró del pelo y de la túnica, y gritó—: ¿Por qué, Señor? ¿Por qué has cargado este peso sobre tu servidor?

—Poeta —le dijo al-Idrisi apoyándole la mano en el brazo—, continúa.

—Le dije al emir que yo no era un guerrero —prosiguió Jaldún—, que solo era un joven que contaba historias. No quiso entrar en razón. Me dijo que si no mataba al ruc, me consideraría un mentiroso y un traidor. Dio la orden de matarme si no acababa con el ruc en cuarenta días. Entretanto, mi madre y mi hermana permanecerían encadenadas en el palacio. Ahora mismo están pudriéndose en la prisión, esperando el resultado de mi misión. —Jaldún se cubrió la cara con las manos y sollozó—. ¿Por qué? ¿Por qué he tenido tan mala fortuna?

—¿Qué vas a hacer? —le preguntó Rawiya.

Jaldún señaló la estepa que los rodeaba, las colinas plateadas y la maleza.

—Deambulo por el campo con la esperanza de que el ruc me mate y ponga fin a mi desdicha. Pretende vengarse de todo aquel que entra en estas tierras.

—¿Y no vas a intentar vencerlo? —le preguntó Bakr.

Jaldún se rio.

—¿Has visto a ese animal? Puede levantar a cinco hombres en las garras. Sus patas son como troncos de palmera.

—Vimos a esa bestia —dijo al-Idrisi—. Una isla alada de plumas de color hueso.

—Nos atacó cerca de Homs —dijo Rawiya.

—¡Homs! —Jaldún se llevó la mano al pecho—. La ciudad donde nací. No he vuelto allí desde que entré al servicio de Nur al-Din. —Volvió a sollozar—. Oh, hermosa ciudad, asediada por la calamidad. No volveré a ver tus puertas hasta que Dios misericordioso me permita entrar en el edén.

A Rawiya le conmovieron sus palabras.

—Tu historia es muy triste, poeta —dijo al-Idrisi—. ¿No podríamos ayudarte?

Jaldún negó con la cabeza.

—¿Qué son las palabras de un poeta contra las garras de una bestia? —preguntó—. Apenas tengo posibilidades. ¿Qué puedo hacer? No puedo acabar con el ruc porque no soy capaz de lanzar una piedra lo bastante alto para alcanzarle.

—Pero quizá yo sí pueda —dijo Rawiya.

Damasco palpita al otro lado de las ventanas del hospital. Como no he dormido, siguen picándome los ojos. Mi madre sale de detrás de la cortina. Huda está en un quirófano.

Abú Sayid junta las manos. Zahra cruza los brazos y ronca con la frente apoyada en la pared. ¿Quién sabe dónde está Huda? Es la primera vez que no pasamos todo el verano juntas. Por más que intente dormir, me despierto y tengo la sensación de que he olvidado algo, como si alguien me hubiera cortado un brazo sin que me diera cuenta.

Pellizco el acolchado beige de la silla y balanceo los pies hasta que la fuerza de mis rodillas hace que se muevan sus patas. Por todas partes se oyen pitidos rojos. Me pregunto qué monitor es el de Huda y luego me pregunto de quién son los que estoy escuchando. Imagino que puedo distinguir el de Huda de los demás, como si distinguiera a una rana en un estanque lleno de ellas.

Cuando creo que he encontrado el pulso de Huda, me presiono la muñeca e intento sincronizar mi corazón con el suyo, pero no funciona. Lo único que consigo es que las yemas de los dedos se me queden blancas y entumecidas, y al final siento un hormigueo.

Todo el hospital huele a lejía. Me recuerda a cuando mi padre murió, cuando tuve que ir con mi madre a la funeraria. Olía a manzanas agrias y a lejía. Era repugnante, porque veo el olor a manzanas agrias de color amarillo, y el olor a lejía del color del vómito.

Mi madre me hizo entrar con ella y nos sentamos con el director. Huda y Zahra estaban en la escuela. Yo me había quedado en casa porque se suponía que me dolía la barriga, aunque en realidad solo quería ir con mi madre. Creía que si veía a mi padre una vez más, quizá dejaría de echarlo de menos.

El director desapareció en un cuartito y salió con dos tazas de café. La sala principal estaba llena de cortinas rojas de terciopelo y sofás tan hundidos que te perdías en ellos. Las cortinas eran tan gruesas que no dejaban pasar la luz. Parecía una tienda de muebles sin el plástico. Balanceé las piernas adelante y atrás. Aquel olor a vómito se pegaba a todo, un tufo a productos químicos, basura y lágrimas.

Mi madre habló con el director hasta que entró un chico delgaducho, no mucho mayor que Huda.

—Este es mi ayudante, Lenny —dijo el director.

Nos estrechamos la mano. Sentí su gran mano blanda y húmeda rodeando mi pequeña mano. Lenny tenía cuatro pelos en la barba y un bigote ralo. Olía a queso.

Balanceé las piernas un poco más. Lenny miró mis zapatillas de deporte. Me preguntó si quería un zumo. Asentí.

Fue a buscarlo, y mi madre se levantó con el director.

—Quédate aquí un momento —me dijo mi madre—. Vuelvo enseguida.

Cuando Lenny regresó, mi madre y el director habían desaparecido por una escalera que conducía a un sótano oscuro. Lenny me tendió un vaso de zumo de naranja.

—¿Adónde ha ido mi madre? —le pregunté.

Lenny parpadeó.

—Seguramente a ver el cuerpo de tu padre.

Pasé el dedo por el borde húmedo del vaso de papel.

—Apuesto a que se suponía que no debías decírmelo.

Lenny inclinó la cabeza hacia las grasientas baldosas del techo.

—¿Y no puedo verlo? —le pregunté.

—No creo que te guste.

—¿Por qué?

Lenny no me contestó. Di un trago de zumo. Como la pulpa y el azúcar se habían separado, el líquido era un revoltijo turbio. Di otro sorbo amargo y dejé el vaso en el suelo. Y luego salí corriendo.

Había bajado la mitad de la escalera cuando Lenny salió detrás de mí. Como no había encontrado el interruptor de la luz, avancé hacia una luz verde al final de la escalera. Allí abajo hacía mucho frío, como en la sección de congelados del supermercado. Me detuve en el último escalón, agarrada con fuerza a la barandilla. La voz de mi madre, entrecortada y baja, flotaba hasta mí desde una sala al final del pasillo. Allí el olor era más fuerte, más nauseabundo, y aquel color vómito teñía las paredes.

Lenny bajaba la escalera detrás de mí.

Corrí por el pasillo y abrí la puerta.

—¿Mamá?

Mi madre y el director se volvieron hacia mí como si no estuvieran seguros de estar despiertos. Un cuerpo yacía en una mesa de plástico blanca, y la luz de la sala era verde y de color clara de huevo. Vi los pliegues secos alrededor del codo, los fuertes muslos casi sin pelos y la parte delantera de la planta de un pie.

—Nour. —El miedo brilló en la cara de mi madre y se enroscó alrededor de sus ojos—. No deberías estar aquí.

Esperé a que los dedos de los pies se movieran, a que afloraran los músculos del antebrazo. No se le marcaban las venas. El arco del pie era gris, como carne pasada la fecha de caducidad.

Lenny irrumpió en la sala. Levanté la mano y agarré el dedo gordo del pie de mi padre rodeándole la uña con los dedos corazón, índice y pulgar. Estaba frío. Contuve la respiración. Sentía en la nariz aquel denso olor a manzana podrida.

El escozor del antiséptico flota por encima de mi hombro..., ese olor a hospital. Un hombre con bata blanca aparece detrás de nosotros. Busca los bolsillos delanteros de la bata, pero su barriga los mantiene tensos. Le dice algo a mi madre en árabe. Su voz es gris con manchas rosas. La de mi madre es de un marrón más amarillento de lo normal, irregular. Luego el médico se aleja, y sus zapatos golpean suavemente las baldosas del pasillo.

—Huda ha salido del quirófano —dice mi madre.

—¿Sí?

Retiro los dedos de la muñeca y dejo de contar los pitidos de los monitores. Mi madre tira de mí y sacude a Zahra por el hombro.

Recorremos el pasillo, cruzamos el vestíbulo y entramos en otra ala del hospital. Mi madre abraza la bolsa con el mapa y nuestra comida, trozos de pan y unas latas de pescado que encontramos entre los escombros. Abú Sayid nos sigue. Entramos en un ascensor, subimos dos pisos, giramos una esquina y luego otra. Me tiemblan las piernas como en la calle, y la velocidad hace que sienta pinchazos en las rodillas.

Mi madre cruza una puerta, entra en una gran sala llena de camas y ahí está Huda, debajo de una sábana blanca. Cuando dejamos de correr, las pantorrillas me tiemblan y me arden, e intento recuperar el aliento.

Mi madre y Zahra entran, pero a mí se me revuelve el estómago. Me detengo en la puerta.

Los dedos de Huda asoman por debajo de la sábana. Tiene salpicaduras de sangre seca en la palma de la mano. No distingo su rostro, solo veo los garabatos de su pulso y su presión sanguínea en el monitor. No parece mi hermana.

Zahra se acerca a Huda. En lugar de tocarla, tira de sus propios dedos y hace crujir los nudillos. Hacía mucho tiempo que no la veía tan callada.

Abú Sayid apoya la mano entre mis omoplatos y me empuja suavemente. Al principio no me muevo.

—¿Está dormida? —le pregunto.

—Creo que sí —me contesta.

Me dirijo a la cama. El brazo de Huda cuelga por debajo de la sábana, metido entre las varillas de la barandilla de la cama. Recuerdo sus dedos colgando flácidos por delante de las rodillas de Abú Sayid. El paisaje irregular de su cuerpo se estremece y luego se queda inmóvil como un coyote.

Meto el puño por debajo de la sábana, junto a la mano de Huda, pero no la toco. Intento recordar si mi padre tenía un aspecto diferente en el sótano de la funeraria. Imagino su piel gris. ¿Fue un minuto o un segundo lo que tardé en saber que estaba muerto, que ya no parecía mi padre?

—Puedes cogerla de la mano —me dice mi madre.

Cuando mi padre murió, mi madre me dijo que había llegado su hora. Pero la hora de Huda no ha llegado.

Miro sus dedos, sus uñas blancas con ribetes rojos. Tiene el rostro amoratado y verdoso, como si estuviera sin aliento, como si hubiera vuelto a casa corriendo desde el olivar. Respira con dificultad aire amarillo. La sangre traspasa las vendas y salpica la sábana en color arándano. Me da miedo tocarla. Me da miedo hacerle daño, me da miedo despertarla, me da miedo que me vea y que en adelante siempre me relacione con este hospital, con el marrón resbaladizo de su sangre. El sentimiento de culpa se abre camino en mis entrañas, pero me quedo ahí, mirando.

—Pregunta lo que quieras —me dice mi madre—. No tengas miedo. Lo único que tienes que hacer es preguntar.

Una camilla pasa por la esquina. La sábana tiene manchas rojas como trozos de corteza de gouda. El olor verde a hierro me lleva de regreso a la casa destrozada. Siento la explosión en la boca y en las pestañas.

Retiro los dedos.

—¿Se recuperará?

—Tiene que descansar —me contesta mi madre.

Las clavículas de Huda suben y bajan, apenas visibles. Su respiración se traba, se detiene, se estremece y vuelve a empezar. Pienso que he visto a una persona muerta, pero que nunca he visto morir a nadie. ¿Y si la muerte es algo que se aferra a ti, como un mal olor?

Abú Sayid me coge de la mano.

—Vamos, Nubecilla —me dice—. Dejemos que descanse.

Como no podemos esperar en la sala de recuperación en la que duerme Huda, mi madre nos lleva a un patio para las visitas. Tiene un jardín, y detrás de las palmeras y de los jazmines blancos se ve la calle. Por la acera cuadriculada pasean mujeres con grandes gafas de sol; cables telefónicos se cruzan frente a aparcamientos de hormigón y bloques de pisos. Un hombre ajusta una antena parabólica en una azotea. Al final de la calle del hospital hay una gran carretera con hoteles a ambos lados que lleva a la fuente del centro de la ciudad, donde confluyen otras calles como radios de una rueda. Al otro lado de la carretera, puentes de adoquines con barandillas de hierro cruzan el río Barada.

Mi madre nos sienta en un banco de la parte de atrás del jardín. Se cubre la cara con las manos. Tiembla, y la bolsa vibra a sus pies.

—¿Estás llorando? —le pregunto.

Mi madre me acerca a ella. Abú Sayid se levanta y camina por el jardín. Zahra va a esperar dentro, donde hay aire acondicionado. Pasa las uñas por la pared, y su pulsera tintinea contra la piedra. Pienso que cuando Huda la sacó de la joyería, aún no había comprado nada.

Me aferro al banco.

—Dime qué le pasa a Huda.

—Le alcanzó la metralla —me contesta mi madre. Se detiene y aguanta la respiración—. Cuando la bomba tocó el suelo, se rompió en mil pedazos. Los trozos de metal explotaron y se calentaron, como cuchillos al fuego. Un trozo atravesó el hombro de Huda.

Ya sé lo que son esos cuchillos. No quiero pensar en la bomba. Observo el collar de mi madre, un trozo de azulejo de cerámica azul y blanca sujeto con un cordón plateado que se balancea en su pecho. Debe de ser muy viejo, porque lo recuerdo desde niña. La porcelana azul y blanca me recuerda al plato que mi madre tenía en la mano cuando la casa se derrumbó. Caigo en la cuenta de que no estoy segura de cuándo sucedió, si ayer o anteayer. Debería ser capaz de acordarme de algo tan importante.

—Así que todo ese metal sigue dentro de ella.

Hago mentalmente una lista de todas las cosas que pueden perderse dentro de una persona. Imagino los huesos de Huda como islas entre músculos rojos.

—Pues sí —me dice mi madre. Se pasa la mano por debajo de los ojos y tira de la piel de los pómulos—. A veces cuesta mucho sacar la metralla.

«Metralla» es una palabra roja. Me suena a metal, a rabia y a estar en el lugar equivocado en el momento equivocado. Suena a cosas rojas y amarillas dentro de las personas, al miedo y la rabia que pudren a una persona y acaban pudriendo a otra.

—Tiene que descansar unos días —dice mi madre—. Sin descanso y sin medicamentos, podría infectarse.

—Pero estará bien cuando volvamos a casa —le digo.

En el rostro de mi madre vuelve a aparecer esa mirada tensa, el miedo en sus labios y su frente.

—Cuando volvamos a casa —dice como si no supiera lo que significan esas palabras.

—Arreglarán nuestra casa, ¿verdad?

Nos imagino volviendo en coche a casa. Los fuegos se extinguen, las paredes se alzan y Dios extiende pegamento en los trozos de mi cama y en los platos rotos de mi madre.

Mi madre no me contesta. Me pasa un brazo por los hombros. Pero no quiero que me abrace, ahora no, así que me aparto. No contestarme es la peor respuesta. «La primera semana de mayo.» ¿No dijo eso en el callejón de Homs? ¿Cómo vamos a marcharnos de un sitio que llevaba toda la vida esperando ver? ¿Cómo vamos a marcharnos dos veces?

—No podemos ir a ningún otro sitio —le digo con voz rojiza—. A no ser que volvamos a Nueva York.

—Aún no lo sé, *habibti*. —Mi madre cierra los ojos, exhala y su aire me calienta la clavícula—. Cuando seas mayor lo entenderás. No se puede hacer pan sin harina. No se puede dibujar un mapa de un sitio en el que nunca se ha estado.

No tiene sentido.

—¿Y qué pasa con Abú Sayid? —Está de espaldas a nosotras, arrastrando los pies entre hileras de arbustos y de palmeras—. ¿Adónde irá?

—Es como de la familia —me contesta mi madre—. Tu padre nunca abandonaría a un hermano. —Entonces recuerda sonreír—. ¿Sabes por qué lo llamamos así?

Niego con la cabeza.

—*Abu* significa «padre» en árabe —me dice—. Cuando un hombre tiene un hijo y se convierte en padre, lo llaman por el nombre de su hijo. Es decir, se convierte en «Abú» y después el nombre de su hijo. —Me observa—. ¿Lo entiendes?

—Pero Abú Sayid ya no tiene un hijo.

Mi madre me acaricia la espalda.

—Pero lo tuvo. Se llamaba Sayid.

—¿Qué le pasó?

Abú Sayid anda de un lado a otro. Hace un camino en las piedras con sus zapatos de piel. Sus pantalones de lino deshilachados fluctúan.

—Se enfadó con Abú Sayid cuando era joven y se marchó de casa —me contesta mi madre. Mira la bolsa, la alfombra sucia que huele a hollín y el mapa con bordes dorados enrollado dentro—. Nunca volvió. Jamás volvieron a verse. —Mi madre observa la barandilla del jardín—. Era geólogo.

—Oh.

¿Las herramientas del coche de Abú Sayid eran suyas o de su hijo?

—Abú Sayid era profesor de geología en la Universidad de Homs. Le enseñó a su hijo todo lo que sabía. Su hijo podría haber hecho una larga carrera, era brillante. —Mi madre se aparta de mí—. ¿Te sorprende?

Sigo con la mirada los hombros caídos de Abú Sayid. Tiene un bolsillo hundido, y soy la única que sabe que está lleno de piedras.

—No lo sabía —le contesto.

—¿Qué no sabías?

—Que había otra persona. —Las hojas proyectan sombras sobre nosotras y me enfrían la cabeza—. Otra persona a la que le gustaban las piedras tanto como a Abú Sayid.

Mi madre no me contesta. Abú Sayid sigue caminando, observando las piedras del suelo. Me pregunto si las piedras le hablan. Me pregunto si tienen algo que decirle que él nunca haya oído, palabras que pueda oír en sus huesos.

También está mi corazón

Al día siguiente, la expedición se puso en camino con Jaldún hacia ash-Sham, la Ciudad de Jazmín, también conocida como Dimashq, Damasco. Como Jaldún no tenía camello, Rawiya le ofreció que fuera con ella. El chico le dio las gracias y le dijo que Dios recompensaría su generosidad. Rawiya intentó pasar por alto el calor que se extendía por sus mejillas y por debajo de su turbante.

Ash-Sham estaba en medio de una gran llanura irrigada llamada Guta. Era un territorio verde con campos, huertos y pequeños pueblos, famoso en los alrededores por ser lo más parecido al paraíso de lo que una persona pudiera disfrutar. Un valle de árboles frutales y arroyos llamado Wadi al-Banafsaj, el Valle de las Violetas, se extendía veinte kilómetros desde la puerta oeste de ash-Sham.

La ciudad estaba rodeada por una muralla con siete puertas. El río Barada descendía de las montañas del oeste y fluía hacia el este, atravesaba la ciudad y se adentraba en el desierto. Jaldún dijo que entre el río y la calle Recta estaban la ciudadela fortificada, el zoco al-Hamidiyah y la Mezquita de los Omeyas, con sus mosaicos dorados, sus azulejos esmaltados y su mármol pulido.

Al-Idrisi escuchó y anotó todas estas cosas, y dibujó un mapa de Guta y de la ciudad. Pero al acercarse a las murallas, la expedición se quedó en silencio. Incluso desde lejos podían ver la bestia alada por encima de la ciudadela.

Entraron en la ciudad antes del amanecer, mientras el ruc dormía, y se dirigieron a la ciudadela. Ash-Sham estaba desierta. El ruc había ahuyentado a los habitantes.

Ataron los camellos y empezaron los preparativos. La noche anterior, Rawiya había detallado su plan.

—Me esconderé en una azotea cercana —dijo—. Cuando Jaldún monte al ruc, lo tendré a la vista para apuntar.

—¿Pretendes que me suba a lomos de ese monstruo? —le preguntó Jaldún—. ¿Por qué iba a hacer semejante locura? ¿Y cómo?

—Distrayéndolo con tus canciones —le contestó Rawiya.

Al-Idrisi esbozó su sonrisa felina.

—Te has superado a ti mismo, Rami —le dijo—. Porque es bien sabido que el ruc solo tiene una debilidad: las hipnóticas notas de una canción. No puede resistirse a una hermosa voz y se duerme de inmediato. —Al-Idrisi se reclinó sonriendo—. Le gustan especialmente los tenores.

—Bueno, Rami. —Jaldún se puso en pie y levantó la cabeza—. Si quieres una hermosa voz, amigo mío, tendrás la voz más hermosa que puedas desear. Porque soy el mejor poeta de la corte de Nur al-Din y...

—¿Y al-Idrisi y yo? —preguntó Bakr—. ¿Qué haremos nosotros?

—Despertaréis al ruc —le contestó Rawiya.

Bakr se quedó blanco, y Jaldún también.

—Esa bestia se quitará de encima a Jaldún, lo lanzará por los aires y lo matará.

—Jaldún se atará al lomo del ruc —dijo Rawiya—. Luego intentará apuñalar a la bestia. Cuando el ruc descienda, le lanzaré una piedra. —Se frotó las manos—. Veremos si funciona.

Ahora Rawiya estaba agachada en la azotea, con la honda en las manos. Los minaretes de la Mezquita de los Omeyas lanzaban destellos rojos y violetas. La silueta de Jaldún, con su capa negra, apareció en el torreón de la ciudadela. El ruc estaba despierto, aferrado a la puerta norte. Destrozaba las piedras angulares de las ventanas y retorcía el hierro con las garras. El viento arrastraba la canción de Jaldún mientras subía al torreón.

El ruc sacudió las alas y empezó a quedarse dormido. Jaldún subió sin que le fallara la voz. Al-Idrisi y Bakr se acurrucaron a la sombra de Bab al-Hadid, la Puerta de Hierro, en la que estaba el ruc. Al-Idrisi tenía un cuerno, y Bakr un tambor, los únicos instrumentos que Jaldún se había llevado consigo a la estepa que podían hacer suficiente ruido para despertar al ruc.

Jaldún se agarró a las plumas blancas y apoyó la bota en el lomo del ruc. Entonaba una dulce melodía, pero temblaba.

Una parte de Rawiya temía por él, la parte que se había alegrado de compartir con el joven su camello. Había sido lo lógico, porque era la persona que pesaba menos de la expedición, de modo que el peso de Jaldún no molestaría tanto a su camello. Pero vio algo en sus ojos cuando se inclinó hacia ella, algo pequeño y amable, como el mar exhalando su aliento. Agitó algo en su interior. Rawiya se dijo que solo era la nostalgia de su hogar, de canciones y rostros conocidos, y apaciguó su miedo tocando el misbaha de cuentas de madera de su madre, que llevaba en el bolsillo.

El ruc se movió, aún dormido, se alejó de la puerta y se situó por encima de los muros del patio central. Jaldún se asustó y se reclinó sobre el costado de la bestia. Tras un instante de silencio, el ruc se calmó. La música tamborileaba el suelo, dulce como el agua de rosas.

Jaldún subió a lomos del ruc, se colocó entre sus omoplatos y le cantó al oído. Aquella nueva sensación hizo que los músculos del animal se relajaran. La criatura suspiró satisfecha y apoyó la cabeza en el torreón.

Jaldún se ató a los hombros y a la base de las alas del animal con las cuerdas de al-Idrisi. Luego hizo señas a sus amigos y se quedó en silencio.

Al ver la señal, al-Idrisi tocó el cuerno, que retumbó. Bakr levantó los codos y golpeó con dificultad el tambor. Las palomas huyeron de los tejados. Los chacales que dormitaban en Guta aullaron.

El ruc dio una sacudida. Luego graznó, batió las alas, y sus ojos oscuros recuperaron la vida. Jaldún se aferró al lomo del pájaro y soltó un grito aterrorizado. La bestia ascendió y plumas claras cayeron sobre la puerta. Su sombra recorrió la ciudad sumiendo en la oscuridad el zoco al-Hamidiyah y los minaretes de la Mezquita de los Omeyas. El ruc se elevó hacia el cielo chillando y buscando el origen del ruido.

Jaldún clavó la daga en el lomo del animal y le cortó plumas, pero no le hizo sangre. Como se temía Rawiya, su único punto débil eran los ojos.

El ruc chasqueó el pico, tomó impulso y se abalanzó sobre la ciudad. Las grandes plumas de la cola rozaron la cúpula de la Mezquita de los Omeyas.

Rawiya levantó la honda y colocó una piedra en la correa.

El ruc se revolvió. Jaldún gritó. Las plumas rozaban la tierra como nieve temprana. Rawiya entrecerró los ojos frente a la brillante franja del sol.

El ruc la vio.

Los ojos de la bestia, amarillos como yemas de huevo de codorniz, se precipitaron sobre ella. Era como si supiera lo que había planeado, como si le dijera que no podría esconderse. Rawiya respiró hondo y oyó el crepitar del cuero al tirar de la honda.

La bestia recogió las alas para lanzarse en picado.

Rawiya tiró la piedra.

Había apuntado al ojo derecho del ruc. Pero la bestia volvió a levantar viento con las alas para desviar la piedra. Rawiya luchó por mantener la mano alineada, la piedra golpeó al ruc justo por debajo del ojo y le rompió el hueso.

La criatura soltó un chillido que hizo añicos todas las ventanas de la ciudadela y cayó en picado al suelo. Aterrizó en el patio central como un terremoto, aplastándolo todo, personas y cosas, incluso las palmeras. El gran pico afilado del animal se quedó clavado en la tierra, y su pesado cuerpo se quedó inmóvil, como muerto. Rawiya dejó de respirar.

«Jaldún.»

Rawiya bajó corriendo los escalones y cruzó la Puerta de Hierro. El ruc había aterrizado en medio de la ciudadela, sobre los huesos de sus víctimas. Su cara era un revoltijo de sangre y plumas. El patio se había convertido en una carnicería.

Jaldún, inconsciente, resbaló del lomo de la criatura hasta el suelo. Rawiya corrió hacia él. El ruc había caído desde gran altura, y aunque había amortiguado el golpe de Jaldún, este estaba aturdido y no se movía.

Jaldún tenía los ojos en blanco, y entre sus labios no pasaba el aire. Rawiya sacudió con manos temblorosas la suciedad del hermoso rostro de Jaldún y las plumas blancas de su barba. Para su sorpresa, se echó a llorar.

—Querido poeta —susurró—, te he matado.

Pero Jaldún tosió y, delirando, recitó unos versos:

—Allí donde haya hombres valientes está también mi corazón.

Y perdió el conocimiento.

—Fascinante.

Al-Idrisi entró en el patio con Bakr y rodeó el pájaro tocando plumas del tamaño de su brazo y tomando notas en su libro.

Un ojo amarillo se había desprendido del hueso de la ceja del ruc, donde Rawiya le había alcanzado. Ahora el globo rodó hacia ella, sin brillo y grande como una enorme granada. Lo cogió. La pupila se había reducido a una mancha de un negro púrpura. El carnoso globo empezó a endurecerse hasta que el ojo se convirtió en cristal, perfectamente redondo y liso. La piedra brillaba en un tono ciruela madura, púrpura remolacha y violeta higo. Con los primeros rayos del sol, relució en su mano en un tono esmeralda.

El ruc se retorció.

—¡Todo el mundo atrás!

Al-Idrisi y Rawiya sacaron a Jaldún del patio mientras el ruc herido levantaba la cabeza y chillaba. La sangre apelmazaba las plumas de su cara tuerta. Tropezó, arañó la piedra con las garras y extendió las alas. La bestia se alzó sobre la ciudadela.

—¡Algún día me vengaré! —gritó el ruc tuerto con una voz como montañas desmoronándose.

Luego desapareció hacia el oeste, por encima de las montañas, en dirección al lejano Magreb, hacia las tierras en las que se decía que estaba el mítico valle de las serpientes.

El emir Nur al-Din recompensó generosamente a Jaldún y a sus amigos por haber alejado al ruc de ash-Sham. Liberó a la madre y a la hermana de Jaldún y dio a la expedición cálices de plata, bolsas de dinares de oro, estatuillas con incrustaciones de piedras preciosas y túnicas bordadas de la mejor seda. Les prometió grandes honores si se quedaban en su corte.

Pero Jaldún le suplicó que lo disculpara.

—Debo mi vida a estos héroes —le dijo—. Iré con ellos adondequiera que vayan.

Su promesa llenó a Rawiya de secreta alegría.

Nur al-Din aceptó liberar a Jaldún de su servicio y regaló a la expedición una cimitarra tallada de su armería. La empuñadura era de oro macizo tallado en forma de águila con las alas extendidas y con un rubí de cien facetas por ojo.

Al día siguiente, los criados cargaron oro y piedras preciosas en los camellos. Rawiya revisó su honda y frunció el ceño al descubrir que la bolsa de piedras afiladas estaba vacía. Pero encontró en la bolsa una piedra púrpura y verde con una manchita negra que parecía una pupila: el ojo del ruc.

Mientras la multitud que rodeaba el palacio de Nur al-Din los miraba, Jaldún cogió la mano de Rawiya y la alzó ante la gente que los aclamaba.

—¡Esta es la mano de Rami —gritó—, el que lanzó la piedra y expulsó a la bestia! Lo seguiré mientras viva.

Huda se queda en el hospital cinco días. Mi madre, Zahra y yo nos turnamos para compartir un catre. Abú Sayid duerme apoyado en la esquina, con la barbilla en el pecho. Mi madre hace el papeleo. Cuando escribe nuestra dirección de Homs, me pregunto adónde irán a parar los sobres de las facturas ahora que nuestra casa ha desaparecido. ¿Puede el nombre de una calle en un trozo de papel demostrar que nuestra familia estaba allí?

Fuera, el verano la ha tomado con el Barada. Cuando Abú Sayid me lleva a dar un paseo, el fondo del río sobresale como la aleta de una ballena.

Zahra no quiere renunciar al aire acondicionado, así que Abú Sayid me lleva hacia el sur del río, al zoco al-Hamidiyah, la Mezquita de los Omeyas y la ciudadela. Paseamos por el casco antiguo de Damasco siguiendo el itinerario de la antigua muralla. La mayoría de las piedras grises están tan desgastadas que casi desaparecen en el mortero.

—La muralla se cae a pedazos —me dice Abú Sayid desmenuzando un trozo de piedra entre los dedos.

La toco y me pregunto si existe un nivel en el que la muralla del casco antiguo sigue siendo sólida, en el que las cosas continúan intactas.

El día antes de que den el alta a Huda, mi madre viene con nosotros. Camina despacio, con un par de zapatos destrozados que encontró entre las ruinas de la casa. Mi padre tenía razón. No tiene ni una carrera en las medias.

Mi madre lleva colgada al hombro la bolsa de arpillera. Hace calor. Abú Sayid va detrás de nosotras. Caminamos hacia el sur y dejamos atrás el río y el zoco. Llegamos a una larga calle adoquinada con tiendas, casi demasiado estrecha para dos carriles. A ambos lados hay casas blancas cubiertas de yeso, con arcos de piedra y con antenas parabólicas y de televisión en la azotea.

—Esta es la calle Recta —dice mi madre—. Ash-Shari al-Mustaqim. En la época de los romanos era casi imposible hacer una calle recta.

Me vuelvo para mirar a un lado y luego al otro. La calle cruza la ciudad de este a oeste. Avanzamos por la acera esquivando a la gente, que camina apresurada. Siento enormes deseos de parar a alguien, a cualquiera, y decirle que mi casa se ha quemado, que se ha derrumbado y que ha explotado. ¿Cómo puede la vida seguir como siempre?

—Es la única calle que se menciona por su nombre en la Biblia —dice mi madre. Pasa una camioneta destartalada murmurando sobre los baches de los adoquines—. Recuerdas el pasaje, ¿verdad?

Pero no quiero hablar de eso, así que miento.

—No lo recuerdo.

Abú Sayid se palpa una piedra del bolsillo sin decir nada.

—Es la calle en la que vivió san Pablo, a la que huyó después de que Alá lo dejara ciego con un destello de luz de camino a Damasco —me dice mi madre—. La calle a la que el Señor envió a Ananías para que le devolviera la visión a Pablo.

—¿Por qué Dios lo dejó ciego? —le pregunto.

—Quizá para darle a Pablo sus ojos —me contesta Abú Sayid.

—No tiene sentido —le digo.

Mi madre me frota el hombro y me empuja hacia delante. La bolsa de arpillera se balancea en su costado.

—Algún día lo entenderás —me dice—. Cuando seas mayor.

Frunzo el ceño. De regreso al hospital, pienso en lo que habría dicho Huda: «No cuando sea mayor. Cuando llegue el momento».

A la mañana siguiente, Huda está despierta, pero el analgésico hace que no sea ella. Cuando le dan el alta, tiene el hombro vendado y lleva el brazo en cabestrillo. El médico le explica a Huda lo que tiene que hacer, cómo mantener la herida limpia y cuánta medicación ha de tomar. No es necesario que lo traduzcan, porque en cuanto el médico se ha ido, mi madre protesta y se lo repite en inglés.

Subimos al coche verde y nos ponemos en marcha. Pasamos ante vendedores ambulantes de pañuelos y naranjas, hoteles altísimos y media docena de iglesias. Abú Sayid se dirige a la autopista M5. Mi madre dice que tenemos que ir a Jordania, donde hay una embajada estadounidense y gente que puede ayudarnos a volver a casa. Espero que eso quiera decir que volvemos a Manhattan.

Más allá de Guta, los cuadrados verdes de la llanura se convierten en tierra naranja y matorrales. Un viejo Mercedes blanco nos adelanta. El coche verde pega sacudidas. Un neumático está más bajo que los demás. Me doy cuenta de que para mí esto es lo más parecido a tener coche. Solo cogíamos taxis cuando íbamos a Chinatown a comprar arroz en esas grandes bolsas de arpillera.

Estamos entre señales de tráfico azules cuando el coche empieza a fallar. Oigo un ruido de metal esparciéndose por la carretera. Nos detenemos. Los neumáticos están cubiertos de tierra. Cuando salimos, apoyo el dedo en el suelo y hago remolinos en montones de arena, piedras y raíces secas de tomillo silvestre. El suelo es naranja como muhammara, la crema de pimiento rojo y nueces molidas que hace mi madre. Me pregunto qué diría el hijo de Abú Sayid que contiene esta tierra: ¿calcio? ¿Yeso? ¿Hierro?

Abú Sayid maldice y da patadas a los neumáticos. Desde el capó se elevan nubes de vapor. A menos de medio kilómetro hay otro letrero azul. JORDANIA, se lee, y una flecha que apunta hacia arriba. Miro los bastoncillos de las nubes.

Una furgoneta azul se detiene detrás de nosotros rastrillando la grava. Sale una niña pequeña y luego una mujer alta, más alta que mi madre. La niña pasa los dedos por la tierra y se los mete en la boca. La mujer se acerca, con su larga falda balanceándose, y dice algo en árabe. Escucho. «Roto..., el coche..., hemos visto a tus hijas.»

Mi madre y la mujer mueven mucho las manos. Mi madre siempre habla con las manos. La voz de la mujer alta tiene la densidad del agua, y es púrpura rubí como granos de granada. El sudor oscurece el diáfano tejido de su hiyab en la zona de la frente y de las sienes, y cuando habla brilla en los huecos entre sus dedos.

Me acerco a la niña, que está en el suelo. Debe de ser muy pequeña, de unos tres años, porque nadie que haya ido al colegio se mete cosas en la boca si no quiere ponerse enfermo. Huele como si hiciera tiempo que no se baña. Arrugo la nariz al notar el olor punzante del pañal sucio y el olor a sopa de pollo de las axilas. Pero me siento mal, porque también hace cinco días que yo no me baño.

—¿Cómo te llamas?

La niña no dice nada. Lleva unas orejeras de felpa, como para la nieve, aunque hace mucho calor. Por un lado de la cabeza le cuelgan escasos mechones de pelo. Su rostro redondo es todo mejillas hinchadas y una boca sonriente que muestra media docena de huecos entre los dientes.

¿Sabe que estoy aquí? Me agacho, cojo una piedra y espero a que se dé cuenta. La niña vuelve a apoyar las manos en la tierra, escupe y hace una pasta. Pasa un coche en dirección a la frontera jordana y levanta polvo que se nos mete en los ojos.

—¿Me oyes? —le pregunto—. ¿Cómo te llamas? —Lo intento en árabe—: *Shu ismik?*

La niña gira la cabeza hacia mí y sonríe, pero no dice nada. El otro lado de la cabeza lo lleva afeitado, con una capa aterciopelada cubriéndole el cráneo. Pero al mirarlo de cerca, veo que en realidad es un anillo irregular alrededor de la oreja. No tiene el pelo afeitado. Lo tiene chamuscado.

—¿Me oyes con esto?

Extiendo el brazo y levanto las orejeras por un lado. Ella gesticula para apartarme. Se le caen las orejeras. Se lleva una mano a la otra oreja, la del otro lado. Donde debería estar la oreja solo hay un trozo de carne, un revoltijo rojo envuelto en vendas. Parece que se la han arrancado de cuajo, que le han desgarrado del cráneo el frágil hueso y el lóbulo. Pequeñas protuberancias de carne y de cartílago sobresalen de la masa gomosa, como gelatina de fresa cubierta por una capa de pus. El semicírculo de pelo chamuscado se prolonga por el cuello en una cicatriz dentada de color rosa.

La niña gatea en busca de sus orejeras y corre hacia la falda de la mujer alta. Intento pensar qué ha podido hacerle algo así, qué podría arrancarle a alguien la oreja. Pero entonces recuerdo que la mesa del comedor se partió como pan duro y prefiero no saber.

Me vuelvo para escuchar las palabras en árabe que suenan detrás de mí. Un anciano baja de la furgoneta apoyando su peso en la manija de la puerta. Abú Sayid lo ha ayudado a salir. El anciano lleva una camisa amarilla a cuadros con mangas hasta los codos y pantalones marrones demasiado cortos para él. Cuando se incorpora, los pantalones caen desde la cintura y le cubren los calcetines blancos, metidos en unos mocasines marrones.

—Dice que la niña se llama Rahila —dice Abú Sayid.

—¿Quién lo dice?

Me levanto y estiro las rodillas.

Abú Sayid señala al anciano con la cabeza y frunce el ceño al ver el polvo en mis pantalones y en mis zapatillas.

—¿Es usted el *jiddo* de Rahila? —le pregunto al anciano empleando la palabra «abuelo» en árabe.

El hombre está muy arrugado, muy viejo. Su pelo oscuro tiene un brillo negro azulado, como cuando te lo tiñes con henna e índigo. Lo lleva hacia atrás, con unos centímetros de gris a ambos lados.

—No habla inglés —me dice Abú Sayid—. Y no creo que sea su abuelo.

El hombre dice algo en árabe, muy deprisa, como un río profundo. Abú Sayid lo traduce:

—Solo me llegaba el dinero para ir en autobús a Al-Kiswah. Allí me encontró Umm Yusuf. No quiso dejar a un anciano tirado en una cuneta.

Frunzo el ceño al oír «Umm Yusuf», y Abú Sayid se inclina hacia mí.

—La madre de Rahila tiene un hijo que se llama Yusuf —me dice.

Y recuerdo de dónde viene el nombre de Abú Sayid, del hijo que perdió.

Me siento en el suelo.

—Pero ¿adónde vais?

Abú Sayid traduce mi pregunta. La mujer alta suelta una tormenta en árabe, y Abú Sayid se dirige a la parte de atrás de la furgoneta. La mujer le da algo. Abú Sayid vuelve con una pata de metal entre dos barras de acero, algo parecido a una llave inglesa. Lo llama gato. Afloja los tornillos de los tapacubos mientras el anciano contesta a mi pregunta.

—¿Qué ha dicho?

Tengo que gritar para que me oiga por encima de los coches que pasan.

Abú Sayid se arrodilla con el gato y frunce el ceño al ver la parte de abajo del coche verde. Me lo traduce a gritos.

—Contaba historias en una cafetería de Damasco. Era *hakawati*. Bombardearon la cafetería y no pudo encontrar trabajo. —Abú Sayid mete el gato debajo del coche y lo toquetea. El gato empieza a expandirse—. Dejó su hogar y su sustento.

Me levanto.

—¿Contaba historias?

Abú Sayid traduce. El coche se eleva por una esquina, igual que un perro levantando una pata. El anciano dice algo en árabe a Abú Sayid, y sus palabras tallan formas en el aire. Florece ante mí, su voz es una flor verde. Parece feliz y joven, como si no hubiera envejecido, como si solo hubiera sido un efecto de la luz.

Abú Sayid quita la rueda y revisa el neumático con las uñas manchadas de grasa. Espero la respuesta del anciano observando los rizos de su barba plateada y sus labios agrietados.

—Cuentos de reyes y de aventureros. —Abú Sayid traduce, y el anciano sonríe—. Saladino, Simbad el marino. Las grandes historias de amor, las fábulas con las que crecieron mis padres y mis abuelos.

—Cuénteme una historia —le digo.

—Ya no cuento historias —me contesta el anciano por medio de Abú Sayid—, solo la verdad de las cosas. Antes me encantaban los cuentos de genios y las hazañas de príncipes. Mi corazón latía por todas las historias de tiempos pasados: amantes, cartógrafos y aventureros. —El anciano se apoya en la manija del coche, se sienta en el suelo y se sacude el dedo. Abú Sayid levanta la mirada y va traduciendo sus palabras—. No olvides que las historias alivian el dolor de vivir, no de morir. La gente cree que morir será doloroso. Pero no lo es. Lo doloroso es vivir.

Abú Sayid pega una patada a la rueda.

—El problema no es el neumático —dice limpiándose las manos en los pantalones—. Es el eje. No aguantará un kilómetro más.

Entramos en la furgoneta azul de Umm Yusuf. Observo la llanura verde y amarilla. He olvidado tantas cosas que me pregunto si esto lo recordaré. Me pregunto si algo tan grande podría desaparecer de la cabeza, como si abrieras la puerta de un coche en movimiento y saltaras.

Dejamos atrás ladrillos desmenuzados y una vieja estación de tren de piedra con los ventanales tapados con tablones y rejas. El cruce de la frontera se cierne sobre nosotros. Primero llegan los cipreses, y luego un bordillo blanco redondeado. Huda está medio tumbada encima de mí, apoyada en Zahra, que tiene la cara inclinada hacia el asiento. Huda abre los ojos un instante y me sonríe.

Llegamos a unas arcadas blancas y verdes con grandes puertas. Debajo, a la sombra de las arcadas, unos policías nos indican con gestos que nos detengamos en el bordillo. Salimos. Nos piden los papeles. Detrás de nosotros chirrían frenos de camión.

Zahra se apoya en un poste metálico y se cubre la cara con las manos.

—Estoy cansada —solloza—. Solo quiero comer algo. Quiero una cama normal.

Huda se tambalea y el brazo vendado le golpea las costillas. Esperamos. Mi madre y Umm Yusuf hablan. El anciano se sienta en el suelo mientras los policías registran la furgoneta.

Tiro de la manga de mi madre. Me contesta en árabe sin darse cuenta.

—¿Van a dejarnos entrar? ¿Cuándo volveremos a casa?

Mi madre me mira como si la hubiera mordido.

—No podemos volver a casa —me contesta.

Umm Yusuf saca cuadernillos y papeles y nos señala uno a uno. Mi madre se inclina. Me alisa el pelo, que se me ha encrespado al apoyarlo en el áspero reposacabezas.

—Recuerda, *habibti*, que lo que importa no es el sitio. Tu familia está aquí. Eso debería bastar.

Más allá de las arcadas, la estepa nos mira, una serpiente amarilla con mechones verdes. Leo los letreros azules de la carretera, en árabe y en inglés. BIENVENIDOS AL REINO HACHEMITA DE JORDANIA.

Al otro lado de la frontera el bordillo es blanco y negro, como los arcos de las tiendas de Damasco. Los camiones han arrancado trozos, igual que las ruinas de la ciudadela. La acera brilla ligeramente, como si cambiara ante mí, como si el mundo fuera de Siria consistiera en miedo, sorpresa y luz.

Algo retumba detrás de nosotros, en el lado sirio de la frontera. Me vuelvo y veo humo. Una mujer que está detrás de nosotros dice algo en árabe a sus hijos: «Fuegos artificiales. Solo son fuegos artificiales».

Aunque no hubiera sabido qué era aquel estruendo, mis músculos lo saben. Las piernas se me tensan y me dicen que corra. Una nube de humo empaña el horizonte, y por primera vez me doy cuenta de que estamos muy lejos de Homs y de que ya no hay vuelta atrás. La mujer tira de su hija para acercarla a sus rodillas y me mira. El miedo le tensa la cara. Su hijo baja la cabeza para mirar el móvil y luego se lo mete en el bolsillo. Están tan separados que me da la impresión de que han dejado sitio para alguien que no se encuentra aquí. Pienso que el mundo está desgarrándose y dejando que el dolor se extienda, como la sangre en las vendas de Huda.

Más allá, al otro lado de las puertas, un hombre nos indica con la mano que avancemos. El anciano que contaba historias se levanta. Se produce una rápida conversación en árabe y el anciano vuelve a sentarse. Me pregunto si ha dejado atrás a su familia y si yo podría hacerlo si no me quedara más remedio.

—¿Por qué no puede venir? —pregunto señalándolo—. ¿Por qué no?

Zahra gira la cara y se mete la mano derecha en el bolsillo buscando el móvil, que no está. A Huda se le sale la zapatilla, y la arrastra por la acera. Tropieza. Nadie me contesta.

Mi madre me coge con una mano, y a Huda con la otra. Abú Sayid nos sigue. Umm Yusuf vuelve a la furgoneta azul, y Rahila pega la palma de la mano a la ventanilla.

—Cruzamos por separado —me dice mi madre.

—Pero el anciano...

El hombre nos sigue cojeando, a paso lento y comedido. No hace caso a los hombres que le gritan y se detiene en la frontera. Cuando hemos pasado, se apoya en la puerta y pega la cara a los barrotes. Caigo en la cuenta de que no le he preguntado cómo se llama.

—No tiene familia que responda por él —dice mi madre.

—¿No podemos hacer nada?

—No tiene los papeles necesarios —me contesta mi madre, y gruñe al sujetar a Huda, que ha resbalado—. Hay que seguir un procedimiento. Es complicado.

—No tiene por qué serlo —le digo.

—Pero lo es, nos guste o no —dice Abú Sayid.

Su voz son consonantes negras y vocales agrias que se extienden como aceite en el hormigón. No la reconozco.

Doy otro paso hacia la carretera del otro lado de la frontera. Contengo la respiración, espero el momento en que Siria y yo nos separemos y soy consciente de que, en cuanto cruce, no habrá manera de saber qué va a pasar con el lugar al que he llamado mi país.

Umm Yusuf aparca la furgoneta a un lado de la carretera y nos espera. Sigo andando y miro hacia atrás, hacia la puerta.

El anciano que contaba historias pega la frente a los barrotes. Levanta la mano y la apoya en los barrotes con los dedos extendidos. Parpadea lentamente y sonríe. Su pelo negro refleja el sol, y sus raíces grises parecen una corona de plumas. Su sonrisa se convierte en algo para recordar, en una imagen que fijar en mi mente para siempre.

El sol cae a plomo sobre el tomillo silvestre. Tropiezo en la acera con mis propios pies. Cuando me vuelvo otra vez, el anciano que contaba historias sigue mirándonos. Sus palabras aún dan vueltas en mi cabeza: «Lo doloroso es vivir».

SEGUNDA PARTE

JORDANIA / EGIPTO

Amor mío, estoy
ciega. Mira mis
manos delante
de mi cara, mis manos
torcidas, las manos con las que te abrazaba.
Éramos felices. Ahora estoy ciega y tengo arena en los ojos, amor
mío. No veo tu cara. Solo siento huesos. Mi cuerpo está ciego y mi
corazón se ha vuelto insensible. Me pudro como una rama de
palmera cortada. Labios negro basalto, el *wadi* seco de mi
columna vertebral, la piel desgarrada como una tela. He vagado demasiado tiempo bajo el sol. Soy un solo dolor.
Me caigo. Necesito agua, la fresca franja de tu
pelo, pero las dunas se extienden ante mí. Voy voluntariamente al destierro. Pienso en ti a todas horas y me pregunto dónde estás, pero has girado la cara. Mi madre y mi
hermana están cubiertas de ceniza. ¿Lamento tu ausencia,
amor mío, o eres tú quien lamenta la mía? Aparto la mirada
de ese vientre de cipreses en el valle y bajo. Siento el peso del
cielo en la espalda. Me arde la piel, pergamino seco, y me han
robado la voz. Amor mío, me entierras. Cantaré para ti hasta el
día en que volvamos a pasear por jardines, hasta que hunda el rostro en las verdes profundidades y nade hasta ti. Espérame bajo el ombligo de la noche, con la cara pegada a la luna, como a un espejo.

Cielos ocultos

Desde ash-Sham, las rutas comerciales cruzaban la estepa hacia el sur, rodeando los territorios ocupados por los cruzados francos: el extremo sur del condado de Trípoli y, a continuación, en las montañas del oeste, el reino de Jerusalén. La expedición siguió el camino que llevaba al extremo del territorio de Nur al-Din, a la frontera con el Imperio fatimí. Zonas de palmeras y matorrales interrumpían la estepa, y de vez en cuando un rebaño de ovejas pastaba a la sombra de cipreses o cedros del Líbano.

En aquellos días, los rugidos sangrientos de las disputas entre los selyúcidas, los fatimíes y los cruzados asolaban aquellas tierras, pero al-Idrisi no tenía miedo. Echaba un vistazo a sus notas y dirigía la expedición hacia el sudeste, apartándose de las rutas comerciales por las que habían transitado durante casi quince días. Tenía un destino concreto en mente antes de girar al oeste en dirección a El Cairo y después al Magreb. Rawiya le preguntó adónde iban.

—Muchacho —le contestó al-Idrisi—, para entenderlo debes entender unas cuantas cosas más.

Mientras los camellos avanzaban despacio por la amarilla estepa, habló a Rawiya, Bakr y Jaldún de su pasión por los mapas y las matemáticas cuando era niño.

—Mi mayor deseo era viajar y ver mundo —dijo consultando el astrolabio—. Por eso a los dieciséis años me fui a

Anatolia. —Se rio—. Qué tonto. Joven y deseoso de aventuras, me creía invencible. Aquel maravilloso viaje dejó grabada en mi mente la idea de un mundo amplio, lleno de peligros y de cosas bonitas. Me gustaba aquel mundo, pese a su aplastante inmensidad. Me gustaba, a pesar de lo mucho que pesaban las expectativas.

A lo lejos apareció un oasis con un puesto fronterizo fortificado. Las palmeras sobresalían alrededor de la cúpula de piedra de un qasr, un castillo, en ruinas. El edificio estaba rodeado de acequias abandonadas.

—Está abandonado —dijo Rawiya.

—Es Qasr Amra —dijo al-Idrisi—. Fue el palacio de recreo de Walid II, un lugar de entretenimiento, canciones y banquetes. Hace tiempo, los califas escuchaban canciones y poemas junto a las piscinas del castillo. Tenía un hammam con hermosos frescos pintados. Algún día solo quedarán los cimientos.

Pero que en un lugar como aquel hubiera un hammam dejó perpleja a Rawiya.

—¿Por qué un hammam en medio del Badiya? —preguntó señalando la estepa rocosa—. ¿Y cómo?

Al-Idrisi les contó que seguramente un *wadi* que se llenaba durante los lluviosos meses de invierno abastecía el hammam.

—Un uso autocomplaciente del agua, aquí en el Badiya —dijo—. Me han contado historias de pozos profundos y de un complejo sistema para distribuir el agua.

Jaldún miró las piscinas vacías, cubiertas de matorrales.

—¿Os lo imagináis? —preguntó—. Los califas y los poetas, las cacerías, los banquetes y las canciones... En su día, las actuaciones que se organizaban aquí eran el orgullo de la zona. Ahora se han olvidado.

Qasr Amra era de piedra caliza y basalto. El viento había erosionado las viejas paredes. Dentro cayó sobre ellos la fría oscuridad. El techo con tres bóvedas se curvaba por encima de sus cabezas.

Al-Idrisi encontró una antorcha, reseca pero intacta. Bakr la encendió a tientas con su pedernal.

Una llama se elevó con un zumbido e iluminó las paredes pintadas. Los frescos brillaban como fruta machacada: el pelo rojo zumaque de un oso que tocaba el ud, camellos de color azufre cargados de mantas, unas bañistas de pelo oscuro y brillante como el ébano.

Al-Idrisi los llevó a una cámara lateral de techos altos.

—Esto es el caldarium —dijo escribiendo en su libro encuadernado en cuero—. En los tiempos en que los califas utilizaban este hammam, el caldarium era la sala de baños de vapor.

En el caldarium abovedado había un fresco del zodíaco con el yeso un poco levantado por los bordes. El índigo del vestido de Casiopea brillaba a la luz de la antorcha, y el turquesa brillante del arco de Sagitario se curvaba para atrapar la luz. Las elegantes figuras de las constelaciones giraban por encima de ellos, conducidas por la rueda celeste.

—Muy pocos han visto estos frescos con sus propios ojos —dijo al-Idrisi—. Son uno de los ejemplos más exquisitos de bóveda celeste de todo el mundo.

—¿Bóveda celeste? —le preguntó Rawiya.

Al-Idrisi bajó la mirada.

—Una cúpula decorada con un diagrama de las estrellas —le contestó—. Las constelaciones como las verías si las miraras desde arriba, en medio del cielo. El califa omeya debió de traer a artesanos griegos o bizantinos para que la terminaran. No hay otra igual en toda la tierra.

Rawiya extendió la mano hacia el rostro arrugado de una figura que tocaba el ud y se preguntó quién se había refugiado allí en todos aquellos años, si saquearon aquel castillo después de que lo abandonaran. Sus dedos recorrieron a distancia una grieta profunda en la deteriorada piedra, como una vieja cicatriz. Pensó que buscar la belleza en un mundo tan cruel era noble.

—La antorcha no durará mucho más —dijo Bakr—. Deberíamos salir antes de que nos quedemos sin luz.

Fuera, los camellos arrastraban los cascos por el polvo. Al-Idrisi metió sus notas en el libro de cuero y cerró la hebilla. Rawiya vio un mapa del Badiya que había dibujado, con el sur en la parte de arriba.

Los criados esperaban más allá del patio exterior, dando vueltas alrededor de los camellos. El viento, cada vez más fuerte, arrastraba arena afilada y tiraba de sus turbantes. Los miembros de la expedición, con la cara iluminada por antorchas, contemplaron la luna creciente.

Prepararon los camellos. Rawiya se volvió hacia Jaldún.

—A mi padre, antes de morir, le encantaba mirar las estrellas —le dijo—. Una vez, cuando ya estaba enfermo, se levantó de la cama y me llevó hasta más allá del olivar al amanecer para que viéramos caer estrellas fugaces. —Los camellos se agacharon y escupieron. Rawiya enderezó su montura—. Como ninguno de los dos sabíamos los nombres de las constelaciones, nos los inventábamos. Pero aquí el cielo es diferente.

Jaldún ayudó a Rawiya a atar la silla y sus manos se rozaron. Rawiya sintió el calor subiéndole por el cuello. Carraspeó y se apartó con la esperanza de que Jaldún no hubiera notado que le temblaban las yemas de los dedos.

Jaldún esbozó una sonrisa fraternal.

—A veces solo se entiende una imagen si se mira del revés —le dijo.

Rawiya dio unas palmaditas en el cuello a su camello sonriendo para sus adentros.

—Como los mapas.

Al principio, Jordania es rocosa y plana como la planta de un pie. Pero luego la carretera se curva hacia el oeste y atraviesa pequeñas colinas que parecen de papel arrugado. A medida que nos alejamos de la frontera en dirección a Amán, todo es tierra amarilla: tierra de color plátano maduro que adopta la forma de valles, irregular tierra ámbar agrietada por el sol, tierra verde oliva y rosada, lisa como una espátula. Avanzando hacia el sur, las carreteras se ensanchan y se llenan de camiones. Pasamos por pequeños pueblos y luego por una refinería de petróleo. Un tren resopla a lo lejos, más allá de un grupo de camellos. Anoche no refrescó, y aunque aquí no hay humedad, hace cada vez más calor y el motor de la furgoneta traquetea. Bajamos las ventanillas y observamos el calor que desprende la estepa. Una sucesión de cables eléctricos se prolonga hasta el infinito.

Los edificios son cada vez más altos y están más apiñados. Luego llegan las colinas, que nos empujan hasta las cimas. Intento recordar lo que mi madre me dijo una vez, que en un principio Amán se construyó sobre siete colinas, pero que ahora se extiende al menos sobre diecinueve, puede que más. En las afueras de la ciudad las casas son más altas, y los bloques de pisos se agrupan en las laderas. Aparece la vegetación: hierba rala, tilos y flores azules de anchusa. Mi madre mira las flores azules y murmura su nombre en árabe: *lisan al-thawr*, lengua de toro.

Observo los minaretes y los hoteles de los lejanos barrios occidentales de la ciudad, con sus brillantes edificios de cristal. No debemos de estar a más de quince minutos en coche, pero aquí todo es diferente. La furgoneta gira en un mar de edificios de yeso marrones y blancos, y de líneas de azoteas con bordes rojos. Tiendas de alimentación que están cerrando meten los refrescos en las minineveras y guardan racimos de plátanos que cuelgan sobre los mostradores. La luz se filtra entre las rendijas cuadradas de las ventanas. Grupos de casas diminutas se agolpan a ambos lados de una calle llena de baches.

—El este de Amán —dice Abú Sayid desde el asiento delantero.

—Nada de hablar con los desconocidos, ¿me oís? —dice mi madre.

Se toquetea los botones de la blusa y alisa la bolsa de arpillera como si fuera un bolso. Zahra imita los gestos nerviosos de mi madre, y la pulsera de oro gira en su muñeca. Al otro lado de la calle, en un terreno vacío, hay un camión aparcado, y unos niños juegan al fútbol en la calle. Mi madre no presta atención a sus gritos y se alisa el pelo sucio. Incluso aquí es una señora. En su ropa no hay ni un hilo suelto.

Nos detenemos en la acera, frente a un edificio bajo de ladrillos amarillentos y hormigón. Las puertas de la furgoneta se abren y salimos a toda prisa. En algún sitio ladra un perro, un cono púrpura plateado. Colina abajo se encienden las farolas, que ahuyentan el chirrido naranja de un tendero que baja la persiana metálica.

Estiro las piernas, sacudo los tobillos y tropiezo con un tilo en la acera. Con la nariz en la corteza del tilo, me llega el olor a tubo de escape, a mosto y a raíces.

Mi madre tira de la bolsa de arpillera. Se sacude el polvo, como cuando pinta. Nunca se mancha la bata de pintura. Sus dedos revolotean por encima de su blusa, su pelo y sus caderas. Endereza los zapatos, aunque están torcidos hacia arriba, como si se alejaran de las suelas. Se inclina para ayudar a Huda a levantarse del asiento.

Abú Sayid coge sus papeles y su caja de herramientas geológicas. Umm Yusuf coloca en su sitio las orejeras de Rahila, chasquea la lengua al ver las vendas mojadas y la levanta del asiento. Le murmura algo en el oído bueno y se la sube al hombro como si fuera una delicada pieza de papel maché. Hay cierta lentitud, cierta resignación en sus movimientos. Cuando me ve debajo del árbol, me da unas palmaditas en el hombro para que me ponga en camino.

Subimos una escalera.

—Mi madre y mi hijo nos están esperando —dice Umm Yusuf—. Se marcharon antes que nosotras. Ahora volveremos a ser tres generaciones bajo el mismo techo.

Sonríe y sube la escalera levantándose la falda. Se le llenan los mofletes y se le forman hoyuelos a ambos lados de la sonrisa, pero está pálida por la falta de sueño.

El hueco de la escalera se estrecha a medida que subimos, así que me coloco detrás de Umm Yusuf y observo su pañuelo granate. Mi madre, que va detrás de mí, sigue desprendiendo ese olor a quemado. El mismo que se ha pegado a mí, a mi camiseta y al vello que empieza a crecerme en los brazos. La metralla debe de haber soltado azufre y humo, no solo metal. Todos nosotros nos hemos impregnado de malos recuerdos.

—Mamá. —La aparto hacia un lado—. ¿Qué le ha pasado en la oreja a Rahila?

—¿No tienes ojos? —me grita mi madre con su voz de ribetes rojos. Por primera vez parece muy enfadada y asustada—. Viste el bombardeo. Mira a Huda. ¿Qué crees que le ha pasado? —Pero debe de sentirse mal, porque me pone una mano en el hombro—. Ahora cállate —me dice, y el enfado ha desaparecido de su voz.

Umm Yusuf abre la puerta. Alguien que está en el piso viene hacia nosotros. Oigo una voz insegura de color rosa, como la de mi abuela al teléfono antes de morir: «*Ya Rahila, ya ayni!*». La mujer que está al otro lado de la puerta no se dirige a mí, pero aun así tiemblo. Solo mi abuela me llamaba *ya ayni* —mi ojo—, y no lo había oído desde que murió.

Al abrirse, la puerta proyecta sombras en las baldosas blancas del techo. En medio de la sala cuelga una sola bombilla. Hay viejos cojines alineados junto a la pared, y delante un baúl de cuero que hace de mesa. Encima del baúl hay un ramillete de anchusas metido en una lata de refresco. Por un segundo no veo nada más, la lata de refresco que hace de jarrón y el baúl que hace de mesa. ¿Por qué no pensé que no es posible pegar con pegamento una mesa de comedor o una casa? ¿Cuánto tardaremos en recuperar las cosas que hemos perdido?

Una mujer mayor abre la puerta del todo, Umm Yusuf y ella se besan en las mejillas y luego la mujer se inclina para coger en brazos a Rahila. Sus gruesos tobillos asoman por debajo de una falda larga de algodón, y sus medias de nailon hasta la rodilla brillan en sus pantorrillas. Habla en árabe muy deprisa, y sus vocales parecen el canto de un pájaro. Entiendo algunas palabras entre esa maraña: «Os he echado de menos» y «¿Dónde está?». Umm Yusuf mira alrededor como si esperara a alguien más, y la mujer mayor frunce el ceño y alza sus manos arrugadas.

—Nour. —Umm Yusuf se inclina hacia mí—. Esta es mi madre, la abuela de Rahila. Puedes llamarla Sitt Shadid. Lleva mucho tiempo esperándonos.

Sitt Shadid levanta tres dedos torcidos y los agita.

—Tres mes —dice. Luego abre la mano y la mueve como si tamizara harina. Dice algo en árabe—: Sin días.

Los ojos de mi madre pasan de ella a mí.

—Quiere decir que ha estado tres meses esperando a que llegaran Umm Yusuf y su hija. Se le hacía eterno y no podía esperar mucho más.

Umm Yusuf se ríe.

—Quiere decir que si hubiésemos tardado más, se habría muerto.

Es la primera broma que oigo desde hace días, y no sé si reírme o no. Le tiendo la mano.

—Encantada de conocerla.

Sitt Shadid me da un fuerte abrazo y me hunde en su redonda suavidad. Hace mucho que no me abrazan, que no me abrazan de verdad. Al principio no sé qué hacer y me quedo rígida. Me da miedo abrazarla y que el último abrazo que me dio mi padre se filtre por los poros de mi piel y lo pierda para siempre. Pero Sitt Shadid me da palmaditas y me frota la espalda, y me relajo. Me cuelo entre sus brazos abiertos y pego la mejilla a su cuello. Huele a jazmín y a jabón de aceite de oliva.

Cuando me suelta, me acerco a Huda y la agarro por la cintura. Mi hermana no parece la misma. Está delgada y angulosa por haber comido poco y por haber pasado tanto tiempo durmiendo. Me acaricia la nuca por debajo del pelo, donde me sobresalen los huesos, como a los pájaros. Siento que su mano se tensa y se encoge, y sé que el analgésico está dejando de hacerle efecto.

Mi madre presenta a Zahra y a Huda en árabe. Umm Yusuf chasquea la lengua.

—Mi hijo Yusuf debería estar aquí —dice—. Lo siento, no hay manera de controlarlo...

—No pasa nada —dice mi madre.

Umm Yusuf niega con la cabeza y se dirige a la pequeña cocina, que está en una esquina de la sala.

—No debería haberlo mandado antes —dice levantando las manos—, pero como Rahila estaba en el hospital, y mi madre no viaja mucho, pensé que al menos alguno de nosotros estaría fuera de peligro.

Umm Yusuf es tan alta que temo que dé un cabezazo a la bombilla si no se agacha, pero pasa por debajo y solo la roza con el pañuelo. La bombilla se balancea e ilumina la oscuridad al otro lado de la ventana.

Nos quitamos los zapatos y nos sentamos en los cojines mientras Umm Yusuf y Sitt Shadid discuten sobre quién va a hacer la cena. Hemos llegado justo a tiempo para comer el iftar, lo que se cena en Ramadán cuando se ha puesto el sol.

Me siento en un cojín plano, en el suelo, y acerco los dedos de los pies a la lata de refresco con las flores. Me muerdo la mejilla. Pero entonces llega Sitt Shadid y apoya una mano en la pared para sentarse. Por un segundo temo que se estrelle contra la pared. Intento sujetarla, pero se inclina hacia atrás y cae encima de un cojín. Me sonríe levantando las manos, yo también sonrío, y no importa que no entienda todo lo que dice, porque eso lo entiendo.

Comemos tabulé con el doble de perejil y la mitad de cuscús que habitualmente, y mi madre, Umm Yusuf y Abú Sayid cuentan historias en árabe salpicadas con palabras en inglés. Los miro y escucho. Zahra contempla sus vaqueros rotos con expresión amarga. Sitt Shadid está sentada a mi lado, con Rahila en las rodillas, y Huda está sentada al otro lado y me rodea con su brazo bueno. Contiene la respiración cuando se mueve. Sé que vuelve a dolerle el hombro. Pero sonríe y deja que Rahila se siente en su regazo y en el mío cuando acabamos de cenar. Rahila mueve la cabeza y siento sus mullidas orejeras en el cuello. Ella y Huda huelen a comino verde grisáceo y a hierro. Sitt Shadid se ríe y no deja de moverse. Canta viejas canciones en árabe, y Umm Yusuf la acompaña con su voz púrpura y rubí. Las notas de Sitt Shadid son cálidas espirales de color canela y rosa haya que retumban en las esquinas de la sala. Se me cierran los ojos y se me cae la barbilla. Escucho hasta que ya no oigo las canciones, solo veo sus colores, veo las notas acercándose más unas a otras que en la música occidental. Levanto los párpados el tiempo justo para ver las mejillas y la barbilla de Sitt Shadid, hinchadas porque está cantando, y me siento segura. Entonces me duermo.

Unas horas después, mi madre nos despierta y nos empuja por el pasillo para que nos duchemos y nos preparemos para irnos a dormir. Abú Sayid dormirá en la habitación de al lado.

—Hemos tenido suerte —me dice mi madre cuando ya me he secado—. Cuando veáis a Sitt Shadid, dadle las gracias. Estas habitaciones eran para Umm Yusuf y sus hijos. Nos han dejado dos de las tres que tienen para que no debamos dormir en la calle.

—¿Y podemos quedarnos? —le pregunto.

—De momento. —Mi madre saca la alfombra sucia que salvó de la casa—. No la pises con los zapatos. La alfombra está limpia. Pronto conseguiremos algo más permanente.

La alfombra no está tan limpia, pero mejor no discutir con mi madre. Me quito las zapatillas y me doy cuenta de que no vamos a tener que dormir en la calle, lo que habría sucedido si las cosas hubieran ido de otra manera. Siento que quiero mucho a Sitt Shadid, más de lo que parece. Y luego siento una punzada de vergüenza, me gustaría haberme reído con su broma, haberle dado las gracias en árabe y no haber dudado antes de abrazarla.

—¿Cuatro personas en una habitación?

Zahra cruza los brazos. Sus pies descalzos asoman por debajo de sus pantalones rotos.

—Cállate —le dice mi madre—. ¿Crees que podemos permitirnos ir a un hotel? ¿Qué quieres que haga? ¿Crees que, ahora que hemos salido del país, podemos ir al banco y sacar nuestro dinero?

—Creía que...

—Mira, esto es lo que nos queda. —Mi madre desata el nudo de la bolsa de arpillera y la abre. Saca un fajo de billetes y un puñado de monedas. Entre los billetes sirios hay un dólar estadounidense, y otro escondido más abajo, lo que nos quedó después de que nos trasladáramos a Siria—. Toma, ve a buscar una habitación de hotel. ¿O prefieres comer mañana?

Zahra se enfurruña y encoge los hombros.

—Lo siento.

—Deberías sentirlo. —Mi madre cierra la bolsa—. ¿No has visto en la carretera a niños viviendo en un viejo camión de pescado? ¿A los críos en los callejones? ¿Te gustaría dormir en la furgoneta?

—Tenemos que conformarnos —dice Huda.

No nos hemos dado cuenta de que se ha sentado debajo de la ventana, con los ojos vidriosos de dolor. Es lo primero que dice en días.

En una esquina encontramos una manta vieja que quizá ha dejado alguien que dormía aquí. Nos tumbamos en la alfombra, nos tapamos con la manta y me parece tan suave y cálida que no me importa que esté sucia, y tampoco no estar en mi cama. Huda me da su pañuelo para que lo utilice como almohada. Huele a su sudor. Me pregunto si Abú Sayid está durmiendo en el suelo.

Me quedo despierta mucho rato, con la mirada perdida. El edificio cruje y rechina. Doy vueltas hasta que Zahra me propina un fuerte codazo, pero sigo sin poder dormirme. Cierro los ojos y cuento mis respiraciones. Fuera resuena el tráfico, que hace que tiemble el suelo.

Salgo de debajo de la manta. Voy de puntillas hasta la puerta de Abú Sayid y llamo.

Abre descalzo y con la camisa por fuera de los pantalones.

—Nubecilla —me dice—. ¿Qué te pasa?

Me llevo un dedo a los labios. No quiero despertar a mi madre. Le doy a Abú Sayid el pañuelo de Huda para que tenga una almohada.

Niega con la cabeza.

—No puedo aceptarlo.

—Por favor.

Desaparece en la oscura habitación y vuelve con un trozo de tela sucia.

—Ya tengo una almohada —me dice, pero parece muy delgada—. ¿Por qué no estás durmiendo?

Muevo los pies.

—No puedo dormir.

—Pues caminemos un rato. —Cierra la puerta de su habitación y caminamos descalzos por el pasillo—. A veces, cuando el sueño no llega, voy a buscarlo.

Al final del pasillo hay una pequeña puerta. Abú Sayid y yo salimos a una cornisa con una barandilla de hierro. Después de un día tan caluroso, me sorprende la brisa fría. Abajo, la acera está vacía. Cláxones y parpadeos. La ciudad está viva.

—Creo que no deberíamos estar aquí fuera con este frío —me dice.

—¿No podemos quedarnos un minuto?

Me agarro a la barandilla y recorro con la mirada la calle hasta más allá de las azoteas. Pasa un autobús silbando, con las luces de freno más brillantes que las estrellas. Las constelaciones tiemblan.

—Ojalá supiera los nombres de todas las estrellas. —Me siento, meto las piernas entre los barrotes y las balanceo. Echo la cabeza hacia atrás para ver la Vía Láctea. La luz de las farolas y de los hoteles del centro va oscureciéndose y solo quedan algunos puntos luminosos. Busco la Osa Mayor y el toro, recorro el cielo en busca de la Estrella del Norte y de Thurayya, las Pléyades—. ¿Sabías que los beduinos veían Casiopea como un camello? Durante mucho tiempo era lo que todos veían.

—¿En serio? —Abú Sayid mira al cielo—. ¿Qué más sabes?

Señalo las tres hijas de luto, los dos terneros en el molino y las gacelas huyendo del león. Pero luego me callo. Sé hacia dónde corren las gacelas. Sé que, sea el mes que sea, nunca dejan de correr por el cielo.

—¿Qué más has visto? —me pregunta Abú Sayid.

—A nosotros —le contesto. Y me echo a llorar—. No recuerdo la voz de mi padre. Ni siquiera la recuerdo.

—Nubecilla. —Se arrodilla a mi lado en el duro hormigón, y el viento de la noche le congela los dedos—. Claro que la recuerdas. Algo así no se olvida.

—Era como caramelos y corteza de roble —le digo—. Eran los colores de mi padre. Pero luego murió y enterraron su voz. Ahora recuerdo el color, pero no el sonido. Solo me queda una mancha marrón en la pared. —Tengo hipo y apoyo la frente en la barandilla, que me deja grandes marcas en la piel—. Debería recordarla. Pero no la recuerdo.

—No has olvidado a tu padre —me dice Abú Sayid—. Tienes la imagen de tu padre en la mente. Simplemente, lo ves de forma diferente que los demás.

Echo la cabeza hacia atrás y me toco las marcas de las mejillas.

—Quiero ser como los demás.

—Nadie es como los demás. —Abú Sayid repiquetea en la barandilla con las yemas de los dedos—. Cada estrella es diferente, pero cuando miras hacia arriba, las ves iguales.

Me inclino y abrazo a Abú Sayid, pero una sensación de frío me recorre, como si hubiera perdido algo que no puedo recuperar. Mis pies cuelgan entre los barrotes, entumecidos por el viento. Abú Sayid me pasa el brazo por los hombros. Huele a perejil y a piedras.

Más allá de los límites de la ciudad, la estepa está oscura. Pienso en Rawiya y en al-Idrisi durmiendo bajo las estrellas. La bombilla de una farola borra Leo Minor. Me inclino hacia ella sin darme cuenta y me aparto de la calidez de Abú Sayid como pintura acrílica que se desconcha, como una gacela que solo sabe correr.

Historias que te cuentas a ti mismo

Desde Qasr Amra, la expedición volvió a la ruta comercial. Siguieron hacia el sur, hacia el mar Rojo, hacia el final de Bilad ash-Sham y del territorio de Nur al-Din. Llegaron a una meseta con montañas al oeste. Al-Idrisi dibujó mapas y revisó sus notas. Señaló un punto por encima de las montañas, donde mercaderes que iban en caravanas le habían descrito un mar salado interior.

—Al sur de aquellas aguas muertas hay un gran valle —dijo mostrándoles lo que había escrito—, un valle llamado Wadi Araba. Avanza hacia el sur hasta el golfo de Aila, donde termina.

Ningún miembro de la expedición había visto aquellas cosas, porque al pie de las montañas del oeste estaban los fuertes de los francos, que señalaban la frontera del reino de Jerusalén, así que no era seguro seguir hacia el oeste.

Pero al-Idrisi alzó un dedo y sonrió a sus amigos.

—Pronto giraremos al oeste y cruzaremos el golfo de Aila, que lleva al mar Rojo —dijo—. Entraremos en el Imperio fatimí, en las tierras de Egipto y en el delta del Nilo, y luego en el Magreb. Veremos las maravillas de Dios con nuestros propios ojos.

Las noticias de la victoria de Nur al-Din en ash-Sham y de la retirada del ruc habían llegado rápidamente al reino de Jerusalén y al Imperio fatimí. En la frontera se habían puesto nerviosos, porque, como al-Idrisi sabía, el poder fatimí empezaba a debilitarse en El Cairo. La corrupción y las intrigas susurraban en todos los pueblos de la ladera. Los bandidos se habían vuelto más audaces y ponían en peligro las caravanas. Esto se sumaba a los peligros a los que la expedición iba a tener que enfrentarse antes de cruzar el delta del Nilo y acercarse al golfo de Sidra, a Ifriqiya, donde el rey Roger había establecido sus puestos costeros. Hasta entonces, al-Idrisi y sus amigos tendrían que evitar las fortalezas francas, los altos acantilados y los recelos fatimíes.

Los fatimíes tenían buenas razones para recelar. Nur al-Din llevaba mucho tiempo esperando conseguir un punto de apoyo en El Cairo. Y en aquellos tiempos, el Imperio fatimí temía no solo al reino de Jerusalén y a la nueva plaza fuerte de Nur al-Din en ash-Sham, sino también a las fuerzas bereberes que se congregaban al oeste, cerca de Barnik y del golfo de Sidra, los poderosos almohades.

—¿Por qué luchan? —preguntó Rawiya—. Todos creen en Dios.

—Mira alrededor —le dijo Jaldún—. En las últimas semanas hemos visto los fuertes de los francos, las peleas en las provincias, la sed de oro y de agua. Refugiados expulsados de sus casas por ejércitos invasores se amontonan en las ciudades de Bilad ash-Sham. Los gobernantes conspiran entre sí. El mundo está cambiando.

—Pero ¿tienen que morir inocentes por esa sed de territorios y de oro? —le preguntó Rawiya—. Y nosotros somos exploradores, no espías.

—Como todo poeta sabe, muchas veces importa menos la historia que lo que se cuenta de ella —le contestó Jaldún.

Rawiya espoleó a su camello para que avanzara.

—¿Qué se supone que significa eso?

—Nuestro objetivo no es tan importante como nuestros enemigos creen —dijo al-Idrisi cerrando su libro.

Aquel día y el siguiente hablaron poco. Daban vueltas a su mala suerte. Les quedaba mucho camino por delante, y en los mapas aún no aparecían las rutas que atravesaban los valles desde la meseta del norte. Al-Idrisi consultaba a menudo sus notas y el astrolabio, pero se perdieron varias veces y tuvieron que volver atrás.

La expedición no tardó en entrar en un territorio rocoso. Se introdujo en un estrecho cañón de acantilados rojos con la esperanza de que fuera el camino correcto. Pero aquella tarde una tormenta de arena procedente del este la desvió de su camino hacia el sur. Los camellos cerraban la nariz y se abrían paso por el camino cubierto de escombros. Rawiya y sus amigos se tapaban la cara con el turbante. Se les llenaban las pestañas y la boca de arena. El viento aullaba al cruzar los acantilados, y el aire se volvió tan denso que al final no veían las paredes.

—¡Nos hemos equivocado de camino! —gritó Bakr—. ¡Nos hemos desviado!

—El viento nos aplastará —dijo al-Idrisi.

—Veo una abertura en la roca... —Pero la voz de Rawiya se perdió.

La tormenta golpeaba el cañón, y la arena rechinaba en las paredes. El viento arrastró una piedra, la lanzó contra el acantilado, y el cañón retumbó.

Rawiya buscó a tientas la honda.

—¡Dadme una piedra! —gritó—. Una moneda. Lo que sea.

No veían nada. Bakr gritó. Rawiya siguió su voz hasta sujetar las riendas de su camello. Los criados se agarraban unos a otros, y los camellos sacudían la cabeza. Las paredes del cañón debían de estar a tiro de piedra, pero no las veían. La tormenta de arena cortaba como una daga.

Bakr, Jaldún y al-Idrisi vaciaron sus alforjas y dieron a Rawiya un puñado de dinares de Nur al-Din. Ella colocó las monedas en la honda y las lanzó. Esperaba oír el sonido metálico del oro al golpear la piedra.

Nada.

Rawiya giró en la silla y volvió a disparar. De nuevo nada. Apuntaba al aire con los dedos contraídos. El viento le llenaba las uñas de arena.

El metal golpeó por fin la pared del cañón.

—¡Por aquí!

Rawiya dirigió su camello hacia la abertura en la roca. El animal se abrió paso entre afiladas piedras. Avanzaron junto a la pared y llegaron a una cueva que se adentraba en la roca, lo bastante grande para albergar a los camellos y a los criados.

Alguien gritó. Rawiya se volvió. Entre la arena surgió la cara de Bakr. Lo único que no le cubría el turbante eran los ojos.

—¡La pezuña del camello de un criado se ha quedado atrapada en la roca! —gritó—. El animal está bien, pero el criado se ha caído.

Bakr movió al herido, que cojeaba, para protegerlo del viento.

Rawiya los condujo a la cueva y tumbaron al hombre.

—Se ha roto la pierna —dijo—. Nosotros no podemos curársela. De momento...

Arrancó una tira de tela de su capa, vendó la pierna al hombre e hizo un fuerte nudo.

Esperaron a que se calmara la tormenta. Aunque ninguno de ellos lo dijo, sabían que estaban en peligro. La tormenta de arena les había obligado a desviarse hacia el oeste, y ahora estaban en el límite del reino de Jerusalén, en las tierras de los cruzados francos.

La tormenta cesó al anochecer. Rawiya fue la primera en salir de la cueva. Levantó la cabeza y un dedo hacia el viento. El resto de la expedición la siguió. Los camellos seguían sacudiéndose la arena de los huecos de las pezuñas.

No lo vieron hasta que se volvieron. A su alrededor, talladas en las paredes rojizas del acantilado, había majestuosas viviendas decoradas con altos pilares, estatuas y flores esculpidas. El viento y el tiempo habían arañado las dos paredes del acantilado. Varias aberturas estaban llenas de arena y escombros, pero otras se adentraban en la roca.

—La ciudad nabatea de Raqmu..., Petra. Increíble. —Al-Idrisi abrió el libro y empezó a dibujar y a escribir. Rawiya, Bakr y Jaldún miraban por encima de su hombro—. Había oído hablar de ella —dijo alzando la voz—, pero nunca decían cómo llegar. Jamás pensé que la vería. ¿Lo entendéis? —Sacudió el libro sonriendo—. Cartografiaremos por primera vez esta ciudad perdida.

La expedición avanzó por los caminos del cañón, entre las casas de piedra, sin atreverse a decir una palabra. Al atardecer habían salido de las montañas rojas. Pastores beduinos con sus rebaños observaban a distancia con el rostro oculto.

La expedición dejó atrás las rocas abovedadas y se dirigió a un valle. Detuvieron los camellos y se protegieron los ojos del sol poniente. Cuando la tarde refrescó, Jaldún se llevó la mano al pecho.

—Sin duda es un regalo de Dios para los ojos cansados —dijo.

Ante ellos se extendía un pueblo rodeado de tupidos olivares. Las casas salpicaban el manto verde, y los molinos agitaban los riachuelos que cruzaban el valle. Al-Idrisi dibujó mientras descansaban y tomó nota de los lechos de los arroyos y de las casas apoyadas en las laderas. Los niños, dispersos bajo los árboles, los miraban. Si Rawiya cerraba los ojos, casi podía imaginar que había vuelto a Benzú y que estaba sentada con su madre a la sombra del olivar.

Cuando entraron en el pueblo, al-Idrisi llamó a un hombre que volvía de la arboleda.

—Hola, buen hombre —le dijo—. ¿Cómo se llama este pueblo?

—Venís del territorio de Nur al-Din, ¿verdad?

El hombre se protegió los ojos.

Rawiya pensó inmediatamente en el Hajj.

—Solo somos peregrinos en busca de las maravillas de Dios —le contestó.

Al-Idrisi entendió su idea.

—Nos hemos perdido y necesitamos un lugar en el que pasar la noche. —Señaló al criado con la pierna rota—. Tenemos a un herido.

El hombre se enjugó la frente.

—Me sorprende oír que os habéis perdido. Queréis decir que no habéis visto el nuevo fuerte, ¿no? El fuerte de Wu'eira, al norte del valle. He vivido en Wadi Musa toda mi vida, y nunca había visto nada igual.

Las fuerzas francas habían conquistado Wadi Musa, el Valle de Moisés, hacía unas décadas. Rawiya entendió que la expedición había pasado ante un puesto cruzado y había entrado sin pretenderlo en el reino de Jerusalén.

—Nos han hablado de la generosidad de las gentes del Valle de Moisés —dijo al-Idrisi con prudencia—. Y el reino de Jerusalén es famoso por sus maravillas.

Se produjo un incómodo silencio. El hombre observó los camellos, y los libros y pergaminos de al-Idrisi.

—¿Habéis dicho peregrinos? —El hombre negó con la cabeza y se acercó al camello de al-Idrisi—. Mentís fatal —dijo en voz baja—, pero no temáis. Me llamo Halim, y lo poco que tengo lo comparto. Mis hijos y yo nunca apoyamos la división de estas tierras. ¿Para qué necesitamos fronteras trazadas con sangre en la tierra que ha creado Dios? Cristianos y musulmanes han cultivado la tierra de este valle codo con codo durante siglos. Somos personas generosas, que queremos la paz. Y yo personalmente siento debilidad por los eruditos y los cartógrafos —dijo señalando los libros de al-Idrisi.

Halim los llevó a un claro entre los olivos y a una pequeña casa, donde ataron los camellos. Halim y su mujer, que no podían meter a toda la expedición en su diminuta cocina, prepararon decenas de cuencos de cuscús humeante y de buñuelos de garbanzos. A cambio, al-Idrisi les dio cuencos con piedras preciosas y dinares de oro de sus tesoros.

Cuando hubieron comido y se hubieron retirado a dormir, Rawiya se quedó despierta mirando las estrellas. Localizó el camello y las tres hijas de luto. ¿Por qué nadie le había dicho que la estrella Vega tomaba su nombre de un águila que caía en picado? En la red del astrolabio incluso se indicaba la estrella con el dibujo de un pájaro.

Jaldún, que tampoco podía dormir, se acercó y se sentó a su lado.

—La experiencia me dice que las personas a las que les gustan las estrellas son nobles —le dijo.

Rawiya se ruborizó.

—El mundo es mucho más grande de lo que creía.

—Y está lleno de historias. —Jaldún acercó las rodillas al pecho—. Pero cuando has escuchado muchas voces, empiezas a olvidar la tuya.

—Supongo que tienes razón —le dijo Rawiya—. El mundo es grande, y nosotros muy pequeños.

Jaldún miró la luna.

—La gente cree que podemos aislar las historias, dejarlas fuera de nosotros. No es así. Las historias están dentro de nosotros.

Rawiya se volvió y miró a Jaldún. Se sentía tranquila y comprendida, cosas que no había sentido desde que se había marchado de casa.

—Eres las historias que te cuentas a ti mismo —se descubrió diciendo, como si Jaldún y ella se conocieran desde hacía años, como si fuera lo más natural del mundo.

Jaldún asintió.

—Es verdad. —Lanzó una piedra blanca, que se quedó suspendida entre Vega y el horizonte, y luego cayó al suelo—.

Si no sabes la historia de donde vienes, las palabras de los demás pueden abrumarte y ahogar las tuyas. Así que, ya ves, tienes que controlar los límites de tus historias, dónde acaba tu voz y empieza la de otro.

El viento hacía crujir las hojas de los olivos y parecía agitar las estrellas.

—Entonces las historias, en forma de palabras, cartografían el alma —dijo Rawiya.

A la mañana siguiente, el hijo de Umm Yusuf vuelve a casa cuando el amanecer aún es una neblina azul por encima de los edificios. Oigo el portazo y me froto los ojos. Aparto la manta —¿cómo soy la única que estaba enrollada en la manta?— y dejo las zapatillas junto a la alfombra.

Una voz gutural de color verde azulado y gris surge por debajo de la puerta de Sitt Shadid, un sonido atrapado en el pecho. Una voz que me recuerda a los chicos cantando y levantando el puño en calle de Homs, una voz enfadada que es todo costillas y omoplatos. Me pregunto si todos los chicos están tan enfadados, si saben que la rabia es peligrosa e imprevisible.

Pienso en acurrucarme en la esquina y esperar a que el chico se marche, pero quiero asegurarme de que Sitt Shadid está bien. Salgo de la habitación y cruzo el pasillo. Las baldosas son mil cubitos de hielo en las plantas de mis pies.

Una discusión en árabe, una voz de mujer suplicando como violines rosas. Agarro el pomo y abro un poco la puerta. Las flores azules se marchitan en la lata de refresco y se inclinan a los lados. Sitt Shadid está de pie con las piernas abiertas, aún no se ha puesto las zapatillas y tiene las medias enrolladas alrededor de los dedos de los pies. No veo con quién habla, me lo tapa la puerta. Entra la luz del día e ilumina rincones que anoche estaban oscuros. Fotos pegadas a las paredes aletean por encima de esterillas enrolladas y mantas dobladas. Hay cojines alineados en el suelo desnudo. Recuerdo la semana en que la familia de una amiga mía se cambió de piso, que estaba vacío hasta que sus padres llevaron el sofá y volvieron a montar la mesa del comedor. Pero aquí no hay un camión de mudanzas esperando fuera, ni somier que cargar. Pienso: «Esto es todo lo que tenemos».

La persona que está detrás de la puerta suelta un suspiro de frustración. Oigo unas cuantas palabras en árabe que entiendo, como una radio que de repente sintoniza una señal: «Tengo que trabajar», «Tenemos que comer». La voz rosa de Sitt Shadid: «Te pillarán». El chico de la voz verde azulada y gris da un golpe en la pared con la palma de la mano y dice: «No lo entiendes».

Sitt Shadid, enfadada, vuelve a soltar una retahíla en árabe y oigo el estruendo de unos pasos dirigiéndose a la puerta. Me aparto y me pego a la pared. Un chico alto resopla. Su camiseta gris deja tras de sí un olor a madera, pegajoso y cálido, como de encina. Me quedo inmóvil, con el aire que he respirado ardiéndome en el pecho, rogando que no se dé la vuelta. La rabia del chico es un cuchillo, un arma. Es la señal de advertencia que debería haber visto la noche que cayeron las bombas en nuestra calle. Se pasa la mano por el pelo negro, y estoy tan cerca de él que le veo los poros de la nuca. Luego corre escalera abajo y oigo un portazo.

Echo un vistazo hacia Sitt Shadid. Rahila duerme en un colchón, en la esquina. Sus orejeras suben y bajan. Fuera ladra un perro, un brillo fluorescente en el silencio. Si me concentro, puedo imaginar todas las cosas que la familia de Rahila dejó atrás, la bandeja de latón para servir el café, los libros infantiles, los pañuelos para la cabeza y todas las pequeñas cosas que nadie echa en falta hasta que desaparecen. Y pienso que seguramente Rahila no recuerda en absoluto su casa de Siria, que muy pronto esto será todo lo que haya conocido.

Los callejones del polvoriento Amán, las cañerías rotas que gotean en la calle. El dolor de sus pies en el suelo desnudo. Las flores marchitas en una lata de refresco.

Las estrellas, que se desvanecen, me susurran desde el otro lado de la ventana torcida: «Te pasará a ti también». Y es cierto. Algún día habré vivido más tiempo fuera de Nueva York que en Nueva York. Algún día el verano que viví en Homs habrá quedado decenas de veranos atrás.

Un duro nudo rojo se me pega a las costillas como una indigestión, el inextricable nudo de todas las cosas que he amado y que algún día estarán enterradas, de todas las cosas que sé que voy a olvidar.

Oigo el zumbido amenazante de un helicóptero por encima del edificio. El suelo tiembla bajo mis pies y vuelvo a estar en nuestra casa amarilla de Homs, siento en la nariz el olor a ceniza.

Corro hacia la escalera.

Camino deprisa por la calle. La ciudad vuelve a la vida, como un animal lamiéndose los dientes. Respiro hondo al bajar la colina. Mis pies descalzos golpean la acera. En los bloques de pisos se encienden luces, y los tendales se contonean y bailan. Una red de cables telefónicos corta el aire. Corro hacia azoteas naranjas y casas amarillas.

Levanto las piernas para luchar contra la gravedad. Rodeo un olivo torcido de la acera, tropiezo con un gran ciempiés y salto por encima de una paloma. En los balcones aparecen hombres que beben café o fuman narguiles mientras esperan a que el cielo se ilumine. Los tenderos aparcan los camiones con sus productos en estrechas plazas de aparcamiento. Niñas me miran desde ventanas con rejas.

Corro por calles que no reconozco. Subo una cuesta y me pregunto cómo pudo una ciudad devorar diecinueve colinas. Paso por alto las punzadas de cansancio en las pantorrillas y me pregunto si puedo volver corriendo a casa, dondequiera que esté ahora mi casa, a un nivel de realidad en el que los niños no lloren en los cruces de frontera y pueda cruzar el mar andando. ¿Existe un nivel que podría alcanzar si corriera muy rápido, un nivel en el que mi padre esté esperándome en la isla de Manhattan con los brazos abiertos, llamándome desde los telescopios que funcionan con monedas?

Bajo escalones tallados en la ladera de piedra. Serpenteo entre callejones y dejo atrás eucaliptos caídos y palmeras puntiagudas. Me quedo sin aliento entre tres colinas, en una calle que da a un cruce. La carretera está llena de coches y de vendedores ambulantes con especias y bisutería amontonadas en grandes mesas. Aquí las aceras son tan estrechas que tengo que andar por la carretera. Pasan coches con las ventanillas bajadas, de las que salen canciones de amor en inglés y en árabe. En la lejana zona occidental de la ciudad brillan los balcones redondos de los hoteles, sus caras de vidrio bostezan.

Me he perdido.

Avanzo sin rumbo intentando descubrir en qué colina estaba, en qué barrio. Pero cuanto más avanzo, más perdida estoy. Nada me suena. No reconozco ningún tilo, ningún punto de referencia. Camino en círculos y vuelvo siempre al mismo lugar. A la luz del día todo parece diferente que en la oscuridad y me cuesta distinguir incluso las cosas que reconozco. Me paro a mirar las señales e intento entender las letras en árabe. Al otro lado de la carretera, en la esquina, veo a un niño no mucho mayor que yo, de pie y con los hombros tensos, vendiendo pañuelos de papel.

Llega la noche. Arrastro los pies hinchados hacia la cima de otra colina. El asfalto me ha destrozado las uñas de los pies. El humo de los coches ha teñido de gris el dobladillo de mis pantalones cortos y me ha ensuciado los dedos y los nudillos. El olor a cordero y freekeh me corta el hambre.

Me dejo caer debajo de un árbol. Está demasiado oscuro para que vea qué árbol es, pero huele bien, a agua y a descanso, así que me apoyo en el tronco. Al contacto con la corteza, me pica el cuero cabelludo y tengo que rascarme. Siento hormigueos en todo el cuerpo, una larga convulsión de vacuidad.

Me retiro unas cuantas hojas redondas de las plantas de los pies. Están arrugadas de sudor, y su suavidad es un alivio después del asfalto. Debajo de las hojas hay cortes y sangre, y un trozo de cuarzo blanco se me ha clavado entre los dedos. Lo saco y me limpio la sangre con la mano. Me guardo el cuarzo en el bolsillo.

Se encienden luces rosadas detrás de persianas de madera y cortinas, bajo tejados de tejas rojas. De nuevo los ladridos púrpura plateado de un perro. Ancianos barrigones pasean con las manos a la espalda. El Ramadán aquí es igual que en Homs: tiendas que cierran temprano, familias que se reúnen y suspiros de alivio con el primer vaso de zumo de naranja después del ayuno. Umm Yusuf estará dando vueltas a las lentejas y friendo cebolla en el diminuto piso. Catorce pies calentarán el suelo desnudo. El color de las canciones salpicará las paredes desnudas.

«Debería haberlo recordado.» Siento las lágrimas calientes, pero me niego a permitir que me tiemble la garganta. No quiero que se sepa que estoy llorando, ni siquiera yo. «Debería haber recordado el camino.» Creía que iba en la dirección correcta. Siempre la recuerdo, siempre encuentro el camino de vuelta a casa. ¿Cómo he acabado tan perdida?

Ahora mismo Rahila estará riéndose con sus orejeras puestas, apretando con los dedos el último trozo de pan. Crecerá sin recordar la época que pasaron en Siria, pensando que ese piso ha sido su único hogar.

¿Y si no encuentro el camino de vuelta? ¿Y si vivo en esta calle, en esta ciudad, el resto de mi vida? Una tubería rota gotea en un estrecho bloque de pisos cercano. ¿Es así como se pierden las personas, gota a gota? Los recuerdos se desvanecen enseguida: el jardín de la azotea, el coyote de ojos ambarinos en la calle Ciento diez Oeste, la higuera de Homs. Sería muy fácil olvidarlos.

—¿Nour?

Me paso la mano por la mejilla mojada. En un portal detrás de mí aparece la silueta de un hombre que me mira fijamente. Repite mi nombre con una voz de color miel que me recuerda a un hombre con camisa naranja sonriendo.

—¡Abú Sayid!

Corro, me aferro a su pecho y entramos juntos en el edificio. Se me despega una hoja de tilo de la planta del pie. He conseguido volver a casa sin saberlo.

—¿Estás bien? —Abú Sayid se para ante la puerta del piso de Sitt Shadid y comprueba que no tengo arañazos en la cara—. Tu madre casi se muere al descubrir que te habías ido.

—Estoy bien.

La hambrienta oscuridad me corroe, la amenaza de olvidar. Empujo la puerta del piso de Sitt Shadid y echo un vistazo. El chico de la voz gutural no está. Los zapatos junto a la puerta huelen a albaricoque, y las viejas paredes a mosto, olores familiares. Pero el sonido de las tuberías al gotear entra conmigo en el piso, y esa soledad rítmica se enrosca dentro de mí como una sombra, un deseo profundo.

—¡Nour, *habibti*! —Mi madre corre hacia mí y me rodea de pelo y de calor—. ¡Estaba muy preocupada!

Umm Yusuf también me abraza muy fuerte. Mis dedos sucios le manchan el hiyab. Se forma un círculo a mi alrededor, todos riendo y llorando a la vez. Sus sonidos sin palabras zumban por todas partes, energía sin lenguaje. Las lágrimas corren por las mejillas de Sitt Shadid. Levanta las manos al cielo, da gracias a Dios —*Hamdulillah!*—, y su voz hace que vibren los clavos de las tablas del suelo.

Comemos mujaddara y dátiles, y jugamos al backgammon. Después del iftar, Sitt Shadid me da pastelillos atayef dulces y un peluche, un pájaro blanco. Lo llamo Vega. Huele a Sitt Shadid, a jazmín y a aceite de oliva.

Pero a medida que avanza la noche vuelve a picarme la cabeza —¿puede la savia de los árboles o el humo de los coches afectarme al cuero cabelludo?— y me rasco con tanta fuerza que me hago sangre. Cuando cruzamos el pasillo, mi madre cierra la puerta y chasquea la lengua.

—¿Por qué te rascas tanto la cabeza?

—Me pica.

Mi madre huele la manta, que estaba doblada en una esquina de nuestra habitación, y la tira al suelo.

—Zahra, tráeme un peine —dice.

Mientras Zahra va a pedirle un peine a Umm Yusuf, yo no dejo de moverme. Intento no rascarme. Huda se acurruca en la alfombra dejando una mano fuera, con los nudillos sobre la madera. Mi madre me pasa el peine con fuerza y tira de la piel de mi sien, debajo de la venda.

—¡Ay! No me des tirones.

Mi madre murmura en árabe.

Hago una mueca. Me arde la cabeza.

—Se supone que no debes decir esas cosas.

Pero mi madre se limita a pasarse el peine por la palma de la mano y la mira fijamente. Luego peina a Zahra y a Huda. Huda hace una mueca de dolor y resopla cuando mi madre le golpea el hombro sin querer.

—¿Qué pasa? —pregunto—. ¿Por qué nadie dice nada?

Mi madre sale al pasillo y vuelve con una maquinilla de cortar el pelo en la mano. Frunce los labios y tensa los dedos alrededor de la maquinilla.

—Nour, siéntate —me dice.

—¿Por qué?

—¡Siéntate y calla! —me grita.

Doblo las rodillas y me siento en el suelo. Estiro las piernas sobre la madera. Los dedos de mis pies son negras protuberancias de sangre seca y tengo las plantas sucias. La maquinilla vibra detrás de mí.

—No me cortes el pelo —digo.

—Cállate.

Mi madre me pasa los dedos por el pelo para separarlo y levanta un puñado de gruesos rizos.

—No.

Siento la maquinilla en el hueso de la nuca, y luego asciende. Mi cráneo y el cuarzo blanco del bolsillo vibran. No pudimos salvar ninguna foto de la casa, así que no hay ninguna. No hay fotos de mi padre y de mí con mis negros bucles. Nada.

—Tienes piojos —me dice mi madre.

—Me da igual. —Gruesos mechones de pelo me caen sobre los hombros. Me veo como un niño, con la cabeza como un melón. Veo a Rawiya—. ¡No!

Ese zumbido. Lloro. Cierro los ojos. No soy Rawiya. Esto no es una aventura. Se me escapa un gemido amarillo.

Mi madre me sacude el pelo de las orejas. Le tiemblan las manos.

—No me lo pongas más difícil —me dice.

Oigo las lágrimas en su voz, firme como un puño.

Desde entonces, mi madre va todos los días a la embajada de Estados Unidos, en el centro de Amán, a hacer el papeleo. Intentamos portarnos lo mejor posible. Yo ayudo a Sitt Shadid a ordenar el piso desnudo, y cuando encontramos flores silvestres, las cortamos y las metemos en la lata de refresco con un poco de agua. Intento no pensar demasiado en las cosas que perdimos: suaves alfombras bajo mis pies, estanterías con mis libros favoritos, peluches y álbumes con fotos de mi padre que no encontramos entre los escombros.

Al otro lado de la ventana, los niños del barrio juegan al fútbol y Zahra coquetea con el hijo de Umm Yusuf. Yo me quedo en casa con Huda y el pájaro de peluche. Aunque Umm Yusuf encuentra un par de zapatillas de deporte viejas para que no tenga que volver a ponerme mis chanclas rotas, no voy a dejar sola a Huda. Ahora duerme menos y parte por la mitad los analgésicos para que le duren más.

Mi madre dice que mejorará, que solo es cuestión de tiempo. Trata de mantenernos al margen de lo que hace, intenta llegar cada noche de la embajada sonriendo. Pero Zahra me ha dicho que pedir asilo no es fácil, que hay demasiada gente que no tiene adónde ir y no hay sitio para todos. Me ha dicho que, aunque yo nací en Estados Unidos, no hay garantías para los que no son ciudadanos estadounidenses, aunque sean mi madre y mis hermanas. Debe de ser verdad, porque cuando mi madre llega a casa, la veo desde la ventana junto al tilo, recuperando el aliento antes de entrar. Parece mucho mayor que en Nueva York, como si fuera a llorar si tiene que seguir sonriendo. Pero de todas formas sonríe.

Un día, dos semanas después, Abú Sayid entra en nuestra habitación cuando mi madre no está. Tiene los hombros caídos por el ayuno, y el sudor brilla en los huecos de su barba como pequeñas lentejuelas.

—Nos vamos de excursión —me dice—. Vamos.

Huda, apoyada junto a la ventana, se estira. El brazo herido cuelga del cabestrillo. Me da náuseas mirarlo, como las orejeras de Rahila. Sus heridas me recuerdan lo contagioso que es el dolor, aunque admitirlo haga que me sienta fatal.

Niego con la cabeza y la pego al ala de Vega.

—No quiero.

—No seas así.

Abú Sayid se dirige a la ventana. Fuera, Zahra se ríe con el chico de la voz gutural. Ahora se pasa todo el día con él, girando la pulsera en la muñeca y sonriendo tanto que parece que vaya a explotarle la cara. O no oyó la discusión del chico con Sitt Shadid hace dos semanas, o no le importa.

—Me apetece tomar el aire —dice Huda.

—Venga, arriba. Vuestra madre ha dicho que os sentaría bien. —Abú Sayid me levanta y me coge de la mano—. Se acabaron las caras largas. ¿De acuerdo?

Cuando salimos al sol, Huda se cubre los ojos. Se le doblan un poco las piernas, tiene las rodillas rígidas y los hombros tensos. Es como si despertara de un largo sueño.

—¡Zahra! —grita Abú Sayid—. Ya te lo he dicho. Que el chico venga contigo o que se quede.

El chico parpadea.

—Traeré a Rahila —dice—. Se ha pasado toda la mañana durmiendo.

Nos amontonamos en la furgoneta azul. Zahra y yo nos sentamos en la fila del medio, y Huda en la de atrás. Abú Sayid abrocha el cinturón de la sillita de Rahila. El chico se sienta delante.

—Oye, no me has dicho cómo te llamas. —Me inclino hacia delante. El chico no dice nada. Tamborileo con los dedos en mi pierna—. ¿Tienes nombre?

—Nour —interviene Huda—, sabes perfectamente cómo se llama. Su madre es Umm Yusuf.

Cruzo los brazos.

—Pero nunca me lo ha dicho.

El chico se inclina hacia atrás y gira los hombros hasta que los tendones de los bíceps se tensan. Tiene un incipiente bigote encima de los labios, que casi nunca sonríen. Bajo su dura frente de halcón, su cara parece la típica cara alargada de los adolescentes, con las mandíbulas y las facciones huesudas.

—Yusuf —dice.

Zahra lo repite, así que casi no lo oigo. Sonríe para sí misma y se vuelve hacia la ventana.

—Como ninguno de vosotros ha estado en Jordania, no sabéis lo que os estáis perdiendo —dice Abú Sayid. Se frota la frente y yo me toco las vértebras afeitadas de la nuca—. De niño fui a Petra, a la antigua ciudad nabatea. He visto los olivares de Wadi Musa. Según la tradición, Wadi Musa es el lugar en el que Moisés golpeó la roca con el bastón, y de la piedra brotó agua. ¿Lo sabíais?

Zahra cruza los brazos y hace tintinear la pulsera de oro.

—Yusuf lleva ya tres meses en Jordania.

—Pero no ha estado donde vamos —dice Abú Sayid—. Te lo garantizo.

Atravesamos las abarrotadas laderas de la ciudad subiendo y bajando la tierra seca. Abú Sayid enciende la radio y busca música pop estadounidense. Por primera vez parece que todo es casi normal. Luego pasamos por los barrios del este de Amán, y un grupo de niños que caminan hacia el oeste se detiene a mirarnos. Uno de ellos tiene en la mano un paquete de pañuelos de papel, y muchos más en los bolsillos del pantalón de chándal desteñido. Yusuf, sentado en el asiento delantero, desvía la mirada.

Toco el cuarzo blanco que llevo en el bolsillo, y el viento me enfría el cuero cabelludo. Me pregunto si mi yo real ha desaparecido para siempre, si me lo afeitaron junto con el pelo. Veo al hombre que contaba historias al otro lado del cruce de la frontera, con una arruga profunda como un *wadi* en la frente y su mano de papel de arroz en la puerta. Siento un dolor entre las costillas.

Más allá de los límites de Amán, las achaparradas acacias y los postes telefónicos se alzan en las colinas de bronce. Delante de nosotros, un camión desaparece bajo el brillo del calor. Las montañas se ciernen sobre nosotros. Acantilados de arenisca roja se elevan, tallados por el viento y con marcas de viruela, como láminas de madera comida por las termitas.

A una hora de los límites de la ciudad salimos de la carretera principal y nos desviamos hacia una zona cercada. Aparcamos junto a un arbusto plateado, bajamos de la furgoneta y caminamos entre las piedras.

—Esta estepa es el Badiya —nos dice Abú Sayid. Las llaves tintinean en su bolsillo—. Se extiende por Jordania, Siria, Irak y Arabia Saudí.

Zahra hace girar la pulsera y espera a que salga Yusuf. Rahila se queda junto a la furgoneta, con la mano en la boca y los ojos como platos. Frente a nosotros, en la estepa, se alza un polvoriento edificio de piedra y yeso. Alguien puso ventanas de madera blancas, que ya han empezado a astillarse. La arena ha mordisqueado las piedras, y ahora la roca parece áspera y esponjosa. En un edificio hay tres cúpulas lisas, varias habitaciones cuadradas y una oscura entrada abovedada.

Abú Sayid nos indica con un gesto que lo sigamos.

—Este es uno de los tesoros de Jordania —nos dice—. Qasr Amra. En sus tiempos albergaba un palacio y unos baños para el califa.

Nos dirigimos al cartel blanco de la recepción. Abú Sayid y Huda agachan la cabeza para entrar. Sigo el frufú de la falda de gasa de Huda y el eco de las suelas de cuero de Abú Sayid al arañar la piedra. Las salas están rodeadas de vallas rojas. Hay placas azules clavadas en la pared con palabras en inglés y en árabe: PROHIBIDO TIRAR BASURA.

La pintura se ha desconchado de las paredes y ha dejado manchas de yeso de color rosa. Se ha conservado una pequeña decoración, líneas plateadas y manchas gris púrpura. Veo caras de mujer, osos bailando y cazadores. En el suelo hay piscinas vacías con las baldosas agrietadas o arrancadas. Los colores gritan debajo de la suciedad.

—Antes el techo estaba pintado —dice Abú Sayid, y todos miramos hacia arriba.

—Allí hay colores brillantes —dice Huda—, o los había. Amarillo ocre. Cobalto y lapislázuli. ¿Qué crees que es? ¿Témpera?

—A mamá le encantaría —dice Zahra.

—Mirad. —Me vuelvo y señalo hacia arriba—. Se ven las estrellas.

Zahra se acerca a Yusuf tocándose la muñeca.

—No se ven bien.

Pero Yusuf no la mira.

—Son constelaciones —dice el chico con voz grave.

—Pintaban las estrellas como personas o animales —dice Abú Sayid—. Mirad esta placa..., es la bóveda celeste.

Huda pasa los dedos por la arcilla agrietada.

—Es un mapa del cielo.

«Lo era», pienso. El tiempo todo lo desmorona. Intento imaginarlo como era, con la pintura lisa y las piedras pulidas. Las personas hacen cosas muy bonitas, aunque destruyan tanto.

Salimos y el sol nos ciega. Yusuf espera a que todos subamos a la furgoneta y nos mira abriendo y cerrando una navaja.

Corro hacia Abú Sayid y me saco del bolsillo el cuarzo blanco, que el forro ha limpiado hasta dejarlo brillante.

—Tengo algo para ti.

Espero a que extienda la mano y le dejo la afilada piedrecilla en la palma. No quiero quedármela. Quiero convertir algo malo en bueno, algo pequeño en valioso. Como la piedra azul sin pulir que me mostró Abú Sayid, fea y humilde en la tierra.

—La encontré en mis aventuras —le digo.

Y en mi rostro se dibuja una sonrisa.

Abú Sayid se ríe y aprieta el puño.

—Esta es mi Nubecilla —me dice.

Sitt Shadid nos llama cuando volvemos al piso. Está frotándole la espalda a mi madre, lo que al principio hace que me sienta bien, porque es lo que me gusta de Sitt Shadid. Siempre te frota la espalda, incluso cuando el único sitio en el que puedes sentarte es el suelo.

Pero mi madre está llorando. Contengo la respiración y pienso en las posibilidades: han bombardeado Amán mientras estábamos fuera. Alguien ha muerto. A mi madre le ha picado un escorpión. Pero el piso sigue en pie y estamos todos aquí. Y aunque mi madre lleva puestas las zapatillas sucias, está claro que no tiene los tobillos hinchados.

Huda se sienta en un cojín y se toca el hombro dolorido. El cabestrillo está empapado en sudor. Zahra y Yusuf se retiran a una esquina, junto a la ventana, y se inclinan como cortinas humanas hacia una brisa que no pueden sentir. Estamos casi a finales de agosto, y el verano no afloja. Pronto debería empezar el séptimo curso. Tenía ganas de ir a clase de ciencias, de dibujar mapas de las placas tectónicas y de hacer una pila con una patata. ¿En Jordania hacen pilas con patatas? ¿Tendré que vender pañuelos de papel en lugar de ir al colegio?

Me acerco a Abú Sayid, que me pasa el brazo por los hombros. Mi madre y Sitt Shadid hablan muy deprisa en árabe, y yo muevo la rodilla arriba y abajo y las escucho. Como siempre, entiendo el principio y el final de las frases, unas cuantas palabras sencillas como «ir», «sur» y «Egipto». Pero entonces, por primera vez, aparece una frase completa, clara y perfecta como un melocotón maduro. Mi rodilla se queda inmóvil.

«No podemos quedarnos en Jordania.»

Las palabras pesan tanto que parece que el techo vaya a derrumbarse. Miro alrededor para ver si alguien más se ha enterado, pero todos miran al suelo o al frente. Nadie parece alarmado, pero tampoco me miran. Tamborilean con los dedos y tosen con el puño delante de la boca. Me doy cuenta de que no saben que lo entiendo. Me doy cuenta de que todos están fingiendo, ocultando sus reacciones para que no las vea.

Mi madre se chupa los labios, como si su árabe fuera sal.

—He pedido asilo en Estados Unidos, pero el papeleo es lento —dice mi madre—. Piden antecedentes penales, huellas dactilares, chequeos y entrevistas. Aunque cumpliéramos todos los requisitos, podrían tardar años en reubicarnos, y no hay garantías.

Zahra se aparta de Yusuf.

—¿Vamos a quedarnos años aquí? ¿Y qué pasa si nos quedamos y no nos conceden el asilo?

—¿Qué pasa con el colegio? —pregunto.

El futuro se extiende ante mí y ahoga horas en esta diminuta habitación. El tiempo se persigue a sí mismo como una canica fuera de control.

Mi madre expulsa el aire de los pulmones.

—Lo he hablado con Sitt Shadid. Creo que deberíamos ir al sur y buscar un lugar mejor. Tenemos un sitio al que ir. Un pariente nuestro. Podría ayudarnos si conseguimos llegar. —Mi madre apoya la mano en el brazo de Umm Yusuf—. Podéis venir con nosotros. Ya pensaremos en lo demás.

—Podemos llevarnos la furgoneta —dice Umm Yusuf.

Doy un bote.

—¿Qué? ¿Cuándo nos vamos?

Mi madre cierra los ojos. Su blusa blanca sigue pareciendo nueva, no sé cómo, y ni siquiera tiene manchas de sudor en las axilas. Pero por cómo se le hunden las ojeras y se le arruga la barbilla sé que no sabe qué decirme.

—Nour, sería mejor que... —Carraspea—. Por ahora seguirás llevando el pelo corto.

Frunzo el ceño.

—No me gusta.

—Es mejor que la gente crea que...

Mi madre se calla.

—Parecerás un niño —dice Umm Yusuf—. Entiéndelo, es más seguro. Nour también es un nombre de niño. Parecer un niño te protegerá de las personas malas.

—No es que debas tener miedo —dice mi madre.

Pero ¿no hay ya bastantes cosas de las que tener miedo?

—No quiero parecer un niño. —Me pongo de pie tambaleándome—. Quiero parecer yo.

—Nubecilla. —Abú Sayid busca en su bolsillo, saca mi trozo de cuarzo blanco y me lo muestra, con mis palabras pegadas en los cantos: «En mis aventuras»—. ¿Qué dices?

Me froto la cabeza. Al otro lado de la ventana, la estepa brilla en los extremos de la ciudad. Cuanto más avanzo, más grande parece el mundo, y siempre parece más fácil marcharse de un lugar que volver. ¿Alguna vez me permití creer que sería fácil regresar a Estados Unidos, tan fácil como fue que Sitt Shadid nos cediera la habitación contigua a la suya?

La luz cambia y alcanza las flores de la lata. El color caramelo del refresco que quedaba en la lata se ha filtrado en los pétalos, que ahora son de un púrpura enfermizo, aunque siempre decimos que es azul. Nadie se ha dado cuenta. Parece que las personas pierden más de lo que pueden recuperar: una casa de tres dormitorios, veinticinco centímetros de pelo y un color entero. Pero nadie lo dice. ¿Es más fácil aceptar la pérdida si no se nombra? ¿O no se nombra por piedad hacia los demás?

Aparto la mano del bultito de mi nuca. El tilo mueve las hojas, tapa la luz, y las flores vuelven a ser azules.

—Vale —digo—. Lo haré.

La estación de la sal

La expedición volvió a ponerse en marcha al día siguiente. Rodeó el desierto orientándose con el astrolabio y giró hacia el golfo de Aila, un pequeño entrante del mar de Qulzum. Habían encontrado un paso sinuoso en las montañas y habían salido del reino de Jerusalén por el este lo más rápido que habían podido, pero ahora no les quedaba más opción que viajar durante cinco días hacia el sur y cruzar el desierto rocoso de Wadi Rum en dirección a la costa este del golfo de Aila. Cruzarían el golfo cerca de una ciudad que al-Idrisi llamaba Aqabat Aila. Como los territorios de los cruzados se extendían al sur hasta el golfo, no había otra manera de evitarlos. Y aunque al-Idrisi estaba entusiasmado con las decenas de páginas de notas que había reunido y las nuevas rutas que había trazado, Rawiya estaba preocupada. Encontraban cada vez menos miradas amistosas a su paso, y la gente empezaba a observarlos con recelo. Al-Idrisi les pidió que escondieran las sillas con joyas incrustadas y las túnicas de seda que les había regalado Nur al-Din, que sustituyeron por sus sillas y sus ropas raídas. Les recordó que no debían decir a nadie que venían de la corte del rey Roger.

—Mientras no confesemos nuestra lealtad a Sicilia, todo irá bien —les dijo—. Pero, ay, nombrar a mi viejo amigo me llena de tristeza.

Les contó que el rey Roger le había enseñado muchas cosas. Con él, al-Idrisi se había asombrado ante las maravillas de las matemáticas y la geodesia, el estudio de las medidas de la tierra. Se llevó una mano al pecho.

—Tenemos un largo camino por delante antes de volver a la corte del rey Roger —les dijo.

Pasaron entre torres de roca de color vino, y la tierra se convirtió en arena. Los camellos salvajes se mantenían a distancia. Las alondras grises del desierto huían cuando la expedición se acercaba y los lagartos agama azules se escabullían entre las piedras.

El sol era implacable. El grupo no tardó en anhelar las aguas del golfo de Aila y el río Nilo. Se decía que el Nilo fluía hasta el norte de Egipto desde las míticas Montañas de la Luna.

Salieron por fin de las montañas, y el camino descendía hasta el golfo de Aila. Hacia el sur, más allá de lo que alcanzaba la vista, el golfo desembocaba en el gran mar de Qulzum. Rawiya se chupó los labios y notó el sabor a sal, algo que no había hecho desde que su barco había atracado en al-Iskanderun.

Abajo, a mucha distancia, se extendía una ciudad con palmeras y pistachos: Aqabat Aila. Pero entre la expedición y la ciudad, una nube de polvo parecía alzarse desde la ladera rocosa y bloquearles el paso. Los camellos se detuvieron, nerviosos.

En la nube de polvo aparecieron figuras: jinetes a caballo que corrían hacia ellos. Iban vestidos con lujosas telas de El Cairo. Todos vestían una túnica blanca brillante del mejor lino, un turbante blanco y una toga estampada de seda de color granada. En ambas muñecas llevaban un tiraz, una banda bordada en oro cosida a las mangas, distintivo de los que gozaban de los favores del califa fatimí.

Al-Idrisi saludó a los jinetes, que no dijeron nada. Se limitaron a espolear a los caballos para rodearlos. Los camellos gemían y pataleaban de miedo.

El cabecilla de los jinetes fatimíes se detuvo y miró a la expedición levantando la barbilla, con expresión altiva. Su fino pelo oscuro enmarcaba un rostro joven, y tenía las manos delicadas, unas manos que siempre habían vivido en la opulencia. Aunque era el jinete más joven, llevaba el tiraz más elaborado, que indicaba su posición y la gran consideración de que gozaba en la corte fatimí.

—¡Quiero saber quiénes son vuestros jefes! —gritó—. ¿A quién servís?

—Mis compañeros y yo solo servimos a Dios, a nadie más —le contestó al-Idrisi.

—Entonces os negáis a contestar.

El altivo joven fatimí entornó los ojos. Las esquinas del turbante ondeaban sobre sus hombros. Sacó su cimitarra, y el sol se reflejó en la hoja curva.

—¿Pones en cuestión el poder de Dios sobre el alma humana? —gritó al-Idrisi.

Su camello pataleó y resopló, y el rostro de al-Idrisi ardió con una repentina y aterradora furia.

El joven jinete frunció el ceño y envainó la cimitarra.

—Al califa az-Zafir le han llegado noticias de que por este camino entran espías y traidores —dijo—. Nos ha ordenado interrogar a todos los viajeros.

—Somos humildes peregrinos en busca de las maravillas de Dios en *wadis* y montañas —le contestó al-Idrisi.

Al oírlo, Rawiya se dio cuenta por primera vez de que a su manera era cierto, ya que habían visto muchas cosas maravillosas.

—Debéis venir al palacio de El Cairo a descansar y refrescaros antes de seguir vuestro camino —dijo el jinete—. Es por vuestro bien. Hemos divisado a guerreros almohades al este de El Cairo. Capturamos a un espía almohade que admitió que buscaban a un cartógrafo que está elaborando un valioso libro de geografía. —Hizo un gesto con la mano y volvió a mirar a al-Idrisi por encima del hombro—. Parece que últimamente los caminos no son seguros.

Al-Idrisi se inclinó y dijo:

—Me temo que nos espera un largo camino. Tenemos que darnos prisa.

—Responderéis a nuestras preguntas y presentaréis vuestros respetos al califa, o no pasaréis. —El jinete tocó la empuñadura de su cimitarra—. Me llamo Ibn Hakim. Insisto en acompañaros al palacio.

A pesar de su juventud, Ibn Hakim era uno de los mejores guerreros del Imperio fatimí, y se decía que era más rápido con la cimitarra que con la lengua. Había ascendido en la corte fatimí combinando la adulación con la brutalidad. Contaban que en cierta ocasión había interceptado las flechas de veinte arqueros con su espada y que había vencido en duelo a diez hombres que lo habían insultado. Al-Idrisi sabía que si se negaba a que Ibn Hakim los llevara a El Cairo, los reducirían rápidamente.

Pero Rawiya, que no sabía que Ibn Hakim era un peligroso espadachín, se llevó la mano a la honda y abrió ligeramente la bolsa en busca de una piedra afilada.

No encontró ninguna. La bolsa solo contenía el ojo del ruc, la piedra redonda y lisa del color de las ciruelas y las hojas de palmera. Estaba extrañamente caliente, como si encerrara un rayo. La apretó.

El calor brilló en la mandíbula de Rawiya, le punzó los pulgares y le golpeó las rodillas por detrás. «Cambia de forma por la noche, Gorrioncito.» La cara de su padre apareció junto a una rama de olivo. Rawiya percibió el olor del mar por la mañana. «¿No te lo dije?»

Rawiya jadeó y retiró la mano. El ojo del ruc, pesado y caliente como el carbón, se salió de la bolsa y cayó rodando al suelo.

Al caer la piedra, el caballo de Ibn Hakim se encabritó. El joven la vio, desmontó y se agachó a cogerla. En cuanto la tocó, su piel palideció desde la mano hasta la mandíbula y se le puso la carne de gallina. Gritó y soltó la piedra.

—¿Qué hechicería es esta? —preguntó Ibn Hakim—. La voz de mi madre está con Dios. Fue al edén hace años.

—¿Qué es esa piedra? —susurró al-Idrisi.

Rawiya tartamudeó. Aún sentía un cosquilleo en los dedos.

—No es más que una piedra.

Pero Ibn Hakim estaba conmocionado, y herir su orgullo solo sirvió para que se enfadara aún más. Desenvainó la cimitarra.

—Esta brujería blasfema debe ser destruida —dijo.

Levantó la espada y golpeó la piedra.

Se produjo un fuerte destello. Rawiya, al-Idrisi y todos los miembros de la expedición se taparon los ojos. Cuando volvieron a mirar, la piedra estaba partida por la mitad. Una mitad había volado por los aires y había aterrizado en un pedregoso acantilado cercano. La otra mitad había saltado varios metros y había caído en la arena.

Ibn Hakim se inclinó para tocar con los dedos la segunda mitad de la piedra. Como no sintió nada, frunció el labio superior en una mueca burlona y la cogió.

—Su magia negra se ha debilitado —dijo—. El califa la examinará personalmente.

Ibn Hakim dirigió su caballo hacia el golfo. Los jinetes flanquearon la expedición al acercarse trotando a la ciudad portuaria de Aqabat Aila. Rawiya se volvió para mirar la roca en la que había aterrizado la otra mitad del ojo del ruc. Había caído en una grieta y estaba parcialmente cubierto por una capa de polvo y de piedrecillas, como un trozo de vidrio esmeralda arrastrado por el mar.

La expedición vio el golfo a última hora de la tarde, y cuando llegó la noche aún estaban lejos de la ciudad. Sus captores montaron un campamento en la gran llanura que se extendía a lo largo de la costa del golfo de Aila. La expedición hizo sus oraciones nocturnas y comió una pequeña ración de pan y lentejas mientras Ibn Hakim montaba guardia. Sus hombres estaban alertas, vigilando los alrededores.

Pero a Jaldún se le había ocurrido un plan mientras rezaba de rodillas. De repente se levantó de un salto.

—Debemos festejarlo —dijo—. Esta noche exige una canción. Seguro que no os importa que cante las alabanzas del generoso califa fatimí.

Ibn Hakim metió la mano en la túnica, sacó la piedra del medio ojo del ruc y la dejó en el suelo, frente al fuego. Vetas de un verde pavo real parpadeaban en sus profundidades.

—Canta, poeta —le contestó sonriendo.

Jaldún sacó un ud de su equipaje. Había sido un maestro del ud en la corte de Nur al-Din, y el vientre de madera con forma de pera y las cuerdas de seda del instrumento le resultaban tan familiares como su propio cuerpo. Jaldún se sentó junto al fuego y rascó el instrumento para afinarlo. Empezó a cantar una balada. Su voz, verde como las colinas, se elevaba al cielo, igual que un *wadi* lleno de flores de primavera.

Luego hizo una pausa, señaló su equipaje, y Bakr sacó el tambor que había golpeado con torpeza cuando lucharon contra el ruc. Al momento, Bakr le pasó el tambor a Rawiya.

—Yo no tengo talento para la música —dijo Bakr—. Si toco, me cortarán la cabeza.

Así que fue Rawiya la que marcó el ritmo de la balada de Jaldún. Al principio, Ibn Hakim y sus hombres se limitaron a observar con los brazos cruzados. Pero a medida que los versos de Jaldún se volvían más apasionados, a medida que rasgaba las cuerdas y cantaba, Ibn Hakim y sus hombres empezaron a balancearse y a mover las rodillas. No tardaron en levantarse a cantar y bailar alrededor del fuego.

Cuando la balada terminó, se desplomaron alrededor de las llamas, sonrientes y agotados. Jaldún siguió tocando su ud. Primero una trágica canción de amor que hizo llorar a Ibn Hakim y a sus hombres, y después una nana que habría hecho parpadear de sueño a un camello. Al-Idrisi bostezó y Bakr empezó a cabecear. Ibn Hakim y sus hombres, agotados de bailar y cantar, no tardaron en quedarse dormidos alrededor del fuego.

Jaldún dejó de tocar y comprobó que las pestañas de Ibn Hakim habían caído sobre sus mejillas. Sus captores estaban profundamente dormidos.

Jaldún indicó con un gesto a Rawiya y a los demás miembros de la expedición que se levantaran y guardaran el ud y el tambor. Rawiya cogió la media piedra del ojo del ruc, que estaba junto a los pies de Ibn Hakim. Luego montaron en los camellos y se alejaron a toda velocidad; dejaron atrás sus tiendas y a sus captores.

—¿Y ahora qué haremos? —resopló Bakr cuando no podían oírlos—. Hemos dejado las tiendas.

—Esta noche dormiremos bajo las estrellas —le contestó al-Idrisi.

Bakr agachó la cabeza.

—Otra vez no.

—Y mañana, cuando lleguemos a Aqabat Aila, buscaremos los suministros necesarios —siguió diciendo al-Idrisi—. Afortunadamente, no nos falta el dinero —dijo dando palmaditas a la bolsa de cuero que contenía los dinares de oro de Nur al-Din.

Pero el miedo tiró de Rawiya, que se volvió para mirar el fuego en torno al que los hombres de Ibn Hakim se habían tumbado a dormir. ¿Los seguirían?

El fuego no tardó en ser un punto diminuto a sus espaldas. La expedición galopó hacia la costa, hacia la oscura franja del golfo de Aila.

A las dos semanas de llegar, nos marchamos del pequeño piso del este de Amán, y es como si nunca hubiéramos estado allí.

Umm Yusuf mete los cojines en la furgoneta, mete las cosas de Sitt Shadid en el baúl de cuero y desenrosca la bombilla. Solo dejamos atrás montoncitos de polvo. Mi madre se pasa la mañana rasgando las lengüetas de mis zapatillas, metiendo billetes y cosiéndolas con doble puntada. La observo sin preguntarle por qué.

Al salir, Sitt Shadid vacía el agua de la lata de refresco y deja las flores que recogimos el día anterior en el escalón de la entrada. Pego la cara a la ventanilla mientras nos alejamos. El hilo imaginario entre las flores y yo se tensa hasta romperse.

Umm Yusuf se dirige al sur. Se mete en la autopista 35 hasta las afueras de la ciudad, y luego continúa por la 15, que ella llama la «autopista del desierto». Dice que nos llevará directamente a Aqaba.

—Desde Aqaba podemos coger un ferry hasta Egipto —dice mi madre en el asiento delantero. Se pasa los dedos por el nacimiento del pelo ante el espejo de la visera y luego la cierra—. ¿Sabíais que antiguamente Aqaba se llamaba Aila? Y al-Idrisi llamaba bahr al-Qulzum al mar Rojo.

Zahra hace un gesto de exasperación.

—Mamá, déjalo correr, ¿vale?, no vaya a empezar Nour.

Frunzo el ceño y me vuelvo.

—Como si yo fuera a decir algo.

Al otro lado de la ventanilla, el desierto no es como pensaba. Arenisca roja, guijarros y grandes acantilados con la cima plana. Las rocas caídas llegan hasta la carretera. Postes telefónicos y eléctricos están clavados en las colinas como palillos. En los libros de texto estadounidenses, los desiertos no eran así, todos eran como las zonas más vacías del Sáhara.

A las tres horas de viaje, Zahra empieza a quejarse porque está haciéndose pis. Como hace mucho rato que no pasamos por un pueblo y no vemos ningún coche alrededor, paramos en un tramo de colinas rocosas y mi madre nos dice que hagamos pis detrás de una roca. Ella se queda al lado de la furgoneta y desenrolla su mapa sobre el asiento trasero. Debió de recoger varios tubos de pintura antes de marcharnos de casa, porque los saca de la bolsa de arpillera y da unas pinceladas amarillas, turquesas y rosas salmón.

Umm Yusuf y Abú Sayid ayudan a Sitt Shadid a salir para que estire las piernas. Huda y Rahila se quedan en la furgoneta abanicándose. Yusuf dobla las rodillas, mueve los hombros y saca la navaja. Me aparto de él corriendo. Me pone nerviosa.

Medio kilómetro más allá, los acantilados se abren. La tierra cambia. Desde aquí miro al frente y veo el cielo, como si estuviera en un edificio de Manhattan. En el horizonte, el tono naranja rojizo de los límites del desierto se mezcla con el azul turquesa, el azul turquesa con el azul metálico, y el azul metálico con el cielo.

Al menos hoy vemos el cielo. Ayer no pudimos salir de Amán porque hacía tanto viento que la gente casi salía volando, así que nos quedamos todo el día encerrados mientras la mitad de nosotros ayunábamos. Había tanta arena en el aire que ni siquiera se veían las nubes. Estos vientos tan fuertes deben de moldear las montañas, cortar los acantilados y levantar cientos de años de polvo.

Corro hasta el fondo de un alto acantilado y me agacho al lado de la carretera, lejos de la furgoneta. La brisa me hace cosquillas en el trasero y miro alrededor. Pero no hay nadie, solo los acantilados rojos y yo. Me entusiasma hacer pis al aire libre por primera vez, lo siento como un pequeño triunfo, como si me hubiera quitado de encima el peso de las normas y de la tristeza.

Me subo los pantalones cortos y camino por la carretera para ver el valle. A lo lejos, el golfo de Aqaba brilla como la piel de una rana, el dedo meñique del mar Rojo. Cuando era pequeña, mi madre me hacía dibujar mapas para repasar la geografía. Yo colocaba el mar Rojo en el centro de Oriente Próximo. Me pregunto si será rojo o azul, como todos, si la realidad coincidirá con el mapa que tengo en la cabeza. Aunque mi padre solía decir que un mapa es solo una forma de ver las cosas.

Mis pensamientos se aferran a mi padre como un clavo en una mesa de pícnic. Algo en este acantilado y en esta vista me resulta familiar, como si alguien me hubiera dicho hace mucho tiempo que buscara un lugar como este, que buscara un acantilado rocoso a la izquierda y una vista de Aqaba a lo lejos. Mi padre siempre dibujaba sus paisajes con palabras, y dejaba los pinceles para mi madre. Ahora, comparando el mundo con mi imagen mental, veo que coincide. ¿No he imaginado esta vista cien veces?

El viento ha levantado gruesas capas de polvo del acantilado. En lo alto hay algo verdoso que brilla como cristal arrastrado por el mar.

Trepo por la roca y me araño las rodillas y los codos. Las piedras resbalan y ruedan entre mis piernas. Ahí está. Es un trozo de algo del tamaño de una nuez. Es de color verde pistacho, como una cuenta de cristal. Estiro el brazo para cogerlo.

No consigo arrancarlo. Clavo las uñas en las piedras y la arena, y retiro la tierra de alrededor hasta que la piedra verde empieza a moverse. Rasco la tierra y arranco puñados de hierba hasta que sale.

La piedra cae, rebota por la ladera y lanza polvo a la carretera.

Bajo corriendo y la cojo. Es más grande de lo que pensaba, del tamaño y la forma de una ciruela, y está extrañamente caliente. Mis dedos proyectan una sombra púrpura en el centro, pero al sol es de un verde semáforo.

Me estremezco de emoción.

Recuerdo a Rawiya dejando caer la piedra y a Ibn Hakim desenvainando la cimitarra. Observo la parte lisa a un lado y se me pone la carne de gallina. ¿Podrían el tiempo y el viento hacer cortes tan limpios?

Hubo un tiempo, cuando era pequeña y empezaba a jugar al molinillo para hacer magia, como me había enseñado mi padre, en que todo aquello que contemplaba era extraordinario. Ahora giro la piedra al sol y a la sombra, y pasa del púrpura al verde, y otra vez al púrpura. Contengo la respiración y me pregunto si en el mundo aún tienen cabida las cosas extraordinarias.

—¡Nour!

—Voy.

Me meto la piedra en el bolsillo. Se hunde en mis pantalones cortos y tira de ellos hacia un lado.

Mi madre está junto a la furgoneta, con las manos en las caderas.

—Has vuelto a perderte, *habibti*.

—No.

Mi madre suspira y me señala el asiento de en medio.

—*Yalla*. Entra. Ahora mismo.

Me muevo en la furgoneta para que nadie se dé cuenta de que tengo una piedra en el bolsillo. Abú Sayid se vuelve en el asiento del conductor y me sonríe, pero no digo nada. Le mostraré la piedra cuando lleguemos al mar. Seguro que Abú Sayid sabrá lo que es. Sabrá, como yo, que es especial.

Pasamos un cartel azul con varias opciones: AQABA / MA'AN / WADI MUSA. Giramos hacia Aqaba. Mi madre aprieta la bolsa entre las rodillas para que no se le caiga con los baches. Zahra y Yusuf suben las ventanillas, y siento el sudor en las sienes y en la espalda.

Me inclino hacia mi madre.

—Enciende el aire —le digo—. Por favor. Aquí detrás hace calor.

Pero mi madre no me oye. Está mirando por la ventanilla, con la barbilla apoyada en una mano, y los dedos sobre los labios. Con la otra mano frota la esquina del mapa, lo acaricia sin darse cuenta.

—Mamá.

Sigue sin contestarme. Sudorosa e ignorada, clavo la mirada en la esquina del lienzo. ¿Cuántos meses hace que mi madre presta más atención a sus mapas que a mí, que prefiere pintar a hablar? Como cuando murió mi padre. Nada más enterrarlo, mi madre volvió a sus datos y sus fronteras, y todos los demás igual. Pero quizá yo no estoy preparada para pasar página.

Algo cruel susurra dentro de mí; espero que la pintura de mi madre se corra antes de haberse secado. Pero entonces recuerdo que la pintura acrílica se seca enseguida.

Apoyo la cabeza en la ventanilla agrietada y trago polvo. Alzo la voz hasta casi gritar.

—¿Por qué estás tan obsesionada por los mapas?

Mi madre tarda un momento en darse cuenta de que hablo con ella.

—¿Obsesionada? —Se inclina hacia atrás—. ¿Cómo que obsesionada?

Zahra me da una colleja.

—No nos interesa tu opinión.

—Estás obsesionada —le digo—. Como si tus hijos fueran los mapas, no nosotras.

—No seas ridícula.

Mi madre da un manotazo al aire.

—¿Todos los que hacen mapas están tan locos?

Mi madre se tranquiliza, aunque no es lo que pretendo.

—Casi todos.

—¿Y los ingenieros... como papá?

—A algunos también les vuelven locos los mapas.

Frunzo el ceño.

—No es eso lo que quería decir.

—Cuando lo conocí, pensé que era un estirado —dice mi madre—. Que no hablaba porque se sentía superior. Imagínate. Su hermano y él eran los únicos sirios, aparte de mí, de mi clase en Córdoba, y él no decía una palabra.

—¿Quién? —pregunta Huda.

—Vuestro padre.

—Pero allí os conocisteis. —Me inclino hacia delante y me agarro al asiento de Abú Sayid—. ¿Verdad?

—Al principio no —me contesta mi madre—. Yo hablaba con su hermano.

—¿Su hermano?

—El tío Ma'mun. —Mi madre se tira de las mangas, nerviosa—. Un buen hombre. Cuando erais pequeñas, nos escribía de vez en cuando. Éramos amigos en la universidad. En aquellos tiempos en Córdoba, arrastró a su hermano a una excursión de un día a Ceuta, y yo también fui. No me gustaba nada aquel doloroso silencio. Pero incluso las cosas dolorosas tienen a menudo facetas positivas que en un principio no vemos.

Imagino a mi padre y nuestra casa amarilla en Homs y pienso: «No, no es así».

—Y... —Hago una pausa—. ¿Qué dijiste?

—¿Cuándo?

—Para que papá te hablara.

Mi madre se quita un grano de arena del ojo.

—Le dije que saltara al estrecho.

Incluso Huda se inclina hacia delante.

—¡No es verdad!

—Recordad que aunque Ceuta es una ciudad española, está en África. Así que le dije que si iba a estar tan triste, volviera nadando a Europa. —Mi madre se ríe—. Y él me dijo: «Tantos mapas del mar y de las montañas, ¿y para qué?». —Mi madre se pasa la mano por el cuello. Acaricia la pieza de cerámica blanca y azul de su colgante—. Dijo: «Las personas no se pierden por fuera. Se pierden por dentro. ¿Por qué no hay mapas de eso?». —Mi madre deja caer la mano—. ¿Qué día es hoy?

Huda toca el reposacabezas de mi madre con su brazo bueno.

—Día 13. Es... ¡Es hoy!

—¿Cómo hemos podido olvidarlo? —Las manos de mi madre vuelan hasta la manija de la puerta—. Para, para.

Abú Sayid pisa el freno.

—¿Qué pasa?

Huda apoya la frente en el asiento de mi madre.

—Eid al-Fitr —dice—. Lo habíamos olvidado totalmente.

—Estamos cerca de Aqaba —dice Abú Sayid—. Pararé allí y buscaremos una carnicería.

Bajamos al valle. Aquí el desierto es más rocoso, con buttes y encorvadas laderas de montañas bajas. En el horizonte se extiende el alfiler de acero del golfo de Aqaba, junto a la ciudad que llamaban Aila. Mi madre me dijo hace mucho tiempo que al-Idrisi fue una de las primeras personas que la llamó Aqabat Aila, nombre que con el tiempo se convirtió en Aqaba.

Al bajar de las montañas, la carretera, bordeada de palmeras, se vuelve más recta. Mi madre ha enloquecido, aunque Huda intenta calmarla. Mi padre y ella celebraban cada año el Eid al-Fitr, que señala el fin del Ramadán, y dice que no va a olvidarlo ahora. Durante toda mi vida, mi madre y mi padre celebraron las fiestas de dos religiones: navidades, Eid al-Fitr y Semana Santa. A menudo me preguntaba si las cosas más importantes que vemos en Dios en realidad están en cada uno de nosotros.

La carretera serpentea entre pisos de mejillas rojizas y viejas mezquitas con paredes amarillo garbanzo. El sol ya está descendiendo cuando encontramos una carnicería. Mi madre discute en árabe con Umm Yusuf sobre quién va a ir a comprar el cordero. Zahra se apoya en el capó de la furgoneta junto a Yusuf y niega con la cabeza.

—Me apetece dar un paseo —dice Huda—. Nour y yo vamos a estirar las piernas.

—Toma. —Mi madre se lleva a Huda a un lado y nos da la espalda. Rebusca en la bolsa de arpillera, saca unas monedas y las presiona contra la palma de la mano de Huda. Cierra los dedos sobre los de mi hermana—. Que te duren, si puede ser.

—Volved pronto. —Abú Sayid espera en la acera—. Si no, iré a buscaros.

—Vale.

Huda y yo bajamos la colina hacia la carnicería, a unas manzanas de donde estamos. Los desgarrones de las zapatillas de Huda se abren con cada zancada. Nuestras sombras se extienden boca abajo y rebotan con nuestros pasos.

—¿Dónde vamos a dormir? —le pregunto.

—¿Esta noche? Mamá encontrará algún sitio.

Asiento, aunque sé que a mi madre solo le quedan unas cuantas monedas. Me muerdo el labio.

—¿Somos refugiados?

Huda mira hacia un par de ventanas con postigos verdes.

—¿Por qué lo preguntas?

—Porque oí a mamá diciendo en árabe que somos *lajiat* —le contesto—. Le pregunté a Umm Yusuf qué significaba.

—Eres una caja de sorpresas, ¿sabes? —Huda respira hondo—. Tú eliges lo que te define. Ser refugiado no tiene por qué definirte.

—Pero no has contestado mi pregunta.

Me contesto yo misma: seguro que lo somos. Y ya sé lo que significa: clavos que se desclavan. Olor a quemado. Zapatos rotos. Periódico que sobresale de las baldosas de la cocina, con un nombre marcado con bolígrafo rojo.

—Siempre he sido cuidadosa —le digo—. Siempre he reciclado mis tetrabriks de zumo. Incluso raspaba el fondo de la mantequilla de cacahuete. Pero no ha bastado.

—No tiene nada que ver con lo que has hecho.

—Pero... —Me detengo—. ¿Cómo lo hacemos?

—Sabiendo quiénes somos —me contesta Huda. Se arrodilla delante de mí—. Déjame decirte algo. El médico me dijo que quizá no volvería a funcionar bien. —Se ajusta el cabestrillo—. Aunque se cure.

—¿El metal de tu brazo?

Huda mueve los ojos, como si estuviera mirando algo en la distancia.

—La verdad es que ya no lo siento como metal. Ahora lo siento como una parte de mi cuerpo. Parte del hueso.

Seguimos andando. «Parte del hueso», ha dicho. Como si ese nuevo hueso estuviera cambiándola lentamente, cambiando a la persona que era antes.

Vemos las cabras despellejadas en el escaparate. La carnicería acaba de cerrar, y un hombre introduce una llave en la cerradura.

—¡Espere!

Huda corre hacia él y le cuenta en árabe que necesitamos cordero para celebrar el Eid. El hombre se vuelve hacia la puerta y la abre.

—Vamos —me dice Huda—. Si nos damos prisa, quizá pillemos a la chica que corta la carne. Me ha dicho que está lavándose.

Dentro, la tienda huele a sangre. Por algún lado corre el agua, porque oigo su silbido plateado.

Huda rodea la vitrina vacía. Una chica con un pañuelo negro en la cabeza está encorvada en la trastienda, entre costillares de cabra y pollos, lavándose las manos en un fregadero. Al entrar, el aire frío nos golpea, nubes redondas de azul translúcido contra mi piel.

Huda se dirige a ella en árabe. La chica la escucha y niega con la cabeza.

Mi hermana gira la barbilla con expresión abatida y decepcionada.

—Se les ha acabado el cordero —me dice—. Ya habían cerrado.

La chica se frota las manos para quitarse algo pegajoso. Me acerco y observo sus nudillos.

—No hace mucho que eres carnicera —le digo.

Las dos me miran.

—¿Por qué lo dices? —me pregunta Huda.

—Porque tiene las manos suaves —le contesto—. Si te las lavas a todas horas y tocas sangre y esas cosas, se agrietan y se resecan. Como mamá con el aguarrás.

Huda se lo traduce y la chica se ríe. Suelta una retahíla en árabe. Tartamudea y cierra la boca, como si las palabras estuvieran encerradas dentro de ella, perlas escondidas ensartadas en el hilo de cobre de su voz.

—Dice que si sigue salando carne, al final se le secarán las manos —dice Huda—. Antes tocaba el oboe.

Me tapo la boca con las manos, como las mujeres en las películas.

—¡Es mi instrumento favorito!

—Dice que su padre es muy mayor —me traduce Huda—. Bombardearon su barrio y perdieron su casa. Perdieron su negocio, a sus abuelos...

La chica sigue hablando, pero mi hermana deja de traducir y desvía la mirada.

—¿Y vino aquí?

Huda carraspea.

—Trajo a su padre a Aqaba y fueron a vivir con su primo. Este es el único trabajo que encontró. —Siguen hablando en árabe—. Dice que, si podemos esperar, esta noche hay un ferry a Nuweiba. Sale tarde, poco antes de las doce de la noche.

Levanto una mano de la chica. Lo veo enseguida: los dedos corazón y anular torcidos, y la extraña inclinación del pulgar. Como si algo pesado le hubiera aplastado la mano derecha y le hubiera roto los dedos. No volverá a tocar el oboe. Me miro los dedos y me pregunto si los escombros, el asfalto y el hollín han dejado marcas invisibles también en mis huesos.

La chica se inclina y los bordes de su hiyab me rozan la cara. Me ve observando sus manos. Por un momento me veo reflejada en sus pupilas, engullida por una oscuridad sin fondo. Luego me indica con un gesto que la siga hasta el fregadero.

No veo lo que hay dentro porque no llego al borde. Me levanta por las axilas, y la gravedad tira de mis zapatos. El fregadero está lleno de sangre.

Salimos de la tienda con unos trozos de carne de cabra envueltos en papel de estraza. Huda no dice nada, pero por su expresión sé que no habríamos podido comprar cordero. Hemos gastado en la cabra todo el dinero que nos ha dado mi madre.

Volvemos hacia la furgoneta. Subiendo la colina, dos chicos mayores nos cortan el paso. El más bajo de los dos se queda atrás. Tiene el vello de los brazos apelmazado de sudor. El más alto tiene las manos en los bolsillos y una marca de nacimiento con forma de huevo en la mandíbula. Si su mirada no fuera tan aterradora, podría recordarme a los príncipes de los cuentos de mi padre. Los dos chicos tienen una sonrisa rara, con los ojos medio cerrados. Algo en sus caras hace que tire de la muñeca de Huda e intente andar más deprisa. Estos chicos parecen diferentes de los de la plaza. No están enfadados, sino aburridos, como si estuvieran a punto de robar un par de refrescos en un pequeño supermercado solo porque pueden.

Los chicos le dicen algo a Huda en árabe, pero mi hermana no les contesta.

—Sigue andando —me dice en voz baja.

Los chicos se colocan delante de nosotras. Intentamos esquivarlos, pero nos cierran el paso. Tiro de Huda e intento pasar, pero el chico alto agarra a Huda por el brazo herido. Mi hermana grita y el chico intenta acallarla.

—¡Huda!

La empujan hasta una calle lateral, un pequeño callejón. Corro detrás de ellos y doy patadas al chico bajo en la parte de atrás de las rodillas. Me mira y, enfadado, me susurra palabras que no entiendo. Me da un golpe en el pecho con las manos abiertas y me aparta de un empujón. Me desplomo en la acera, me despellejo la espalda y se me corta la respiración.

Huda grita pidiendo ayuda en dos idiomas.

En algún rincón de mi cerebro, sé lo que está pasando, aunque no sé cómo llamarlo. Quiero cerrar los ojos. Quiero vomitar. Me tiembla todo el cuerpo, como si las yemas de los dedos fueran a explotarme. La acera, pegada a mi mejilla, huele a polvo y a sal marina. Me recuerda al invierno en Nueva York. El invierno era la estación de la sal.

—¡Socorro!

Sigo a los chicos hasta el callejón, donde todo está oscuro. El chico alto sujeta a Huda contra la pared y se inclina hacia ella. Al moverse hacia delante, la tenue luz le cae sobre un lunar que tiene en la nuca. El chico bajo agarra la larga falda de mi hermana y la sube por encima de las lengüetas de sus zapatillas de deporte, por encima de sus morenas pantorrillas. Se pega a ella. La hebilla de su cinturón tintinea mientras intenta desabrochársela con una mano. Huda patalea y se revuelve, y el chico alto le sube la falda por encima de las rodillas.

Los chicos hablan en árabe: «Abajo». Entre los dos empujan a mi hermana al suelo, y el chico alto pega un grito cuando mi hermana le arranca un puñado de pelo grasiento. Luego él le da una bofetada, y mi hermana se queda quieta.

La hebilla golpea el asfalto.

Huda consigue quitarse de encima la mano del chico. Su grito es más débil, sin aliento.

—Socorro...

Pero no viene nadie. Meto la mano en el bolsillo lleno de piedras de Abú Sayid. Saco un trozo de basalto. Me tiemblan las manos y agarro la piedra con torpeza, como si fueran las manos aplastadas de la chica que tocaba el oboe. Cierro un ojo para apuntar, pero la piedra pasa volando por encima de las cabezas de los chicos.

—Corre. —Mi hermana mueve la cabeza y patalea—. Ve a buscar a mamá.

Pero lo que hago es abalanzarme sobre los chicos, agarrarlos por la camisa e intentar alcanzar sus ojos. Recuerdo lo que me dijo mi profesor de gimnasia cuando fui a mi antigua escuela pública en la ciudad: que era baja para mi edad. Salto a la espalda del chico alto y lo aparto de Huda, pero el bajo me tira. El aire apesta a sudor, a miedo y a la sangre de mi espalda. Oigo un grito que no es de Huda ni mío, un rugido profundo, rojo como una lengua amputada.

Vuelvo a saltar encima del chico alto y le clavo las uñas mientras intenta bajarse la cremallera. Le hago tres arañazos en la suave piel del hombro. Grita e intenta darme un puñetazo, pero lo esquivo. Le muerdo el brazo. Chilla y cae contra la pared. Salto sobre él y le clavo los dientes en el pecho.

Soy líquido. Estoy fuera de mí. Soy fuego.

Unas manos me tocan la cabeza y oigo gritos en árabe. O me apartan del chico o apartan al chico de mí. Caigo sobre el muslo desnudo de Huda. Estamos las dos aún en el suelo. Mi hermana tiene una gran roncha en el lado izquierdo de la cara, y sangre y pelo debajo de las uñas.

Sigo ardiendo. Me observo los puños desde la distancia, por encima del callejón. Alguien vuelve a gritar, un grito redondo y rojo. No lo oigo. Lo que veo es un color rubí, como cuando acabo de despertarme y la alarma solo es una forma en el aire.

Unas manos me tocan los hombros. Las aparto. Me acurruco encima de Huda y sollozo sobre su hiyab de flores. Quiero darme cabezazos contra la pared.

—Nour. Nour. —Me levantan la barbilla y veo el rostro de Abú Sayid—. ¿Estás bien?

—¿Dónde están?

No reconozco mi voz.

—Los hijos de perra se han ido —dice Abú Sayid, y escupe.

Huda se baja la falda evitando tocarse la piel. Abú Sayid la ayuda a sentarse. Mi hermana cruza los brazos sobre el pecho y respira despacio.

Yo no puedo. Contengo la respiración hasta que siento que voy a explotar. Me he quedado sin palabras. Ni estoy segura ni puedo garantizar la seguridad de nadie. No soy Rawiya. Lo repito una y otra vez: «No soy Rawiya. No soy Rawiya».

Abú Sayid nos lleva a la furgoneta. Mi madre revolotea a nuestro alrededor con los ojos muy abiertos.

—¡Huda, Nour! —Pasa la mano por mi cráneo espinoso y coloca bien el cabestrillo de Huda—. ¿Qué os ha pasado?

Abrazo a Huda por la cintura.

—Cuéntaselo —le digo.

Pero mi hermana no se lo cuenta.

—Si esperamos, podemos cruzar el golfo esta noche —dice Huda con voz tensa como una caja de metal—. El ferry sale a las doce de la noche.

Miro a mi hermana, pero ella no me mira. Me pregunto si un «casi» pesa tanto como si hubiera sucedido, si la auténtica herida es el momento en que entiendes que no puedes hacer nada. Levanto la mano y me froto la cabeza afeitada para quitarme la suciedad. Huda tira de su falda y alisa las arrugas, como si no pudiera hacer otra cosa para no gritar.

El sol cruza el horizonte, y el bronce se diluye en el agua. El mar Rojo no es rojo, y tampoco es azul. Es negro como el ónix, como los huecos entre las placas tectónicas, como los agujeros de Manhattan. ¿Se rellenarán alguna vez esos huecos? ¿Es posible hacer un mapa de algo que no es?

Me meto la mano en el bolsillo en busca de mi media piedra verde y púrpura. En el callejón debo de haber metido la mano en el bolsillo equivocado. Si hubiera lanzado esa pesada media piedra, ¿le habría dado al chico en los ojos?

Nadie dice nada. Miro a Yusuf, recorro su mandíbula y veo que lleva el mismo corte de pelo que el chico al que arañé.

La primera mañana en el piso de Amán, Yusuf pegó un portazo tan fuerte que las ventanas temblaron. Su camiseta gris tiene manchas de sudor y huele como el chico que le levantó la falda a Huda. Me doy la vuelta. No puedo seguir mirándolo.

La brisa salada vierte agua negra dentro de mí. Se hunde profundamente, hasta un lugar que no puedo nombrar, un lugar que no puedo cartografiar.

Mar de sangre

El barco mercante atracó sin problemas al otro lado del golfo de Aila. Rawiya y sus amigos sacaron los camellos del barco mientras los criados cargaban las alforjas. Habían llegado a la península de Ard al-Fairouz, la Tierra de Turquesa, y desembarcaron en un pequeño campamento beduino salpicado de tiendas de pelo de cabra. Ante ellos se alzaban secas montañas que llegaban casi hasta al mar, y en cuanto dejaron atrás las palmeras de la costa, el camino se volvió irregular y traicionero. Avanzaron por un serpenteante paso de montaña entre acantilados de roca que se alzaban como figuras observándoles. Los acantilados tenían rayas amarillas y rojas en la parte de abajo, como si alguien hubiera raspado la mitad inferior con un cuchillo. Donde no había roca, solo había arena. Como no tenían agua, en lugar de realizar el *wudu* antes de rezar, tuvieron que lavarse con polvo.

Tras dos días de viaje, el paso de montaña descendió hasta una llanura arenosa salpicada dc colinas y acacias. Incluso aquí escaseaban las plantas, y no había agua. Avanzaron durante una semana por un camino de caravanas de tierra roja y pedregosa.

Vieron agua por primera vez en el extremo norte del golfo de Suez. Los criados soltaron una ovación, porque sabían que tardarían menos de una semana en llegar al delta del Nilo.

A partir de entonces el camino fue más fácil, y estaban todos de buen humor. Poco después vieron una delgada línea verde en el horizonte. El desierto terminaba en una fila de árboles que se extendía de norte a sur a lo largo del río Nilo. En la parte delantera del delta estaba la ciudad de El Cairo y su vecina, un centro de textiles y porcelana llamado Fustat.

Rawiya se estremeció al llegar a las puertas de El Cairo. En la piedra había enormes cortes, como si grandes garras la hubieran arañado. Jaldún también dio un bote en la silla de montar. Se miraron interrogantes, pero no vieron nada más que les resultara extraño. En el cielo no se veía ninguna sombra acechante.

Los miembros de la expedición desmontaron de los camellos a las puertas de la ciudad y se sumergieron en el ruido, las flores y la música. A su alrededor se alzaban altas casas de piedra, ventanas de madera con vigas talladas, puertas con celosías y medias lunas cortadas a mano o abiertas para mostrar cristalerías o platos de porcelana.

Tiraron de sus camellos detrás de al-Idrisi, que los condujo hacia el centro de la ciudad. Se apretujaron entre mercaderes, gurús y mujeres con niños. Recorrieron en fila india calles bordeadas de palmeras y llenas de músicos que tocaban el laúd y de narradores de historias. Rawiya compró un juego de piedras afiladas para su honda. Bakr admiraba coloridos pañuelos de lino y al-Idrisi se quedaba atrás, observando la multitud.

Bakr cogió un pañuelo de color rojo vino y azul lapislázuli, con un estampado de enredaderas en blanco.

—Nunca sé lo que le gustará a mi madre —dijo. Dobló el pañuelo y miró otro de color albaricoque y azul pavo real—. Jaldún, tú has visto a las mujeres de la corte. ¿Cuál elegirías?

Rawiya tocó un pañuelo beige y pensó en el que solía llevar su madre.

—A tu madre le encantará cualquier cosa que le compres —le dijo.

Pero Bakr soltó una carcajada.

—No conoces a mi madre —repuso—. Por culpa de ella estoy aquí.

—¿Para alejarte de ella? —le preguntó Jaldún.

Bakr se rio.

—Para ponerme a prueba a mí mismo. Para demostrar que valgo para ser comerciante, como mi padre. —Volvió a mirar los pañuelos—. Es muy difícil complacer a mi madre.

—Pero ella no eligió este viaje —le dijo Rawiya—. Eres tú el que tiene que estar contento.

Pero Bakr no la escuchaba. Cogió el pañuelo rojo y azul.

—Creo que este.

El vendedor envolvió el pañuelo en un trozo de tela limpia. Siguieron avanzando entre la multitud.

—Esta ciudad es una colmena —dijo Rawiya a Jaldún.

—A mil leguas a la redonda se cantan las alabanzas de El Cairo —le contestó Jaldún—. Es una pena que ahora la ciudad tenga miedo. Que tenga miedo a los espías. Tras la muerte del último califa, hay facciones luchando por entrar.

—La muerte deja huecos —le dijo Rawiya—. Así son las cosas.

—¿Huecos?

Jaldún inclinó la cabeza hacia ella y le lanzó una mirada tan rápida que Rawiya apenas se dio cuenta.

—A veces una persona muere y deja un hueco tan grande que es imposible rellenarlo —dijo Rawiya.

Agachó la cabeza para evitar a un mercader con su camello. La multitud se agitó detrás de ellos. Rawiya dudó y se volvió hacia Jaldún.

—Como cuando muere un rey muy querido, o un imán, o un sacerdote —dijo Jaldún.

—O un padre.

Rawiya intentó esquivar una fila de niños y acabó chocando contra Jaldún.

Él la cogió del brazo y tiró de ella entre la multitud de mercaderes. Rawiya se puso rígida y se ruborizó al sentir su mano.

—El vínculo entre padre e hijo es fuerte —dijo Jaldún dándole palmaditas en el hombro—. Tu padre sigue contigo.

—Los buenos padres nunca abandonan a sus hijos, ni siquiera cuando mueren —dijo Rawiya—. En realidad, ningún padre ni ninguna madre lo hacen. —De repente pensó en su madre, en el dolor que le habría provocado su ausencia, y dijo en voz baja—: Pero me pregunto si a veces sus hijos los abandonan a ellos.

Alguien gritó a su espalda. Rawiya se volvió y de nuevo vio movimiento en la multitud, el destello de una túnica color granada.

—No tienes que sentirte culpable por haberte marchado —le dijo Jaldún.

Rawiya redujo el paso y se acercó a sus amigos.

—Alguien nos sigue.

Al volverse, un hombre se metió en una tienda de seda.

—Tienes razón —dijo Jaldún frunciendo el ceño.

La expedición siguió avanzando a la sombra de las mantas colgadas a la entrada de las tiendas para proteger a los clientes del sol. Rawiya y sus amigos giraron en un callejón. Carteles de papel de colores ondeaban al viento. Los dobladillos de las telas se agitaban junto a vendedores de aspecto adormilado, aunque atentos, sentados en cojines.

Detrás, en la calle zigzagueante, la multitud se apartó para dejar pasar a un grupo de hombres agotados, aunque enfadados, que tiraban de sus caballos. El que iba en cabeza levantó el brazo para detenerlos, y un rayo de sol hizo brillar su elaborado tiraz.

—Señor...

Rawiya tiró de la manga de al-Idrisi.

Al-Idrisi se volvió.

—Parece que conocemos a más gente en El Cairo de la que pensábamos.

Echaron a correr. Los camellos les abrían el paso. Esquivaron a la multitud y se introdujeron entre letreros de tiendas y ancianos que vendían té y sombreros, entre comerciantes con monos y mujeres con niños pequeños. Derribaron frascos de especias y jarras de aceite y de harina, y sembraron el caos en la calle.

Se metieron en una calle lateral llena de parpadeantes lámparas de hierro forjado y de bronce. La ropa colgada en tendales se tambaleaba a su paso. Sorteaban gatos callejeros y a hombres que compraban platos esmaltados decorados con pájaros y peces de cobre.

Rawiya, Jaldún, al-Idrisi y Bakr entraron en un edificio con las puertas abiertas a la brisa. Al-Idrisi ordenó a los criados que se dispersaran entre la multitud y se reagruparan a las puertas de la ciudad.

Habían entrado en un taller textil. En el suelo polvoriento se apiñaban calderos con tintes hirviendo y enormes bobinas de lana y lino. En una pared, al fondo, una escalera de madera conducía a un altillo con una ventana que daba a la calle.

—¡Espías! —gritó Ibn Hakim a su espalda—. ¡Traidores al califa!

Oyeron el silbido de cimitarras desenvainándose.

Rawiya empujó a al-Idrisi detrás de un montón de retales de lana y se agachó tras una olla de tinte índigo con Jaldún. Bakr se metió detrás de una bobina de lino.

Ibn Hakim y sus hombres irrumpieron en el taller.

—Cobardes —bramó Ibn Hakim—. Os habéis equivocado insultándome. Recompensaré vuestra traición con la muerte.

Desde detrás de la olla de tinte, Jaldún sacó su cimitarra con piedras preciosas y Rawiya echó mano de su honda.

El primer guardia vio la punta de la bota de Bakr asomar por la bobina de hilo y se acercó a él. Rawiya se levantó detrás del caldero, lanzó una piedra y golpeó al guardia en la cabeza. El hombre tropezó y tiró del dobladillo de una túnica de lino. Le cayó en la espalda todo el estante. Los trabajadores del taller, que se habían escondido, gritaron llevándose las manos a la cabeza.

Al-Idrisi arremetió contra el siguiente guardia y esquivó su cimitarra. La espada resbaló por el suelo. Jaldún la cogió y blandió dos sables. Cantó a todo pulmón una canción de batalla y se dirigió a los demás guardias dándose la vuelta con las espadas en las manos.

Rawiya golpeó a uno de los dos guardias en la cabeza con una piedra. El otro sorprendió a Jaldún con un golpe en las rodillas y lo derribó. Al-Idrisi corrió hacia el guardia, lo que dio a Jaldún la oportunidad de retroceder. Rawiya colocó otra piedra en la honda.

Pero aún quedaba un hombre. Ibn Hakim saltó sobre al-Idrisi por la espalda con la espada desenvainada.

Rawiya lanzó la piedra y dio en la mano a Ibn Hakim, que gritó y dejó caer la espada. Al-Idrisi se escondió detrás de una tina llena de tinte amarillo hirviendo.

Cuando al-Idrisi estuvo a salvo detrás de ella, Rawiya dio una patada a la tina. El tinte cayó sobre los hombres de Ibn Hakim, que gritaron y se envolvieron en lana para secarse el líquido hirviendo.

Rawiya, Jaldún y al-Idrisi empezaron a subir la escalera de madera en dirección al altillo con la ventana. Ibn Hakim saltó tras ellos.

Rawiya subía detrás de Jaldún y al-Idrisi. Cuando Ibn Hakim alcanzó su pantalón sirwal, Rawiya cogió un travesaño de madera del altillo y se lo partió en la cabeza a Ibn Hakim, que cayó al suelo entre convulsiones.

Jaldún ayudó a Rawiya a subir la escalera. Pero enseguida se dieron cuenta de que Bakr seguía abajo, blandiendo la cimitarra contra la espada de un guardia. Ibn Hakim se precipitó hacia él con el rostro rojo de ira.

—Marchaos —le dijo Rawiya—. Lleva a al-Idrisi con los criados. Me reuniré con vosotros en las puertas.

Jaldún fue hacia ella.

—Rami...

—¡Marchaos!

Rawiya colocó otra piedra en la honda y apuntó al guardia. Jaldún agarró a al-Idrisi, que protestaba, y lo empujó por la ventana hasta el balcón.

La piedra de Rawiya golpeó al guardia entre los ojos y lo lanzó contra una bobina de seda. La bobina se desenrolló, la tela resbaladiza cubrió el suelo, y el hombre cayó al suelo.

Ibn Hakim alzó la cimitarra. Bakr paró el golpe.

—¡Rami! —gritó Bakr. Ibn Hakim empujó a Bakr con su espada, y Bakr lo atacó con la cimitarra. Falló—. ¡No puedo con él yo solo!

Rawiya bajó la escalera y se abalanzó sobre Ibn Hakim. Lo golpeó en la espalda con la empuñadura de la honda y lo lanzó por los suelos. El hombre levantó la espada e intentó alcanzarla, pero ella retrocedió. Saltó por encima del caldero caído e intentó coger una piedra, pero no le dio tiempo. Aunque Ibn Hakim estaba ciego de rabia, era demasiado buen espadachín para que Rawiya se le escapara.

La cimitarra de Ibn Hakim cortó el aire por encima de la cabeza de Rawiya, en dirección al cuello.

Bakr se abalanzó sobre Ibn Hakim y lo apartó. Ibn Hakim se volvió y hundió su cimitarra en el pecho de Bakr.

—¡Bakr!

Bakr se desplomó en el suelo del taller. Rawiya lanzó una piedra, que golpeó con fuerza a Ibn Hakim en la frente. Cayó al suelo con los ojos en blanco.

Rawiya se puso en el regazo a Bakr, que tosió sangre y le manchó las muñecas y la túnica. Metió la mano por debajo de la capa y sacó un paquete envuelto en lino marrón.

—Si alguna vez vuelves a tu casa, dáselo a tu madre —le dijo.

—No. —Rawiya le limpió la sangre de la mandíbula con la manga—. Pediremos ayuda.

La túnica de Bakr estaba llena de coágulos pegajosos como miel púrpura. Bakr presionó el paquete contra el pecho de Rawiya.

—Para que sepa que no la abandonaste —le dijo.

A un paso de distancia, Ibn Hakim se movió.

Sale la luna, se pone el sol y Abú Sayid encuentra una tienda aún abierta en la que compramos una bombona de camping gas. Umm Yusuf aparca la furgoneta en una calle lateral cerca del puerto para que veamos el ferry. El calor de la tarde no disminuye, ni siquiera cuando oscurece, así que no me acerco a la bombona.

Umm Yusuf y Sitt Shadid sacan una olla abollada y media bolsa de arroz. Colocan la olla encima de la bombona, en una barra redonda parecida a la que teníamos en la cocina de gas de Nueva York. Mi madre corta la carne de cabra en trocitos. Sitt Shadid echa a la carne especias que metió en un bote de mermelada. Un olor a grasa y aceite que llevamos semanas sin oler lo invade todo. Siento pinchazos y un hormigueo en la mandíbula, y me chupo los labios. Esa carne dura es la única comida fresca que tenemos, y no hay suficiente para llenar el estómago de todos. Pero solo el olor a aceite y a especias siempre es mejor que el arroz blanco y las lentejas.

Mientras mi madre cocina, Abú Sayid, Umm Yusuf, Sitt Shadid y Huda rezan sus oraciones apiñados en nuestra polvorienta alfombra. Zahra los mira sin saber qué hacer. Yusuf se arrodilla solo y susurra en voz tan baja que no se le oye.

No sé cómo dar las gracias a Dios mientras la imagen de los chicos subiéndole la falda a Huda sigue dándome vueltas en la cabeza. Pero mi padre solía decir que cuando hay que rezar más es cuando no eres capaz de ver las cosas buenas del mundo. Y sé que debería rezar, porque, al fin y al cabo, Dios es Dios, y hoy es un día en que deberíamos darle las gracias.

Así que intento recordar las oraciones que susurraba mi padre en nuestro antiguo piso, y las oraciones de mi madre cuando me llevaba a misa, y luego añado las mías porque sé que Dios escucha, aunque no encuentres las palabras adecuadas.

Mi madre levanta la tapa de la olla, y el aroma de la carne y las especias se extiende. Cada uno de nosotros coge un trozo de pan, de ese pan plano que mi padre habría llamado pan sirio, no pita.

—Haced que os dure —nos dice mi madre—. Tardaremos mucho en volver a comer carne.

Pero Sitt Shadid me frota los hombros y me indica con un gesto que coma.

—*Sahtein, ya ayni* —me dice con una sonrisa.

Me desea doble salud.

Cuando se nos acaba el pan, cogemos la carne y el arroz con las manos. Sabe a risas, a cálidas mantas, a calcetines secos y a cuentos antes de dormir. Por un instante olvido todo lo demás y cierro las cavidades oscuras que se han formado dentro de mí.

Creo que todos los demás deben de sentirse igual, porque enseguida Sitt Shadid da una palmada, levanta las manos y empieza a cantar. Es una canción popular que no he oído nunca, y aunque parece que mi madre no se sabe la letra, recuerda la melodía. Y entonces la letra no importa, porque al cabo de un instante todos tararean o cantan también. Todos nos levantamos y damos palmas alrededor del camping gas y de la olla, y luego hacemos un corro y bailamos. A mi izquierda, Abú Sayid levanta los pies y junta las rodillas, con lágrimas aún en sus pantalones de lino. A mi derecha, incluso Huda se levanta la falda larga para no arrastrarla por el suelo al mover los pies al ritmo de la música. Y sé que este baile es para todos nosotros, y para Dios, y aunque seguramente he rezado mal, espero que sepa que estamos agradecidos por estar juntos y que esté contento.

Después de comer, nos sentamos en la furgoneta y esperamos en el muelle. La bandera jordana ondea en la oscuridad. El sonido plateado del agua cae sobre el parachoques, y el olor amarillo a sal entra por los conductos de ventilación. Cuando era pequeña y mi padre me contaba historias, la oscuridad estaba llena de posibilidades. Ahora solo es amenazante, expectante bajo la presión de las palabras que nadie quiere decir.

Sacudo la pierna para romper la interminable concatenación de respiraciones. Zahra me grita que pare. Frente a mí, mi madre y Abú Sayid hablan en susurros. Mi madre aprieta la bolsa con el mapa y luego relaja los dedos. Como hablan en árabe, creen que no los entiendo, pero capto palabras y frases. Abú Sayid le pregunta: «¿Cuándo se lo vas a decir?». Fragmentos de la respuesta de mi madre flotan hasta mí, que estoy en el asiento de atrás: «Mejor que nadie se entere de quién nos está esperando..., por menos que eso secuestran a personas». Y mi madre añade en inglés, en voz muy baja: «Y no quiero que se hagan ilusiones».

—Mamá. —No me contesta—. Mamá.

—Nour.

La voz de mi madre vuelve a tener bordes rojos. Baja el espejo de la visera y aprovecha la poca luz para quitarse una pestaña del ojo. Le tiemblan los dedos. Vuelve a intentarlo.

—¿Cuándo va a llegar el ferry?

—No lo sé.

Siento el peso de la piedra verde y púrpura en el bolsillo de los pantalones cortos.

—Pero ¿llegará pronto?

—No lo sé, *hayati*.

—Pero...

—¡Por favor! —Mi madre sube la visera y cruza los brazos alrededor del pecho. Miro su reflejo en la ventanilla y creo que está llorando—. Tenemos que esperar. ¿Qué quieres que haga? —me pregunta con voz temblorosa.

No lo sé. La noche se cierra como cien manos invisibles. Me revuelvo y muevo los dedos de los pies. Empiezo a respirar demasiado deprisa y demasiado hondo. Es como si el techo de la furgoneta fuera a desplomarse sobre mí, como si la oscuridad se cerrara a mi alrededor.

—Dejadme salir. —Intento abrir la puerta, pero está puesto el seguro—. ¡Dejadme salir!

—¿Qué pasa?

Huda abre el seguro y sale conmigo.

—Tengo miedo.

Hundo la cara en su falda. Temo tocarla, como si lo que aquellos chicos intentaron hacer hubiera abierto una herida que yo hago más profunda.

—No pasa nada. —Huda me rodea con sus brazos y su pañuelo—. Huppy está aquí.

¿Cómo decirle que no pude salvarla, que intenté ser valiente, pero no lo fui? ¿Cómo puedo quitarme de las uñas la sangre de los chicos, y el repugnante olor de su sudor de la nariz? No sé cómo decirle estas cosas. No sé cómo decirle que lo siento o preguntarle hasta qué punto los chicos consiguieron lo que querían antes de que Abú Sayid se los quitara de encima. No sé cómo contarle lo que vi en los ojos de esos chicos..., que para ellos mi hermana solo era una lata de refresco que querían robar.

Giro la cabeza y le digo:

—Ya no puedo seguir llamándote Huppy. Eres demasiado mayor.

—Te equivocas. —Huda se arrodilla y pega la frente a la mía—. Siempre seré tu Huppy.

La abrazo, y la brisa pasa por encima de nosotras. Intento memorizar el sentimiento de seguridad de su olor.

Al rato, Huda me dice:

—El ferry es lento, pero barato, y nos llevará a Nuweiba. Seguro que el viaje a El Cairo es bonito. Quizá podamos ver la Esfinge.

—¿Algún día volveremos a estar seguras? —Mis palabras pesan tanto que desgarran la oscuridad—. Huppy, ¿queda algún lugar seguro?

Huda me rodea el cuello con los brazos.

—*Ya*, Nouri —me dice—. Escucha.

Es la única que me llama Nouri, una palabra que en árabe significa tanto «mi Nour» como «mi luz».

Habla en voz baja, con tono ronco. Todas sus palabras son frágiles.

—Nadie puede ver el futuro —me dice—. Nadie sabe lo que nos depara. Pero la seguridad no es que nunca te pasen cosas malas. La seguridad es saber que las cosas malas no pueden separarnos. ¿De acuerdo? Pase lo que pase. Tu familia sigue queriéndote, y si lo sabes, puedes superar cualquier cosa. Estás a salvo conmigo. Con mamá. Con Dios. Nada nos lo puede quitar. —Me pasa el pulgar por la mejilla y me ofrece la punta de su hiyab—. Sécate las lágrimas.

Toco las rosas. La tela ya apenas huele a agua de rosas, ese olor que tanto me gusta y que veo como espirales de color lavanda.

—Es muy bonito. Voy a estropearlo.

—Venga —me dice—. Lo lavaré cuando lleguemos. Al fin y al cabo, solo son mocos.

Sonríe y vuelve a ofrecérmelo. Esta vez me sueno.

El ferry llega una hora tarde, y la plataforma para los coches se llena con los vehículos de los pasajeros que ya tenían billete. No queda sitio para la furgoneta.

Umm Yusuf murmura y pega un portazo. Cogemos las herramientas de Abú Sayid y nuestra ropa, y dejamos la furgoneta atrás. Nos ponemos en fila en el muelle con nuestras bolsas.

Hace casi tanto calor como esta tarde y, al estar junto al mar, el ambiente es húmedo. En noches como esta, mi padre y yo nos tumbábamos en la alfombra a contarnos historias. Yo me ponía mi camisón preferido, el de flores de raso. Me pregunto qué ha sido de él, si me lo traje a Amán. Pero luego recuerdo que toda mi ropa está hecha trizas en mi antigua habitación, esparcida por el suelo. Me pregunto si mi camisón tiene agujeros de quemaduras. Me pregunto si mis zapatillas de deporte sin lengüetas están colgando por los cordones en la ventana.

La gente se amontona arrastrando los pies en la oscuridad. Observo a un hombre que se apoya en un bastón. Parece más joven que Abú Sayid. Se acerca otra familia cargada con bolsas de viaje y mochilas, como si cargaran su vida sobre los hombros. La multitud se acumula junto a la puerta, y sus palabras ahogan el rugido de las olas. El árabe egipcio es muy diferente del de mi madre, me recuerda a las viejas películas en árabe que solían ver mis padres. Aunque algunos niños que nos rodean hablan en un argot que he oído en Homs. Como siempre, empiezo a preguntarme: ¿quiénes son? ¿Vienen del mismo lugar que nosotros? ¿Y adónde va toda esta gente?

Me doy la vuelta y trago saliva espesa. No tenemos agua, y la carne de cabra me ha dado sed. Tanta agua alrededor, y toda es salada. Mi estómago intenta beberse mi columna vertebral.

El viento chilla a nuestro alrededor, una tensa voz anaranjada, y avanza entre las palmeras como un tren. Araña el mar, del que brota sangre blanca.

Entramos en el ferry a la una de la mañana y subimos por una rampa de madera que retumba pises donde pises. El agua golpea el casco de metal bajo mis pies. Debemos de estar a más de veinticinco grados, pero los nervios y la altura me hacen temblar. Sé que no se puede salir de un barco si no es por el agua, y no sé nadar.

Encontramos sitio para sentarnos en la cubierta superior, cerca de una de las luces, al aire libre. A medida que embarcan las familias, nos apretamos para dejar sitio. La gente se aprieta contra las barandillas con las bolsas en las manos. Abú Sayid se sienta junto a mí, mi madre al otro lado, y Huda y Zahra frente a nosotros. Umm Yusuf, Sitt Shadid y Yusuf se agrupan cerca. Rahila se sienta en el regazo de su madre. Me muerdo los dedos mientras la rampa se aleja del ferry.

—¿Tienes miedo? —me pregunta Abú Sayid.

Estar sentada a su lado me da seguridad, pero de repente vuelve a soplar el viento y suena una ruidosa bocina.

Asiento con los ojos muy abiertos, que el viento me golpea. Si no tengo cuidado, acabaré llorando.

—Si eso te tranquiliza, yo también —me dice en voz baja para que mi madre no lo oiga.

—¿Qué?

No lo creo. Observo sus hombros caídos, sus mejillas curtidas con barba incipiente y sus grandes manos con nudillos bien dibujados. No me imagino a Abú Sayid asustado por nada.

Se mueve inquieto, inclina los hombros hacia delante y mira alrededor.

—No sé nadar —me dice en tono de confesión.

—Yo tampoco. Tenía que ir a aprender a la piscina a la que iba mi padre, en Nueva York. Pero no fui. —Vuelve a acumularse el calor en mis ojos—. Y me lo había prometido.

—Yo quería que mi hijo aprendiera —me dice Abú Sayid—. No tuve la oportunidad de llevarlo. Tu padre quería ir contigo, estoy seguro.

Tiro de mis zapatillas.

—Mi madre me dijo que Sayid se marchó.

Abú Sayid apoya las manos en los muslos. Por primera vez desde que subimos al ferry, sus dedos no se mueven. El gemido del barco se adentra en el golfo.

—Sayid quería algo que no encontraba —me dice Abú Sayid—. Algo que yo no podía darle. Después de la muerte de su madre no era el mismo. Dijo que tenía que marcharse, que dejar cosas atrás. Me enfadé. Ya había perdido a una persona, pero ¿las dos? Pensé que regresaría y no me despedí de él. No volví a verlo.

Las olas rugen contra el barco. Pienso en las Polaroids de mi padre, en que mis abuelos recogieron a Abú Sayid cuando perdió a sus padres y en que el hijo de Abú Sayid dejó a su padre cuando ya había perdido a su madre.

—Dio la espalda a lo que no tenías —le digo.

Abú Sayid baja la cabeza y se observa las uñas.

—Se lo perdoné hace mucho —me dice.

Froto la media piedra verde y púrpura por fuera del bolsillo.

—¿Y buscas piedras para saber cosas de tu hijo?

—Las piedras no cuentan esas cosas —me contesta Abú Sayid—. Pero creo que nuestro Creador puede hablar a través de ellas. —Entrelaza los dedos y sus nudillos arrugados se alinean como una cordillera marrón—. Algunas oraciones quedan sin respuesta durante muchos años. El corazón lo sabe.

—Pero aun suponiendo que Dios oiga nuestras preguntas, ¿qué pasa si no entendemos las respuestas? —le pregunto.

—Seguro que no entendemos la respuesta a algunas preguntas —me dice Abú Sayid—. Pero si estás dispuesto a esperar para saberlas, puedes entender más de lo crees.

—¿Qué quieres decir con lo de esperar para saberlas? —le pregunto—. ¿Quieres decir que es como en los deberes de mates, que para entender algunos problemas tienes que pasar unos días pensándolos?

—A veces tardamos años en entender lo que Alá quiere que sepamos —me contesta.

Intento alzar una ceja, pero se me levantan las dos.

—¿Y pretende que esperemos?

Abú Sayid sonríe.

—Nubecilla, eso es la fe.

El barco avanza mar adentro, donde el agua se vuelve negra como el centro de un tulipán. Me pregunto qué animales hay debajo de nosotros, susurrándose secretos entre sí mientras pasa nuestra sombra.

—¿Y qué tienes en los bolsillos? —le pregunto—. Cuando nos marchamos, vi que cogiste unas piedras. ¿Qué cogiste?

Abú Sayid esboza una sonrisa triste y torcida.

—Cogí solo una —me contesta—. Una especial.

Saca un pañuelo polvoriento y lo abre. El barco da una sacudida. Abú Sayid me muestra una piedra plana en forma de moneda.

—¿Qué es?

Parece una piedra para hacer cabrillas, pero no para una colección.

—La encontró Sayid cuando tenía tu edad —me contesta—. Fue la primera piedra que quitamos cuando plantamos el olivar. Cuando se marchó, pensé que se la llevaría, pero la encontré entre sus cosas. Creí que esta piedra sería lo primero que se llevaría.

—¿Plantaste el olivar de las afueras de la ciudad?

Observo la rígida piel marrón de sus mejillas y su frente. El sol debió de endurecerle el rostro cuando cultivaba el olivar con su hijo, cuando pasaba las tardes cavando los campos y enseñando los nombres de las piedras a su hijo.

Abú Sayid se vuelve hacia el agua.

—Debería haberla devuelto a la tierra, pero no tuve valor.

El hombre que está frente a nosotros debe de haber escuchado parte de nuestra conversación, porque dice algo a Abú

Sayid. Entiendo *zeitun*, aceituna. El hombre se inclina hacia delante bajo las luces.

Es el hombre del bastón, el que no parece tan mayor para ir con bastón. Lleva una rodilla escayolada. La otra pierna..., se me revuelve el estómago. Por debajo de la rodilla no tiene pierna.

Abú Sayid me traduce.

—Su familia tenía un olivar cerca de Halab.

Me pregunto si es un hombre malo. Pienso en mi madre afeitándome la cabeza. «Por si acaso.» Las pantorrillas morenas de Huda, el ruido metálico de una hebilla de bronce en el asfalto.

Pero me digo a mí misma que todos los hombres no pueden ser malos y quiero saber por qué solo tiene una pierna. Me armo de valor y pregunto:

—¿A qué se dedica?

—A qué me dedicaba —me contesta el hombre por medio de Abú Sayid—. Es lo que quieres saber. Qué hacía antes de esto.

Levanta el muñón, que está cubierto de vendas.

—No tienes pierna —digo, y Abú Sayid duda antes de traducirlo.

—Era futbolista —dice el hombre—. Delantero. Ahora... —Estira los hombros y tose con una sonrisa, que supongo que es su manera de reír. Abú Sayid me traduce lo demás en voz baja—: Ahora, si puedo ir al baño sin que me duela la pierna, lo considero un buen día.

—¿Por qué te ríes? —le pregunto.

El hombre se encoge de hombros. Su árabe tiene los bordes marrones comparado con la traducción amarilla miel de Abú Sayid.

—Dejé las lágrimas atrás cuando salí de mi casa. Como llorar no me arreglará la pierna, es más fácil reírse. Y la vida sigue igual con una sola pierna, ¿verdad?

No sé qué decirle, así que me meto las manos en los bolsillos. Toco algo duro. Una piedra.

Saco la media piedra verde y púrpura y la sujeto con las dos manos para que no se me resbale.

—Abú Sayid, mira lo que encontré.

Se la tiendo. Él la mira fijamente a la luz verdosa de la luna, como un niño sediento con un vaso de agua.

—Al sol era verde —le digo—, pero a la sombra se vuelve púrpura. Como dijiste.

Abú Sayid me abre las manos y coge la piedra.

Siento un hormigueo de emoción entre el pulgar y el índice. La esperanza me quema como una cerilla.

—¿Es lo que creo que es? —le pregunto—. La piedra que el genio pidió que encontraran.

Abú Sayid sonríe.

—Creo que en lo más hondo de ti ya sabes la verdad —me contesta.

Vuelvo a meterme la piedra en el bolsillo, y el vaivén del barco la desplaza de un lado a otro.

—¿Es real o no? Quiero saber lo que estoy buscando.

Abú Sayid me da palmaditas en la mano, sonríe y por primera vez sus hombros parecen un poco más firmes, y sus ojos un poco menos tristes.

—Quizá si le das tiempo, lo sabrás —me contesta.

Imagino a Rawiya oyendo la voz de su padre. «Gorrioncito.» ¿Cómo me llamaba mi padre? Intento recordar su voz: «*Ya baba*, Arbolito mío. Mi hija es fuerte como una pequeña palmera». La piedra se marca en el bolsillo. ¿Qué daría por volver a escuchar la voz de mi padre?

—¿Y si es real? —le digo—. ¿Quieres intentarlo?

—¿El qué? —me pregunta.

—Hablar con tu hijo.

El motor chisporrotea, un sonido rojo, blanco y enfadado. Damos un bote. El olor a quemado, amarillo y marrón, hace que me pique la nariz. Cojo a mi madre del brazo. El ácido se me pega a la garganta.

El barco se mece y echa humo, y Abú Sayid y el hombre con una sola pierna se agarran a la barandilla. Alguien grita una palabra en árabe que no entiendo, y mi madre susurra: «Fuego». Una nube pasa por delante de la luna.

A nuestro alrededor la gente es presa del pánico y empieza a gritar. Unos hombres tiran cajas y bolsos al agua, y cogen rollos de cuerda y trozos sueltos de madera. La gente coge sillas con reposabrazos y las tira por la borda. Corren en todas direcciones buscando cualquier cosa. Los oigo gritar en árabe: «¡Nos estamos hundiendo..., demasiado peso..., nos ahogaremos todos!».

Mi mano es una garra. No veo tierra a nuestro alrededor. El agua salpica la cubierta.

—¿Mamá?

—Hay un incendio —me dice mi madre mordiéndose el labio—. El motor está fallando.

Se me sella la boca, me pesa la cabeza y me arden los ojos. Un hombre grita y vacía cajas en el agua. Ahora lo entiendo: «Aún hay demasiado peso». Incluso el hombre con una sola pierna se pone en pie, avanza cojeando hacia un lado y con una mano ayuda a levantar una maleta. El humo se vuelve más espeso y me pican los ojos. Empiezo a toser.

—Está entrando agua.

Mi madre y Umm Yusuf tiran nuestra bolsa de ropa a la oscuridad, y Abú Sayid lanza sus herramientas de geólogo. El agua salpica por todas partes. No queda nada que tirar al mar. Y sigue habiendo demasiado peso.

—Abú Sayid. —Lo agarro de la manga con los ojos llorosos por el humo—. ¿Qué hacemos?

Abú Sayid tira de mí. Todos se apiñan e intentan contener la avalancha de cuerpos. La gente empuja y grita levantando el equipaje. Mi madre me da un chaleco salvavidas amarillo, y Abú Sayid me ayuda a ponérmelo con manos temblorosas.

Me tiemblan los dedos al tirar de la correa.

—¿Y el tuyo?

Abú Sayid niega con la cabeza.

—No hay para todos. Los chalecos salvavidas son para los niños. —Corre hacia la barandilla, veloz como una libélula, y mueve las manos para abrirse paso entre el humo. Es una tos en la oscuridad—. ¡Balsas!

Seguimos el sonido de su voz. Las balsas salvavidas inflables están atadas a un lado del ferry, y las familias suben. Alguien cerca de nosotros tira de una cuerda, y una balsa llena de gente se hunde en la oscuridad.

—¡Todos dentro!

Mi madre y Abú Sayid ayudan a subir a Sitt Shadid. A continuación empujan a Zahra, Huda, Yusuf, Umm Yusuf y Rahila. Luego mi madre apoya el pie en la barandilla y me levanta.

Las dos pegamos un cabezazo al romperse una cuerda. Gritamos hasta quedarnos sin aliento y muevo los brazos en el aire. La balsa se balancea y una esquina se hunde. Sale humo de las cubiertas inferiores, y el calor hace que las cuerdas se tensen y chirríen como un oboe desafinado.

El ferry se inclina hacia un lado. Los bancos del barco salen volando y se estrellan contra la barandilla. La balsa choca con el ferry, rebota y gira sobre la cuerda que queda.

—No aguantará mucho más —dice Abú Sayid—. Vamos.

Ayuda a mi madre a pasar por encima de la barandilla conmigo en brazos, agarrada a su cuello. Caemos al suelo de la balsa. La bolsa de arpillera de mi madre se balancea.

Las cuerdas se retuercen y gimen.

Extiendo los brazos hacia Abú Sayid.

—¡Sube! ¡Sube!

Pero él se aparta de la barandilla. El humo lo ahoga. Ahora ya han bajado todas las balsas menos la nuestra. Flotan en el agua por debajo de nosotros, en la oscuridad. Los últimos pasajeros saltan al agua desde las llamas y nadan hacia las balsas.

Sigo los ojos de Abú Sayid. Al otro lado de la cubierta está el hombre con una pierna, atrapado debajo de un banco volcado. Tiene la cadera pegada a la cubierta y no puede levantarse solo con los brazos. Está rodeado de humo y tose extendiendo los brazos hacia nosotros.

Abú Sayid se vuelve para comprobar las cuerdas y levanta un dedo: «Esperad aquí».

Siento pánico, me agarro a la barandilla y le clavo las uñas en la manga.

—Está hundiéndose. Tienes que volver.

—Volveré lo antes posible. —Luego sonríe—. No te lo había dicho, pero no la necesito..., una respuesta de la piedra, de Alá. Lo que necesitaba era a ti, Nubecilla. Lo más importante ya está aquí.

Sigue sonriendo, con los hombros rectos y fuertes. Ahora mismo está igual que en las Polaroids de mi padre, con su camisa naranja. Vuelve a parecer joven.

Extiendo los brazos hacia él, pero Abú Sayid se agacha por debajo del humo y se dirige al hombre con una sola pierna. Mientras le quita el banco de encima, las llamas se acercan a las cuerdas que sujetan la balsa. El viento nos empuja. Abú Sayid vuelve a atravesar el humo y ayuda al hombre a pasar por encima de la barandilla y a subir a la balsa. Luego apoya un pie en la barandilla.

Se oye un crujido y a continuación un fuerte chasquido. La balsa salvavidas se queda colgando en el aire, y por un segundo me siento ingrávida.

Las llamas ascienden hacia las estrellas. La cubierta se convierte en una franja de luz y calor en lo alto, como un nubarrón. Todo se oscurece. Luego la balsa golpea el agua, y las olas nos sacuden. Salgo volando.

Extiendo los brazos en el aire, respiro hondo y la sábana de la húmeda oscuridad arremete contra mí. Como Rawiya, yo pensaba que el mar abierto sería plano. Pero es un centenar de cuchillos en movimiento.

Luego siento un peso en el tobillo, y el agua se aleja de mí. No caigo de cabeza al golfo. Mi pecho rebota contra el borde de goma de la balsa.

Giro la cabeza. El hombre con una pierna me sujeta por el pie. Su mano es lo único que me mantiene dentro de la balsa. Me aparta de las olas apoyando la pierna buena en la goma y tirando de mí.

La cara de Abú Sayid aparece por encima de nosotros entre una nube de humo negro. Está frenético, se asfixia. Mi madre le grita que estamos bien.

—No os veo.

Abú Sayid se aparta el humo de los ojos. El viento levanta espuma y las olas se elevan. La balsa empieza a alejarse del ferry. Nos tambaleamos.

—¡Tienes que saltar! —grita mi madre.

Abú Sayid pasa por encima de la barandilla y se agarra al borde con las dos manos. Se endereza tosiendo. Luego se da impulso con las piernas y salta del ferry. Me da la sensación de que vuela por los aires durante un minuto entero, entre nosotros y las estrellas, una gran araña negra que tapa la luna.

Pero no cae en la balsa. Cae en la fría oscuridad y nos salpica de sal.

—¡Abú Sayid! —grito—. ¡No sabe nadar!

El mar es rugoso y negro. Mi madre busca una linterna en la parte de atrás de la balsa, y Umm Yusuf y Yusuf reman con las manos. No vemos a Abú Sayid. Estoy desesperada, araño el borde de la balsa y grito entre la sal. El pañuelo de Abú Sayid revolotea desde la cubierta y lo cojo antes de que caiga en las olas.

—¡Abú Sayid!

Grito y remo contra las gruesas olas. Mi madre recorre la espuma con la linterna. La luz verde desgarra el horizonte y siento el sabor de mis lágrimas. El hombre con una pierna se cubre la cara con las manos.

Llegan barcos de rescate, que recorren las olas con los focos. Abú Sayid extiende una mano hacia mí entre la luz verde, a mucha distancia de nosotros, luego sus dedos se hunden en la oscuridad de ónix y desaparece.

El peso de las piedras

Ibn Hakim empezó a moverse y a gemir, y los trabajadores del taller salieron de sus escondites. Rawiya intentó levantar a Bakr, pero pesaba demasiado. Se agachó de espaldas a él, se lo cargó a hombros y caminó inclinada bajo su peso.

Pero Ibn Hakim estaba tumbado entre ellos y la puerta del taller. Fuera se había reunido una pequeña multitud, que murmuraba. Rawiya sabía que no podría subir el cuerpo de Bakr por la escalera y salir por la ventana del altillo, pero estaba decidida a enterrarlo como era debido.

La única manera de salir era pasando por donde estaba Ibn Hakim. Gruñó bajo el peso de Bakr y se dirigió con cuidado hacia la puerta.

Ibn Hakim movió la mano para coger su espada, y Rawiya retrocedió de un salto.

Pero los trabajadores, que lo habían visto todo y sabían que Ibn Hakim era un hombre cruel y corrupto, salieron de detrás de las tinas de tinte y las bobinas de seda.

—Nosotros lo detendremos —dijo uno de ellos empujando a Rawiya hacia la puerta—. Ibn Hakim y sus matones nunca nos han gustado, así que no vamos a ayudarlos. ¡Vete!

Rawiya les dio las gracias y se escabulló mientras Ibn Hakim gemía y se tocaba la cabeza. Corrió hacia las puertas de la ciudad. Bakr pesaba cada vez más, y Rawiya pensó que se le acabarían rompiendo los huesos.

Jaldún y al-Idrisi ya se habían reunido con los criados, habían cargado sus cosas y estaban todos montados en los camellos, preparados. Cuando llegó Rawiya jadeando, Jaldún corrió a ayudarla a bajarse a Bakr de los hombros.

—Rami, ¿está...?

Pero Rawiya negó con la cabeza. Oyeron gritos que se acercaban.

Rawiya y Jaldún ataron el cuerpo de Bakr a su camello y Rawiya tomó las riendas del animal. Cruzaron las puertas al galope. Huyeron por la fértil llanura del Nilo, siguiendo el gran río.

Cabalgaron durante días. Solo se detenían a dormir cuando oscurecía. No hacían fuego y comían pan seco. Al-Idrisi tomaba notas en su libro encuadernado en cuero solo a la luz del amanecer. Dibujaba con tristeza el cono del delta del Nilo, y su letra, normalmente grande y extendida, era ahora apretada e inclinada.

Al tercer día, cuando estaban seguros de que no los seguían, colocaron a Bakr en la orilla del río. Lavaron su cuerpo en la corriente al atardecer y le frotaron la barba y el pelo.

Al-Idrisi le tendió el astrolabio a Rawiya, que, sin decir una palabra, lo apuntó hacia el sudeste para determinar en qué dirección estaba la qibla y poder así enterrar el cuerpo de Bakr en esa misma dirección. Luego lo envolvieron en sábanas limpias y lo enterraron junto a la franja azul del Nilo, de lado, con la cara hacia la qibla. Rawiya se quedó mucho rato con el astrolabio en las manos, con barro del Nilo en las uñas. Jaldún apoyó las palmas de las manos en el dorso de las de Rawiya y se lo quitó con delicadeza.

Toda la expedición rezó alrededor del cadáver. Rawiya sacó el misbaha de su madre y contó las cuentas de madera. El paquete envuelto en lino marrón de Bakr estaba dentro de su morral, y le pesaba tanto como pensar en su madre, que debía de estar desesperada. Las oraciones apenas les consolaron. Rawiya se frotó los últimos restos de arena y barro sobre el corazón como si se le abriera una herida en las costillas, como si la sangre le invadiera los pulmones. En la otra orilla del Nilo, un cocodrilo cerró lentamente un párpado.

Al día siguiente se separaron del río y se dirigieron al noroeste, hacia Alejandría. Rodearon la ciudad por temor, porque sabían que el califa debía de haber advertido sobre ellos. En dos días llegaron al camino que unía Alejandría con el centro comercial beduino que los romanos llamaban Baranis, una ciudad costera a medio camino entre Alejandría y Barnik.

Cuando dejaron atrás el verde, al-Idrisi pintó el curso del Nilo en su libro, su explosión en El Cairo y la sombra de las pirámides de Guiza detrás de las palmeras de Fustat. Su letra se hizo progresivamente más grande y regular, su *waw* más redondeada y su *mim* más curvada.

La estepa roja y gris descendía hasta el mar, bordeada al sur por una meseta con escarpados acantilados. Viajaron dos semanas, ralentizados por fuertes vientos del sur que bajaban de las montañas; empezaban a quedarse sin comida y provisiones. Los camellos estaban cada vez más cansados.

Una tarde, con la ciudad portuaria de Baranis casi a la vista, el viento sopló desde el sur y rechinó entre sus dientes. El polvo se deslizaba entre los pasos de montaña como el pelo por un peine. El viento arrastraba penachos de plumaje blanco demasiado grandes para ser de águila, y de vez en cuando una pluma blanquecina del tamaño del brazo de Rawiya.

Golpeada por el viento y con el temor de que el ruc intentara cumplir su promesa de vengarse, la expedición buscó refugio bajo los acantilados. El ruc no llegó, pero tampoco amainó la tormenta de arena. Cada vez que el polvo se detenía, el paisaje había cambiado. Cada vez que salían de su refugio, descubrían que habían avanzado en círculos o que se habían equivocado de dirección y estaban volviendo a Alejandría. Entonces los criados maldecían el desierto y el murmullo de los genios, y susurraban oraciones aterrorizados. Rawiya y sus amigos se sentaron y lloraron de frustración muchas veces.

Al final, al-Idrisi vio un grupo de personas a través de la cortina de polvo. Con gran dificultad, guiaron a sus quejosos camellos hacia allí. Cuando el polvo se dispersó, estaban encorvados ante un grupo de hombres a caballo, con turbantes que les ocultaban la cara. Volvió a levantarse el viento, que giró alrededor de sus pies como vainas secas de algarroba.

—Hola, amigos —dijo al-Idrisi—. Necesitamos comida, descansar y agua para nosotros y nuestros camellos. Estamos a vuestro servicio si podéis ayudarnos.

Pero en lugar de devolverle el saludo, un hombre se dirigió a ellos y desenvainó un par de dagas. Los demás hombres sacaron arcos y cimitarras, y los rodearon a gritos. Los caballos patalearon y se colocaron a su alrededor. Desplegaron banderas por encima de ellos, cuadros blancos y negros sobre un campo rojo. El cabecilla llevaba un casco envuelto en tela bordada, una túnica escarlata y una capa de lana marrón alrededor del pecho. Su caballo, negro como la tinta, tenía un manto escarlata a juego.

—Extranjero —gritó el cabecilla—, nos han dicho que en esta zona hay espías fatimíes. Nos han ordenado aplastar toda amenaza para el Imperio almohade.

Observó la silla de al-Idrisi, sus alforjas y las túnicas nuevas de los criados, confeccionadas con lana y con el tradicional lino de rayas de El Cairo.

—No hemos visto a esos despreciables personajes —le contestó al-Idrisi—. Nosotros somos humildes peregrinos que exploramos las maravillas de Dios.

Pero el jefe de la tropa almohade, que los había visto acercarse por el este, no los creyó.

—¡Mentirosos! —rugió—. Confesad vuestros delitos inmediatamente o será peor para vosotros.

—¿Mentiras? —dijo al-Idrisi—. Es la verdad de Dios, sin un ápice de mentira.

Pero no sirvió de nada. Exploradores almohades habían visto a la expedición avanzando hacia el oeste desde Alejandría a Baranis, y el jefe estaba convencido de que eran traidores. Hizo un gesto a sus hombres, que sujetaron los camellos y los obligaron a desmontar.

Los jinetes almohades rajaron las alforjas y rebuscaron entre los morrales, donde estaban los tesoros de Nur al-Din. Hicieron caso omiso de las riquezas y abrieron el libro encuadernado en cuero y los pergaminos. No buscaban tesoros, sino información.

Rawiya supo de inmediato que estaba sucediendo lo que les había advertido Ibn Hakim: ellos eran los viajeros a los que buscaban los almohades.

En realidad, el cabecilla almohade, un viejo general arrugado llamado Mennad, había escuchado historias increíbles de una banda de viajeros encabezada por un erudito cartógrafo, un hombre que estaba reuniendo todo el saber sobre la geografía y la cultura desde el Máshrek hasta el Magreb. Mennad sabía que esos viajeros debían de tener mapas de los territorios fatimíes, información que podría utilizar en favor de su gente. Mennad llevaba mucho tiempo planeando atacar a los fatimíes, que querían recuperar el control de las costas del golfo de Sidra y de la ciudad de Barnik, ocupadas por las fuerzas almohades.

Los almohades cantaron victoria cuando encontraron el libro de notas y mapas de al-Idrisi. Mennad lo cogió y lo hojeó.

Mennad era experto en estrategias de guerra. Había luchado en muchas batallas y había cosechado gran cantidad de cicatrices en la cara, los brazos y las costillas. Había defendido a sus hombres en la batalla muchas veces. Pero Mennad sabía que necesitaba una ventaja, porque los ejércitos fatimíes eran fuertes. Era un hombre astuto.

Mennad se guardó el libro en la túnica y se bajó el turbante. Una gran cicatriz blanquecina le cruzaba la cara.

—Deberías pagar por tus mentiras, espía —le dijo a al-Idrisi—. Pero espero que me des las gracias antes de que finalice el día. No acabaré con vuestras vidas. Mas, debido a vuestra traición, debéis luchar con el Imperio almohade en la gran batalla que se avecina.

—No haremos tal cosa —le contestó al-Idrisi llevándose la mano a la cimitarra—. Liberadnos.

Los jinetes almohades levantaron las espadas y las dagas hasta el cuello de al-Idrisi, que, rodeado, bajó la mano.

Mennad esbozó una sonrisa.

—Te doblegarás a mi voluntad, como tantos hombres orgullosos —le dijo—. No soy un jovenzuelo inexperto e insensato. La política y el orgullo no significan nada para el sediento de verdad y libertad. Y aunque no pueda utilizar estos mapas, me aseguraré de que nuestros enemigos no puedan usarlos contra nosotros. —Sonrió—. Los quemaré.

Al-Idrisi, consciente de que sin los mapas todos sus viajes y sus dificultades habrían sido en vano, agachó la cabeza y lloró.

Mennad y sus hombres llevaron a los miembros de la expedición hacia el desierto en fila india y con vigilantes delante, detrás y a ambos lados. Los almohades avanzaron al pie de las montañas hacia el oeste hasta que llegaron a un paso que llevaba a la meseta. El ascenso fue muy lento, un camino natural en los acantilados. Y aunque Mennad se había quedado con las notas y los mapas, al-Idrisi seguía observando el paso y susurraba calculando mentalmente el ángulo de la pendiente.

—Si salimos de esta y puedo acabar mi trabajo —les dijo a Rawiya y a Jaldún—, llamaré a este lugar Aqabat as-Salum.

«El ascenso gradual.»

—No ha perdido la esperanza —susurró Rawiya a Jaldún.

Viajaron durante días. Más allá de la meseta, la estepa rocosa se convertía en un auténtico desierto, una extensión de arena amarilla y plana como la planta de un pie. Rawiya se dio cuenta de que cada desierto era diferente. Entendió que el desierto estaba vivo, que tenía sangre y respiraba, que era una criatura con muchos brazos que extendía los dedos.

Los almohades llevaron a la expedición a su campamento. Allí, un explorador le contó a Mennad que cerca del golfo de Sidra, entre Ajdabiya y Barnik, a menos de un día de viaje, se habían agrupado guerreros fatimíes. La expedición, confundida en la tormenta de arena, se había dirigido más al oeste de lo que pensaba.

Los almohades metieron a Rawiya y a Jaldún en una tienda, y a al-Idrisi en otra, con un vigilante en la entrada. Mennad, con el libro en su poder, ya no necesitaba a Rawiya y sus amigos, salvo para reforzar sus tropas contra los fatimíes, un enfrentamiento del que seguramente no saldrían vivos.

Rawiya, incapaz de encontrar una solución a la difícil situación en la que se encontraban, toqueteaba la honda y contaba las piedras para la inminente batalla.

—Qué pena —dijo Jaldún con la cabeza apoyada en las manos—. Me habría encantado ver el trabajo de al-Idrisi terminado. Pero nuestro viaje acaba aquí. Y la muerte de Bakr ha sido en vano.

Cayó de rodillas y empezó a llorar.

Rawiya le apoyó una mano en el hombro.

—Encontraremos la manera de salir de esto. Nos las arreglaremos para recuperar los mapas.

—¿Y cómo, solo con un poeta, un erudito y un muchacho? —Jaldún desvió la mirada—. Perdona. Has demostrado ser muy valiente, pero...

—No —dijo Rawiya—. Soy yo el que debería pedir perdón, no tú.

Cerró la puerta de tela y respiró hondo. Se volvió hacia Jaldún e intentó memorizar la bondad de sus ojos negros, la tenue luz cayéndole en la cara. Rawiya sabía que sus sentimientos por aquel hermoso joven, aquel amable poeta, estaban condenados desde el principio. «Tengo que decírselo, aunque nunca me lo perdonará», pensó.

—Si vamos a morir mañana —le dijo Rawiya—, debes saber que no dije la verdad cuando me uní a la expedición de al-Idrisi. No me llamo Rami.

Jaldún frunció el ceño.

—La nobleza no importa cuando viajas.

—No es eso —le dijo Rawiya, y se quitó el turbante. En los últimos meses su negro pelo se había convertido en una maraña de rizos—. ¿Y bien? ¿No te has preguntado por qué no me crecía la barba?

Jaldún dio un paso atrás.

—Daba por sentado que eras muy joven y aún no te había salido.

—Me llamo Rawiya, no Rami. —Hizo una pausa, luchó contra el nudo que se le había formado en la garganta y lo miró—. Soy una mujer.

Jaldún se quedó rígido como el cuero nuevo y apretó las manos como si rezara.

—Siempre he sabido que eras especial, y te tenía tanto cariño que a veces sentía que éramos más que hermanos... —Movió la cabeza. Parecía perdido—. ¿Qué vamos a decirle a al-Idrisi? Le has mentido. Cuando se entere de la verdad...

—Jaldún...

Jaldún se arrodilló ante ella e inclinó la cabeza.

—Seas quien seas, estoy a tu servicio por haber salvado mi vida y mi honor —le dijo—. Solo espero que Dios me dé el valor y la ocasión de devolverte el favor. Seas hombre o mujer, prometí seguirte hasta el día de mi muerte, y cumpliré mi promesa.

—Jaldún. —Rawiya tiró de él para que se levantara—. No olvides que me has salvado la vida más de una vez. Nadie está al servicio de nadie. Solo juntos encontraremos una solución.

Jaldún le devolvió su sonrisa nerviosa.

—¿Y qué hacemos? —le preguntó—. Si mañana es nuestro último día de vida, ¿qué hacemos mientras la luna llora por nosotros?

Rawiya tocó la bolsa en la que estaba metida la mitad de la piedra del ojo del ruc. Al menos no se la habían robado. Antes de que Ibn Hakim la partiera en dos, la piedra le había mostrado el rostro y la voz de su padre. Le había permitido hablar con los muertos.

Pero esa noche Rawiya no necesitaba el poder de la piedra para ver lo que quería recordar: a su madre, aquella noche en el olivar, después de que su padre se adentrara en la oscuridad, cuando ella sentó a Rawiya en su regazo, con la luna moteando la hierba y el olor a mar a su alrededor. ¿Qué le había dicho su madre? ¿Cuáles fueron aquellas palabras por las que, diez años después, se cortó el pelo, empaquetó sus cosas y se dirigió a Fez, palabras que le hicieron creer en un mundo más hermoso?

Rawiya cerró los ojos y respiró hondo.

«Déjame contarte una historia.»

Los barcos de rescate nos sacan de las balsas salvavidas, y los niños pequeños lloran como gatos. Estoy calada hasta los huesos. En el barco, me castañetean tanto los dientes que no puedo seguir llorando. Observo la profundidad verde y me recuerdo a mí misma lo que he aprendido en la balsa: ningún mar es plano.

La linterna se queda sin pilas. Mi madre se aferra a la carcasa metálica como si fuera una costilla extra mientras el sol asoma por detrás de los restos del ferry. Está ladeado, ahora casi totalmente hundido. Barcos más grandes echan agua de mar al fuego y buscan supervivientes. El mar está vivo, con miembros revueltos. El agua mantiene a flote a los muertos.

El hombre con una sola pierna está apartado de nosotros en el barco de rescate. Tose y le sube el pecho. Tiene la barbilla negra. Se agarra la pierna. Solo a la luz se ve dónde le alcanzó el fuego, las franjas negras en el dorso de las manos y en las mejillas. Las marcas del banco que lo aplastó no son tan evidentes, pero distingo los moratones que le hizo la madera, las astillas que se le clavaron cuando Abú Sayid lo liberó.

Entre la gente que lleva agua al hombre con una sola pierna y lo envuelve con mantas veo los agujeros de su camisa y la camiseta roja de fútbol que asoma por debajo. Me ve, pero no sonríe. Lo miro buscando la mirada vidriosa que tenía debajo del banco, la mirada de alguien que mira fijamente a la muerte. Yo tenía razón, supongo: mirar demasiado tiempo a la muerte puede marcar a una persona.

Pero él se limita a agarrarse la rodilla vendada y a sostenerme la mirada. Pasa gente con agua y mantas térmicas, pero ninguno de los dos desvía la mirada.

Y luego el hombre con una sola pierna asiente, como si supiera que no volveremos a vernos, que volvería a sujetarme por el tobillo si tuviera que hacerlo.

Los barcos de rescate nos llevan a Nuweiba, lo primero que veo de Egipto. La policía nos identifica a todos antes de salir de la terminal, una multitud de cuerpos envueltos en mantas que saca pasaportes y visados mojados. No tardamos en salir al sol verde.

El mundo es naranja, como se ven las cosas después de haber mirado el mar mucho rato. Los barcos entran y salen del puerto. Mis pies aún no funcionan bien, aún intentan compensar el movimiento de unas olas que ya no existen. Es como estar subida a un monopatín invisible.

Me tambaleo, tropiezo y me doy cuenta de que llevo tiempo perdiendo pedazos de mí. Mi espíritu sigue diseminado en la carretera de Amán a Aqaba. Jirones de mí vagan por las calles de Homs, bajo los toldos de las tiendas. No tengo voz. Voy a la deriva. ¿Cómo evitar disgregarme al viento como semillas de diente de león? ¿Cómo evitar ir a la deriva sin que Abú Sayid y sus piedras me sujeten?

Cuando vivíamos en Nueva York, pensaba que los círculos negros de chicle pegados en la acera eran puntos de gravedad. Creía que alguien los había puesto allí para evitar que saliéramos volando hasta el espacio. Y por qué no, ¿verdad? Si saltamos muy alto, ¿nos alejamos lentamente de la tierra? Si la ciudad olvidara que pesa, ¿se elevaría y se estrellaría contra la luna?

Cojo de la mano a mi madre y recorro la acera con la mirada en busca de chicles. Pero no hay ninguno, no hay esos grandes chicles negros que teníamos en Nueva York. Me sobresalto de miedo, como si me aplastaran un dedo del pie en la oscuridad. Ahora nada me sujeta, nada se interpone entre mí y el panel de corcho en el que Dios clavó las estrellas.

Al salir de la terminal del ferry nos separamos de la multitud. Formamos una cadena humana: Sitt Shadid que camina con esfuerzo, Umm Yusuf, que lleva cogida a Rahila, y Zahra con Yusuf de la mano. Creo que no lo ha soltado desde que el ferry empezó a arder.

La ciudad de Nuweiba está rodeada de altas montañas que casi llegan al mar, y la playa está salpicada de barcos de pesca azules y sombrillas de paja. Esta ciudad vacacional frente al mar, con sus turistas con gafas de sol, parece fuera de lugar.

En la calle, mi madre desenrolla el mapa y lo sacude por si está mojado. Pero aunque hemos perdido toda la ropa y mi pájaro de peluche, tenemos lo que había en la bolsa de arpillera: su mapa enrollado, la alfombra sucia, unas latas de atún, frascos de aspirinas medio vacíos y tubos de pasta de dientes. Umm Yusuf y mi madre hablan en susurros sobre adónde ir y mi madre mueve las pestañas mojadas.

Me miro los pies y respiro. Las imágenes se repiten: Abú Sayid doblando las rodillas y tensando los codos, sus brazos y sus piernas girando entre el humo. En mi mente, nunca llega al agua.

Espero a que los dedos de mis pies se eleven. Espero a sentir que floto hacia el espacio.

Caigo de rodillas. Me aferro al hormigón con las uñas. Cubos de basalto y granos de mármol como azúcar tintinean en mi bolsillo izquierdo. En el derecho gira la media piedra verde y púrpura, envuelta en el pañuelo de Abú Sayid.

Cierro los ojos. ¿Está esperándome su voz, esperando a llamarme Nubecilla?

—Nos ha salvado —oigo decir a Huda.

Abro los ojos y veo las líneas de la palma de la mano de Huda. Mi hermana se inclina y me acaricia la cara.

—Gracias a él conseguimos los chalecos salvavidas —me dice Huda—. Gracias a él bajamos las balsas antes de que el barco volcara. Sin él todos nos habríamos ahogado. Nos lo dio todo.

—Papá lo salvó a él. —Levanto una mano, y la acera me ha dejado marcas en la palma de la mano—. Y él nos ha salvado a nosotros.

Huda asiente y se observa la palma de la mano con mirada amarga. La acera me muerde las pantorrillas. Quiero convencerme de que este dolor tiene sentido. Quiero que las fotos de Abú Sayid signifiquen algo.

Huda se enjuga la mejilla, y las gotas de agua se le quedan debajo de las uñas.

—¿Qué haces? —me pregunta.

Miro mis rodillas en el hormigón, con la mano pegada al suelo.

—Rezar —le contesto.

—Pues yo también.

Huda saca una botella de agua medio vacía de la bolsa y se echa agua en las manos. Está haciendo el *wudu*, lavándose antes de rezar.

Enseguida todos se dan cuenta de lo que está haciendo Huda, y Sitt Shadid, Umm Yusuf y Yusuf se unen a ella. Sitt Shadid se quita las zapatillas, levanta los pies y se frota los talones con agua. Yusuf se pasa las manos mojadas por el pelo. Mi madre nos extiende la alfombra sucia en la acera. Nos arrodillamos todos los que cabemos. Huda y mis pies sobresalen de la alfombra. El hormigón rugoso nos araña las pantorrillas. Mi madre se persigna. Rezamos por el alma de Abú Sayid, cada uno a su manera.

Pero Abú Sayid tenía razón. Aunque Dios escucha, no siempre te responde.

Mi madre y Umm Yusuf extienden las palmas de las manos y enfatizan sus palabras con la barbilla y las yemas de los dedos. Umm Yusuf habla en árabe, y entiendo: «Iremos al oeste..., Libia..., ¿coche o autobús?».

Mi madre frunce el ceño. «En coche no nos lo podemos permitir.»

Me levanto y el cielo me alcanza la cabeza. Las protuberancias del hormigón me han dejado abolladuras en las piel. El espacio que nos separa se extiende como una mano vacía.

—Ojalá no nos hubiéramos ido de casa —digo—. Ojalá nos hubiéramos quedado en Homs. Ojalá no hubiéramos venido aquí.

—¿Te has vuelto loca? —Zahra expresa exasperación con un gesto de las manos—. Nuestra casa ha desaparecido. Ha desaparecido para siempre.

—Las cosas pueden arreglarse —le contesto—. No tienes ni idea.

—Son escombros —me dice Zahra—. Lo único que queda son escombros. ¿No sabes lo que son los escombros? Platos rotos, idiota. Paneles de yeso. Medio plato. Peluches con los brazos arrancados. Cristal negro y yeso en polvo.

Contengo la respiración e intento no gritar.

—No soy idiota.

La gente que pasa empieza a mirarnos.

Zahra abre las piernas y cruza los brazos. El agua de mar le ha humedecido los vaqueros.

—No —me contesta—. Deliras. Abú Sayid ha muerto. ¿Lo entiendes?

Huda se interpone entre nosotras.

—Basta.

Mis manos se convierten en piedras nudosas, y algo dentro de mí explota.

—¡Eres una niña mimada! —le grito—. Lo único que te importa es tu pulsera y los chicos. No te importa tu familia. No te importa nada.

Todos se quedan callados, incluso Zahra.

—Una parte de mí ha muerto —digo. Siento el picor del sol en las mejillas—. Ni siquiera sabía que estaba viva.

Zahra gira su pulsera.

—¿Por qué crees que la llevo?

Se da media vuelta y se aleja.

—¿Qué?

—La pulsera era de papá —me dice Huda bajando los ojos—. Se la regaló cuando cumplió diecisiete años.

Y entonces mi rabia se desvanece. Para Zahra, la pulsera no es una pulsera. Es un punto de gravedad.

Zahra gira una esquina. Sigo sus rizos negros, que la sal ha apelmazado.

—¡Espera! —le grito—. Perdona. No lo sabía.

Giro la esquina y choco contra su espalda.

—Mira. —Zahra pasa un dedo por la pared. Encima de

pintadas brillantes hay un papel—. Es el horario de los autobuses hacia el oeste. Hay un autobús a Bengasi esta tarde, con transbordo en El Cairo.

Mi madre, Umm Yusuf y Sitt Shadid juntan su dinero para pagar nuestros billetes de autobús. Mientras los pagamos, mi madre se muerde la mejilla por dentro. Sé que está calculando mentalmente. Cree que no me he dado cuenta de que se le nota, de que ahora cada gasto es como una plaga de langostas devorando lo poco que nos queda.

Una multitud nos sigue a todas partes. La gente se empuja para subir al autobús, los niños se sientan en el regazo de su madre, y la gente se apretuja en el pasillo. La tierra parece inundada de familias de todos los países, no solo del nuestro. Veo otras guerras por todas partes: en la cicatriz de la barbilla de una mujer o en los moratones del tobillo de un niño.

El autobús está lleno de gente sucia y cansada, pero a ninguno de nosotros nos llega nuestro propio olor. Las familias comparten pan, y el olor a nuez de las habas planea entre los asientos. Me siento entre Huda y mi madre, y me apoyo con cuidado en el hombro derecho de mi hermana. Detrás de nosotras, unos hombres hablan en voz baja.

El autobús avanza hacia el norte junto a las montañas hasta llegar a Taba, donde giramos al oeste. La carretera es un codo entre colinas cónicas, rayas rojas y amarillas, y arena sangrante. Dejamos atrás barrios de chabolas y acacias, lugares donde la arena está incrustada en la carretera. Mi madre dice que en la tierra de la península del Sinaí hay turquesas, vetas azul verdoso en las rocas. Dice que la llamaban la Tierra de Turquesa.

Me doy la vuelta y pienso que a Abú Sayid le habría encantado.

Enseguida llega el túnel. Frunzo el ceño al ver un barco por encima de la arena. No veo agua. Una fila de barcos cruza la carretera, y por un momento creo que vamos a chocar con ellos. Luego la carretera pasa por debajo de un puente con un mural en el que se ven barcos, mezquitas y pirámides. El autobús se adentra en la oscuridad.

—Estamos en el túnel de Suez —me dice mi madre—, debajo del canal.

El autobús avanza entre las paredes, y las luces pasan volando. Chucu-cha-chucu-cha-chucu-cha.

—¿Estamos debajo? —pregunto.

Salimos del túnel antes de que a mi madre le haya dado tiempo a contestarme. Vemos el aire contaminado alrededor de la ciudad. Desde donde estamos, el delta del Nilo es una franja verde, un diente que sobresale hacia el norte desde una maraña marrón de edificios.

—Aquí había dos ciudades —me dice mi madre—. Al lado de El Cairo había una ciudad llamada Fustat. Aún hay templos antiguos en ruinas.

—¿Qué pasó con la otra ciudad? —le pregunto.

Huda se apoya en la ventanilla, se estremece y cierra los ojos. Tiene la frente tan caliente que el cristal se empaña.

Mi madre cruza las manos en el regazo. Veo sus tensas venas verdes.

—La ciudad grande engulló la pequeña —me contesta.

Bajamos en la estación Turgoman de El Cairo. El siguiente autobús, el que va a Bengasi, tardará unas horas en llegar. La terminal parece más un centro comercial que una estación de autobuses: tres pisos, barandillas de vidrio y placas de linóleo pulido en el suelo. El olor marrón rojizo de los frenos del autobús se adhiere incluso a las superficies más lisas. Los demás pasajeros bajan del autobús y se dispersan entre la multitud, se alejan de un banco en el que hemos buscado un poco de calma en el caos.

—Necesito sentarme un minuto.

Huda se arrastra hasta el banco, se deja caer y apoya la cabeza en el brazo. Umm Yusuf se sienta a su lado y busca a mi madre con la vista. Luego me mira a mí, tan rápido que casi no me doy cuenta. La mirada de Umm Yusuf es como la de los mayores cuando quieren protegerte, una mirada que dice: «Que no lo vea».

—Tengo que estirar las piernas —dice mi madre—. Nour vendrá conmigo.

—¿Ah, sí?

Salimos de la estación. El calor cae sobre nosotras como una cortina. La luz me hace parpadear. Detrás de nosotras, la luz del sol convierte el cristal verde y azul de la terminal en puñales de luz. Varias familias deambulan por la plaza, y los coches rodean la entrada. Las aceras parecen extrañamente vacías, en especial ahora, que ya ha terminado el Ramadán. Miro la estación a través del cristal y pienso que desde aquí podría ver a Huda, pero la multitud y la luz del sol se interponen entre nosotras. No la veo.

Una vez, cuando era pequeña, ayudé a Zahra a teñirle el pelo a Huda, que estaba dormida. Nos acercamos a ella sigilosamente. La pasta de henna es verde como aceitunas molidas, aunque tiñe el pelo de rojo. Ayudé a Zahra a pintar con henna un mechón de pelo de Huda. Fue divertido hasta que Huda se dio la vuelta y el sofá se manchó de henna. Mi madre castigó a Zahra durante una semana.

—No quería mancharlo —digo.

Mi madre frunce el ceño.

—¿El qué?

—El sofá. ¿Recuerdas?

—¿Por qué piensas en eso ahora?

Cruzamos la plaza evitando los carriles de los coches. Me rasco los pantalones cortos, que se me pegan a las piernas.

—No sabía que solo nos duraría cinco años. —Las uñas rotas se me enganchan en el pantalón—. Lo destrocé.

—En todo caso, lo destrozó Zahra —me dice mi madre.

—Aunque si lo hubiera sabido, habría pasado lo mismo.

No sabía lo rápido que pueden cambiar las cosas. Huda estaba riéndose, y un instante después tenía metal alojado en el hueso. Durante todo el viaje a El Cairo se le empapaban las mangas de sangre. Nunca había tenido tanta fiebre, ni siquiera cuando enfermó de gripe.

—La mancha no fue para tanto. —Mi madre se vuelve y avanza por la acera, abarrotada de gente, jugueteando con un botón blanco como la leche de su blusa, donde empieza a abrirse la costura—. Los cojines ya eran viejos. No duran tanto, y menos con tres niños.

—Pero no sabía que el sofá era muy bonito. —Me limpio la nariz con el brazo y dejo una larga línea húmeda—. Pensaba que lo tendríamos siempre.

Mujeres con vestidos largos y hombres con camisas de manga corta y sandalias sortean el tráfico. Tras el fin de semana del Eid, El Cairo ha vuelto a llenarse de camiones y bicicletas. Observo la alargada aguja de mi sombra mientras la gente pasa a toda prisa. Mi sombra es más estrecha que un costillar de cordero en el supermercado.

Mi madre me pasa un brazo por los hombros.

—Tu padre, allí donde esté, está muy orgulloso de ti —me dice en voz baja.

—¿Por qué?

—Por ser valiente.

Cruzo los brazos.

—Si papá estuviera aquí, no tendría que ser valiente —le contesto.

—Todos tenemos que ser valientes. —Mi madre me aprieta el hueso del hombro—. Este collar... ¿Te lo he contado? —Se quita el colgante y sujeta en la mano el trozo de cerámica roto, con el cordón colgando entre los dedos. Su sombra en la acera hace lo mismo—. Cuando tu padre y yo nos casamos, vivíamos en Ceuta. ¿Lo sabías?

—¿En la Ceuta de Rawiya?

—Sí, aunque vivíamos bastante lejos de la frontera marroquí. Teníamos un pequeño *riad* cerca de La Puntilla, junto al puerto.

Nos quedamos calladas. A ambos lados de la calle hay palmeras y callejuelas llenas de tiendas. En una de ellas hay decenas de lámparas forjadas a mano, y en otra, pañuelos de colores granada e higo, doblados en forma de rubí. Hay bolsas de cuero apiladas. Edificios de hormigón se agrupan alrededor del olor a pepino del agua. En uno de ellos hay un póster medio arrancado de un político con traje de rayas y corbata negra.

—Teníamos un jardín grande y una fuente de azulejos —me dice mi madre—. Decían que la casa había sido de un noble, que la habían construido hacía siglos. Cosas que se cuentan, ya sabes, pero decidimos creerlas. Mirábamos el mar y nos decíamos que algún día, cuando llegara el momento, iríamos a Estados Unidos.

—¿Cuándo llegó el momento?

—Nunca. —Mi madre se ríe y hace rebotar el trozo de cerámica en la palma de la mano. ¿Cuándo fue la última vez que la oí reírse?—. Una noche, una tormenta cruzó el estrecho como una nube de murciélagos. El viento arrancó el jardín y rompió el techo. Cuando la tormenta se alejó, salimos y encontramos esto.

Mi madre me tiende el colgante. La cerámica está caliente y algo curvada, una baldosa redonda con enredaderas azules y blancas pintadas. Creo que nunca había visto una baldosa redonda.

—¿Qué es?

—La única baldosa de la fuente que quedó. Toma.

Me anima a ponérmelo, así que me paso el cordón por la cabeza. La cerámica caliente se balancea con mis pasos y me golpea en la barriga.

—¿Arreglasteis la fuente?

—No. —Mi madre se aparta el pelo de los hombros—. Lo consideramos una señal, y al día siguiente compramos los billetes.

—¿Para Nueva York?

—Primero para Siria —me contesta—. Pensé que sería mejor para las niñas. Pero para tu padre, con su hermano lejos y con Abú Sayid estudiando en el extranjero, no era lo mismo. Y aunque habían pasado diez años, no había perdido las ganas de ir a lugares remotos, supongo, a las partes en blanco de su mapa. Así que cogimos a Zahra y a Huda, que aún eran pequeñas, y nos marchamos de Siria a Nueva York.

Me imagino a mi madre y a mi padre cogidos de la mano en el aeropuerto, observando los aviones con cuerpo de anguila deslizándose por la pista. Me imagino el traje pantalón que mi madre solía ponerse para reunirse con las personas que le compraban mapas, la blusa blanca y el bolso cuadrado de cuero negro.

—No entiendo cómo puedes dibujar un mapa sin partes en blanco —le digo.

Pasamos carteles de películas y un grafiti de enredaderas en rojo y negro. En la esquina hay un policía antidisturbios con las piernas abiertas.

—Algunas personas saben desde que nacen que tienen que ocupar esas partes —me dice mi madre—. Nacen con una herida y saben desde el principio que si no encuentran su historia, la herida nunca se curará. —Hace una pausa y da vueltas a su anillo de ámbar—. Otros tardan mucho en descubrirlo.

Los viejos edificios giran la cara al sol, con las ventanas de madera tallada y las grandes puertas descoloridas por cientos de años de calor y viento.

—¿Qué pasó con la casa de Ceuta? —le pregunto.

—Se la vendimos a tu tío Ma'mun. —Mi madre vuelve a reírse y no puedo creerme la suerte que tengo: su risa, el colgante—. Más bien se la regalamos. Le pedimos una cuarta parte de lo que valía.

—¿Y él la arregló?

Mi madre frunce el ceño y levanta las cejas, lo que supongo que es un no.

—Hace muchos años que no voy —me contesta—. La última vez que fuimos, antes de que tú nacieras, aún estaba arreglando la fuente. Es difícil hacer algo dos veces, ya sabes, y exactamente igual.

—Quizá no se puede —le digo.

—Quizá no. —Mi madre inclina la cara hacia el sol naranja—. No exactamente igual.

Giramos a la izquierda y andamos hasta llegar a la avenida 26 de Julio. Es una calle llena de coches y de bicicletas por la que pasan hombres con pan y paquetes en la cabeza. Pasamos por una tienda que en Manhattan habría llamado colmado, repleta de cajas de alimentos e hileras de refrescos alineados como soldados de juguete.

—¿Adónde vamos?

—Pensé que te gustaría ver el Nilo —me contesta mi madre.

Toco el trozo de baldosa.

—No; quiero decir, luego. ¿Por qué estamos viajando tanto? Dijiste que alguien nos esperaba, pero no sé dónde está.

—Está en un sitio donde puede ayudar —me contesta mi madre.

Pero estoy impaciente. Quiero saber lo que quería decir mi madre cuando le dijo a Abú Sayid: «Mejor que nadie se entere de quién nos está esperando». ¿Quién podría enterarse? ¿Quién nos está esperando?

Mi madre mira al frente, hacia las palmeras que ondean.

—Entiéndelo, *habibti*, por favor. Hay cosas que es más seguro que no sepas. Y no quiero que nos hagamos demasiadas ilusiones.

—¿Te refieres a las mías?

—A las tuyas también.

El agua se despliega ante nosotras, pero no me doy cuenta hasta que nos detenemos. Esperamos para cruzar a la otra acera de la carretera y observo el Nilo adquiriendo el color de los albaricoques a medida que el sol se pone.

—Te digo una cosa —prosigue mi madre—. Si nos separamos, utiliza el mapa. Verás lo que es importante, dónde está el camino. Acabaremos en el mismo sitio.

Sus palabras suenan como los acertijos de mi padre, y ahora el mundo es demasiado extraño y sin sentido para acertijos.

—Ese mapa es una tontería —le dijo cruzando los brazos por encima del cordón del colgante—. Ni siquiera hay nombres. Lo he visto.

Cruzamos la calle.

—Es peligroso que cualquiera pueda saber adónde vas en cada momento —me dice mi madre—. Y no parecías lo bastante fuerte.

—Uf.

Entre nosotras y el Nilo no hay nada: una extensión embarrada, gris verdosa y grande como el East River. El agua es del color de la espalda de un cocodrilo y pasa formando grandes remolinos y crestas talladas. El otro lado del río es una mancha borrosa de edificios de hormigón amarillos, vallas publicitarias rojas y luces que se encienden en rascacielos. Casi parece Nueva York. Casi.

—¿Cuántos kilómetros tenemos que hacer esta noche?

—En los tiempos de al-Idrisi se utilizaban más las leguas que los kilómetros —me dice mi madre—. *Farsaj*.

—Pero no estamos en los tiempos de al-Idrisi, y yo no soy Rawiya. Rawiya nunca tuvo que viajar en un autobús asfixiante.

Mi madre se ríe.

—Eres más Rawiya que nadie, creo.

El suelo zumba y vibra debajo de mis pies cuando pasa un camión. Me agacho y paso un dedo por los cordones de mis zapatillas y por la lengüeta que mi madre descosió para meter dinero, gruesos fajos de billetes, y volvió a coser. Cuando estábamos en Amán, no lo entendí. Ahora que estamos lejos, siento el peso de los billetes en las zapatillas. Me empujan hacia la acera. Si mis zapatillas están conectadas con el hormigón, y el hormigón se extiende sobre la tierra como masa en una sartén, mi historia puede atravesar mis huesos, las suelas de mis zapatillas y las calles hasta llegar a la tierra y al río. ¿Puede mi padre escuchar mi historia, nuestra historia, transportada por el barro del Nilo?

—Venga, vámonos —dice mi madre.

Volvemos a la estación. Cojo de la mano a mi madre.

—A papá debía de gustarle mucho la fuente de Ceuta —le digo—. Siempre le gustó la de Central Park. Era como si se convirtiera en otra persona.

A veces pillaba a mi padre contemplando el agua, como si esperara a que algo surgiera y saltara hacia él. Recuerdo lo que llevo en el bolsillo, la media piedra verde y púrpura envuelta en el pañuelo de Abú Sayid. ¿Puedo preguntárselo yo misma?

—Cuando nos conocimos, tu padre estaba perdido —me dice mi madre—. Estaba buscándose a sí mismo, pero para eso no hay mapas. —Sonríe y me pasa un dedo por la nariz. Lo aparto—. Te pareces mucho a él. Cuando te miro, lo veo a él.

—Pero no soy él.

—No —me contesta mi madre. Se calla un momento y desvía la mirada—. Lo siento.

Cuando era pequeña, me decía a mí misma que si alguien se llevaba a mi padre y fingía ser él, me daría cuenta por el color de su voz, por aquella mancha marrón. Me daría cuenta por el color de su olor, los círculos verde oscuro y gris que veía cuando le olía las muñecas. Pero ahora pienso que si los colores solo estaban en mí, ¿lo conocía a él?

—Si papá no tenía un mapa de sí mismo, ¿alguna vez vi quién era realmente? —le pregunto a mi madre.

—¿Sabes qué? —Mi madre extiende un brazo para tocar el colgante—. Los lugares más importantes de un mapa son aquellos en los que aún no hemos estado.

—¿Y eso qué significa?

—Tu padre encontró el mapa que estaba buscando —me contesta—. Eras tú.

Caminamos hasta la fachada de cristal de la estación de autobuses.

—¿Crees que hay algún lugar en el mundo que nadie ha pisado? —le pregunto.

—Creo que hay más que lugares a los que sí se ha llegado —me contesta mi madre.

El balanceo del autobús que va a Libia hace que vuelva a dormirme. Me quedo dormida apoyada en el hombro de Huda, escuchando a Yusuf y Sitt Shadid hablando en árabe en voz baja.

Me despierto de vez en cuando y no recuerdo en qué ciudad o país estoy. Me pregunto si ya hemos cruzado la frontera, sin saber a qué frontera me refiero.

Desde que la bomba cayó en nuestra casa, ya no sueño. A los sueños que tengo no quiero llamarlos sueños. En las horas de oscuridad desde que me duermo hasta que me despierto, no dejo de gritar, pero nadie me oye, ni siquiera yo me oigo.

Los zigzags rojos de los frenos del autobús me despiertan. ¿Sigue siendo hoy? Está oscuro, pero no como después de cenar. Más bien como antes de ir a trabajar, esa oscuridad en la que los barrenderos son los emperadores del barrio.

Me froto los ojos. El aire fresco se filtra por las ventanas rotas, agudo, amarillo y salado.

Mi madre me da un empujoncito.

—Estamos en Bengasi.

Al principio no la oigo.

—¿Dónde estamos?

—En Libia —dice Zahra sentada en su regazo, esperando a que pase la gente. No me mira—. En la costa este del golfo de Sidra.

Pero mi madre susurra un nombre de la historia que llevo en el corazón:

—Barnik.

TERCERA PARTE

LIBIA

Este dolor tiene mil caras,
este hambre, dos mil ojos. Amor mío,
somos poetas, no guerreros, e incluso las ramas
aprendieron un día a doblarse. Y así como toda la lluvia
procede del mar, nosotros somos las lenguas y los dedos del
Asi, y el río, nuestros huesos. Todas las venas corren con él, toda gota
de sangre es un lamento en la orilla. ¿Por qué se nos doblan las rodillas al llegar
al mar? ¿Por qué el arco de cualquier pie se convierte en un sable? ¿Correremos
siempre hacia brazos que no nos sostendrán, hacia voces que nunca dirán nuestro nombre? Porque todos los poetas saben que el mar nunca ha amado, amor
mío, y carga con el peso de nuestras lágrimas. Solo el desierto sabe lo que es el
amor. Solo el desierto se abre cuando llega la lluvia, inhala nuestro dolor y exhala acacias, tamariscos y flores. Solo el *wadi* sabe lo que es contener la respiración. Solo el *wadi* sabe lo que es llorar de alegría y decir: sí, aquí había muerte y
algún día volverá a haber muerte, y en medio risas y la acompasada respiración de
generaciones. ¿Cuánto tiempo debo contener la respiración? Soy las palabras en
la lengua de mi madre, soy el polvo de estrellas que se inhala, soy el pulmón
madre, la tierra madre. ¿El camino hacia el mar sin amor se dobla sobre
sí mismo? Me vestiré de negro hasta el día de mi muerte,
amor mío. Luego tu espíritu y el mío bailarán, y el útero
del viento nos inhalará. Ven y mira.
El *wadi* se hincha con risas
de exiliados que
regresan.

Mar de espadas y dientes

Al día siguiente, los almohades despertaron a Rawiya y a sus amigos antes del amanecer. Equiparon a los miembros de la expedición con armaduras de cuero, cotas de malla y puntiagudos cascos plateados. Los obligaron a ponerse sobre la armadura la túnica roja de los guerreros almohades. Mennad ordenó a Rawiya que llevara una lanza con la bandera roja, negra y blanca de los almohades clavada en el extremo superior. Mennad y sus hombres no pretendían matar a Rawiya y a sus amigos, sino incluirlos en sus filas. En la inminente batalla, el mortífero ejército fatimí se ocuparía de lo demás.

Los almohades no saquearon las alforjas de la expedición en busca de tesoros. Mennad, un líder experimentado y astuto, había dicho a sus hombres que les daría su parte después de la batalla. Aun así, los guerreros almohades se burlaban de los criados de la expedición y se jactaban de su suerte. Y aunque Rawiya había escondido la mitad de la piedra del ojo del ruc, temía lo que pasaría si Mennad descubría su poder para hablar con los muertos. Ibn Hakim, que era un insensato, había sospechado que la piedra era mágica, así que Mennad sería lo bastante astuto para darse cuenta de su gran valor. Rawiya temía que la piedra del ojo del ruc permitiera a Mennad convertirse en el dirigente más poderoso del Magreb, de modo que se metió la media piedra, del tamaño de una ciruela, entre los pliegues de la túnica.

El escudo rojo del sol se elevó por el este. Mennad estaba a cierta distancia de sus hombres, leyendo las notas de al-Idrisi.

—Siempre lleva el libro encima —dijo al-Idrisi—. No se lo podemos robar.

—No deberíamos tener que robar lo que es legítimamente nuestro —dijo Jaldún.

Pero agachó la cabeza, porque todos ellos sabían que el libro de al-Idrisi contenía información de todos los lugares que habían recorrido. Sin él, nunca terminarían el mapa del rey Roger y su misión.

Pero Rawiya, que había observado el paisaje mientras los almohades los conducían al golfo de Sidra y Barnik, temía otras cosas. Su padre le había contado historias sobre aquella tierra y sus bestias, y no las había olvidado.

—Deberíamos ser cautos con otros peligros —les dijo a sus amigos—. ¿Recordáis las historias sobre los ancestrales territorios de caza del ruc, que desde ash-Sham volvió a alimentarse a un valle con grandes serpientes?

Jaldún se llevó la mano a la empuñadura de la cimitarra.

—¿No querrás decir que es este?

Pero al-Idrisi había observado los arañazos en las puertas de El Cairo y las plumas blancas arrastradas por el viento, que parecían seguir a la expedición desde ash-Sham. Recordó que Rawiya había tenido razón respecto de las historias del ruc y se mordió la lengua.

Mientras daban vueltas a estas cosas, un guardia almohade corrió hasta Mennad con voz asustada.

—Señor —dijo el guardia—, nuestros exploradores han matado a una bestia cerca de aquí, una serpiente enorme.

Jaldún miró a Rawiya.

—El enemigo de mi enemigo —dijo.

Rawiya asintió. Un plan adquiría forma en su mente.

Los almohades montaron a los miembros de la expedición a caballo y los colocaron entre las filas de guerreros. Los arqueros ocuparon su lugar detrás de guerreros armados con cimitarras, lanzas y dagas.

El ejército almohade avanzó desde el desierto hacia la costa, con los miembros de la expedición cautivos entre sus filas. La estepa se cubría de enebro a la sombra del Yebel Ajdar, la montaña boscosa al este de Barnik. Los almohades vitorearon y cantaron que harían retroceder a los fatimíes, que pasarían una gruesa espada desde la estepa hasta el mar.

El ejército fatimí, con capas verdes, ascendía en el horizonte.

Mennad hizo una seña a sus hombres. Un gran grito ascendió entre las tropas, y los hombres blandieron las lanzas y alzaron los arcos. Mennad elevó el libro de al-Idrisi como si fuera un talismán. Y Rawiya, que sabía que tenían muy pocas posibilidades de salir de la batalla vivos y con el libro de al-Idrisi, sujetó con fuerza las riendas.

Los ejércitos avanzaron por la estepa. Los guerreros almohades empujaron a Rawiya, a sus amigos y a los criados de la expedición hacia el frente, y en sus oídos resonaron gritos de guerra.

Los caballos de los almohades, entrenados para la batalla, volaron por la estepa, y las túnicas rojas de los guerreros se elevaban con el viento. El muro de soldados fatimíes se alzaba sobre ellos como una ola verde, un mar de flechas y filos de espadas. Sus bramidos arrasaban la tierra.

Pero cuando Rawiya y sus amigos levantaron las espadas y las lanzas, un eco que parecía viento marino pasó entre ellos. Un tercer ejército avanzaba hacia ellos desde el norte, vestido con cotas de malla y acero, y sosteniendo el estandarte rojo y dorado de un león.

Era la bandera el rey Roger, los colores reales del reino normando de Sicilia.

Los almohades empezaron a susurrar y a llorar diciendo: «Los ejércitos sicilianos han entrado por la costa». Y maldecían su suerte.

Pero Mennad no iba a retirarse. Dio la vuelta a su caballo y levantó el libro de al-Idrisi.

—¡Somos la dinastía almohade y tenemos en nuestro poder los secretos de los espías fatimíes! —gritó—. ¡Lucharemos!

Rawiya vio que tenía espacio para pasar.

Se lanzó hacia delante girando la lanza, con el filo hacia delante. Su caballo atravesó filas de guerreros hasta llegar al claro en el que estaba Mennad.

Mennad la vio. Levantó su lanza y apuntó al pecho de Rawiya, que la esquivó inclinándose a un lado.

Rawiya apuntó a la túnica de Mennad con su lanza. Pero Mennad, cuya cicatriz en la cara era fruto de una herida que había sufrido luchando contra los fatimíes, se agachó y pasó el brazo alrededor del asta de la lanza. Echó su peso encima para levantarlo por el otro lado y tiró a Rawiya del caballo.

Rawiya cayó sobre el pecho, se quedó sin aliento y se impulsó hacia arriba con las palmas de las manos.

Mennad y sus hombres la rodearon. Los espadachines giraron sus espadas y desenvainaron las dagas. Las cimitarras brillaron. Los arqueros colocaron flechas en los arcos.

Mennad tiró la lanza de Rawiya, que repiqueteó contra el suelo.

—Levántate y lucha, muchacho —dijo Mennad sosteniendo la punta de la lanza en la garganta de Rawiya—, ¿o has perdido el valor?

Jaldún y al-Idrisi se abrieron paso en la estepa hacia ella, pero los guerreros los hicieron retroceder.

Rawiya sabía que no podría derrotar a Mennad sola. Al recoger su lanza, cogió la media piedra del ojo del ruc de los pliegues de su túnica. Pensó que si el poder de la piedra seguía siendo lo bastante fuerte, los muertos podrían susurrarle los puntos débiles de Mennad.

«Gorrioncito...»

En cuanto Rawiya tocó la piedra del ojo del ruc, el suelo retumbó y tembló.

Desde los acantilados arbolados se extendió un destello verde. Era una serpiente gigante, más rápida que el caballo más fuerte y diez veces más larga. La serpiente levantó la cabeza siseando y atrapó a varios guerreros almohades entre sus fauces.

Las ordenadas filas se dispersaron entre gritos ante la amenaza inminente.

—Las historias son ciertas —dijo Rawiya—. Los ancestrales territorios de caza del ruc. El valle de las serpientes. Existe.

Mennad dio la vuelta a su caballo, se alejó de la serpiente y presionó el libro de al-Idrisi contra su pecho. Un grupo de espadachines aprovechó la confusión para abalanzarse sobre Rawiya y sus amigos. Jaldún los detuvo con su cimitarra, y Rawiya derribó a un hombre de su silla con la empuñadura de la lanza. Rawiya agarró las riendas de su caballo —porque el animal estaba bien entrenado y no se había alejado mucho— y se subió.

Los gritos del ejército normando se acercaban. La sangre corría en surcos de polvo. Mennad escapó a la estepa flanqueado por guerreros. Rawiya hizo una seña a Jaldún y al-Idrisi, y detuvo una daga almohade con el asta de su lanza.

Rawiya, Jaldún y al-Idrisi dieron media vuelta y persiguieron a Mennad chillando como águilas. Irrumpieron en su círculo de guerreros. Mennad levantó la lanza, con el libro de al-Idrisi apretado contra las costillas.

El ejército normando descendía por los acantilados que se cernían sobre Barnik. Detrás de ellos, guerreros almohades y fatimíes gritaban aterrorizados mientras otro cuerpo verde se abría paso entre los ejércitos, lanzaba a hombres por los aires y se los tragaba.

Mennad esperaba en el claro con la lanza levantada. A su alrededor todo era un caos.

—¡Danos el libro! —le gritó Rawiya—. Es nuestro por derecho.

El sudor y la sangre corrían por la cara de Mennad.

—Pues venid a buscarlo —le contestó.

Rawiya alzó la lanza, y los guerreros de Mennad levantaron las espadas.

Una sombra pasó por encima de ellos. Una figura blanca planeó tapando el sol.

Al-Idrisi esbozó una sonrisa felina.

—Nuestra perdición o nuestra salvación —dijo protegiéndose los ojos con la mano.

En Bengasi, la ciudad que antes llamaban Barnik, el autobús retumba al pasar entre palmitos peludos y bloques de pisos enyesados. La ciudad se agrupa junto a la costa del golfo de Sidra, rodeada por la roja estepa. Mi madre dice que la meseta del este se llama Yebel Ajdar, que significa «Montaña Verde». Hasta yo lo sé.

El autobús gira a la derecha en una gran mezquita, y las ruedas despiden polvo y trozos de arcilla roja. Pasamos por un parque con mesas de merendero vacías y edificios con grafitis y banderas rojas, verdes y negras. El puerto vacío brilla en una zona en la que mi madre dice que solían atracar blancos cruceros. La ciudad es del color de los huevos teñidos, o al menos lo era. A unos edificios de oficinas de mediana altura pintados de verde pistacho, azul pastel, amarillo crema y rosa les faltan trozos de piedra. Ráfagas de balas han atravesado las barandillas de hierro forjado de los balcones hasta impactar en las paredes desconchadas de color peonía. En la calle, las persianas metálicas de las tiendas pintadas de color salvia están acribilladas a balazos.

Llegamos a la estación y estiramos las piernas. Los pasillos están impregnados de un fuerte olor a frenos marrón rojizo. Huda y yo saltamos del autobús. Mi hermana tropieza con los escalones y casi me tira al suelo.

Agarro a Huda del codo, aunque sé que no voy a poder evitar que se caiga.

—¿Estás bien?

—Un poco débil —me contesta.

Se dirige a un banco tambaleándose y se deja caer. Sitt Shadid le pasa un brazo por los hombros y le dice a mi madre: «Está muy caliente». Umm Yusuf se sienta al otro lado y deja que Huda se apoye en su hombro. Mi madre le presiona la frente con la mano.

—¿Huppy?

No me contesta. Las zapatillas de Huda no llegan al suelo. Me agacho y le ato los cordones sueltos de una zapatilla. Al mirar hacia arriba, los ojos de Huda se nublan, como si hubiera inhalado demasiado humo, como si estuviera atrapada debajo de algo muy pesado. Sitt Shadid la abanica, y Huda se pasa la lengua por los labios agrietados.

—¿Qué pasa? —pregunto.

—Solo que hace mucho calor —me contesta mi madre.

El marrón rosado de los labios de Huda se ha vuelto ceniciento, y la delicada piel por debajo de los ojos es ahora gris.

—¿Estás segura? —le pregunto a mi madre.

Mi madre me apoya la mano en la cabeza.

—Vete con Zahra a tomar el aire, y si encontráis una tienda abierta, comprad algo de comer —me dice hurgando en el bolso en busca de monedas. Me señala con el dedo—. Algo que nos dure, ¿vale? Tenemos mucho camino por delante, y nuestra familia no mendiga. Venga, marchaos ya las dos.

No quiero ir, pero Zahra tira de mí. Salimos de la estación y tragamos una bocanada de aire de mar. Por la carretera pasan coches cubiertos de polvo hasta las manijas. Los neumáticos lanzan tornados hacia el bordillo. Las aceras están cubiertas de una especie de trocitos de confeti metálicos, pero al coger uno veo que es un casquillo de bala.

Suelto el trozo de latón, que tintinea al tocar el suelo. Me limpio el hollín en los pantalones cortos. Levanto la cara, como si hubiera estado dormida mucho tiempo, y veo la ciudad como es: los pocos hombres que andan por las calles no están lanzando confeti. Caminan entre los casquillos de la muerte.

—Mamá dijo que cuando los rebeldes tomaron la ciudad, dispararon al aire para celebrarlo —me dice Zahra.

Muevo los pies intentando que mis zapatillas no toquen el metal, pero es imposible. Cada vez que golpeo un casquillo de latón es como si rozara a un tiburón.

—¿Y qué pasa cuando caen las balas? —le pregunto.

Para mi sorpresa, Zahra me coge de la mano. Su pulsera choca contra mi muñeca.

—Mejor que no estés aquí parada —me dice.

Pasamos entre los casquillos y llegamos a un trozo de acera despejada. El olor a hollín y a azufre da paso a la brisa del mar.

Toco la delicada pulsera de oro de Zahra.

—No sabía que te la regaló papá.

—Oh. —Zahra me suelta—. La verdad es que había olvidado que la llevaba puesta.

Doy una patada al aire y siento el hormigueo de los celos.

—Yo no tengo nada de papá.

—No es cierto —me dice Zahra.

—Fuiste tú la que dijo que ya no teníamos casa.

—¿Y a qué habitación iba papá cada noche a contar cuentos? —me grita Zahra—. ¿Lo cambiarías por una pulsera? —Se frota la cabeza—. No debería haberte dicho eso. Estos últimos meses he estado un poco perdida. La muerte de papá... fue como si cruzara un puente y no pudiera volver.

—No quiero cambiar.

—Pero no podemos seguir siendo las mismas sin él. —Zahra tira de mí—. Vamos. Quizá no volvamos a ser las mismas, ¿sabes?

Seguimos andando. Los toldos de las tiendas y la ropa tendida nos tapan el sol. Las azoteas de los edificios están cubiertas de antenas parabólicas. Los taxis salpican las calles. En el balcón de un bloque de pisos veo a una mujer con un caballete, extendiendo delicadamente acuarelas en un lienzo. Está pintando un paisaje urbano. Y me pregunto cuántas personas han creado cosas bonitas en esta ciudad, cuántas personas siguen creando cosas bonitas aun cuando la vida es muy dolorosa.

—¿Cuándo te la dio? —le pregunto.

—¿La pulsera? Fue mi regalo de cumpleaños el año pasado. —Zahra levanta el cuello hacia el sol. El gran horizonte brumoso se estremece en el calor—. Cuando murió, me sentía como si no tuviera a nadie. Como si estuviera sola.

¿Qué me dijo mi madre? «Encontró el mapa que estaba buscando.»

—Pero yo estaba siempre allí.

Zahra da una patada a una piedra.

—En eso me equivoqué.

Llegamos a una pasarela sobre un tramo de agua que conduce a más agua. Zahra y yo nos sentamos en el bordillo.

—¿Sabías que los beduinos llaman a este lugar *Bengasi rabayit al-thayih*? —Giro el borde afilado de una piedra entre el índice y el pulgar—. Significa «Bengasi recoge a los perdidos». Llegaban inmigrantes desde el Magreb occidental, desde al-Ándalus y desde todas partes.

Zahra cruza los tobillos en la espuma de polvo.

—Gente como nosotros.

Un coche sale de una calle detrás de nosotras. Me vuelvo. En la esquina, la fachada de una tienda está tan cubierta de caricaturas y de grafitis que no se entiende lo que pone.

Zahra se abraza las rodillas, y las lágrimas le empapan los vaqueros.

—Este verano me necesitabas, pero me escondí donde nadie me encontrara. —Sus zapatillas están cubiertas de mugre, y la cinta blanca de goma de la parte de abajo está negra—. Estoy triste por lo que te has perdido. Deberías haber visto las cosas que papá me enseñaba cuando era pequeña. Deberías haber visto Siria... como era antes. Comprábamos judías verdes frescas y hacíamos *loubieh bi zeit* y arroz. Sacábamos los platos y las sillas plegables al callejón, debajo del castaño. Muchas veces venía la abuela, clientes de mamá, todo el mundo. Eso era Siria para mí. Las judías verdes, las sillas plegables y el aceite en las manos de la gente.

Me tapo la cara con el brazo.

—Ahora ya no existe.

—Pero en nosotros sí. —Zahra se pasa el pulgar por el dorso de la mano como si estuviera extendiendo una mancha de aceite invisible—. La Siria que conocía está dentro de mí. Y supongo que de alguna forma también dentro de ti.

En la calle de detrás, dos hombres discuten en un dialecto que no entiendo. Giro la cabeza, apoyo la mejilla en el brazo y los diminutos pelos que me han salido este verano están húmedos. Miro fijamente la pulsera de Zahra.

—Ojalá supiera dónde.

—Algunos lugares son difíciles de encontrar —me dice Zahra.

El polvo se posa en los agujeros de sus vaqueros, y mi hermana da una patada a un casquillo de bala.

—Si sirve de algo, lo siento —me dice.

En el camino de vuelta, Zahra compra dátiles, albaricoques y pan. Me llega el olor marrón rojizo a frenos antes de ver la estación de autobuses.

Dentro, mi madre vuelve a tocar la frente a Huda, que tiene la cabeza apoyada en el hombro de mi madre, con los párpados cerrados y rojos. La cojo de la mano, que está caliente como una sartén en la cocina de gas que teníamos en Nueva York.

—Tiene mucha fiebre —dice.

Clavo los ojos en mi madre, que no me mira. ¿Por qué nos ha pedido a Zahra y a mí que nos marcháramos si Huda estaba enferma?

Huda arruga la nariz, dormida.

—Lo he dejado en la mesa —dice. Mi madre retira la mano, y la sombra de sus dedos hace que Huda abra los ojos. Abre los labios, y una pasta seca de saliva se le queda pegada a las comisuras de la boca—. El fattoush —sigue diciendo Huda—. He hecho un cuenco entero. ¿Dónde está?

—Estabas soñando, pequeña. —Umm Yusuf abre el bolso—. Tómate esto.

Saca dos pastillas de un frasco de plástico. Parece paracetamol, así que debe de ser algo para la fiebre. Huda intenta abrir una botella de agua. Umm Yusuf se la abre, y mi hermana bebe.

—¿Te encuentras mejor, *habibti*?

Mi madre le frota la espalda a Huda.

—Cuando las pastillas hagan efecto, buscaremos un coche —dice Umm Yusuf.

—No tenemos tiempo. —Mi madre tira de las mangas de su blusa, un gesto automático que solía hacer antes de que llegaran sus clientes—. En el autobús he oído a unas mujeres hablando. Aunque el Consejo Nacional de Transición gobierne el país, la guerra aún no ha acabado en Libia. La violencia y las armas están cruzando la frontera y extendiéndose por Argelia. Se rumorea que Argelia no tardará en cerrar la frontera con Libia. Quizá nos queden un par de días, no más. La única manera de cruzar Libia a tiempo es por el golfo de Sidra. No lograremos rodearlo.

Yusuf se acerca con las manos en los bolsillos y mirando al suelo.

—De aquí a Misurata, al otro lado del golfo, hay más de cien millas.

Mi miedo es un grupo de escarabajos escalando mis huesos.

—No quiero volver al mar.

—De todas formas no hay ferris —dice Zahra—. Al menos hasta que termine la guerra.

—No hay barcos de pasajeros. —Yusuf apoya los codos en el respaldo del banco y nos indica con un gesto que nos acerquemos—. Pero hay barcos de ayuda. Cruzan el golfo cada dos o tres días. Podríamos colaros...

—Por favor. —Umm Yusuf agarra el banco por detrás de los hombros de Huda—. Ya no hay ferris. Ya no hay oportunidades.

—Es exactamente lo que digo yo.

Mi madre mete un mechón de pelo de Huda por debajo del hiyab, se vuelve hacia Umm Yusuf y le habla en árabe. Observo su boca moviéndose, y cada palabra se ilumina igual que una bombilla.

—La guerra se extiende como el fuego por el golfo. Sirte está entre Bengasi y Misurata. Estará sitiada antes de una semana.

Umm Yusuf se inclina hacia mi madre.

—Conduciremos rápido. Evitaremos la guerra.

—No hay forma de evitarla —replica mi madre.

La última vez que mi madre se peleó con alguien fue las dos semanas antes de que mi padre muriera. La mayoría de las veces discutían en árabe, pero yo sabía que era por la quimioterapia. Mi padre ya había sufrido bastante, pero mi madre no estaba preparada para dejarlo marchar. Hay cosas que pueden decirse sin palabras.

Por la cara de Umm Yusuf, sé que no va a rendirse, pero mi madre está muy nerviosa.

—Las carreteras son peligrosas —dice.

Pienso en las calles de la ciudad, en los edificios acribillados, en que las alfombras de casquillos de balas rodarían y se dispersarían si hiciera mucho viento.

Pero Umm Yusuf levanta la mano.

—Se cuenta que han confundido barcos de ayuda con rebeldes —dice—. La guerra sigue siendo feroz desde Misurata hasta Trípoli. Os podrían disparar.

¿Disparar?

Las dos suspiran, se vuelven un instante y me miran. Por la cara que ponen, sé que creen que no lo he entendido. Creen que no sé lo que puede hacer un misil o un obús en la madera, el metal y la piedra. Creen que aún no puedo ver la altura de las olas del golfo de Aqaba si cierro los ojos.

Pero me palpita la parte superior de la cabeza, me tiemblan los dedos y cuento mentalmente las familias rotas que he visto. Cuento los padres desaparecidos y los hermanos enterrados, doy forma a los que se quedaron atrás y me pregunto cuántas veces tienes que perderlo todo antes de aceptar la nada.

Mi madre niega con la cabeza y dice:

—Donde no hay orden, la gente se aprovechará.

Umm Yusuf mira fijamente a Sitt Shadid.

—No voy a arriesgarme.

Zahra vuelve a tirar de sus pulgares.

—Si nos colamos en uno de esos barcos, ¿cuánto tiempo tendremos que estar escondidas?

—Deberíais llegar a Misurata ese mismo día —le contesta Yusuf—. Si os escondéis entre el cargamento, tenéis muchas posibilidades.

—¿Por qué dices «tenéis»? —Zahra se agarra un codo—. Vendréis con nosotras.

—Mi abuela no cruzará el mar —dice Yusuf. Sitt Shadid observa a su nieto hablando en inglés y entrecierra los ojos—.

No volverá a cruzar el mar en su vida. Dice que ya ha tenido bastante con perder a una persona. No quiere más muertos.

Zahra se frota los nudillos en el brazo.

—Por favor, no voy a... —Agacha la cabeza, y el pelo le cae sobre los botones de las mangas—. ¿No hemos perdido ya bastante?

Yusuf desvía la mirada. La piel de debajo de sus ojos está roja por la falta de sueño y la sal.

—No voy a abandonar a mi abuela. No me lo pidas.

Huda se estremece entre Umm Yusuf y mi madre, y apoya la cabeza en el brazo de mi madre.

—¿Y si cierran las fronteras? —Mi madre sujeta a Umm Yusuf por el hombro—. ¿Y si os desviáis cientos de kilómetros de vuestro camino y no podéis seguir?

—Ya veremos lo que nos depara el futuro. —Umm Yusuf coge de la mano a mi madre y acerca su frente a la de ella. La electricidad estática hace que el pelo de mi madre se pegue a los pliegues del pañuelo de Umm Yusuf—. *Maktub* —dice: «Está escrito»—. Tenemos que intentarlo.

No me doy cuenta de que he estado conteniendo la respiración hasta que empiezo a marearme. Me siento en el banco al lado de Huda. Las agitadas aguas del golfo me golpean el cráneo por dentro. ¿Está Abú Sayid esperándome en el agua verde?

Toco el pañuelo de Huda. Las pastillas de Umm Yusuf no deben de haber hecho efecto, porque el sudor de mi hermana convierte el polvo de mis dedos en una pasta.

Esa noche acampamos detrás de la terminal del ferry, ocultas por cajas de ayuda que se supone que cargarán en el barco. Mi madre da a Umm Yusuf unas monedas para ayudarles a pagar un sitio en el que pasar la noche. Luego nos despedimos de Umm Yusuf y de su familia y les deseamos suerte.

Mi madre extiende la alfombra sucia detrás de las cajas. Huda y ella duermen juntas, con los pies descalzos en el suelo. Zahra apoya la cabeza en una caja. Cuando veo a Yusuf, que vuelve corriendo, soy la única que sigue despierta detrás de la terminal del ferry. Llega como una sombra entre edificios, agachándose detrás de cajas.

—Has vuelto —le digo.

—Prometí que os ayudaría a subir al barco, y os ayudaré —me dice Yusuf.

Se sienta al lado de Zahra, que se apoya en su calidez sin abrir los ojos. Yusuf tensa los hombros y baja la voz. Intenta no despertarla.

—Tengo que pedirte perdón.

Agacho la cabeza, muevo los pies y cruzo las piernas.

—¿Por qué? —me pregunta Yusuf.

—Por haberme equivocado contigo.

Huda y mi madre roncan en la alfombra sucia. El fuego, el polvo y la suciedad han destrozado el estampado, que ya no se ve. Era muy bonita hace años, cuando mi abuela se la regaló a mi madre y ocupaba un puesto de honor en nuestra casa.

Me froto la cabeza, que raspa. Ahora yo tampoco estoy tan guapa.

—Pensé cosas malas sobre ti —le digo a Yusuf—. Pensé que eras como los otros hombres malos.

—¿Qué hombres malos?

—Los que atacaron a Huda —le contesto—. Los que le subieron la falda. Yo les di patadas, los arañé, mordí a uno de ellos y le hice sangre. Pero era muy pequeña para apartarlo. Siguió desabrochándose el cinturón.

Me arden los ojos como fuego húmedo y tengo la garganta ácida.

—Huda no dijo nada. —Yusuf me seca la cara con la manga—. Tus hermanas y tú habéis pasado por cosas por las que nadie debería pasar. No es posible pasar por todas estas cosas malas y seguir siendo el mismo.

—¿Cosas malas? —Resoplo—. Ni siquiera se pueden llamar cosas.

Yusuf saca la navaja y vuelve a abrirla y a cerrarla, como le vi hacer en Qasr Amra.

—Nos marchamos después de que mataran a mi padre cuando iba al trabajo —me dice—. Estaba a medio kilómetro de la oficina, y se acabó. La bomba cayó de repente.

—¿Le cayó encima?

Yusuf vuelve a abrir la navaja.

—Cayó en el edificio del otro lado de la calle. El suelo se hundió. Una piedra salió volando... —Chasquea la lengua y se golpea la sien con el índice—. Dicen que murió en el acto. Que no sufrió.

—Siempre lo dicen. —La noche se cierne sobre nosotros y me eriza el vello de los brazos—. Siempre dicen que no han sufrido y que ha sido rápido. Pero, como lo has visto, sabes que no es verdad.

—La gente dice muchas cosas para sentirse mejor.

Golpeo el duro hormigón. Huda y mi madre se revuelven en la alfombra, y dos palomas posadas en una caja se sobresaltan y alzan el vuelo arrullando. A lo lejos aparece un coche, y alguien dispara una ametralladora en la oscuridad.

—Seguro que volviste a la calle en la que sucedió —le digo.

—Fui antes de que nos marcháramos —me dice Yusuf—. Solía pasar por aquella esquina una vez por semana, al volver a casa, aunque tenía que desviarme.

—Es curioso.

—¿El qué?

—Que siempre volvemos —le digo—. Volvemos a los lugares de la muerte. Es como si un moribundo abriera una puerta y tuviéramos que ver lo que hay al otro lado.

—Quizá lo que no está es más importante que lo que está —me dice Yusuf.

—Quizá.

Cierra la navaja.

—Antes me gustaba conocer a gente y escuchar sus historias. Pero ahora me olvido de quién soy. —Me tiende la navaja—. Era de mi padre.

La cojo. Había un nombre tallado a mano en el mango de madera, pero con los años se ha desgastado tanto que ya no se lee. La navaja ha acumulado el calor de la mano de Yusuf.

—Es bonita —le digo.

—Es tuya.

—¿Qué?

En la oscuridad, no veo qué cara pone Yusuf.

—Nadie debería viajar sin una navaja en el bolsillo —me dice—. Quiero que tu familia y tú lleguéis a vuestro destino. Quiero que estéis a salvo.

—Gracias. —Pienso: «¿Volveremos a estar a salvo alguna vez?». Me meto la navaja en el bolsillo izquierdo porque en el derecho tengo la media piedra verde y púrpura—. A veces siento que todas las personas a las que he conocido siguen conmigo. Como si estuvieran a la vuelta de la esquina y fueran a asomar en cualquier momento.

—Suena bien.

—Sabes que no. —El mar se arruga como una bayeta—. ¿Alguna vez dejo de sentir que la tierra es un gran nervio? ¿Que, pises donde pises, los muertos lo sienten?

En el puerto, el agua cruje y explota, gris y negra, como una persona que masticara hielo.

—No sé si alguna vez deja de doler —me dice Yusuf.

Da unos golpecitos en el suelo junto a él, me siento donde me indica y apoyo la cabeza en su hombro. Nos quedamos así, Zahra apoyada en él por un lado y yo por el otro, hasta que las palomas dejan de arrullar. Me quedo dormida.

Sueño que estoy flotando en el mar Rojo. Me sumerjo y busco a Abú Sayid. Está en algún punto de aquel verde alga, pero no lo encuentro. Sigo buscando. Me pican los ojos por el agua salada, hasta que me arde y me tiembla el pecho, y tengo que subir a respirar.

Cojo aire y empiezo a pensar que quizá me equivocaba, y no solo sobre Yusuf. Quizá me equivocaba sobre Homs y Siria, y también sobre Nueva York. Quizá mi hogar nunca ha estado donde creía que estaba.

El agua es negra ónix. Estoy en la oscuridad, con las estrellas por encima de mí y el sol adentrándose en el mar verde. Recuerdo el olivar a las afueras de Homs, las hojas como palillos verdes y plateados. Recuerdo el olor de la higuera, el aceite púrpura en las raíces y el mosto de la corteza sudorosa.

¿Habrían sido diferentes las cosas si no hubiera contado mi historia solo a la tierra? ¿Si hubiera contado mi historia en la carretera, en el autobús, en la carnicería, al viejo que contaba historias, a la chica que tocaba el oboe y se limpiaba la sangre de las manos, al hombre con una sola pierna que antes jugaba al fútbol...? Si les hubiera contado mi historia, ¿sabría ahora contármela a mí misma?

Y entonces empiezo a pensar en Dios. Me pregunto cómo es posible que Dios no esté decepcionado por las cosas terribles que suceden en el mundo. Si él (o ella o ellos) nos ve a todos, ¿cómo es posible que Dios no esté tan triste que no pueda seguir mirando? Si la vida es un telediario largo, ¿por qué sigue leyendo los titulares?

¿Por qué Dios no desvía la mirada?

Mi madre dice que Dios lo siente todo. Pero ¿cómo soporta todas esas cosas horribles, todos los arañazos en las rodillas, todas las casas que explotan? A los hombres malos que levantan la falda a una chica. El ruido de una hebilla en la acera. Ahogarse con los bolsillos llenos de piedras. El grito rojo de las bombas. Mochilas de plástico debajo de los ladrillos. Marcharse sin despedirse. Balas que se introducen en huesos. Edificios rotos, cuerpos rotos, lenguas rotas. El tremendo peso de todo.

¿Puede algo ser demasiado triste para Dios? Quizá Dios puede soportarlo todo, pero no sé si yo puedo. El mundo es una piedra dentro de mí, que acumula el peso de la voz de mi padre, la vieja torre del reloj y el hombre que vendía té en la calle. Quiero creer que las cosas van a ir mejor, pero no tengo palabras para decir cómo.

Entonces me imagino un gran corazón debajo de todo, latiendo bajo el peso de esperar algo mejor. Me imagino ese gran corazón debajo del mar, bombeando compasión como si fuera sangre espesa y expulsando la ira y el dolor.

El corazón calienta el agua. Me levanta como una semilla de mostaza en la boca profunda de una ballena. El agua sangra en negro debajo de mí, y Dios sonríe a través de las grietas de las cosas rotas. Soy un trocito de porcelana. Soy un diente perdido. Soy un pedazo de lapislázuli.

Llega la mañana. Yusuf mira la oscuridad. Me aferro a esa inmensidad, a esa gran bondad. Mantengo los ojos cerrados e imagino que sigo siendo esa piedrecita azul dormida en la tierra, esperando a que Dios me limpie la sal de la piel.

La profundidad verde

El vientre blanco de un gran pájaro pasó por encima de sus cabezas, con sus garras plateadas brillando amenazantes. Pero Rawiya, Jaldún y al-Idrisi estaban rodeados por Mennad y sus hombres, que se mantenían firmes. No podían echar a correr.

Mennad levantó el libro de notas y mapas de al-Idrisi.

—Tendréis que arrancármelo de las manos.

El gran pájaro planeó por encima de ellos, atraído por el olor a sangre del campo de batalla.

Mennad no le hizo caso.

—Con esta información sobre nuestros enemigos —siguió diciendo—, sus puestos de avanzada y sus rutas comerciales, liberaremos el Magreb de los almorávides y los normandos. ¿Os imagináis cuántos años llevo esperando a que mi pueblo se rebele? —Su voz se espesó con un antiguo dolor que le cruzó el rostro como una sombra—. Prefiero ver el libro quemado que en manos de otra persona.

Pero mientras hablaba, un rugido se elevó desde la tierra, que escupió al aire copos de arcilla roja y polvo.

—¡Cuidado!

Rawiya tiró de las riendas del caballo de Jaldún. La tierra se hundió donde había estado parado. Las piedras se deslizaron en la cavidad y al final se abrió un agujero que arrastró arena y raíces de arbustos. El pozo no tardó en tragarse arbustos de enebro y roca. El enorme agujero se convirtió en una cueva que expulsaba vapor y siseaba.

Los hombres de Mennad susurraban y temblaban sujetando las riendas de sus aterrorizados caballos.

Del agujero asomó una enorme serpiente esmeralda retorciéndose, con el cuerpo del grosor de un tronco de palmera. Las escamas eran espejos con joyas, y los ojos, esferas de ámbar. Alzó la cabeza y salió de la tierra sacudiéndose la arena. Sacó la lengua rosa y se retorció como una anguila.

—No os mováis —susurró Rawiya.

Uno de los hombres de Mennad se separó del círculo, pero la serpiente era muy rápida. Se lanzó a su cabeza, levantó al hombre de la silla y se lo tragó entero. Luego avanzó entre lo que quedaba de las tropas almohades dispersando y chamuscando a los hombres con veneno ácido.

—¡Los ejércitos! —gritó Jaldún.

Los tres ejércitos estaban retirándose. Decenas de serpientes gigantes salieron de la tierra, y el gran pájaro blanco se abalanzó sobre ellas y se llevó guerreros y serpientes entre las garras. Los fatimíes y los almohades se espantaron y los caballos relincharon. Las tropas huyeron en todas direcciones y corrieron hacia la estepa o hacia Yebel Ajdar. Los normandos retrocedieron hacia Barnik, donde los esperaba un barco.

—No perdamos de vista al ejército de Roger —dijo al-Idrisi, que sabía que si no recuperaban su libro y subían al barco normando, nunca cruzarían el territorio almohade hacia los puestos avanzados normandos de Ifriqiya.

Mennad era un guerrero valiente, pero no era tonto. Mientras la serpiente arrasaba al ejército almohade y ahuyentaba a sus hombres, se metió el libro de al-Idrisi debajo de la túnica, dio la vuelta a su caballo y escapó por la estepa.

Rawiya se volvió y lo persiguió. Su túnica roja se desplegaba al viento.

Se produjo un destello verde. Una serpiente gigante, con el vientre blanco desenrollándose como una cuerda, giró hacia Mennad y se abalanzó sobre él.

Mennad alzó la espada contra los colmillos. La serpiente siseó y babeó veneno, que quemó el suelo. Retrocedió, se abalanzó de nuevo y le arañó un brazo con un colmillo del tamaño de una daga.

Mennad soltó un grito y se tambaleó en la silla agarrándose el brazo herido. La serpiente se enroscó alrededor de él sin dejarle escapatoria.

—¡Ayudadme! —gritó Mennad a Rawiya y sus amigos—. Os lo suplico.

—Te ayudaremos si nos das lo que es nuestro y nos dejas en libertad —le dijo Rawiya—. El libro es nuestro.

—Sois libres. —Mennad pasó su lanza al brazo bueno—. Pero el libro es mío.

Mennad lanzó a la serpiente su espada, que rebotó en las duras escamas. La serpiente adelantó el cuello con las fauces abiertas. Mennad se agachó, pero la serpiente casi lo derribó de la silla. Pasó un brazo alrededor del cuello de su caballo y se incorporó. Tenía la manga de la túnica manchada de sangre.

—¡Devuélvenos lo que es legítimamente nuestro y con mucho gusto te ayudaremos! —le gritó Rawiya.

—¡No seas tonto! —le gritó al-Idrisi.

Pero Mennad había pasado media vida luchando por su pueblo y había dedicado meses a buscar aquel libro de secretos fatimíes. No tenía intención de rendirse.

La serpiente se tensó alrededor de él y esperó para atacar porque su presa estaba casi sin fuerzas.

Mennad arremetió una vez más con la lanza apuntando a las fauces abiertas de la serpiente. Pero la bestia lanzó un chorro de veneno, apretó la lanza con la mandíbula, giró su gran cuello, aplastó el arma y se la arrancó de las manos.

El chorro de veneno ácido dio a Mennad en la cara, lo que hizo más profunda su antigua cicatriz. Gritó y se desplomó sobre el cuello de su caballo. La serpiente siseó, escupió la lanza rota y volvió a levantarse.

Mennad, sabiendo que estaba perdido, metió la mano en la túnica.

—Sois libres —dijo—. Os doy mi palabra.

Y lanzó a al-Idrisi el libro de cuero.

Mientras al-Idrisi lo cogía, el destello llamó la atención de la serpiente. Saltó hacia Jaldún, que era el que estaba más cerca. Jaldún se apresuró a bloquear los colmillos de la serpiente con su cimitarra.

—¡Jaldún!

Rawiya colocó una piedra en la honda y la lanzó. Dio a la serpiente en el cuello y rebotó en las escamas. Rawiya maldijo.

La serpiente retrocedió y volvió a abalanzarse, esta vez sobre al-Idrisi.

—¡Utilice esto!

Rawiya le tiró su lanza. Al-Idrisi la introdujo en la boca de la serpiente, que chilló y, con los colmillos goteando sangre, volvió a abalanzarse.

Al-Idrisi bloqueó a la serpiente con su escudo almohade y luego lo dejó caer al suelo. El veneno quemó el metal, que chisporroteó y echó humo hasta agujerearse.

A Rawiya solo le quedaba una piedra en la bolsa. Se colocó delante de sus amigos, metió la piedra en la honda, entornó los ojos al sol y soltó el aire de los pulmones.

La serpiente retrocedió ante esta nueva amenaza y abrió las fauces.

Rawiya lanzó la piedra, que golpeó a la serpiente en la parte de atrás del cuello y provocó una explosión de sangre. La bestia gritó como un trueno. Su enorme cuerpo se quedó suspendido en el aire, se le nublaron los ojos y al final cayó.

Al desplomarse partió arbustos y enebros, e hizo temblar el suelo.

Mennad, que era un hombre de palabra, lo había observado todo desde su silla de montar, sangrando. Levantó la mano hacia Rawiya, Jaldún y al-Idrisi. Tenía veneno y sangre en la cara y las palmas de las manos.

Poco después, el caballo de Mennad cojeaba detrás de sus hombres. A lo lejos, las grandes serpientes perseguían a los últimos guerreros almohades y fatimíes en la estepa.

Al-Idrisi arrojó la lanza almohade, pegajosa de arena y sangre.

—No es la última batalla que voy a ver, supongo —dijo—, aunque ojalá lo fuera.

Mientras luchaban contra las serpientes gigantes, las fuerzas normandas se retiraban hacia Barnik y la costa del golfo de Sidra, donde estaba el puerto. Rawiya hizo una seña a sus amigos y dio la vuelta a su caballo hacia los jinetes, que no eran más que puntos del tamaño de perlas en la lejanía. Al-Idrisi llamó a los criados, que los siguieron.

La expedición se dirigió hacia la delgada línea de hombres del rey Roger. Los cascos de los caballos levantaban polvo rojo, y al fondo brillaba el golfo en tonos violetas.

Rawiya había visto al gran pájaro blanco llevándose a decenas de hombres en las garras, pero la bestia aún no estaba satisfecha. Planeaba sobre el campo de batalla, de un extremo al otro, buscando.

En realidad, al pájaro monstruoso no le interesaban lo más mínimo Mennad y sus hombres. Había visto el destello de una piedra en una honda, y si no le fallaba la memoria, sabía muy bien de quién era aquella honda.

Mientras los miembros de la expedición huía por la estepa, el enorme pájaro planeó por encima de ellos. Al alcanzarlos, giró y dejó al descubierto un lado de su cara y después el otro.

Primero vieron el ojo que le quedaba, de un amarillo claro y más grande que un puño. Luego el pájaro se volvió y Rawiya vio la cicatriz. Donde debería haber estado el otro ojo había un gran corte cerrado, una cicatriz rosa y sin plumas blancas.

La bestia tuerta batió las alas y se elevó preparándose para lanzarse en picado. A Rawiya se le encogió el estómago al recordar que el ruc tuerto había prometido vengarse de la expedición antes de huir de ash-Sham.

—¡Separaos! —gritó espoleando a su caballo mientras el ruc caía hacia ellos—. No podrá perseguirnos a todos.

Se separaron zigzagueando, y al-Idrisi se alejó de Jaldún y Rawiya. Giraron a derecha e izquierda esquivando el pico del ruc.

Apareció la costa, la roja estepa fundiéndose en la blanca arena. El ruc tuerto chilló al ver el agua. Se giró y trazó un círculo batiendo las alas, lo que dio a la expedición un respiro momentáneo.

Los normandos se preparaban para subir el ancla y zarpar. Pero al ver las cotas de malla y las túnicas almohades de la expedición, gritaron y alzaron las espadas. Como los sicilianos normandos y los almohades eran acérrimos enemigos, no estaban dispuestos a escuchar las explicaciones de al-Idrisi. Enseguida rodearon a los miembros de la expedición.

Un normando se adelantó con el escudo de la corte del rey Roger, de color rubí y con el símbolo de un león dorado con las patas delanteras levantadas. El normando desenvainó su espada.

—Vuestras últimas palabras antes de volver al polvo —dijo.

Pero al-Idrisi sacó del morral su libro de notas. Cortó el polvoriento envoltorio de cuero con su daga y levantó la cubierta.

Los normandos se quedaron boquiabiertos y dieron un paso atrás. Bajo el envoltorio de cuero, la cubierta del libro de al-Idrisi estaba grabada en rojo magenta, un color que solo utilizaba el monarca siciliano. Llevaba el sello personal del rey Roger, el mismo que Rawiya había visto en su manto cuando los había recibido en Palermo: un camello y un león dorado, con rosetas rojas que indicaban las estrellas de la constelación Leo, el símbolo del poder del rey Roger. Los normandos no tuvieron que leer la inscripción en árabe para saber que habían hecho ese libro en el taller real y que su portador estaba bajo la protección del rey Roger.

El guerrero normando inclinó la barbilla y se tocó la frente.

—Señor, ¿tiene un mensaje para el rey? —le preguntó.

Al-Idrisi se levantó el casco.

—Solo quiero transmitirle las maravillas que Dios creó con sus manos.

—¡Es el cartógrafo, el amigo del rey Roger!

—El mismo —dijo al-Idrisi—. Y mis criados... No, ya no son mis criados ni mis aprendices. Son mis amigos: Jaldún, el poeta de Bilad ash-Sham, y el joven guerrero Rami.

Les habló brevemente de su misión: cartografiar los territorios de Anatolia, Bilad ash-Sham y el este del Magreb. Al oeste del golfo de Sidra, donde se encontraban, estaban los puestos avanzados del rey Roger en Ifriqiya, un territorio bien cartografiado.

Al-Idrisi levantó el libro con el león del rey Roger en relieve.

—Tenemos todo lo que necesitamos para completar nuestra misión.

El normando se inclinó.

—Los siervos del rey estamos a su servicio —le dijo.

Los miembros de la expedición subieron al barco con los normandos. El ruc tuerto volvió a sobrevolar en círculos. El gran monstruo se elevó hacia el sol, y el batir de sus alas hizo que el barco se inclinara.

El ancla gimió en las profundidades y estalló en la superficie del agua. Las velas se hincharon y llevaron el barco a mar abierto. El barco era sólido y rápido, y estaba listo para navegar, ya que hacía unas semanas había llevado refuerzos y suministros de Palermo a Ifriqiya.

—Nos ordenaron esperar en Barnik —dijo el normando—, y si podíamos, trasladarles a usted y a sus hombres a Palermo.

Rawiya miró fijamente la costa. El ruc tuerto se acercaba al barco con algo entre las garras: una roca del tamaño de un camello. Chilló rabioso.

—¡Girad a estribor! —gritó al-Idrisi.

El barco se desplazó hacia un lado. El ruc tuerto se colocó por encima de ellos y soltó la piedra, que cayó a unos centímetros del barco.

Jaldún se agarró a la barandilla con expresión asustada.

—Estaremos todos muertos mucho antes de llegar a Palermo.

El ruc volvió a alejarse, cogió otra piedra de la costa y batió con fuerza las alas para levantarla.

—¡Volvamos al puerto! —gritó al-Idrisi.

El barco surcó las olas mientras el ruc soltaba la piedra, que rozó la nave, destrozó la barandilla y por muy poco no impactó contra la cubierta. Los marineros normandos se dispersaron. La piedra cayó en las profundidades verdes con un terrible chapoteo, batió el mar y dejó a todos los tripulantes tirados por la cubierta.

Mientras el ruc tuerto se alejaba del barco, vio a Rawiya con su único ojo.

Rawiya metió la mano en la bolsa de piedras. Estaba vacía. Pero entre los pliegues de su túnica se hallaba la media piedra del ojo del ruc, envuelta en un trozo de tela. Rawiya pasó los dedos por encima. El calor de la piedra palpitó en la palma de su mano.

Cuando yo tenía siete años, mi padre me llevó por primera vez al tiovivo de Central Park. Mi abuela acababa de morir, y mi padre no me dijo adónde íbamos. Me dijo que era una sorpresa.

Recuerdo que salimos dando tumbos. La música era rayos de sol y cintas rosas, y los caballitos giraban. Era mágico.

Nos quedamos hasta después del anochecer. Paseamos mordisqueando lo poco que quedaba de nuestros cucuruchos. Estaba tan oscuro que no veía mi mano delante de la nariz. Mi padre me dijo que aún no quería volver a casa. Yo tampoco.

No soportaba la idea de volver a casa, donde las viejas cartas de mi abuela se apilaban en los cajones de mi cómoda. No soportaba pensar que no volvería a escribirme, que me tumbaría en la cama con las piernas apoyadas en la pared y esperaría una llamada de teléfono que nunca llegaría.

Así que me chupé los dedos y corrí hacia los árboles. Y entre los árboles me quedé en silencio, ni siquiera respiraba, esperando a que mi padre me encontrara. Pero mi padre estaba muy lejos, y yo era muy pequeña, y me había escondido muy bien.

Mi padre me buscaba por todas partes y yo me reía entre dientes. Pero de repente dejó de buscar, volvió al camino y me llamó. Lo oí llamándome mucho rato. Luego avanzó hasta una farola, apoyó la cara en las manos y lloró. Se inclinó y derramó lágrimas como una fuente rota mientras yo seguía entre los arbustos.

Pero yo no salí ni me moví, no sé por qué. Sabía que debería haber salido, que mi padre estaba triste, que temía haberme perdido. Pero me quedé allí. Creo que una parte de mí quería quedarse allí, bajo la papelera invertida de la oscuridad, entre etiquetas, latas de cerveza y hojas secas, sintiéndome pequeña, asustada y al mismo tiempo sagrada. Ver a mi padre con la cara entre las manos era algo nuevo para mí. Era un aspecto de él que nunca había visto. Ya no era mi padre. Era simplemente una persona perdida y encorvada, como cualquier otra.

Y por un momento recordé dónde estaba, aunque no me veía las manos ni los pies. Me había convertido en la oscuridad y en los arbustos, y mi cuerpo se había esfumado. Mi yo había desaparecido. Y por un minuto me gustó.

Me siento así ahora, viendo salir el sol por encima de Bengasi de espaldas al puerto, aún oscuro, y esperando a ver mis manos y mis piernas. Huda y mi madre duermen acurrucadas en la alfombra. Zahra y yo estamos pegadas a las costillas de Yusuf. Tengo su navaja en un bolsillo y la media piedra en el otro.

Yusuf se estira cuando aún está oscuro, después de que el cielo se haya puesto gris, pero antes de que el sol haya apagado las estrellas. Zahra apoya la frente en la barriga de Yusuf y lo agarra por los codos. Él se aparta con un círculo mojado en la camiseta gris, como si su ser estuviera filtrándosele por el ombligo.

—No puedo explicarlo en inglés —dice.

Zahra lo suelta.

—Yo tampoco.

Veo a Yusuf escabullirse del puerto y desaparecer girando una esquina a la que acaba de llegar un grupo de trabajadores de la construcción. La sombra de Zahra se estremece en las cajas de cargamento.

—Ese juego de los niveles... —me dice Zahra.

—¿Sí?

—¿Hay niveles debajo de este? —Arrastra los dedos por el hormigón—. ¿Hay niveles con cosas reales, con cosas felices? ¿O el camino está interrumpido?

La luz alcanza mis piernas extendidas, mis zapatillas roídas y mis rodillas huesudas. ¿Hubo un tiempo en que las cosas eran diferentes? ¿Estuve alguna vez tumbada en mi cama, con las piernas pegadas a la pared?

Respiro y siento en la boca pinchazos amarillos de sal.

—No lo sé.

Los trabajadores del ferry llegan cuando acaba de amanecer. Un hombre abre la pasarela y otro se bebe un café. Caminan por el muelle y revisan las cajas de cargamento silbando.

Zahra sacude a mi madre para que se despierte y toca a Huda en el brazo, pero Huda no se mueve. En la alfombra, debajo de su mejilla, hay manchas rojas pegajosas.

—¿Huda? —La voz de mi madre es rugosa como el polvo de mármol, y su blusa sudada huele a sopa de pollo. Prolonga las vocales como en una canción triste—. *Habibti?*

Pero Huda no contesta. Mi madre le toca la frente y retira inmediatamente la mano, igual que si se hubiera quemado. A la luz, la cara de Huda parece muy delgada, como si hubiera perdido toda la sustancia. Tiene las muñecas esqueléticas y las costillas se le marcan en la camisa. ¿Cómo es posible que nadie supiera que la fiebre se la comería por dentro?

—No va a despertarse.

Zahra levanta la voz, y mi madre se agarra un brazo. Nos quedamos inmóviles. Los trabajadores del barco pasan y al momento ya no los oímos.

Empiezo a asustarme.

—Mamá —susurro—. ¿Qué pasa?

—Tiene mucha fiebre. —Mi madre parece muy nerviosa, perdida. Empieza a hablar en árabe y mueve las manos por encima de la cara de Huda—. La herida debe de haberse infectado. *Ya Rabb* —susurra. «Oh, Señor.»

Voces de color marrón chocolate y gris se deslizan por el puerto. Son voces masculinas. Echo un vistazo desde detrás de las cajas. Dos hombres que parecen vestidos con uniforme vienen hacia nosotras, con escopetas colgadas al hombro como mochilas. No parecen policías, porque mueven los ojos nerviosos y llevan pantalones raídos, pero supongo que lo son. Recuerdo lo que me contó Zahra sobre los rebeldes que disparaban al aire.

—Mierda —dice Zahra.

Y jamás de los jamases dice palabrotas delante de mi madre.

—No digas palabrotas.

Mi madre se vuelve hacia mí, y su cara es un mapa del miedo.

—¿Mamá?

—Ven. —Mi madre saca la bolsa de plástico de los albaricoques que compramos ayer. Mete el mapa y hace un nudo en la bolsa, lo que crea una especie de burbuja. Luego mete la burbuja en la bolsa de arpillera—. Impermeable —dice sonriendo.

Me pasa la correa de la bolsa alrededor del pecho, como una mochila improvisada.

La miro.

—¿Qué haces?

—No la pierdas —me dice—. Llevas toda la comida que nos queda y algo de dinero. Y el mapa. —Me coge de las dos manos con los ojos brillantes—. No lo olvides, *habibti*. Utiliza el mapa. Recuerda lo que es importante.

—Pero vas a venir con nosotras.

—No. —Mi madre junta mis dos manos entre las suyas—. Tu hermana necesita un hospital.

—Pero los hospitales están abarrotados por la guerra —susurra Zahra—. Yusuf dijo que están quedándose sin material, que no hay suficientes médicos...

—Escuchadme. —Mi madre apoya una mano en mi cara y la otra en el brazo de Zahra—. Agachaos detrás de estas cajas, corred directas al barco y escondeos debajo de la cubierta. ¿Me oís?

Zahra le agarra los dedos.

—Mamá, no puedes abandonarnos.

—No podemos arriesgarnos. —La voz de mi madre es aguda—. En cualquier momento Argelia cerrará la frontera con Libia. Salid de aquí. Os encontraré.

Algo entre nosotras se eleva y se rompe, algo suave y viejo, como cuando aguantas mucho rato la respiración. Mi madre sonríe. La baldosa azul y blanca está caliente en mi pecho. Los ojos de mi madre son castaños oscuros con manchitas ámbar, y en ellos subyace cierta calma. Me pregunto por qué no lo he visto antes. Me pregunto si será la última vez que lo vea.

Los dos hombres pasan tocando las escopetas.

—Pero mamá... —Me pongo de pie y tropiezo con un casquillo de bala—. ¿Cómo vamos a encontrarte?

—El mapa, *habibti*. —Mi madre me aprieta el brazo y sigue hablando en voz baja—. Utiliza el mapa.

Aguantamos la respiración. Los hombres se detienen y se quedan delante de las cajas con las piernas abiertas. Uno de ellos se rasca un tobillo con la suela de la bota del otro pie. Apenas vemos nada, solo el dobladillo de sus pantalones.

Cierro los ojos. El tiempo se detiene. El aire se detiene.

Luego oigo el chasquido de un mechero y el chisporroteo de un cigarrillo. Uno de los hombres se ríe y se alejan de nuevo. Soltamos el aire cuando pasan de largo hablando. El dulce olor a humo de cigarrillo se me pega a los pelillos de la nariz.

Mi madre flexiona las rodillas e intenta levantar a Huda.

—*Yalla* —susurra—. Marchaos.

Mi madre se aleja a toda prisa de las cajas con Huda en brazos. Y por un segundo el mundo se queda colgado, suspendido. La falda de mi madre revolotea detrás de ella, la azul marino que llevaba puesta la noche de la cena con Abú Sayid, cuando nuestra casa se desplomó. Congelo la imagen en mi mente: mi madre cargando con Huda, sus zapatos torcidos repiqueteando, los clavos de los tacones golpeando los adoquines. Su perfume a madera suspendido en el aire.

Zahra me coge de la mano y nos dirigimos al barco escondiéndonos detrás de las cajas. Los hombres no se vuelven, se limitan a dar otra calada al cigarrillo. Miro hacia atrás mientras mi madre y Huda desaparecen de mi vista, su pantorrilla y el tacón de su zapato se desvanecen en una esquina.

Zahra me aprieta el brazo con tanta fuerza que me hace daño. Subimos por la rampa de puntillas, corremos por la cubierta y luego bajamos unos escalones y nos introducimos en la oscuridad, lejos de las voces de los trabajadores del barco.

Acabamos en la bodega, con el techo bajo sobre nuestras cabezas y el espacio lleno de cajas. Nos metemos en un cuadrado de un metro, lo más al fondo que podemos, y nos agachamos entre cajas. La única luz del amanecer entra por una grieta del suelo de la cubierta. Me quito la mochila improvisada y sujeto entre las manos la áspera arpillera.

No hablamos. El barco gime. Los trabajadores gritan. Las cajas chirrían. El suelo se mueve. Todos los sonidos son pasos en los escalones en dirección a la bodega. Todas las voces son de alguien que nos está buscando, alguien que robaría un par de refrescos de un colmado si nadie estuviera mirando.

Parece que pasa una eternidad hasta que retiran la rampa. El barco se adentra en el mar tambaleándose y tocando la sirena. Abro la mochila de arpillera, desenrollo el mapa de mi madre, y las lágrimas y los mocos arrugan las esquinas.

Ojalá Huda estuviera con nosotras, ojalá la oyera gritándome: «¡*Ya* Nouri!» Quisiera que estuviera aquí mi padre. Abú Sayid. Mi madre. Me meto una mano en el bolsillo y me topo con la navaja de Yusuf, sucia, aún húmeda del frío de la noche. ¿Alguna vez he querido tener un hermano mayor?

Las palabras de mi madre resuenan en mi cabeza: «No lo olvides».

El mapa tiene una gruesa capa de pintura acrílica, igual que si fuera un objeto real, una escultura o un molde. Pesa como dos o tres lienzos, y en lugar de nombres hay colores, pequeños pegotes de pintura. Observo las pinceladas de mi madre bajo el único rayo de luz.

Zahra se acerca a mí arrastrándose en la oscuridad. Las cosas se mueven y las olas nos mecen. La luz se mezcla con el polvo.

—Nunca había visto un mapa así —me dice.

—Yo tampoco.

Miro el mapa hasta que los colores se difuminan. Una pequeña franja de luz se clava en ellos. Paso las manos por los bordes de los colores. Siento una especie de tristeza absoluta, como si me agarrara al extremo deshilachado de una cuerda.

Giro el mapa y luego le doy la vuelta, como hizo al-Idrisi con el suyo. Coloco el sur arriba. Encima de cada país, de cada mar, de cada océano y de cada desierto hay una hilera de colores.

Es el juego de los colores.

—Mis colores. —Siento un hormigueo subiéndome desde la parte de abajo de la columna vertebral. Todos mis huesos se convierten en nudos—. Es un código. Mamá codificó el mapa con mis colores.

Cada bloque de color corresponde a una letra, como solía preguntarme mi madre: marrón para la H, rojo para la S. Ahora todo encaja, igual que si metiera una llave en una cerradura: el juego al que solía jugar mi madre, en que tenía que preguntarme por mis colores para que yo lo entendiera, por eso eran tan importantes para ella.

Zahra frunce el ceño.

—¿De qué hablas?

—Mamá utilizó mis colores —le contesto—. Mira aquí. Pone *HOMS*: marrón, blanco, negro y rojo.

—No pone *Homs*. No hay letras.

Señalo los bloques de color: un cuadrado marrón para la *H*, luego uno blanco para la *O*, uno negro para la *M*, y uno rojo..., la letra *S* es roja.

—Todos los colores son letras —le digo—. Todos significan algo. —Pero de repente observo la costa norte de África—. Hay un error.

—¿Cómo? ¿Escribió mal un nombre?

—No. Falta uno.

El mundo estalla en sonidos por encima de nosotras: la cuerda al golpear la cubierta, los tirones de la lona.

—Mamá puso todas las ciudades en el mapa —le susurro—. Todas las ciudades de la historia de Rawiya.

Zahra se frota la frente.

—No te sigo.

—Rawiya y al-Idrisi. En el mapa están todas las ciudades a las que fueron. —Digo los nombres, que voy traduciendo de los colores—. Homs, Damasco, Aqabat Aila, El Cairo y Barnik..., así llamaban a Bengasi.

Zahra mueve la mano por delante de su cara, como si estuviera despejando humo.

—¿Y qué falta?

Miro fijamente las fronteras del mapa. Cada país está pintado de un color diferente. Algunos son gruesos y otros finos, como si algunos países tuvieran una capa extra de pintura.

—No está Ceuta —le digo.

—¿Ceuta? —Zahra entorna los ojos en la oscuridad—. ¿Y qué?

—Pues que las demás ciudades de la historia están. ¿Lo ves? —Toco el lienzo—. Ceuta es la única ciudad que no ha marcado.

Zahra se acurruca.

—¿Y Ceuta...?

—Ceuta es donde nació al-Idrisi. Es donde mamá habló por primera vez con papá, donde le dijo que saltara al estrecho. El tío Ma'mun compró la casa de Ceuta.

«Recuerda lo que es importante.»

Y lo recuerdo todo: mi madre agarrando la baldosa azul y blanca del colgante. El tío Ma'mun arreglando la fuente. «Estaba buscándose a sí mismo, pero para eso no hay mapas.» El periódico ardiendo, con un nombre marcado en bolígrafo rojo. El hombre barrigón riéndose en el marco de una puerta. Sus ojos amables, que me resultaban familiares.

—El del periódico era él —susurro—. Era el tío Ma'mun.

—¿Qué periódico?

Cojo a Zahra de las manos.

—Tenemos que ir allí. Mamá nos llevaba a casa del tío Ma'mun.

Zahra contiene la respiración.

—Espera. ¿Adónde vamos?

El barco avanza. El cuchillo de luz me atraviesa la cara.

—Vamos a Ceuta.

Sangre y agua

En aquellos tiempos todo el mundo sabía que aunque el ruc era el animal más poderoso y mortífero, también era un embaucador y un astuto mentiroso. Su aguda visión le permitía verlo todo: las raíces del pelo en las cabezas, las garras de los gatos y las alas en movimiento de los insectos. El ruc había utilizado esa facultad para sembrar el caos en los territorios en los que vivía.

Y nunca olvidaba una cara.

El ruc sobrevolaba el barco en círculos. El batir de sus alas se convirtió en un rugido, y su sombra oscureció el cielo. Observó a los miembros de la expedición y a la tripulación con el ojo que le quedaba. Su aliento apestaba a sangre.

—¿Lo habéis olvidado? —dijo el ruc. Su voz era como montañas desmoronándose—. ¿Han olvidado los traicioneros hijos de los hombres mi promesa? Os juré que me vengaría. He venido a cumplirla.

La tripulación susurró y desenvainó las espadas. El ruc pasó por la proa del barco y avanzó por estribor.

—¡No queremos saber nada de ti! —le gritó Rawiya.

—¡Tú! —La enorme sombra del ruc planeaba por encima de ellos, grande como una isla—. Soy yo el que quiere saber de ti, lanzador de piedras. Me gustaría saber quién se atreve a atacar al señor del viento y la piedra.

—Fui yo el que te lanzó la piedra en ash-Sham —le dijo Rawiya—. Soy el amigo del poeta, el aprendiz del cartógrafo. Fui yo el que arrancó el ojo a la gran águila blanca de Bilad ash-Sham.

El ruc giró las alas y se dio la vuelta con tanta facilidad como si estuviera flotando en el agua. Mostró a la tripulación la gran cicatriz de su cara.

—Pues mírame, lanzador de piedras, y prepárate para morir. Sí, amigo de un poeta. —El ruc escupió—. Dile a tu poeta, si está vivo, que lo oigo todo, lo veo todo y lo sé todo. Lo recuerdo..., a él y a su banda de alborotadores. —El ruc batió las alas y se elevó para volver a pasar por encima del barco—. Basta de charla. He venido a destruiros y dejar que las olas os devoren.

El ruc se giró y cayó sobre ellos. Barrió la proa del barco como un temporal, volcando las cajas del cargamento. Los criados de la expedición y los aterrorizados normandos se dispersaron, pero el ruc era muy rápido. Aferró a varios hombres con sus garras y los lanzó al mar.

Rawiya buscó a tientas su honda, pero el ruc la vio. La derribó con el viento de sus alas y cerró sus garras alrededor de ella. Rawiya forcejeó y golpeó las garras con los puños, pero era imposible romper las duras escamas.

El ruc la elevó por los aires y la dejó caer.

Rawiya se estrelló contra la cubierta de madera. Lo vio todo negro, y luego ráfagas de luz. El dolor llegó después del choque, un punzante y abrasador dolor en las costillas.

Jaldún, asustado, gritó:

—¡Rawiya!

Al oírlo, al-Idrisi frunció el ceño.

—¿Quién es Rawiya?

Rawiya se obligó a incorporarse apoyándose en un codo y se agarró a las cuerdas atadas alrededor del mástil. Se arrodilló y escupió sangre en la cubierta.

—Yo soy Rawiya —le contestó. Con mano temblorosa, se quitó el turbante y sacudió sus rizos negros. Empujó la tela roja hasta sus hombros, y el viento y el sol la llenaron de luz, como la vela de un barco—. Soy hija de un campesino pobre de Benzú, un pueblo del distrito de Ceuta.

El ruc trazó un círculo alrededor del mástil. Su cuerpo proyectaba sombras sobre la cubierta.

Al-Idrisi desplazó la mirada de Rawiya a Jaldún.

—¿Lo sabías?

—Hasta ayer no.

Jaldún bajó la mirada.

Al-Idrisi observó el pelo y el terso rostro de Rawiya.

—Creía que eras muy joven, que aún no eras un hombre, pero esto...

—Perdóneme. —Rawiya intentó ponerse de pie. La cota de malla almohade la había protegido de las afiladas garras del ruc, pero al caer se había roto tres costillas. Intentó respirar y se tocó el costado. Al retirar los dedos vio que estaban cubiertos de sangre—. Me uní a su expedición para buscar fortuna y poder alimentar a mi familia a mi regreso. Mi madre es viuda, señor. A estas alturas seguramente piense que he muerto. Ya sabe que mi padre murió.

—¿Una mujer? —Al-Idrisi abrió los brazos con impotencia—. Tú, en quien confiaba, a quien formaba. ¿Me has mentido?

El ruc, que lo había oído todo, soltó una carcajada.

—Lanzadora de piedras mentirosa, falsa hija de los hombres. Mi venganza será más dulce de lo que imaginaba.

El ruc volvió a lanzarse en picado y rozó la cubierta con las garras. Rawiya y sus amigos se lanzaron al suelo. Rawiya apretó los dientes de dolor y cogió una cuerda tirada junto al mástil.

Con gran esfuerzo, lanzó la cuerda hacia el ruc y lo atrapó por las garras. El animal retrocedió y giró hasta liberarse. Planeó por encima del mar y volvió a elevarse.

—¡Lo siento! —le gritó Rawiya a al-Idrisi agarrándose al mástil—. Hice lo que tenía que hacer. Quería ver mundo. Usted me mostró sus maravillas: ríos, estrellas y desiertos. —Levantó la barbilla—. Una vez me dijo que era valiente, que tenía corazón. Ese corazón sigue latiendo. El cuerpo que lo aloja no importa demasiado.

Jaldún, agachado frente a ella y con la cimitarra desenvainada, le dijo a al-Idrisi:

—Vivimos en tiempos extraños, pero esto no cambia nada. Rawiya ha demostrado ser una astuta guerrera. Nos ha salvado más de una vez.

Al-Idrisi vio crecer la sombra del ruc.

—Nunca pensé que un amigo tan querido me engañaría hasta este punto —dijo.

Rawiya volvió a sacar la honda y colocó la mitad de la piedra del ojo del ruc en la correa de cuero. Era demasiado grande, mucho más que las piedras que había utilizado hasta entonces. Recordó a su padre enseñándole a utilizarla, guiando sus manos, y la piedra se calentó en su mano.

El ruc volvió a caer sobre ellos con las alas pegadas al cuerpo. Rawiya, que pensó que el ruc pretendía atravesar las velas para inutilizar el barco, buscó el ojo del animal, pero este mantenía la cabeza en alto.

Lo que hizo el ruc fue extender las garras y agarrar la proa del barco. Batió las alas para mantenerse en el aire y tiró del barco. La tripulación rodó por la cubierta. Luego el ruc dio un tirón hacia atrás, y las cajas y los hombres salieron despedidos y chocaron entre sí.

Rawiya se cayó y se le escapó la piedra. Un dolor rojo le atravesaba el pecho. La media piedra del ojo del ruc rodó por la cubierta.

El ruc cantó victoria y se lanzó en picado. Agujereó con las garras la cubierta de madera a ambos lados de Rawiya. La madera crujió. El peso del ruc empujó el barco hacia abajo, y por los lados entró agua. Rawiya le arañó las garras, pero el animal la agarró y empezó a aplastarla.

—¿Qué piensas ahora de mí, hija de hombres? —le preguntó el ruc—. Te he mostrado mi verdadero poder y mi fuerza. ¡Mira, canija! ¿No te he ofrecido un deslumbrante espectáculo de mi magnificencia y de mi belleza?

—La verdad, ruc, es que eres magnífico y hermoso —jadeó Rawiya.

—La verdad es que lo soy. Y ahora, lanzadora de piedras, te mataré —le dijo el ruc.

—Pero hay algo, gran ruc, que no sabes. —Rawiya forcejeó entre sus garras—. Tu poder no es tan grande como dices.

—¿Qué? —La bestia batió las alas y derribó a la tripulación—. No eres nada para mí. Lo veo todo, lo oigo todo y lo sé todo.

—¡Rawiya!

Al-Idrisi, al otro lado de la cubierta, había atrapado la piedra del ojo del ruc. La sostenía en alto, con las manos apretadas, como si rezara. El ruc giró la cabeza hacia al-Idrisi y chasqueó el pico.

—¡Me he equivocado al juzgar tu secreto! —gritó al-Idrisi a Rawiya—. Aunque no te lo había dicho, tuve mujer y una hija en Ceuta. Se ahogaron en el estrecho, cruzando de Ceuta a al-Ándalus. Tienes el valor y la fuerza que me habría gustado que tuviera mi hija. Y eso nada puede cambiarlo. —Lanzó la piedra del ojo del ruc a Rawiya, que extendió un brazo para atraparla. Al-Idrisi esbozó su sonrisa felina, pero el miedo se reflejaba en sus ojos—. Tú y solo tú, Rawiya, puedes salvarnos.

En un movimiento rápido, mientras el ruc clavaba las garras en la madera del barco, Rawiya recuperó el aliento y colocó la media piedra en la honda. «Oh, Creador de las maravillas del mundo, de esta piedra y de esta criatura —rezó—. Si los muertos pueden oír, pídele a Bakr que me dé sus ojos. Permite que sus manos y las tuyas sujeten las mías.»

Rawiya intentó respirar entre las férreas garras del ruc y vio su propio reflejo en el ojo del animal.

—Dices que lo sabes todo, ruc, pero te equivocas —le dijo—. Solo Dios lo sabe todo.

Lanzó con la honda la piedra del ojo del ruc, que brilló en tonos verdes bajo el sol. Al dispararla desde tan cerca, la piedra estalló en el ojo del ruc y le perforó la carne. La sangre brotó de su frente. Con un grito confuso, el ruc ciego levantó las garras de la cubierta batiendo las alas. El barco se liberó de su peso y subió a la superficie, y el cuerpo sin vida del animal cayó por la borda al mar con las grandes alas extendidas y la cabeza de penacho blanco cubierta de sangre.

Como el barco escoraba y se balanceaba, la tripulación daba bandazos de un lado a otro. El cuerpo blanco del ruc se hundía en el mar levantando enormes olas. El animal se hundía lentamente, las plumas de color crema se empapaban de agua y el pico asomaba entre las olas espumosas.

—¡Rawiya nos ha salvado! —gritó al-Idrisi cuando las últimas plumas blancas se hubieron hundido.

La tripulación aplaudió. Jaldún se arrodilló junto a Rawiya, que estaba tumbada en la cubierta con el pelo pegado a la cara por el sudor, la sal y las lágrimas.

—Tú. —Rawiya le tocó la mejilla—. Una vez me dijiste que somos las historias que nos contamos a nosotros mismos, que las voces de otras personas pueden ahogarnos. —Le besó los dedos—. Te quiero. Pase lo que pase, eso nunca se ahogará.

Jaldún inclinó la cabeza hacia las manos de la muchacha.

—Tu historia, Rawiya, siempre se cantará. Te seguiré vayas a donde vayas.

Mientras Jaldún ayudaba a Rawiya a levantarse, al-Idrisi sacó su cimitarra. La cogió con las dos manos, inclinó la cabeza y se arrodilló. Le ofreció la espada a Rawiya diciendo:

—Perdóname.

—No hay nada que perdonar —le contestó Rawiya sujetándose las costillas—. Los dos hemos contado nuestros secretos, y los dos hemos perdido algo muy valioso. Solo he hecho lo que debía por mis amigos.

La tripulación no tardó en imitar el gesto de al-Idrisi. Los marineros normandos se quedaron en silencio y se arrodillaron en la cubierta. El barco se convirtió en una alfombra de cabezas inclinadas.

—Te debemos la vida, Rawiya —le dijo al-Idrisi—. Dios ha hecho de ti una valiente guerrera, una hija de las montañas y del desierto. Él ha escoltado tus pasos. —Al-Idrisi levantó la cimitarra con piedras preciosas de Nur al-Din—. Te ruego que aceptes mi espada.

—No puedo aceptar la espada que le salvó la vida, señor —le contestó Rawiya.

—Nuestra expedición ha sido un éxito gracias a ti —le dijo al-Idrisi—. Tú eres la que nos ha salvado. —Inclinó la cabeza—. Si Bakr estuviera aquí, diría lo mismo.

Así que Rawiya levantó la cimitarra con piedras preciosas, con el águila tallada en la empuñadura, y con perlas y rubíes incrustados. La hoja reflejó el mar y las plumas blancas.

La tripulación del barco puso rumbo a Palermo entre vítores.

Llevamos horas debajo de la cubierta del barco. El sol se inclina lentamente hacia el horizonte. Lo sé porque la luz que entra por la grieta ahora es rojiza. Cada pocos minutos aguantamos la respiración cuando alguien pasa andando por encima de nosotras, en la cubierta, y me pregunto con un nudo en el estómago cuánto falta para que alguien baje a la bodega, cuánto falta para que alguien descubra a dos niñas polizones que viajan solas.

Nos quedamos sentadas, sin hablar, un buen rato. Enrollo el mapa y vuelvo a meterlo en la bolsa de plástico de mi madre. La ato para que se forme la misma burbuja hermética que hizo ella y la meto en la mochila de arpillera.

—Creía que los mapas y los datos de mamá eran más fáciles de entender que las historias de papá —me dice Zahra. Se balancea hacia delante y hacia atrás con las rodillas pegadas al pecho—. Papá nos contaba aquellas historias y yo me enfadaba porque nunca decía lo que quería decir. Pero ni siquiera un mapa te lo dice todo. ¿Cómo se supone que vamos a encontrar a nuestro tío cuando lleguemos a Ceuta?

—No lo sé.

Dejo caer los hombros, y el colgante tintinea al golpear el suelo de metal.

—¿Y cómo iremos de Misurata a Ceuta sin mamá?

El barco y el golfo gimen como una gaviota chillando.

—¿Crees que todo les irá bien? —susurro—. ¿Pueden curarle el brazo a Huda?

Zahra se muerde las uñas y hace tintinear la pulsera.

—No sé si a estas alturas pueden curarla.

Se oyen pasos en la escalera, y Zahra y yo nos quedamos inmóviles en la penumbra. Alguien viene. Unas llaves suenan en su bolsillo. Por un momento lo que oigo es el sonido metálico de una hebilla de latón.

Nos retiramos hacia atrás, pero la luz nos da en la cara. Unas voces golpean el cargamento. Zahra y yo nos apretujamos entre unas cajas y nos arañamos las rodillas con el metal y la madera astillada para no hacer ruido. Aguantamos la respiración.

Pasa un hombre leyendo en voz alta una lista en árabe. Sus zapatos golpean el suelo metálico de la bodega.

No hay sitio para que las dos nos levantemos, pero tampoco para que nos sentemos. Me meto de rodillas entre dos contenedores de metal con la esperanza de que el metal no retumbe como un platillo.

Las pantorrillas me arden.

Dejo de oír las voces. Solo oigo pisadas. Alguien golpea las cajas. Zahra exhala, siento su aire caliente en la nariz, y vuelve a llenar sus pulmones lo más despacio que puede. Mis pensamientos se enmarañan. A mi pesar, imagino cómo debió de sentirse Huda antes de que los hombres malos la metieran en el callejón, me pregunto si supo antes que yo lo que querían. ¿Intuía lo que iba a pasar antes de que pasara? ¿Sabía que iba a sentir sus duras manos en los muslos? ¿Sabía lo fuertes que serían cuando la inmovilizaron en la acera?

Algo se desliza sobre mis pies. Doy un bote y me estremezco. Tiene las patas rígidas y garras afiladas. Un cangrejo o un lagarto. Cierro los ojos, pero se me escapa un gemido del pecho. Pienso en lo que haría si estos hombres nos sacaran a Zahra y a mí de nuestro escondite: ¿qué es mejor, arañar o morder?

Mi respiración se vuelve más ruidosa y superficial. El cangrejo o el lagarto se mete detrás de las cajas. Me obligo a no moverme.

Un halcón de cola roja solía hacer su nido entre las chimeneas de la azotea de nuestro edificio de Nueva York. Mi padre me dijo que era muy raro, que había muy pocas parejas en la ciudad, que a veces a los pájaros les gusta vivir cerca de los humanos porque así les resulta más fácil conseguir comida. Recuerdo que mi padre me lo explicó bajando al metro. Yo miraba los profundos túneles y me preguntaba si Dios estaba al otro lado, viendo las ratas correr entre las vías y pensando que la ciudad era más animal que humana.

Pero debajo de la cubierta del barco, en la oscuridad, hay más personas que otra cosa, y ya he aprendido que las personas son más peligrosas que los animales, más peligrosas que nada en el mundo. Mantengo los ojos cerrados mientras los trabajadores del barco vuelven a moverse, murmuran y colocan cajas en su sitio con los hombros y con los pies.

Un hombre grita en árabe y se agacha justo después del hueco en el que Zahra y yo nos hemos escondido. «Tenemos goteras», dice. Se levanta, da un cabezazo contra la esquina de una caja y maldice.

No he notado el constante golpeteo del agua en mi coronilla rasposa hasta que el hombre menciona las goteras. Ahora siento el agua, que está fría y huele a madera y a aceite de motor. Siento el punto en el cae el agua como una herida abierta. Pienso en las vendas de Huda, en las manchas negras de sangre, en los bordes amarillos de pus. ¿No dijo mi madre que podría haberse infectado? ¿Se puede vivir con un hueso nuevo como ese, un hueso de metal y fuego, y seguir siendo la misma persona?

Me estremezco contra los contenedores de metal. El estrecho hueco parece un ataúd. En la oscuridad de mis ojos veo a Huda en la cama del hospital. La muerte se aferra a ella como un mal olor.

Debajo de la cubierta del barco, la sensación de muerte se palpa y se adhiere a todo. Al salir del hospital pensé que habíamos dejado atrás esa sensación, y volví a pensarlo después de que los hombres malos se fueran corriendo al ver a Abú Sayid en el callejón.

Ahora me doy cuenta de que esa sensación nos siguió. Los hombres malos asaltaron a Huda sin saber nada de ella, sin conocerla como yo, sin saber que era algo más que unas piernas morenas, algo más que los gritos, algo más que un cuerpo tirado debajo de ellos. Estoy enfadada porque no la conocían, porque creyeron que tenían derecho a su vientre y a sus piernas, porque Zahra y yo estamos a oscuras debajo de esta cubierta, porque lo hemos perdido todo menos la una a la otra.

Y mientras el barco avanza, empiezo a pensar que quizá no es que la muerte se adhiera a nosotros, sino que siempre está en nosotros. Quizá sencillamente nos parece que se adhiere a nosotros cuando la sentimos dentro por primera vez. Quizá, como dijo mi madre, todos nacemos con una herida que debe curarse.

Mis pantorrillas tiemblan y se contraen. Miro la luz roja y púrpura que entra por la grieta y oigo las voces marrones y grises. El sol está muy bajo.

Voy a coger la mochila de arpillera con el mapa metido en una bolsa de plástico, pero no la encuentro. Me clavo las uñas en las palmas de las manos al darme cuenta de que la mochila no está entre mis pies. Está tirada en el suelo de la bodega, a la vista.

Me muerdo el labio y me quedo quieta con la esperanza de que nadie la haya visto. Cuento los segundos. No me veo los brazos ni las piernas. Solo sé que existo por las astillas de mis pulgares y porque las rodillas me tiemblan como gelatina por haberlas tenido tanto rato inmóviles. Mis latidos parecen lo único valiente de mí.

Un trabajador del barco suelta un silbido aburrido, uno de esos silbidos de pájaro que solía oír en Central Park.

Cuando aún vivíamos en Manhattan, llegó un día en que el halcón de cola roja dejó de venir a nuestra ventana. Dejé de verlo arreglándose las plumas con el pico y observando con mirada fría la calle Ochenta y cinco, igual que si antes hubiera habido algo allí y la ciudad lo hubiera cubierto. El halcón contemplaba la ciudad como si faltara algo importante.

Encontré al halcón unas semanas después en el jardín de la azotea. Las estrellas asomaban por encima de los edificios y casi no le veía las plumas. El halcón se había enterrado en el musgo y había clavado el pico en la tierra como si pretendiera atravesarla. Su última inmersión en el aire.

Recuerdo que pensé que quizá se había tumbado a descansar. Se tapaba los ojos con un ala, como una persona que durmiera en una habitación con demasiada luz. Sus plumas eran un jaspeado perfecto en marrón y rojo, ondulado por el viento.

Cogí al halcón con cuidado y acerqué la oreja en busca de los latidos de su corazón. Aún estaba tibio y tenía las alas rígidas, como de papel. No oí nada.

Antes de enterrarlo, quise que sintiera el viento por última vez, así que me dirigí a un extremo de la azotea. La brisa empujó mis rizos hacia delante. El ojo vidrioso del halcón reflejaba las luces de los demás edificios y los focos de los taxis que pasaban por la calle. Tenía pegotes de tierra en el pico curvado y en el rígido hueso por encima de los ojos. ¿Por eso entierran a las personas, para ayudarlas a que besen la tierra?

Las voces por fin se desvanecen. Los trabajadores se marchan golpeando con las manos la madera y el metal, suben la escalera y oigo los gritos marrones y rojos de la cubierta.

Vuelvo a respirar.

En cuanto creo que los trabajadores del barco se han marchado, salgo y cojo la bolsa. Me la cuelgo y me aseguro de que la correa quede ajustada.

Oigo una explosión y gritos en la cubierta. Las tablas del suelo se doblan y chirrían. Pego la espalda a unas cajas con la esperanza de que si alguien aparece en la escalera crea que soy una sombra.

Un inquietante silencio se apodera del barco, y entonces lo oigo. Un fuerte chirrido colma el aire, un zumbido, como la noche que se derrumbó nuestra casa. Se convierte en un chillido, y Zahra avanza por la grieta hasta mí.

El barco se vuelca como un barril vacío. Salgo volando y me doy un golpe en el hombro contra una caja. Grito. En el fondo, algo cruje y se rompe. Me pitan los oídos.

Intento retroceder a gatas entre las cajas.

—Zahra...

El barco vuelve a inclinarse y el agua golpea los laterales. Me agarro a una caja y sujeto la bolsa por una esquina. El barco lanza gritos rojos como un animal dolorido entre las manchas grises del ruido blanco.

—Hemos chocado con algo.

No oigo mi voz entre los chasquidos de la madera y los gritos de la cubierta.

La madera se astilla sobre nuestras cabezas como huesos que se rompen. Entra ruido y agua en la bodega, en la que resuena un rugido.

Sin darme cuenta, estoy en el agua. El frío me impacta en los oídos y anula cualquier otra sensación. Todo es líquido. Tengo la piel azul, y los ojos, los tobillos, el cuero cabelludo. Me engullen zafiros, y cuchillos helados me surcan los omoplatos. Me aplastan todos los tonos de azul que he visto en mi vida: ultramarino. Lapislázuli. Marino. Oscuro.

La cinta del adiós

Cuando el barco normando atracó por fin en Palermo, Rawiya se alegró de ver la joroba de piedra caliza del Monte Pellegrino, las iglesias de mármol blanco apiñadas entre casas de estuco y las mezquitas de cúpulas rojas. La expedición había estado de viaje durante más de un año, y en el muelle les esperaba una fiesta de bienvenida.

Atravesaron las calles acompañados por músicos que tocaban el ud y el cuerno, y al-Idrisi llevaba el camello de Bakr sin jinete para rendirle homenaje. La joroba del camello estaba cubierta con la rica capa verde oliva de Bakr, con las Pléyades bordadas.

Mientras los miembros de la expedición llevaban los libros, mapas y bocetos de al-Idrisi al taller del palacio, Rawiya insistió en ir con los criados del rey Roger a los establos, donde estaba Bauza con la cabeza inclinada, delgado y con aspecto triste. Rawiya recordó, y no era la primera vez, que había alejado a Bauza de Benzú, su hogar, y que no era ella la única que echaba de menos su casa.

Los criados se disculparon y le contaron que, desde que se había marchado, Bauza comía cada vez menos. Le dijeron que incluso rechazaba los terrones de azúcar y se negaba a que lo cepillaran.

Pero en cuanto Bauza vio a Rawiya, relinchó y se puso derecho. Cuando la muchacha se acercó, le pasó el cuello por los hombros y la acarició. Rawiya hundió la cara en las crines de Bauza y lloró.

—No sabes cuánto te he echado de menos, viejo amigo —le dijo.

Aunque su regreso fue feliz, tardaron varios días en ver al rey Roger, que había caído enfermo justo antes de que llegaran. El monarca estaba en cama y no podía recibir visitas. Pero la presencia de al-Idrisi pareció dar algo de fuerza al rey enfermo, que no tardó en sentarse en la cama a escuchar entusiasmado las aventuras de al-Idrisi hasta altas horas de la noche.

Al-Idrisi trabajó durante meses desde el amanecer hasta el anochecer, y como Rawiya y Jaldún habían sido testigos de sus viajes, lo ayudaban a elaborar el mapa definitivo. Iba a ser el mapa más detallado del mundo habitado que se había hecho nunca, una colaboración a gran escala y la culminación del largo viaje que habían realizado. También se prepararon para la tarea más difícil que les había encomendado el rey Roger: hacer un planisferio, una representación en dos dimensiones de la superficie curva de la tierra, con todas sus ciudades, sus ríos y sus mares, inscribiendo estos elementos en un sólido disco de plata. Jamás se había hecho algo así, y la tarea era abrumadora. Aun así, Rawiya y Jaldún trabajaban con alegría en la transcripción de los esbozos de al-Idrisi y no se separaban ni un momento mientras aplicaban cinabrio o pigmento índigo en el papel de pergamino. Cada vez que sus codos se tocaban, se sonrojaban y sonreían.

Cada noche, cuando al-Idrisi se dirigía a los aposentos del rey Roger cargado con sus libros favoritos de geografía y matemáticas, Rawiya se quedaba leyendo las notas que al-Idrisi había reunido en los años previos a su aventura. Al-Idrisi había recogido testimonios de mercaderes de lugares muy lejanos, historias de marineros que habían atravesado el Mar de la

Oscuridad y a duras penas habían vuelto con vida, y descripciones de ciudades lejanas y monstruos extraños. Había demasiadas páginas para que Rawiya las leyera todas, ya que al-Idrisi había pasado más de diez años reuniendo datos antes de llevar a cabo la misión que le había asignado el rey Roger.

Pero cuando empezaba el mes de Shawwal y al-Idrisi presionaba para terminar el trabajo, la salud del rey Roger empezó a fallar de nuevo. Los ataques de tos y los entumecimientos lo atormentaban. Los dolores en el pecho lo postraron en cama durante semanas.

Y así pasó el tiempo hasta que una mañana temprano, a finales de Shawwal, un mensajero llamó a la puerta de Rawiya.

Rawiya se agachó para atravesar los arcos de la entrada y dejó atrás barandillas talladas a mano y techos abovedados con frescos. Cruzó el patio interior con sus balcones y encontró a al-Idrisi y a Jaldún en el taller del rey, inclinados sobre el tablero de dibujo de al-Idrisi. Cuando Rawiya entró, Jaldún levantó la mirada, esbozó una sonrisa, se ruborizó y volvió a dirigir la vista hacia su trabajo.

—¿Es verdad? —preguntó Rawiya acercándose a sus amigos—. ¿Está acabado?

—Mi labor ha durado quince años —le contestó al-Idrisi—. Quince años de investigación y de planificación meticulosa. —Levantó el rostro hacia Rawiya y Jaldún—. Y los largos meses de nuestro viaje, por supuesto.

—Después de tanto tiempo, ¿es posible que nuestro viaje haya concluido? —preguntó Rawiya.

—De alguna manera sí —le contestó al-Idrisi—, y ahora estamos en el mes de Shawwal. En mi vida olvidaré el mes de Shawwal.

—Qué bonito.

Rawiya se acercó al tablero en el que estaba el mapa terminado y admiró las curvas de los ríos y el azul lapislázuli del mar.

—No has visto nada. Ven.

Al-Idrisi se volvió hacia un grueso libro que estaba en la mesa del taller, atado con cuero y con letras doradas. Abrió las páginas y dejó al descubierto su delicada caligrafía y grandes y detallados mapas.

—¿Es un atlas? —le preguntó Jaldún pasando los dedos por el lomo de terciopelo del libro.

—Es lo que pidió Roger —le contestó al-Idrisi—. El libro divide el mapa en siete zonas o climas del mundo, cada una de ellas dividida a su vez en diez secciones. El libro contiene mapas de todas esas secciones, así como descripciones detalladas de las mismas. Hay setenta mapas en total, todos ellos con una minuciosa descripción de sus montañas, ríos, ciudades, comercio y clima, un estudio exhaustivo del mundo habitado como nunca se había hecho. —Al-Idrisi sonrió—. Ya no es necesario viajar miles de leguas para llegar a tierras lejanas. Con estas páginas tienes el mundo en tus manos.

Rawiya se volvió hacia el primer mapa, siguió con la mirada los verdes ríos y se detuvo en las curvas de las montañas, pintadas en brillantes tonos amarillos, rubí y púrpura.

—No tenía ni idea —dijo. Miró los primeros pasajes del libro y leyó la delicada letra de al-Idrisi—: «La tierra es redonda, como una esfera». Maravilloso.

Al-Idrisi se apartó de la mesa y se masajeó la espalda. En los meses posteriores a su viaje se había encorvado, y el peso de los años le hundía los hombros. Parecía haberse hecho viejo de repente, como si el viaje hubiera preservado su juventud, y ahora los años por fin lo hubieran alcanzado.

—Lo ha conseguido —le dijo Rawiya.

Al-Idrisi esbozó su sonrisa felina.

—Aún tengo que mostraros mi mayor logro.

Rawiya y Jaldún lo siguieron.

—¿Los trabajadores lo han pasado todo a plata? —le preguntó Rawiya.

—Todo. A Roger le alegrará saber que hemos hecho lo que me pidió hace tantos años —le contestó al-Idrisi desviando la mirada.

Tanto Rawiya como Jaldún sabían perfectamente que al-Idrisi se había apresurado a terminar su trabajo para que su benefactor y viejo amigo pudiera ver en vida los frutos de su labor. Rawiya estaba segura de que lo único que mantenía vivo al rey Roger era terminar la obra de su vida y de la de al-Idrisi: el mapa, el libro y el planisferio de plata.

Al-Idrisi los condujo por un largo pasillo hasta una sala en la que los grabadores del rey habían trabajado durante meses para pasar el mapa de montañas, mares, ríos, costas y ciudades a una gran pieza de plata.

Al-Idrisi entró en la sala con las palmas de las manos abiertas. Su turbante blanco y sus pantalones brillaban a la luz de las velas.

—¿Está terminado el trabajo? —preguntó.

Un grabador levantó la mirada del enorme disco de plata que estaba puliendo. Se dirigió en voz baja a sus compañeros, se puso en pie y se inclinó ante al-Idrisi.

—El grabado estaba listo, y acabamos de terminar el pulido, siguiendo sus indicaciones, por supuesto.

El planisferio brillaba a la parpadeante luz de las velas del taller.

—Una exquisita obra de artesanía —dijo Jaldún.

—Sí.

Al-Idrisi rodeó el planisferio con las manos entrelazadas a la espalda. Les dijo a los grabadores que podían marcharse. Los trabajadores le hicieron una reverencia y se marcharon.

—Sabía lo del mapa del mundo —dijo Rawiya—. Sabía lo del libro y sus setenta mapas por zonas, y sabía que había encargado que lo tradujeran al latín. Todo eso habría sido ya suficientemente asombroso. Nadie ha visto el mundo en su totalidad ni ha cartografiado lugares tan lejanos. Pero esto es...

—Extraordinario, sí —dijo al-Idrisi—. Roger pidió que hicieran un disco de plata pura, lo más grande posible. —Al-Idrisi pasó los dedos por las grietas de los caminos y los ríos, por las letras brillantes—. Pesa cuatrocientas libras romanas y es de plata maciza. Como hemos sido eficientes, solo hemos utilizado un tercio de la plata de Roger. El planisferio incluye los siete climas, las costas, los ríos, todo. Las distancias son exactas a la legua. Ningún rey del mundo había poseído nunca semejante tesoro.

»Cuando ya habíamos empezado a trabajar en el planisferio, escribí el libro para que coincidiera con el mapa —siguió diciendo—. Era lo que quería Roger. —El rostro de al-Idrisi se ensombreció—. Su idea era perfecta.

Rawiya y Jaldún se miraron.

—Su enfermedad nos ha sorprendido a todos —le dijo Rawiya.

Al-Idrisi se alisó la ropa y levantó el rostro con una firme sonrisa.

—Nada podía mantener postrado en la cama al león de Palermo más de unas semanas.

—Pase lo que pase, ha hecho más de lo que el rey Roger habría esperado jamás —le dijo Rawiya—. Ha hecho una maravilla en su nombre.

—Vayamos a ver a mi viejo amigo. Pediré que le lleven el planisferio a su habitación.

Al-Idrisi dio una palmada, y los trabajadores volvieron. Cogieron el planisferio y lo colocaron en una plataforma con ruedas. Tras ese breve esfuerzo, respiraron hondo. Aunque varias personas podían alzar el planisferio —con dificultad—, pesaba demasiado para que incluso tres o cuatro hombres lo trasladaran a pulso.

—Seguro que ver el planisferio terminado le levantará el ánimo y le devolverá la salud —dijo al-Idrisi encabezando al grupo hacia los aposentos del rey Roger.

—Dios lo quiera —dijo Rawiya, y Jaldún asintió, aunque ninguno de los dos lo creía.

Cuando entraron, el rey Roger estaba durmiendo. Respiraba ruidosamente.

—Rey, amigo mío —dijo al-Idrisi.

Besó la mano del monarca.

El rey abrió los ojos lentamente. Las comisuras crujieron y pus amarillenta corrió por las arrugas de su cara. Sonrió y cogió de la mano a al-Idrisi.

—Amigo mío —murmuró y tosió—. Mi más viejo y querido amigo. —Con la otra mano dio palmaditas en la de al-Idrisi—. Ha pasado mucho tiempo.

—Solo unos días —le dijo al-Idrisi—. He tenido que supervisar el trabajo que decidimos hacer hace mucho.

El rey Roger se rio. Fue una risa afable aunque ronca, porque tenía el pecho lleno de agua.

—Quince años, si no me fallan las cuentas —le dijo—. Pero si el trabajo está por fin terminado, no importa.

Los trabajadores introdujeron el planisferio en la habitación y lo colocaron al lado de la cama.

—El mapa y el libro están terminados —le dijo al-Idrisi—. Yo lo llamo *El libro de Roger*, aunque dejo el título definitivo a la discreción de Su Majestad. Y ahora la última parte de nuestro trabajo, el planisferio de plata, también está terminado. —Inclinó la cabeza—. Todo se ha hecho en tu nombre, amigo mío.

El rey Roger se sentó en la cama con gran esfuerzo.

—Qué bonito —dijo con voz ronca—. Qué preciosidad. Maravilloso. —Volvió a toser y un criado le colocó una almohada por debajo de los hombros. El rey Roger le indicó con la mano que se retirara—. Este viejo león no vivirá para ver estas dos maravillas.

—Estos quince años de trabajo han dado su fruto —le dijo al-Idrisi—. Tu guía, tus enseñanzas y tu generosidad no fueron en vano. Pero, como sabes, no lo he hecho solo. —Al-Idrisi esbozó un gesto a Rawiya y Jaldún, que se acercaron e hicieron una reverencia—. Este momento es tanto de mis compañeros como mío.

—Los felicito por lo que han hecho. —El monarca inclinó la cabeza hacia el pecho tosiendo. Un criado le tendió un trozo de tela para que se cubriera la boca—. Disculpadme. No puedo inclinarme más. Pero me inclinaría ante vosotros si pudiera. Esta es la obra de mi vida, lo que más deseaba. Acompañasteis a mi amigo y terminasteis el proyecto con él. Os agradezco profundamente vuestros esfuerzos. Seréis recompensados con suma generosidad.

El rey Roger movió la mano, y los criados se adelantaron con cofres de oro, sellos de rubí tallados, esmeraldas de cien facetas, ópalos resplandecientes y dagas con empuñaduras de perlas. Al-Idrisi recibió, además de estas riquezas, la plata sobrante del planisferio.

—Mi señor —dijo Rawiya sin aliento—, sois demasiado generoso con vuestros sirvientes. Para la hija de una pobre viuda, ver tanta bondad... es demasiado, Majestad.

—Ah, Rawiya, a quien una vez tomé por un muchacho con mucho que aprender. —El rey Roger sonrió pese a su dolor—. Un día caminaste conmigo por la biblioteca, entre los lomos de viejos amigos. Ahora veo que eras más fuerte y valiente de lo que creía. Por lo que he oído, tu valor salvó la expedición más de una vez. Has llevado a cabo grandes y honorables hazañas. Sí —dijo alzando la mirada hacia los tres—, lo justo es que comparta mis tesoros con mis mejores amigos.

—Si he sido para ti la mitad de amigo que has sido tú para mí, entonces he hecho algo de valor en la vida —le dijo al-Idrisi.

El rey Roger murió aquella noche. Su último aliento se elevó a la constelación del león mientras se ponía la luna. Al-Idrisi estaba junto a su cama. Tenía en el regazo el libro favorito de su amigo y sostenía la pesada mano del rey Roger pegada a su frente.

Las lágrimas de al-Idrisi, pálidas como estrellas, salpicaron la cubierta de cuero de la *Geografía* de Ptolomeo.

Enterraron al rey Roger II de Sicilia en Palermo, en una tumba de pórfido rojo, una valiosa piedra púrpura, vestido con sus galas reales y con una corona de perlas. Después del funeral, al-Idrisi, Rawiya y Jaldún pasaron días sentados frente al planisferio de plata, en la biblioteca del palacio, tan en silencio como los trabajadores, que los dejaron a solas con sus miradas sombrías. El planisferio, la maravilla del mundo, la culminación de la magnífica colaboración entre el mejor erudito musulmán de su tiempo y un sabio rey normando siciliano, no pudo salvar al amigo al que al-Idrisi tanto había querido. Sus montañas y sus mares no volverían a brillar en los ojos del rey Roger.

Mientras las estrellas presenciaban en silencio su dolor, Jaldún cogió la mano de Rawiya entre las suyas. Allí, a la luz de las velas, Rawiya pensó que a veces, por más que intentes aplazarlo, tienes que decir adiós. Algunas cosas suceden de la única manera que pueden suceder, como estaba dispuesto. «*Maktub* —pensó—. Está escrito. Y Dios lo sabe todo. Nosotros no.»

Escupo agua. Sal amarilla se me pega a los dientes. Me arden los ojos. Me revuelvo, respiro un azul punzante y salgo a la superficie. Todo es rojo oscuro, ese momento de la noche en que aún es de día, cuando el sol se inclina hacia el horizonte y sangra. La luna ha vuelto a engordar. Parece un ojo redondo.

Sonidos negros giran como canicas en mi garganta. El agua me golpea la cara. Algo que flota debajo de mí me empuja, y el mar da sacudidas como el caballito de un tiovivo. Intento gritar, pero solo me salen jadeos confusos. El miedo da vueltas dentro de mi boca.

Golpeo con la mano algo más duro que las algas, tan duro que me magulla los nudillos. Una roca. Extiendo las manos hacia ella. Aún me pican los ojos. La roca es escarpada, pero me aferro a ella igualmente. Los percebes me hacen cortes en las pantorrillas y en las clavículas.

Me froto los ojos, y el agua me empuja de un lado a otro. Oigo gritos procedentes de una orilla que no veo. Las rocas me arañan la oreja.

Una zapatilla emerge del agua, y no es mía. Intento cogerla, pero fallo. Lo consigo en el segundo intento, atrapándola por los cordones. La tela blanca está teñida de verde y salpicada de piojos de mar.

«Zahra.»

¿Lo digo o lo grito? El agua se agita. No puedo evitar preguntarme si está llena de cadáveres, si la mano de Abú Sayid emergerá desde las profundidades. ¿Cuántas veces puede reaparecer algo antes de extinguirse para siempre? ¿Cuántas veces puedo ver los dedos de los pies de mi padre en los pies de otras personas, su carne en las algas bajo la incipiente luz de la luna?

La mano del agua, más dura que el granito, me golpea en la espalda. Las olas empujan mi cabeza contra las rocas y siento en la boca un sabor a metal y a sal.

La corriente me atrapa. Abro la boca, no porque quiera tragar agua, sino porque no puedo hacer otra cosa, y el mar me pica en las fosas nasales y hace que me arda toda la garganta.

Abro los ojos debajo del agua y busco la roca. El agua no es tan turbia como en Nueva York, pero solo veo burbujas y tonos rojos, y por un aterrador segundo no sé hacia dónde está la superficie. Me tambaleo con los pies por encima de la cabeza y las manos invisibles detrás del muro de luz mojada.

Espero sentir pánico. Espero que el hecho de estar sola me golpee, pero no es así. Una vocecita muy lejana me dice con calma que nadie va a venir a ayudarme.

Pero entonces una ola me empuja hacia delante y algo tira de mí. Mis rodillas golpean la roca y salgo a la luz. Toso y escupo. El picor hace que me lloren los ojos. Sal en la sal.

No puedo enfocar la mirada inmediatamente. Veo de forma borrosa unas tablas que tocan la orilla. Esquinas de cajas rotas, trozos de metal y un timón retorcido surcan las olas. A lo lejos hay gente que grita y tira cuerdas a las cabezas de los trabajadores del barco, que mece la corriente. El barco se hunde con un agujero en el casco, un boquete dentado que solo podría hacer una bomba o un misil.

Algo empapado me roza los hombros, y así me doy cuenta de que aún llevo colgada la bolsa de arpillera. En ella, alrededor del mapa, debe de quedar algo de aire. El aire que me ha sacado a la superficie ha sido el de mi madre.

Algo me golpea en la pierna. Suelto las rocas y me vuelvo. La bolsa choca contra las piedras. El mar es del color de la soda a través de vidrio verde, turquesa, plateado y marrón púrpura. El mar es multicolor.

Algo blanco se eleva hacia mí como una gran galleta de mar, con el agua vidriosa entre nosotros. Es un reflejo de la luna. Una cara.

Justo debajo de la superficie hay un círculo de piel verdoso con labios de color azul higo. Diminutas burbujas ascienden desde la boca y presionan el agua de celofán. El agua está mucho más caliente que en la playa de Rockaway.

«Zahra.»

Alguien lo dice con mi laringe, pero no es mi voz. Alcanzo la cara de Zahra y tiro de ella para sacarla del agua. Solo veo el borde de los círculos marrón desgastado de sus pupilas, sus manchas ámbar, como las de mi madre. El pelo le cubre los labios y se le enreda en las pestañas mientras intenta salir. Zahra vuelve a deslizarse bajo la capa verde, otro hermoso fantasma.

La luna gime, se eleva, y por un momento vuelvo a Egipto. ¿Se vería rojo el mar Rojo con esta luz? ¿Y cuánto tardaría Abú Sayid en llegar al fondo? Cuando llegue la estación húmeda y el *wadi* se llene de agua, ¿lavará la lluvia nuestras lenguas?

Las olas nos azotan, hacen girar nuestras piernas, y las piedras castañetean como dientes. El agua llena las grietas de las rocas. «Diferentes corrientes del mismo río.»

¿Algo de esto es real?

Me obligo a agarrar la roca con una mano y la manga de Zahra con la otra. Al menos a la manga llego.

Mi hermana cae sobre una ola, su cabeza rueda como un huevo crudo y la parte de atrás de su pelo rebota contra la escarpada roca. No veo la sangre hasta que el mar la empuja hacia mí, nos levanta y nos lanza contra la roca, donde colgamos como sábanas.

La luna creciente se esconde detrás de una nube roja y vuelve a salir. La manga desgarrada de Zahra se desenrolla como una cinta blanca de algas. Toco la frente de mi hermana. Flores rojas en la palma de mi mano, una amapola brillante.

Parpadeo para expulsar el agua, que me pica. Detrás de los párpados veo sangre en baldosas de techo rotas. Sangre debajo de un vendaje. Sangre en un fregadero. Sangre en las algas.

«Zahra.»

Intento decir su nombre, pero no puedo. Oigo gritos procedentes de la playa, que rodean los restos del barco de ayuda como los huesos de una ballena varada. A la luz roja, las marcas de quemaduras brillan como manchas de hollín en una chimenea. No necesito oír los disparos desde la costa para saber que lo que ha dejado esas marcas ha sido un misil. Son las mismas manchas de las baldosas del jardín de Homs, líneas de ceniza, como si un ángel hubiera pasado los dedos por la proa del barco. ¿Qué le dijo Umm Yusuf a mi madre en Bengasi? ¿Que pueden confundir los barcos de ayuda con rebeldes?

Aprieto la luna pintada como la cara de Zahra. La sangre rocía el agua.

—Levántate, Zahra. —La sacudo por los hombros—. Vamos.

Zahra extiende un brazo para tocarme la cara. Las olas nos empujan. El agua me arranca cosas de los bolsillos, trozos de cuarzo y de mica que recogí. El pañuelo de Abú Sayid, grueso y mojado, se desliza entre las olas. El agua lo extiende, como una mano de diez dedos.

Cojo el pañuelo del agua y vuelvo a metérmelo en el bolsillo, donde se enrolla alrededor de la media piedra. Al otro lado de los pantalones cortos siento el peso de la navaja de Yusuf, que me presiona el muslo.

Saco a Zahra del agua con las uñas y le hago arañazos rojos en la piel. El agua soporta su peso hasta que subimos a las rocas. La luna brilla en la pulsera mojada de Zahra como una moneda plana.

Salimos del agua. Somos las piedras de los bolsillos de Abú Sayid.

Después de ver el cuerpo de mi padre a la luz verde de la funeraria, le solté el dedo gordo del pie, corrí hasta dejar atrás a Lenny y subí la escalera. Irrumpí en la sala de espera de terciopelo rojo con las cortinas cerradas. Me sentía al rojo vivo, una estrella fundida.

Abrí la puerta de la funeraria y vomité en el aparcamiento. Llevaba dos días sin comer, así que vomité hasta quedarme sin aliento, escupiendo agua y pulpa de naranja. Se me retorcían las tripas como ropa mojada.

Cuando oí llegar a mi madre, eché a correr. Corrí por detrás del edificio y por un descampado lleno de basura. Atravesé puertas de hierro y pequeños jardines particulares que eran solo tierra, y dejé atrás colmados y quioscos. Pasé por delante de un hombre que vendía nueces tostadas con miel en un carrito y por escaparates de tiendas con carteles de gente que bebían zumo y té de burbujas.

Corrí hasta llegar al parque, a tres manzanas de distancia. Allí estaba la fuente en la que miraba mi padre cuando me soltaba la mano. Estaba la abertura en el muro de piedra por la que había aparecido el coyote con sus ojos ámbar. Estaba el punto, justo al final del camino, en el que me había alejado de mi padre y me había escondido en los arbustos, donde se había derrumbado y había llorado.

Ahora estábamos a finales de invierno y el lago aún no se había descongelado del todo. Esperé a ver si el fantasma de mi padre aparecía por la esquina, pero no apareció. Estaba sola.

Esperé y esperé hasta que mi madre me apoyó una mano en el hombro y me llevó a casa. Miraba todo el rato hacia atrás para ver si funcionaba la magia, si los deseos significan algo cuando ya has cumplido los once años. Me decía a mí misma que si hubiera esperado un poco más, quizá las cosas habrían sido diferentes.

Pero no lo son.

Después de ponerse el sol, nos arrastramos desde las rocas y nos alejamos del barco de ayuda naufragado. Suenan gritos de alegría mientras rechinan los neumáticos de los camiones, que se adentran ruidosamente en la oscuridad. Zahra recorre con la mirada la curva de la costa y las señales de la calle, y así descubrimos que el barco llegó al puerto de Misurata antes de que lo bombardearan. Habíamos llegado.

Atravesamos la ciudad tropezando, evitando ráfagas de disparos y vigilando los camiones militares. Las dos saltamos cuando nos topamos con tiendas quemadas, con agujeros de bala en las señales de las calles y con edificios a los que les faltan las esquinas. Misurata, como Bengasi, es ladrillos que sangran y casquillos de balas. Me pregunto cuántas familias han visto desmoronarse su casa. Me pregunto si incluso Umm Yusuf sabía lo duros que eran los enfrentamientos, si alguien sabía que nos resultaría tan familiar.

Zahra y yo nos acurrucamos en un callejón, detrás de un camión abandonado, pero no dormimos. Temblamos toda la noche hasta que sale el sol y nos seca la ropa. Entonces empezamos a volver a la vida, nos libramos de la humedad en los nudillos y estiramos las piernas.

Zahra echa un vistazo al mapa de la bolsa de plástico, enterrado en mi bolsa de arpillera, aún seco. Dentro, la arpillera huele a sal mezclada con el perfume de mi madre. Imagino el aire escapándose de la bolsa y me pregunto si en el mundo hay más esperanza de la que veo.

Zahra coge el dinero que nos queda, mojado como pañuelos usados. El cielo vuelve a ser rojo, y la ciudad se mueve en ventanas y enciende cigarrillos en portales.

—Tenemos que darnos prisa —me dice Zahra tirando de mí para que me levante—. Hazlo por mamá. Hazlo por Huda.

Me coge por la muñeca y tira de mí. Caminamos más de medio kilómetro y llegamos a un mercado en el que los vendedores de fruta están colocando las cajas. Zahra me compra dátiles pegajosos y palpa el dinero que lleva en el bolsillo cuando cree que nadie la mira.

Pasamos por un puesto con la radio encendida. Alguien habla muy rápido en árabe, en un dialecto tan distinto que no lo entiendo. Zahra se detiene de golpe.

—¿Qué pasa?

Me pide que me calle. Se queda rígida, escuchando, y me aprieta los dedos.

—Me haces daño —me quejo.

—Llegamos tarde —me susurra—. Argelia ha cerrado la frontera con Libia esta mañana.

Aplasto un dátil con la mano.

—¿Qué?

Zahra suelta una palabrota, y no está mi madre para decirle que no lo haga. Me lleva hacia la sombra, detrás de un puesto de albaricoques.

—No podemos pasar —me susurra—. La frontera con Argelia está cerrada.

—Si no podemos salir, podemos volver atrás para reunirnos con mamá —le digo.

Pero Zahra niega con la cabeza, aprieta la boca y cierra los ojos como si siguiera sangrando por dentro. El miedo en sus ojos me recuerda al de mi madre cuando no quiere que lo vea aunque lo veo. El corte en su frente se ha convertido en una costra negra, y supongo que la mía es igual de fea.

—Recuerda lo que nos dijo mamá sobre el mapa —me dice Zahra—. Nos dijo que nos reuniéramos con ella en Ceuta. Tenemos que llegar allí, cueste lo que cueste.

—¿Cómo vamos a llegar si no podemos cruzar? Has dicho que no hay manera de salir.

Zahra se muerde el labio.

—Hay una manera —me dice. Luego me mira preocupada—. Pase lo que pase, no digas nada. Tu inglés nos delataría.

Volvemos al sol. Ya hace calor, y las mujeres pasean por el mercado con coloridos vestidos de estampados florales. Zahra compra albaricoques a una mujer y le hace una pregunta en árabe.

No entiendo lo que dice, pero por su tono sé lo que está pidiendo y que está dispuesta a pagar por ello. Aparto la mirada de una hilera de rosas de yeso de un puesto de al lado y tiro de la manga de Zahra.

—No.

Zahra no me hace caso. La mujer se inclina y dice algo. Entiendo sus sencillas palabras:

—No lo hagas.

—¿Por qué no?

—Tienes un niño. —La mujer me mira con el ceño fruncido y me doy cuenta de que cree que soy el hijo de Zahra—. Es muy peligroso.

Pero Zahra sigue hablando hasta que la mujer cede. Señala otro puesto en el que un hombre mira enfadado una cesta de naranjas.

Nos dirigimos al puesto, y Zahra habla con el hombre con frases titubeantes. Él no sonríe. Llama a otro hombre con voz neutra y fría.

—Esto no me gusta —susurro.

Pero Zahra tampoco me hace caso.

—Déjame a mí —me dice.

Llega el amigo del hombre y Zahra habla con él. Le dice que soy su hermano pequeño y que nuestros padres están esperándonos en Ceuta. Miro los ojos del hombre, que se mueven arriba y abajo, que se detienen demasiado rato en los pliegues de la camiseta de mi hermana y en sus vaqueros rotos.

El hombre niega con la cabeza.

—No puedo llevaros a Ceuta, pero puedo llevaros a Argel. Desde allí podréis viajar a Ceuta.

Su acento y su dialecto son diferentes de los de mi madre y Zahra, pero entiendo casi todo lo que dice. Intento imaginar a qué distancia está Argel de Ceuta.

—¿Cuánto? —le pregunta Zahra.

El hombre la mira y dice una cantidad.

—Dólares estadounidenses o euros —dice el hombre.

Zahra discute con él, pero no tiene nada con lo que negociar. Vacía sus bolsillos y saca todo lo que nos queda, excepto lo que está cosido en las lengüetas de mis zapatillas de deporte.

Cuando saca los últimos billetes de dólar de mi madre, se me dispara el corazón. Hacía tanto que no veía dólares estadounidenses que parecen demasiado obvios, demasiado peligrosos para llevarlos encima, como sacar el pasaporte entre la multitud.

El hombre coge los dólares y los cuenta. Pide más.

Zahra le muestra la muñeca. El hombre toca la pulsera de oro y le roza los lunares con los dedos.

—¿Qué estás haciendo? —le susurro.

Me da una palmada en la mano.

—En inglés no —me contesta.

Zahra se quita la pulsera y se la da al hombre, que señala una camioneta con el pulgar.

Poco después, el hombre nos lleva a nosotras y a una familia a una vieja casa desvencijada a tres horas de distancia, a las afueras de lo que Zahra cree que es Trípoli. La puerta cruje en las bisagras, y dentro la pequeña casa huele a orina y a podrido. Siento una mezcla de vergüenza y temor que no sé cómo llamar, algo dentro de mí grita que ha sido un error.

El hombre nos deja entrar, nos dice unas breves palabras y cierra la puerta. Nos sentamos en la oscuridad unos minutos, sin movernos. Un niño de mi edad y un anciano —¿su abuelo?— piden alfombras, y nosotras hacemos lo mismo. Nadie habla.

—Ha dicho que nos pondremos en camino dentro de unos días —me dice Zahra al rato—. Unos contrabandistas nos llevarán a Argelia en camión por el desierto, quizá a Marruecos si encuentran a gente dispuesta a pagar. Desde allí intentaremos cruzar a Ceuta.

Recorre con la mirada las manchas de aceite de las paredes desconchadas.

—Pero ¿cómo? —le pregunto.

—No lo sé.

Me siento con las piernas cruzadas y apoyo las manos en el regazo.

—Me alegro de que no seas de esas personas.

—¿De qué personas?

—De las que nunca escuchan —le contesto—. Las que te sonríen mientras solo esperan su turno para hablar. Las que revolotean de un lado a otro. Gracias por no ser así.

—Ya no.

Durante un rato no decimos nada. Paso los dedos por los clavos en los que la gente ha colgado ropa y harapos. Detrás de las telas, en la pared, hay palabras escritas a bolígrafo y rotulador, algunas en árabe y otras en francés o inglés.

«El mundo cambia de forma por la noche», reza una frase.

Zahra se ríe sin hacer ruido.

—Aún tengo la llave —me dice—. La de la casa de Homs.

—¿En serio?

—Claro. —Zahra aparta la mirada de la pintada de la pared y se saca del bolsillo la llave plateada, con los números descascarillados y corroídos por la sal—. Imagínate. No hay puerta. No hay casa. Solo hay una llave.

Fuera arranca un camión. Al otro lado de la habitación, el anciano se saca un trozo de lápiz del bolsillo y se lo tiende al niño de mi edad. El niño se quita la camisa y deja al descubierto una escalera de huesos que le sube por la espalda y le baja por el pecho. La carne de sus oscuras mejillas está hundida, y el pelo negro le cuelga sobre el rostro mientras da la vuelta a su camisa y pasa el lápiz por la etiqueta.

—¿Qué haces? —le pregunto.

El niño me mira apartándose el pelo de los ojos. Lleva unos vaqueros demasiado grandes para él, y las rodillas sobresalen como grandes pomos de puerta. Me contesta bajando los ojos y jugueteando con el cuello negro de su camiseta de rayas. Por un segundo me doy cuenta de que he olvidado hablar en árabe y abro la boca para volver a intentarlo.

—Pongo mi nombre en la etiqueta —me dice el niño en voz baja y en inglés, con un acento diferente del de mi madre—. Mi nombre, el de mi abuelo y quién soy. Por si no pueden saber quiénes somos por nuestros cadáveres.

Lo dice muy tranquilo.

—¿Quién eres? —tartamudeo—. ¿Quieres decir tu nombre?

—No. Quiero decir la historia de mi vida, dónde nací y esas cosas. —El niño me tiende el lápiz—. ¿Quieres escribir tú también?

Cojo el lápiz con mano temblorosa. Abro la bolsa de mi madre y escribo mi nombre y el de Zahra en la arpillera.

Luego hago una pausa. ¿De dónde debería decir que soy, de Manhattan o de Homs? ¿Y qué puedes decir de tu vida en cinco palabras a lápiz?

El niño y su abuelo esperan mirando por la ventana blanquecina.

Mientras pienso, apoyo la cabeza en la pared. Leo otra línea garabateada a bolígrafo en la pared por alguien que debió de pasar por aquí: «No aparecemos en ningún mapa».

CUARTA PARTE

ARGELIA / MARRUECOS

Mi nombre es una canción que me
canto a mí misma para recordar la voz de
mi madre. Mi nombre no se pliega a tu lengua,
no se detiene en tus fronteras. Mi nombre no es un riesgo de
fuga. Canto mi nombre para recordar un tiempo en el que llevábamos
nuestro idioma en la sangre, un tiempo en el que nuestras madres
estaban en nuestro pelo, un tiempo en el que las vocales procedían del
mismo lugar profundo que la risa, y el pozo de la sed no era tan grande. Oh,
amor mío, atravieso la tormenta de la vida descalza y atada, desgarrándome en las colinas
por la voz que dejé en casa donde nacieron mi madre y la madre de mi madre. Recojo palabras
como piedras para alimentar a mis hijos. Están sedientos de palabras que suenan como la forma
de sus ojos. Oh, mi amor, ¿dónde encontraré esas palabras? Necesito una palabra que huela como la
madera del ud de mi madre, una palabra que parezca el sol que forma callos en las manos de mi padre.
Necesito una palabra que lata como pasos en la noche, una palabra que derrame agua cuando la cortes con
un cuchillo. Necesito una palabra que mis hijas no puedan decir, una palabra lo bastante estrecha para que
Dios entre en ella. Hubo un tiempo en el que las palabras hacían que las cosas fueran completas, amor
mío, un tiempo en el que sangraba el nombre que me pusiste. Hubo un tiempo en el que Dios
y mi madre vivían en mi nombre, un tiempo en el que trenzaba mi nombre en mi pelo
como una enredadera. Sé que los higos no son frutas, sino flores que crecen hacia
dentro, y estoy hambrienta de mi nombre, hambrienta de alimentar a mis hijos con
las cosas que han olvidado, hambrienta de encontrar las palabras para decir que
el hogar fue una vez un lugar verde y que volverá a serlo. Oh, mi amor, llegará el
día en que entre en la espuma de esta mortaja blanca y la pisotee. Presionaré
la palma de tu mano con la mía y tu piel será la mía. Corramos hacia
aquella orilla lejana, cada uno de nosotros hacia el lugar donde
el otro espera. Oh, mi amor, eres el único lugar en
el que podemos cantar con las lenguas de
nuestras madres. En tus ojos, las
palabras cuelgan maduras
como fruta.

Tierra desnuda

Tras la muerte del rey Roger, cualquier campesino de Palermo sabía que su heredero, Guillermo, no era como su padre. Los barones sicilianos hicieron correr el rumor de que no era apto para gobernar. Murmuraban sobre él y decían que era malo y retorcido.

Pero a Guillermo le había impresionado lo que al-Idrisi había hecho por su padre y prometió recompensarlo generosamente si se quedaba en su corte y escribía para él otro libro de geografía. Al-Idrisi aceptó porque el joven Guillermo era hijo del rey Roger. Pidió a Rawiya y a Jaldún que se quedaran en la corte para ayudarlo y les dijo que no podría hacerlo sin ellos. Y Rawiya, que llevaba a sus amigos en el corazón, aceptó quedarse durante un tiempo.

Cuando se corrió la voz de que los nobles sicilianos estaban conspirando contra el gobierno del rey Guillermo, Rawiya se puso nerviosa. Jaldún y ella le contaron sus temores a al-Idrisi, que los descartó. Al-Idrisi no iba a abandonar al hijo del rey Roger cuando más lo necesitaba. Dijo que el rey Roger había creado un remanso de igualdad y conocimiento, y que el rey Guillermo continuaría el legado de su padre.

Pero no sería así.

Seis años después de la muerte del rey Roger, Rawiya y Jaldún se encontraban por la noche en un rincón apartado de los jardines de la corte, rodeados de jazmines y almendros. Allí podían hablar libremente, cosa que no podían hacer durante el día, a salvo de los ceños fruncidos y de los chismorreos de la corte. En los últimos años de paz habían sido inseparables y caminaban juntos por los pasillos del palacio, los jardines y las calles de Palermo. Todo el mundo especulaba sobre su relación. El único otro lugar en el que podían estar solos y reírse y hablar de lo que quisieran era el taller del palacio, mientras se inclinaban sobre sus notas y los bocetos de los mapas que hacían para al-Idrisi, que para trabajar y escribir en la corte del rey Guillermo dependía de Rawiya y Jaldún. Les habían nombrado eruditos de la corte. Rawiya y Jaldún trabajaban codo con codo en el taller día tras día, y allí había sido donde se habían dado el primer beso tímido unos meses antes, con los dedos manchados de tinta.

Aquella noche, Rawiya y Jaldún se cogieron de la mano, y la conversación adoptó un cariz diferente, más nostálgico.

—Los árboles vuelven a estar verdes y llenos de hojas —le dijo Rawiya—, y pronto los campos y los huertos darán sus frutos. Desde que volvimos a Palermo, seis veces se han cosechado las aceitunas, y mi madre seguirá andando por el olivar y por la orilla del mar esperando mi regreso. Cuando salí de mi casa era una niña, pero ya soy mayor. Ha llegado la hora de que haga planes para volver a casa.

Rawiya y Jaldún iban a cumplir veinticinco años y empezaba a preocuparles echar raíces.

Jaldún se miró las manos.

—Lo sé —le contestó—. Debes volver con tu madre. Querrá saber que estás a salvo.

Rawiya acercó la frente a la de Jaldún.

—Pero no quiero dejarte.

Jaldún se echó hacia atrás y miró a Rawiya a los ojos.

—Quiero que tu casa sea mi casa —le dijo—. Iré a donde tú vayas. Te lo prometí. —Le besó las manos—. Te quiero, Rawiya. Si me quieres, te seguiré al fin del mundo. Si me quieres, seré tu marido.

Pero nada más decirlo oyeron un fuerte grito procedente del patio, y ambos se pusieron de pie. Desde el palacio llegó un ruido de cristales rotos y golpes de garrotes contra el mármol. Asustados, corrieron por los jardines hacia el patio agachando la cabeza y escondiéndose detrás de las ramas. Desde el patio se elevaban voces audaces y el crepitar de antorchas.

Rawiya y Jaldún se acurrucaron, consternados por la escena que estaban viendo. Los rebeldes habían tomado el palacio. Los rumores sobre los disturbios eran ciertos. Los barones habían provocado una rebelión armada contra el rey Guillermo.

—Tenemos que encontrar a al-Idrisi y salir de aquí —susurró Jaldún.

—La biblioteca..., estará allí.

Rawiya tocó la cimitarra cubierta de piedras preciosas de al-Idrisi, que había llevado con orgullo los últimos seis años. Sabía que al-Idrisi nunca se marcharía sin *El libro de Roger*.

Cruzaron los jardines hacia la biblioteca.

—Han pasado seis años, y su corazón sigue entre esas páginas —dijo Jaldún.

—No es el primero que busca la paz entre sus libros en lugar de dormir. —La voz de Rawiya se tiñó de indignación—. Esto nunca habría sucedido con el rey Roger. Un rey sabio habría...

—Pero tenemos que enfrentarnos a las cosas tal como son —le dijo Jaldún—. Hemos tenido muchos años de paz. Deberíamos estar agradecidos.

Rawiya oyó voces, se pegó a un árbol y sus dedos rozaron los de Jaldún.

—Hemos tenido más que la mayoría —le susurró.

Se metieron en el pasadizo que conducía a la biblioteca. A través de los arcos que cruzaban los balcones vieron a hombres que levantaban estatuillas, destrozaban frescos y azulejos a hachazos y prendían fuego a tapices y cojines de terciopelo.

La biblioteca estaba vacía y todas las velas estaban apagadas. Había otro lugar en el que casi seguro estaría al-Idrisi. Rawiya y Jaldún se dirigieron al taller, donde ardía una sola vela.

Al-Idrisi estaba en el taller, encorvado sobre el planisferio de plata con su túnica blanca de erudito. Maldecía y lloraba intentando colocar el planisferio en una plataforma con ruedas, pero pesaba demasiado para que un hombre solo lo levantara.

Al final de pasillo, los rebeldes saqueaban la biblioteca a gritos, destrozaban las estanterías y prendían fuego a valiosos volúmenes.

—No hay tiempo —dijo Rawiya—. Tenemos que dejarlo.

—No. —Al-Idrisi soltó el planisferio y se frotó los dedos—. El planisferio es lo único que me queda de Roger.

—Tiene el libro y el mapa —le dijo Rawiya—. Confórmese con eso. Los rebeldes querrán el planisferio por la plata. Llevárnoslo es demasiado peligroso.

—Por favor. —Al-Idrisi inclinó la cabeza. Su barba era tan blanca como el turbante. Aunque los años de viajes le habían pasado factura, a Rawiya nunca le había parecido tan viejo—. Juntos podremos.

Rawiya rodeó el disco de plata. Pesaba más que dos hombres.

—De acuerdo —le dijo—. Ayudadme.

Jaldún se acercó al planisferio y al-Idrisi se colocó en cabeza. Los tres juntos lo subieron a la plataforma gruñendo por el esfuerzo.

Las puertas se abrieron de golpe. Unos hombres con dagas y garrotes en las manos cruzaron el taller volcando las mesas y el tablero de dibujo.

—¡Marchaos! —gritó Jaldún parando una espada con su cimitarra.

Alejó al hombre y detuvo un garrote que caía sobre él. Los atacantes chillaron y le dieron patadas.

—¡Jaldún! —gritó Rawiya.

Jaldún detuvo sus armas, se volvió, tiró la daga de un hombre al suelo y lo agarró por la muñeca.

—Marchaos. ¡Ahora mismo!

Rawiya tiró de al-Idrisi hacia la puerta. Entraron más rebeldes en el taller y acorralaron a Jaldún en una esquina, junto al planisferio, de espaldas a la ventana. Uno de ellos prendió fuego a las cortinas, y las llamas se extendieron por las vigas de madera del techo.

Jaldún no vio la flecha procedente del patio que entró silbando por la ventana.

Rawiya gritó.

La flecha atravesó la túnica de Jaldún, y su sangre salpicó el suelo del taller. Mientras sus atacantes vitoreaban, Jaldún alzó los ojos hacia Rawiya.

—Marchaos —le dijo moviendo los labios sin emitir sonido alguno.

Las llamas lamieron sus hombros y empezaron a derretir el marco de la ventana.

—Marchaos.

Rawiya sacó a al-Idrisi del taller y lo arrastró por el patio hacia el túnel secreto de los criados que había visto cuando llegó por primera vez. Condujo a al-Idrisi por el túnel de arena, a oscuras. Los ladrillos del techo se estremecían con decenas de pasos.

Hubo un tiempo en que el túnel llevaba a la cocina de los criados, pero ya no era así. Rawiya parpadeó a la luz de la luna.

Estaban en un patio abierto lleno de escombros, con restos de ollas de cobre y trozos de cerámica a sus pies. El techo se había caído, los paneles estaban chamuscados y los azulejos estaban rotos.

Rawiya y al-Idrisi se abrieron camino entre porcelana rota y ladrillos ennegrecidos, y escaparon por la entrada de los criados. Huyeron hacia la oscuridad por los jardines del palacio, por encima de hierba pisoteada y hojas de palmera quemadas. Se escondieron debajo de los palmitos y observaron el palacio, que retumbaba y ardía.

Al-Idrisi se arrodilló y rezó con la cabeza en las manos y *El libro de Roger* debajo de la túnica.

Rawiya se llevó la mano al pecho y sintió el músculo de su corazón encogido. Se abría y se cerraba. Donde antes había palabras solo quedaba sangre.

El primer día transcurre muy despacio, y el siguiente. Cuando queremos darnos cuenta, llevamos una semana en la casa de los contrabandistas, esperando a que reúnan a un grupo lo bastante grande para cruzar el desierto y la frontera con Argelia. Como no nos dejan salir a estirar las piernas, los jóvenes padres recorren la habitación de un extremo al otro, y los niños pegan la cara a las ventanas. En las esquinas del techo zumban las moscas. Por la noche, los contrabandistas nos lanzan barras de pan y nos gritan que esperemos un día más. Abro la boca para preguntarle a Zahra si deberíamos volver atrás, y luego recuerdo lo que mi madre dijo sobre los enfrentamientos en el Golfo: «En las carreteras no hay ley». Por la noche oímos voces masculinas y finjo dormir.

La última noche, un contrabandista entra en la casa y avanza entre las familias, que duermen. Camina como si estuviera buscando a alguien, mirándonos uno a uno. Tiemblo pegada a Zahra y cierro los ojos.

Se detiene a nuestra altura. Las tablas del suelo gimen. El hombre respira pesadamente y resopla dando golpecitos en la pared con algo de madera.

Un temor frío se extiende desde los dedos de mis pies hasta el cuero cabelludo. Tengo mucho miedo. Contengo la respiración. El hombre está muy cerca. Se cierne sobre nosotras en la oscuridad.

Pero el contrabandista se aleja y suelto el aire. Da una patada a uno de los jóvenes padres, que gime.

El contrabandista habla en árabe, lo bastante alto para despertar a las demás familias, pero nadie se mueve.

—Tú —le dice—. Levántate. —Vuelve a darle una patada—. Tu familia no ha pagado.

El padre tropieza con su mujer y se arrastra hacia la pared.

—¿Qué quieres que te dé? —le dice—. No tengo nada. Te lo dije, mandarán el dinero.

El húmedo crujido de un palo al golpear la carne hace que toda la habitación se crispe. El padre grita. El contrabandista lo empuja hacia la puerta. El hombre no deja de protestar.

—¡No tengo nada! —grita—. Te di todo lo que tenía.

La puerta se cierra de golpe. A nuestro alrededor, la gente expulsa el aire y destensa el cuello. Al otro lado de la ventana, la dura madera golpea el músculo. El padre grita y suplica. Unas monedas tintinean en el suelo. El corazón me golpea los pulmones y hundo la cara en la barriga de Zahra.

Su respiración, pesada e irregular, me calienta la nuca.

—No has entendido nada, ¿verdad? —me susurra.

El miedo recorre la voz de Zahra como aire a través de la caña de un oboe. Es lo que habría dicho mi madre, lo que me preguntaba después de que los médicos hubieran hablado con mi padre en el hospital.

Abro la boca pensando cómo decirle a mi hermana lo que he oído. La puerta se cierra de golpe cuando el padre vuelve a entrar y Zahra se estremece con cada uno de sus pasos.

—No —le susurro—. No he entendido nada.

Al día siguiente, una docena de personas nos amontonamos en la parte de atrás de la camioneta de los contrabandistas, sentadas en sacos y en cajas. La plataforma de la camioneta está llena de equipaje y de mantas enrolladas sujetas con cinta adhesiva. En los laterales de madera de la camioneta cuelgan paquetes con cuerdas, que parecen perros peludos con patas diminutas. La gente se sienta encima de sus bolsas, hombro con hombro, y los que están sentados al borde de la camioneta tienen palos metidos entre las piernas para evitar caerse si se quedan dormidos.

—Vamos. ¡Vamos!

Los contrabandistas dan palmas para que nos movamos más deprisa. Nos lanzan botellas de agua y nos dicen que las hagamos durar.

Zahra y yo subimos y nos colocamos junto al niño de mi edad y su abuelo. La gente se empuja cuando el motor arranca.

La ciudad se reduce a un escarabajo en el horizonte. El suelo rocoso se convierte en arena. Desaparecen los arbustos y las hierbas. La accidentada carretera arroja nubes de polvo.

El niño de mi edad da su botella de agua a su abuelo, que se la pasa por las pobladas cejas blancas y por la piel acartonada de debajo de los ojos. El niño se saca del bolsillo un calcetín que envuelve un frasco de plástico de pastillas. Tiende una pastilla a su abuelo, que se la traga con un sorbo de agua.

Se da cuenta de que lo miro. Me dice en voz baja, en inglés:

—Es para el corazón.

—Ah.

Damos botes, y el sudor nos gotea por la barbilla. Quiero contestarle en árabe, pero me fallan los nervios y le contesto en inglés.

—Me llamo Nour. Esta es mi hermana, Zahra.

—Yo me llamo Esmat.

—¿Por qué escondes las pastillas? —le pregunto.

—Son muy caras —me contesta Esmat—. No quería que me las robaran. —Se mira las manos—. ¿Te gusta el fútbol? A mí me gustaba jugar en mi ciudad, con mis amigos.

—Mi hermana Huda jugaba antes de que nos marcháramos —le digo. Traduzco mentalmente al árabe las palabras en inglés, como si mi cerebro se hubiera convertido en dos engranajes entrelazados—. Donde vivíamos lo llamaban *soccer*. Mi hermana era la mejor, la capitana de su equipo del colegio.

—Qué bien —me dice Esmat.

El sol desplaza su cabeza por el cielo. Esmat mueve las piernas a un lado de la camioneta y da patadas a imaginarios balones de fútbol.

—Espero que tu hermana pueda volver a jugar algún día —me dice.

Por la tarde paramos para que la gente pueda salir a orinar. Algunos piden agua. El contrabandista maldice, los empuja y lanza botellas de agua a los demás hasta que vuelven a subir a la camioneta. Nos dice que si nos quedamos atrás, no nos devolverán el dinero.

La carretera serpentea entre cerros rocosos y colinas rojizas, y luego se aplana en una amplia extensión arenosa salpicada de matas de hierba verde grisácea. De vez en cuando pasamos por delante de camellos sentados con las patas dobladas, y a veces diminutas figuras nos observan desde lejos.

A medida que nos acercamos a la frontera con Argelia, las dunas del Sáhara se elevan hacia el oeste: acantilados de arena, crestas ondulantes y montañas de arena de color miel. La camioneta avanza rebotando y quejándose.

Cuando el sol empieza a caer, Esmat da a su abuelo el agua que le queda.

—Tiene que beber cada poco tiempo —me dice.

Al atardecer hacemos otra parada para orinar, y el conductor amenaza con obligarnos a tomar pastillas para que no orinemos.

—¡A partir de ahora se acabó el agua! —grita.

Esmat se mueve inquieto entre pilas de paquetes, a nuestro lado. Sacude las últimas gotas de agua de su botella vacía. Su abuelo tiene los ojos vidriosos, parece débil y le tiemblan las manos.

Esmat salta de la parte de atrás del camión y se acerca a un contrabandista que está estirando las piernas.

—Mi abuelo necesita agua —le dice en árabe.

Pero el contrabandista le grita. Saca un palo de la camioneta y lo golpea con tanta fuerza que le hace chillar. Le golpea en la espalda, las muñecas y las sienes. Le salen ronchas rojas en los omoplatos. Hundo la cara en el regazo de Zahra y grito cada vez que le da un golpe, y aunque no puedo verlas, siento el picor de cada roncha en mi propia piel.

Esa noche, Esmat está tumbado con la cabeza en el regazo de su abuelo, dormitando, cuando la camioneta se detiene en un campo cubierto de maleza. El contrabandista que ha pegado a Esmat cierra de golpe la puerta de la camioneta, se dirige a nosotros a zancadas y nos dice que bajemos.

Nos quedamos de pie en el campo, temblando. Nos dice que empecemos a andar, que cruzaremos la frontera con Argelia a pie. Nos dice que no hagamos ruido y se lleva un dedo a la cabeza fingiendo disparar.

—Los guardias fronterizos primero disparan, y luego preguntan —nos dice.

A las mujeres embarazadas y a los padres con niños pequeños les cuesta mantener el ritmo. Zahra coge a un niño mientras su madre, con la nariz y las mejillas quemadas por el sol, avanza con un bebé en brazos. Esmat camina junto a nosotras, de la mano de su abuelo. Tiene la cara y el cuello tan hinchados que casi no lo reconozco. Mientras caminamos me pregunto si parecemos una familia. ¿Pueden las personas unirse tan fácilmente como se separan?

En la oscuridad, nuestras respiraciones son una decena de langostas batiendo las alas.

Luego estallan las balas.

Los disparos desgarran las costuras de la noche. Nos agachamos y corremos. El niño da una sacudida y se escapa de los brazos de Zahra. Las familias se dispersan, y en el caos Esmat pierde de vista a su abuelo.

Zahra me coge de la mano, y yo paso el brazo por el de Esmat. Nos alejamos de la carretera agachándonos bajo la luna.

Los disparos se intensifican. La camioneta de los contrabandistas arranca en la distancia. Tropiezo con algo que tira de mí y se me clava en las espinillas: una espiral de alambre de púas en el suelo, que se extiende hacia la oscuridad. Argelia.

Siento un fuerte tirón en el brazo y Esmat se suelta. Yo suelto la mano de Zahra y me doy la vuelta. En la oscuridad, la cabeza de Esmat se recorta en el suelo. Las ronchas rojas que el contrabandista le hizo en la nuca están expuestas a la noche.

—Esmat, tenemos que correr —susurro.

Pesa demasiado para que lo levante. A lo lejos, en la oscuridad, las linternas de los guardias fronterizos barren el suelo. Justo cuando mis ojos se adaptan a la oscuridad, el resplandor de una linterna me ciega y vuelvo a oír disparos. Me tiro al suelo y pierdo a Esmat en la oscuridad.

—Vamos.

Zahra me saca del círculo de luz y corremos hasta que dejan de disparar. No miramos atrás.

Cuando recuperamos el aliento, Zahra y yo estamos solas. Me vuelvo y miro la carretera por encima de las dunas, pero no veo nada, ni a Esmat, ni a su abuelo ni la frontera. Hace un frío que no sentía desde Nueva York y que me cubre las piernas de piel de gallina. Los granitos están pegajosos por la sangre.

Zahra pasa la mano por los cortes de mis espinillas y las manchas de sangre de mis manos.

—¿El alambre? —me pregunta pensando que toda esa sangre es mía.

Asiento. Zahra también tiene un corte en la mejilla, cubierto de sangre marrón y espesa como los chorretones de una sartén. Es uno de esos cortes que nunca se curan bien, que dejan un gran dedo de carne nudosa.

Me agacho y apoyo los brazos en las rodillas. La luna lame el centímetro de pelo que tengo en la cabeza. Parpadeo y veo la cara inmóvil de Esmat, como si estuviera a punto de llorar.

—Apuesto a que sé lo que diría ese hombre si estuviera aquí.

Zahra se vuelve y mira hacia Libia.

—¿Qué diría? —me pregunta.

—No devolvemos el dinero.

El sol es una antorcha. Durante el día, las rocas y la arena pasan del hielo a las brasas bajo nuestros pies. Avanzamos por las dunas buscando la carretera. Ambas sabemos que si la encontramos, solo podremos seguir en un sentido. Aunque llevemos nuestros papeles a la frontera libia, esa frontera ya está cerrada. No podemos volver atrás.

Mis piernas se vuelven de ladrillo. Las palmas de mis manos desprenden sudor. Zahra y yo nos pasamos mi botella de agua hasta que se vacía. Imagino el sabor dulzón del pan. Imagino el chorro azul de agua fría en mi boca. Intento recordar de qué color es el sabor del helado.

Las noches son largos inviernos, y las pasamos acurrucadas debajo de la alfombra sucia. Nos comemos los últimos dátiles y el atún. Las latas se arrugan y se resecan. Por primera vez rezo para agradecer que el contrabandista nos diera botellas de agua extra cuando subimos a la camioneta, que Zahra y yo guardamos.

La caminata nos agujerea las suelas de las zapatillas, se nos contraen los músculos y nos duele la espalda. Me pregunto si el calor está derritiendo la pintura del mapa de mi madre. Me pesan la bolsa de arpillera, los bolsillos llenos e incluso el cráneo.

—Quizá a estas alturas ya estaríamos allí —me dice Zahra unos días después—, si las cosas hubieran salido bien.

Las nubes pasan corriendo, anunciando la inminente estación húmeda.

Doy patadas a las piedras y veo la cara de Esmat en los dibujos de la arena.

—Seguro que ese hombre no pensaba llevarnos a Argelia —digo.

Zahra se seca el sudor de la cara y el cuello, que le gotea por la muñeca.

—El muy hijo de puta. Para él solo éramos dinero.

Me rasco sangre seca de las cutículas.

—A mamá no le gustaría que dijeras palabrotas.

El calor ondea desde suelo y dobla el horizonte. Me pregunto si alguien volvió a la camioneta. Me pregunto si hay alguien por ahí que quiera al contrabandista, si todas las personas malas y despreciables del mundo tienen alguien que los quiera. Me pregunto si los malos son buenos algunas veces, cuando no los estamos mirando.

Y luego me pregunto: si encuentran el cuerpo de Esmat, ¿leerán las palabras que escribió a lápiz en su camisa?

El cuero cabelludo me arde, y el calor tiñe de rojo mi visión. El sudor se me acumula entre los pelos de las cejas y se me pega a las pestañas. Mi sangre es espesa. Las historias que llevo dentro hierven hasta formar una papilla. Las palabras que llevo dentro, las que no digo, tienen gravedad. Todas esas palabras no dichas son como puntos de gravedad de hierro. Me pesa sentirlas como un residuo pegajoso, me aplasta el peso de la esperanza y me pregunto si mi corazón no es más que un tubo.

Me detengo. Zahra da unos pasos arrastrando los pies bajo el calor hasta que se da cuenta.

—Estamos en septiembre —le digo.

—Seguramente estamos ya a mediados de septiembre —me dice Zahra—. ¿Y qué?

—Si mamá estuviera aquí, estaríamos a salvo —le digo—. Tendríamos un sitio para dormir. No tendríamos que hacer esto.

—¿Qué quieres de mí? —me pregunta mi hermana—. Si quieres encontrar a mamá, debemos andar. —Intenta cogerme de la mano, pero la aparto—. Tenemos que seguir adelante —me dice, y la desesperación de su voz irrumpe en tono rubí como un carbón caliente, roja como las ronchas en las costillas de Esmat.

—¿Para qué? —grito—. Mamá, Huda, Yusuf, Sitt Shadid, Umm Yusuf y Rahila ya no están. Se han ahogado, o les han pegado un tiro, o se han muerto. Como Abú Sayid. Como Esmat. Como papá.

Mi última palabra se desmenuza en el calor que asciende de las dunas. A lo lejos, un trueno sacude el cielo.

Es la primera vez que lo digo en voz alta. Algo en el mundo cambia en el momento que lo digo, como si ninguna de las cosas malas hubiese sido real hasta que salió de mi boca. Como si la muerte no hubiera existido hasta nombrarla.

¿Acaso el mundo no es más que una colección de heridas absurdas a la espera de producirse, un gran corte a la espera de sangrar?

Zahra se arrodilla frente a mí y me dice:

—Tenemos que seguir adelante.

Resoplo y me limpio la cara, pero tengo las mejillas secas.

—Me duelen los pies.

Zahra parpadea y sus pestañas expulsan arena que parece sombra de ojos dorada.

—Lo sé —me dice. Me toca la cara—. No pasa nada si lloras.

—No estoy llorando. —Tengo hipo, pero no me salen las lágrimas—. No puedo.

—Estás deshidratada.

Zahra me tiende su botella de agua, en la que quedan unas gotas.

La aparto.

—La necesitas.

—Te has acabado la tuya esta mañana.

Cojo la botella y bebo, y tengo la garganta tan seca que toso. Zahra tira de la bolsa de arpillera. Veo tres líneas de color verde oliva en la muñeca de mi hermana, donde llevaba la pulsera.

—Vendiste la pulsera de papá —le digo.

—Hay cosas más importantes que las pulseras —me contesta.

Observo su cara y la herida de su mandíbula. O un contrabandista la golpeó en la oscuridad, o se cortó con el alambre de púas. En cualquier caso, Zahra tendrá una cicatriz durante el resto de su vida. Está marcada, como yo.

—Descansemos —le digo.

Un trueno vuelve a retumbar sobre las dunas, esta vez más fuerte. El cielo escupe lluvia en débiles ráfagas. Zahra y yo nos tumbamos en el suelo. Abrimos la boca para beber e intentamos atrapar la llovizna con la lengua.

No basta, pero no nos importa. Dejamos que la noche se cierna sobre nosotras mientras caen las últimas gotas de lluvia, tortura y pura alegría a la vez.

Mi madre tenía razón. A veces el dolor tiene sus ventajas.

Esa noche, un hombre surge de la oscuridad con diez mil estrellas a la espalda.

Veo su silueta recortada contra el cielo púrpura cuando me despierto temblando. La arena sobre la que estamos tumbadas se ha enfriado. La Vía Láctea es una cuchillada de luz. Zahra está aún dormida a mi lado, con los músculos de los brazos y de los hombros contraídos por la sed. El hombre da unos pasos hacia mí y me doy cuenta de que alguien nos ha encontrado.

Me levanto, me froto los ojos y tropiezo con él. Cuando la luna lanza su luz sobre su rostro, me mira entornando los ojos bajo las espesas cejas y me grita unas palabras que no entiendo.

—¿Quién eres? —le pregunto.

El hombre me contesta, pero sigo sin entenderlo. Miro a Zahra, aún dormida a unos metros de distancia, y el miedo se apodera de mí. Recuerdo al contrabandista frente a nosotras en la casa, el terror de ser observada y de estar sola. «No aparecemos en ningún mapa.»

El hombre vuelve a hablar, esta vez más despacio, con la mano en el pecho.

—Amazigh.

Repito la palabra.

—¿Amazigh?

El hombre asiente. Intento recordar lo que me contó mi madre sobre los pueblos que viven en zonas de Argelia y Marruecos, los pueblos que los libros de historia llaman bereberes. Pero mi madre me dijo que, como la mayoría de los pueblos, el nombre que les dio la historia no es el que utilizan ellos para denominarse a sí mismos.

Las estrellas cuelgan sobre nuestras cabezas. Aquí el cielo es más brillante que las constelaciones del techo de la estación

Grand Central. Todo el mundo, hable el idioma que hable, tiene un nombre para las estrellas. Me concentro en su luz, lucho contra el miedo y encuentro las únicas palabras que se me ocurren.

Señalo el camello de Casiopea.

—Mi favorita.

Zahra se mueve. El calor la ha dejado atontada y débil. El hombre parece confundido al oírme hablar en inglés y vuelve a decir palabras que no entiendo. El miedo burbujea en rojo y amarillo, los colores del pánico. Recuerdo las palabras que olvidé en la tienda de especias de Homs. Ahora Zahra no puede ayudarme.

Pero el hombre vuelve a intentarlo, habla más despacio y sus ojos son tan jóvenes y pacientes como los de Abú Sayid en las Polaroids de mi padre.

Levanto la mano y señalo el cielo. ¿Cómo dijo mi madre que se decía «camello», lo que decía Rawiya?

—*An-naqah*. —Y entonces pienso que quizá no sabe lo que estoy señalando, así que añado otra palabra en árabe que me enseñó mi madre, «estrellas»—. *An-nuyum*.

Miro al hombre. Parece dudar, como si esperara a que dijera algo más. Vuelvo a señalar el cielo y me pregunto si lo he dicho mal. Tiemblo de frío. ¿Dudó tanto Rawiya alguna vez?

—*An-naqah fi an-nuyum* —le digo.

El hombre hace un gesto con la mano. Algo surge de la oscuridad: una mujer y una chica de la edad de Zahra que tiran de tres camellos. Hablan en una lengua que nunca había oído.

Zahra se despierta.

—¿Qué pasa? —murmura.

Observo la cara del hombre sabiendo que mi árabe es básico, como el de un niño. ¿Puede un hombre ser malo si le gustan las estrellas? Me pregunto si el contrabandista siguió los ojos de Esmat, que apuntaban al cielo.

Lo intento por última vez.

—*Ohebbu an-naqah fi an-nuyum*.

«Me gusta el camello de las estrellas.»

Abro la mano a la noche de terciopelo y empiezo a perder la esperanza. Debo de haberme equivocado en algo.

Pero mis palabras hacen que el hombre arrugue los ojos y empiece a reírse. Echa la cabeza hacia atrás y se ríe aliviado, una risa larga y tintineante como el cielo, que deja caer diamantes de su mano. Señala las estrellas y sonríe.

—*An-naqah fi an-nuyum* —dice como si nunca hubiera estado más seguro de nada.

El alivio me inunda el vientre. Habla árabe. Lo intento con algo más.

—*Ingliziya?* ¿Inglés?

La mujer, que está detrás de él, surge de la oscuridad.

—Árabe y francés. Y un poco de inglés. —Sonríe—. ¿Venís?

La mujer y el hombre nos levantan y nos sientan en sus camellos. Enseguida estamos atravesando las dunas. Los camellos se abren paso sobre crestas de fría arena. La mujer cabalga en silencio delante de nosotros con Zahra. El hombre me da agua, y de vez en cuando levanta la mirada y señala una constelación que en su momento identifiqué con mi madre o con Abú Sayid, pero la llama de otra manera. Llama las Pléyades por un nombre que nunca había oído, y la mujer retrocede y me lo traduce al inglés: «Las hijas de la noche».

Los escucho hablar en una lengua que nunca había oído. No necesito entenderlo todo. Las voces azul-violeta flotan a mi alrededor y me protegen del miedo. Estoy cubierta por una gruesa capa de seguridad, igual que una naranja.

La noche clarea como un impermeable viejo. Cabalgamos en silencio hacia el amanecer, y nuestros corazones laten muy fuerte. Escucho el espacio en blanco. Lo único que oigo es la respiración, como si fuéramos un solo órgano, un solo pulmón.

Dos cosas a la vez

Rawiya y al-Idrisi observaban arder el palacio escondidos debajo de los palmitos.

Al-Idrisi tenía el rostro manchado de cenizas de palmeras y lino. Daba palmaditas al libro y al mapa, que se había metido debajo de la túnica, y no dirigía los ojos a las llamas.

—¿Cómo han podido atacar así al hijo de Roger? —preguntó.

—Porque no era el rey Roger —le contestó Rawiya—. La gente aprovecha cuando el poder cambia de manos. —En la oscuridad, señaló hacia el lejano Magreb, por encima de la orilla de la isla y más allá del mar—. Fíjese en El Cairo. En el Imperio fatimí. —En los últimos meses, los mercaderes habían llevado a Sicilia la noticia de la caída de los fatimíes. Incluso los criados la comentaban en susurros. Rawiya dijo con amargura—: Los atrapados en medio son los que acaban sufriendo.

Al-Idrisi giró la cabeza.

—Lo hemos abandonado. Hemos perdido a Jaldún y el planisferio. He sido un cobarde.

—Lo quería más que a nadie —le dijo Rawiya golpeando con el puño la corteza del palmito—. Quería pasar la vida con él. ¿No cree que habría hecho algo más si hubiera podido?

Al-Idrisi sujetó el libro por debajo de su túnica.

—Pero perder a un hombre tan bueno...

Rawiya miró el palacio, iluminado bajo las estrellas. El olor a sal se mezcló con el humo, azufre ácido. La ceniza se volvió una pasta negra en sus mejillas.

—Espéreme —le dijo.

Rawiya corrió por los jardines del palacio, atravesó la cocina en ruinas y el túnel de los criados hasta llegar al final de los arcos de ladrillo que daban al patio.

Voces y sombras vagaban por el palacio arrastrando muebles, cuadros y joyas. Un hombre pasó por la entrada al túnel con una antorcha. Rawiya dio un paso atrás en las sombras y contuvo la respiración. El patio estaba invadido por las llamas.

Los vándalos estaban quemando libros.

—Tú. —Rawiya salió del túnel con su honda en la mano—. ¿Qué crees que estás haciendo?

Un hombre tiró un grueso libro encuadernado en cuero, escrito a mano con tinta dorada. Rawiya miró la cubierta. Era la *Geografía* de Ptolomeo.

—¿Estás de broma? —gritó el hombre. Pisó el libro y lo machacó contra las piedras—. Los días de Guillermo han acabado. Deberías haber corrido como un perro cuando tuviste la oportunidad.

Rawiya señaló el libro.

—Quiero saber qué estás haciendo con eso.

El hombre sonrió.

—Quizá lo queme.

—Pues cógelo —dijo Rawiya.

El hombre extendió el brazo para cogerlo.

Antes de que alguien pudiera detenerla, Rawiya colocó una piedra en la honda y disparó a la mano del hombre, que cayó al suelo aullando.

Los amigos del hombre soltaron los cuadros, los cojines y las piezas de cristal tallado y se abalanzaron sobre ella. Rawiya disparó seis piedras, una detrás de otra, que antes de caer al suelo hicieron cortes en las espinillas de sus atacantes y moratones en la barriga.

El primer hombre corrió hacia ella blandiendo la pata de una silla rota. Rawiya se metió la honda en la cinta del sirwal, sacó la cimitarra cubierta de piedras preciosas de al-Idrisi y paró el golpe, tan fuerte que la hizo tambalearse.

El hombre le sonrió por encima de sus armas cruzadas.

—Al fin y al cabo esto es una broma —dijo. La empujó con fuerza y la obligó a retroceder—. ¿Una mujer con una espada? ¿Tan débil es Guillermo que deja la protección del palacio en manos de mujeres? Una mujer. —Escupió—. No eres un guerrero.

—Soy una mujer y una guerrera —le dijo Rawiya hundiendo su espada en la pata de la silla—. Si crees que no puedo ser las dos cosas, te han mentido.

Rawiya se impulsó hacia delante y partió la pata de la silla por la mitad. El hombre tropezó y se cayó. Sus amigos se levantaron frotándose las piernas doloridas y se abalanzaron sobre ella. Rawiya paró sus dagas y sus palos, y apartó a los hombres con su espada. Pasó entre ellos en dirección al taller.

La pequeña sala estaba llena de humo. Tosió, cegada.

—¿Jaldún?

Nadie contestó.

Rawiya se atragantó con el humo y echó la cabeza hacia atrás. Vio que iban a golpearla y levantó la espada para parar los golpes. Se pegó a la pared y gritó:

—¡Jaldún!

—¡A tu amigo se lo tragó el fuego! —gritó el primer hombre que la había atacado. Se sentó en el suelo frotándose la mano y la espinilla—. No queda nada de él.

Rawiya corrió hacia él. El hombre se puso de pie, la apuntó con su daga y la obligó a retroceder. Rawiya saltó y cogió la *Geografía* de Ptolomeo. Los demás hombres la rodearon y la empujaron hacia el túnel de los criados.

Como tenía el libro en la mano, Rawiya no podía golpear con todas sus fuerzas y tropezó. Un hombre le dio una patada, y ella voló hacia atrás y se introdujo en el túnel de los criados y en la oscuridad.

Los hombres empezaron a golpear la entrada del túnel con sus palos y a derribar ladrillos. Diez de ellos daban golpes a las paredes mientras Rawiya echaba chispas por los ojos, arrodillada. Las paredes empezaron a resquebrajarse. La entrada se desmoronó.

Como las piedras caían alrededor de sus rodillas y sus tobillos, Rawiya se echó hacia atrás. Estaba apartándose cuando el arco se derrumbó y tapó la entrada.

—Jaldún —susurró Rawiya—. Mi hogar.

Volvió tambaleándose a la cocina en ruinas y cruzó el jardín del palacio agarrando con fuerza el libro que había rescatado, el libro que el rey Roger le había ofrecido hacía tiempo.

Rawiya volvió al palmito quemado en el que había dejado a al-Idrisi. Lo encontró llorando con la cabeza en el regazo. Su turbante blanco temblaba.

Al amanecer, subimos una gran duna y observamos una estrecha planicie rocosa salpicada de tamariscos. Una carpa cuadrada cubierta de alfombras de pelo de cabra y de mantas de colores está sujetada a la raíz de un árbol, cuyas tupidas hojas la protegen del sol. Un chico nos mira desde la distancia mientras ahuyenta a cabras marrones y a dos ovejas flacas. Un cordero se aleja de él tambaleándose y balando. Los perros se persiguen detrás de la carpa y ladran a los chacales, que se escabullen en la oscuridad.

—Normalmente no nos movemos por la noche —dice la mujer a Zahra en un árabe con marcado acento—, pero los perros os olieron.

Ayuda a Zahra a bajar del camello, y su hija me deja en el suelo. Nos empujan dentro de la carpa y nos piden que nos sentemos. El suelo está cubierto de alfombras de lana de rombos en tonos naranjas y estrellas verdes cuyos bordes se superponen. El hombre, que debe de ser el marido de la mujer, entra con una tetera plateada. Levanta el brazo y vierte el chorrito de té en los vasos. Tras haber pasado hambre tantos días, siento que el azúcar se me adhiere a los pelos de la nariz.

La mujer entra, se sienta y se coloca bien el vestido de estampado floral y el pañuelo bordado. El té es dulce y está caliente, y la menta huele a azul claro y limpio. La mujer dice algo. Entiendo *bismillah*, «en el nombre de Dios».

La mujer espera a que hablemos.

Inclino la cabeza y le doy las gracias en árabe:

—*Shukran*. —Luego le pregunto en inglés—: ¿Hablas cuatro idiomas?

La mujer sonríe.

—El francés y el árabe los aprendí en el colegio. El inglés, en el mercado. Hacemos kilims.

Señala las alfombras del suelo.

—Me llamo Nour —le digo—. Esta es mi hermana Zahra.

La mujer inclina la cabeza y vuelve a sonreír. Alrededor de los ojos se le forman arrugas.

—Itto.

Zahra empieza a hablar en árabe. Le explica lo que nos ha pasado y que estamos intentando llegar a Marruecos, y luego a Ceuta, donde vive nuestro tío.

—Tenemos que llegar a Sabta —le dice Zahra empleando el nombre árabe de Ceuta—. Nos separamos de nuestra madre y nuestra hermana, y viajamos durante días.

Itto se lo traduce a su marido, que se levanta y sale. Lo oigo hablando con su hijo y su hija.

Itto frunce el ceño.

—¿Se suponía que iban a llevaros a Argel, y desde allí a Sabta cruzando Marruecos?

—Sí.

—Cruzar la frontera marroquí y entrar en España no es fácil.

—Lo sé.

Itto me mira.

—¿Es tu hermano?

Zahra me echa un vistazo y sigue mirando a Itto.

—Es mi hermana.

Le cuenta lo de los piojos, y yo desvío la mirada.

—Así mejor. —Itto sirve otros tres vasos de té—. Nos ha hecho reír con sus estrellas. Es una niña muy dulce.

—Sí.

Zahra contempla el vapor. La hija de Itto entra con platos de barro con cuscús caliente cubierto de especias y almendras. Miro alternativamente a Zahra y a Itto, pero mi hermana no me mira. Como siempre, cree que no lo he entendido.

Hablamos en árabe a la vez. Zahra se dirige a Itto en mi nombre.

—Mi hermana habla muy poco árabe —le dice.

—Gracias —digo.

Zahra e Itto se vuelven y me miran, e Itto sonríe.

Itto dice en árabe:

—Hay un sitio..., Ouargla. Allí cultivan fruta y la cargan en camiones para venderla. Algunos de esos camiones van a Ceuta.

Itto y su familia nos llevan al oeste en sus camellos. Las cabras y las ovejas nos siguen. Creo que viajamos durante una semana, aunque pierdo la noción del tiempo. Comemos y dormimos en su carpa y los ayudamos a pastorear el rebaño. El desierto se vuelve familiar, una cara en la que las rocas son narices arqueadas, las dunas son labios y las zonas verdes salpicadas de eucaliptos son el pelo.

Itto comparte el agua con nosotras y me enseña palabras en árabe, chaouis y francés. Por la noche, su hija y ella hacen alfombras, y cuando ya no hay luz cuentan historias. Escucho sus risas y los cascos de los camellos contra el suelo. Los perros aúllan a los chacales a la luz de la luna.

Un día me vuelvo para mirar a Itto, que está detrás de mí, sentada en su camello. Hablo con ella en árabe. Mis frases infantiles son ahora más fluidas, las palabras me vienen cuando las busco.

—No nos has preguntado de dónde somos —le digo.

Mira las dunas entrecerrando los ojos.

—Me dijisteis que erais de Siria.

—Zahra nació en Homs. Mi madre y mi padre vivieron allí mucho tiempo. Pero yo nací en Nueva York, en Estados Unidos.

—¿Nueva York? —Itto me mira—. Puedes ser estadounidense, pero sigues siendo siria.

Froto el áspero pelo del camello.

—¿Cómo?

—Las personas pueden ser dos cosas a la vez —me dice Itto—. La tierra en la que nacieron tus padres siempre será tu tierra. Las palabras sobreviven. Las fronteras no son nada para las palabras y la sangre.

Pienso en el anciano que contaba historias detrás de la puerta de la frontera jordana. Los cascos de los camellos se hunden en la arena. Si pegara el oído a la tierra, ¿lo oiría respirar?

—Hubo un tiempo en que otros vinieron a reclamar nuestro país —me dice Itto—. No podíamos hablar en nuestra lengua ni poner a nuestros hijos los nombres que queríamos. Pero nos aferramos a lo que amaban nuestras madres. A nuestra tradición. A nuestras historias. Nos llaman bereberes, una palabra que viene de «bárbaro». Pero amazigh significa «hombre libre». ¿Lo sabías? Nadie puede quitarnos la libertad. Nadie puede arrancar nuestra tierra o nuestros nombres de nuestros corazones.

El calor deforma el horizonte y hace que las cosas que están cerca parezcan estar lejos, y que las cosas que están lejos parezcan estar cerca. ¿Alguna vez mi padre sintió eso sobre Siria cuando miraba hacia el otro lado del East River, más allá de Brooklyn? Mi madre decía que el tío Ma'mun era diferente, que veía la vida como una aventura. ¿También mi padre y su hermano echaban de menos de forma diferente, y a mi padre le dolía el mismo lugar que mi tío Ma'mun se había guardado en el bolsillo de la camisa? Pienso en Yusuf y en Sitt Shadid, y pienso que quizá haya partes de ti que, al darte cuenta de que las has perdido, nunca dejas de echar de menos.

—Creo que mi padre intentaba mantener Siria dentro de él —le digo—, pero era demasiado grande para abarcarla.

—Por eso tuvimos que aferrarnos a las viejas palabras hasta que las voces de nuestras madres brotaron de nuestra boca —me dice Itto.

Contempla el horizonte como si la tierra misma tuviera capas de realidad que yo no puedo ver. Y me doy cuenta de lo poco que sé del dolor de Itto y de sus antepasados, de que toda historia es más complicada de lo que parece, incluso la historia de los imazighen y de los normandos, que los separaron de la tierra en la que vivían. Aunque se puede utilizar una lengua, una historia o un mapa para dar voz o para quitarla, solo nuestras propias palabras pueden guiarnos hasta casa.

—Entonces nuestro hogar está aquí. —Trazo un círculo en el aire que nos incluye a todos, las personas, los camellos y las cabras. Luego señalo mi corazón y mi lengua—. El hogar es esto. Nadie puede quitárnoslo.

—Nadie. —Itto levanta el brazo—. Mira..., Ouargla.

Al principio, la ciudad no es más que un grupo de árboles en la distancia. Los caminos están cubiertos de arena, y solo se ven porque son más planos que todo lo demás. El marido de Itto se queda a las afueras de la ciudad con un cordero en los brazos, y las cabras y las ovejas se agrupan a su alrededor. Levanta un brazo y nos observa mientras nos marchamos.

La ciudad de Ouargla se eleva, ondulada y blanca, en el brillo del calor. Pasan camiones que levantan una capa de arena del asfalto y dejan al descubierto líneas amarillas. La arena rocosa se convierte en extensiones de arbustos.

Aparecen los primeros edificios, de yeso marrón. Las calles se estrechan. La ciudad está construida alrededor de un oasis, un fino cuenco de aguas poco profundas rodeado de palmeras y de los ibis que las vadean. Arboledas de palmeras y de árboles frutales rodean el agua. El sonido del tráfico, el crujir de las hojas, los gritos de los pájaros..., el ruido es tan fuerte que no puedo soportarlo, menos aún después del silencio del Sáhara.

Itto nos lleva al mercado del centro de la ciudad. Su hijo y su hija colocan las alfombras para venderlas. Luego Itto nos conduce a Zahra y a mí a un lado y señala una fila de camiones aparcados detrás de un edificio bajo, más allá del mercado. Itto mueve la cabeza hacia los camiones.

—Camiones de fruta —susurra—. Seguramente van a Argel o a Ceuta.

—¿Seguramente?

Zahra se muerde los labios.

—O a Fez.

Olisqueo y los bordes agrietados de la nariz me arden. Algo huele a podrido y a dulce, un olor broncíneo y verdoso. La parte de atrás de los camiones, con las puertas abiertas, son enormes agujeros en la oscuridad.

—Estaréis más cerca allí que aquí —dice Itto. Levanta las manos al cielo—. Es peligroso. Dios da paz.

Al anochecer, Itto nos acerca sigilosamente a los camiones. Fuera del edificio hay un hombre de espaldas, fumándose un cigarrillo.

Echamos un vistazo alrededor del parachoques. Los camiones están llenos de cajas, y en cada caja han pegado una etiqueta verde y amarilla. En el centro de todos los camiones, entre las cajas, hay un pasillo que conduce a la oscuridad total. En el aire flota una fría neblina de vapor.

—Parece el infierno —le susurro a Zahra en inglés.

—Son camiones refrigerados. —Zahra mete la cabeza en un camión y luego echa un vistazo al hombre que está fumando. La punta roja del cigarrillo brilla y chispea cuando inhala—. No puede estar muy por encima de la temperatura de congelación.

—Entrad. —Itto nos mira a Zahra y a mí—. Han acabado de cargar. Lo cerrarán pronto.

—Espera.

Meto la mano en el bolsillo y saco el pañuelo de Abú Sayid, con diamantes cosidos. Aunque ha pasado mucho tiempo, aún huele a hogar. Le tiendo el pañuelo a Itto.

Itto duda.

—¿Para mí?

Apoyo la mano en la suya, y coge el pañuelo.

—Por todo —le digo—. Es de otra persona. Una persona a la que también le gustaría darte las gracias.

Itto me abraza por última vez.

—Cuando encuentres a tu madre, no la sueltes —me susurra.

Subimos al camión y avanzamos por el pasillo. Cuando me vuelvo, Itto corre hacia sus hijos en la oscuridad, agachándose entre los edificios. Reaparece al final de la calle. Está demasiado lejos para que pueda ver si sonríe, pero levanta un brazo y señala las estrellas. Luego se marcha.

Zahra y yo nos abrimos paso entre las cajas. Nos topamos con algo que se abre de golpe y oímos un golpecito contra el suelo.

—Oh —susurra Zahra—. ¿Qué es eso?

Intento evitarlo, pero lo piso igualmente.

—Es blando.

—Debe de haberse abierto una caja. —Zahra olfatea el aire—. Naranjas, quizá.

—Yo huelo a plátanos. ¿Granadas?

El olor verde ácido de fruta demasiado madura aplastada es penetrante. Algo debe de haberse podrido.

Buscamos un hueco en la parte de atrás del camión y nos instalamos. Intento no pensar en la bodega del barco de ayuda.

—Itto y su familia nos han salvado la vida —me susurra Zahra.

—Sabía que nos ayudarían.

—¿Sí?

El olor a naranjas y dátiles me invade la nariz cuando respiro. Nos agachamos entre las cajas y nos apretamos, temblando. La piel de gallina me raspa las palmas de las manos cuando me froto los codos.

—Porque las personas a las que les gustan las estrellas no pueden hacer daño a los demás —le susurro—. Sencillamente, no pueden.

La fruta machacada entre los dedos de nuestros pies es como un baño frío de gelatina. Se nos filtra por los agujeros de las zapatillas, y las ampollas nos pican como fuego húmedo. Semillas y pulpa se nos pegan a los tobillos y a los cordones de las zapatillas de Zahra.

Me estremezco, me soplo los dedos y me pregunto cuánto tiempo podré soportar el frío antes de que mi piel empiece a endurecerse y sienta que me quema.

—Supongo que tienes razón —me susurra Zahra.

Por debajo

Aunque le dolían los huesos por lo que había perdido, Rawiya no intentó volver al palacio. Al-Idrisi y ella se escondieron debajo de los palmitos, y la túnica blanca de al-Idrisi se llenó de manchas grises de hollín. Rawiya las sacudió y sus dedos se ennegrecieron. El obstinado sol se negaba a alzarse entre el Monte Pellegrino y los campos verdes de las afueras de la ciudad. El palacio ardía. Se cubrieron la cara.

—Jaldún sobrevivió al ruc —dijo Rawiya—. Sobrevivió a las tormentas del desierto. Sobrevivió a los fatimíes y a los almohades..., y al final lo mataron en su hogar de adopción.

—Jaldún entregó su vida por protegerte —dijo al-Idrisi.

—Yo habría entregado la mía por impedirlo.

—Quería que vivieras.

—Entonces estaba loco.

Rawiya escupió. Su saliva era gris por la ceniza, cuyo amargor sentía en la boca.

Al-Idrisi levantó hacia ella sus ojos rojos.

—Tenemos que enfrentarnos a las cosas como son.

Rawiya se rio a su pesar.

—Es exactamente lo que decía Jaldún. Que tuvimos nuestros años de paz. Que debíamos estar agradecidos.

Al-Idrisi sacó el libro y el mapa de debajo de su túnica. Limpió con la mano las telarañas llenas de hollín de la cubierta.

—Es lo único que nos queda —dijo.

Rawiya sacó la *Geografía* de Ptolomeo de debajo de su vestido.

—Y esto.

—¡La *Yugrafiya*! —Al-Idrisi dejó sus cosas en el suelo y cogió el libro de Ptolomeo—. Roger y yo leímos estas palabras una y otra vez. Buena parte de lo que sé de cartografía lo aprendí de Ptolomeo.

Rawiya se inclinó y cogió el libro de al-Idrisi, el que había elaborado para el rey Roger. Observó las letras.

—Aquí no pone *al-Kitab ar-Ruyari.*

El libro de Roger.

—Roger no me habría dejado ponerle su nombre al libro —le contestó al-Idrisi—. No, oficialmente se titula *Kitab Nuzhat al-Mushtaq fi Ijtiraq al-Afaq.*

El libro de gratos viajes a tierras lejanas.

Al-Idrisi se rio.

—Solo yo lo llamo *El libro de Roger.*

—Entonces lo llamaremos así los dos —le dijo Rawiya.

En aquel momento, un débil relincho llegó a sus oídos. Rawiya contuvo la respiración pensando que rebeldes a caballo los habían encontrado. Pero de la oscuridad surgió un caballo con el cuello inclinado, y Bauza entró tropezando en el claro, bajo las palmeras, donde estaban Rawiya y al-Idrisi.

—¡Bauza!

Rawiya corrió hacia él y le acarició las crines chamuscadas. Bauza le frotó el cuello con los ollares. Le costaba respirar por el esfuerzo.

—Debe de haberse escapado de los establos antes de que ardieran —dijo al-Idrisi.

Rawiya apoyó la cabeza en la mejilla de Bauza, y el caballo le mordisqueó los dedos. Rawiya se rio a su pesar.

—Esta noche no tengo azúcar para ti —le susurró—, pero pronto te lo conseguiré. Te lo prometo.

Una sombra se movió al otro lado de los jardines, y con ella llegó el olor a quemado. La figura se encogió y se dejó caer entre dos palmeras quemadas. Cuando el cuerpo tocó el suelo, de su espalda se alzó una nube de ceniza. Detrás, algo grande y manchado de hollín rodó hasta detenerse junto a un tronco de palmera.

Rawiya ató a Bauza a una palmera y se acercó a las dos sombras. Ninguna de las dos se movió. Los bordes de la ropa que los cubría estaban desgarrados y chamuscados, y al acercarse Rawiya y al-Idrisi vieron que una de las dos figuras era un hombre cubierto con una capa.

Rawiya rodeó al hombre, que estaba en el suelo. Tenía la cabeza y la cara cubiertas con una capucha, y las manos quemadas y ensangrentadas. Se mantuvo a un paso de distancia, pero el hombre no se movió. Al-Idrisi miró hacia los escombros de la cocina de los criados para asegurarse de que no venía nadie más, pero nadie los había seguido.

Rawiya respiró hondo y le bajó la capucha al hombre.

—¡Jaldún!

Se tiró al suelo, a su lado, le pasó los brazos por los hombros y le besó en la frente.

Jaldún tosió.

—Parece que siempre me encuentras fastidiado —le dijo.

Rawiya le tocó el pecho y apartó los dedos al encontrar una flecha hundida en su hombro.

—Necesitas un médico —le dijo—. Tenemos que detener la hemorragia...

Pero Jaldún agarró la flecha haciendo una mueca.

—Debo de haber cantado una canción que le ha gustado a Dios —le dijo. Se volvió y mostró a Rawiya el otro extremo de la flecha, que sobresalía por la espalda—. Me ha atravesado. Una herida limpia.

Y tenía razón, porque no le había perforado el corazón y la propia flecha había detenido la hemorragia.

—¿Por qué te has quedado en el taller? —Rawiya le limpió la ceniza de la barba. Se llevó los dedos de Jaldún a la mejilla y sintió el olor a hierro y a amarga carne quemada—. ¿De qué sirve un libro o un mapa si mueres?

—Quería cumplir mi promesa —le contestó Jaldún.

—Estás loco —le dijo Rawiya—. Eres un loco bueno y valiente, y por eso te quiero.

Jaldún le tocó el rostro y, pese al dolor, sonrió.

—Qué poético —le dijo.

Y Rawiya le besó en la frente y en los labios, con la flecha interponiéndose entre ellos.

—No habéis perdido tanto como pensabais —dijo Jaldún apartándose de ella.

Señaló el bulto cubierto con una tela. La tela era un trapo de la cocina de los criados, ahora en ruinas, manchado de hollín y de polvo de baldosas rotas.

Al-Idrisi retiró la tela y cayó de rodillas. Un gran disco de plata brilló en una plataforma a la luz de la luna.

—El planisferio —dijo al-Idrisi.

—Lo difícil ha sido salir del taller.

Jaldún les contó que la flecha lo había derribado, y que al desplomarse había arrastrado un tapiz de la pared, que le había caído encima. Sus atacantes habían prendido fuego al taller, a la biblioteca y al tapiz, con la intención de quemarlo vivo. Él había levantado el tapiz ardiendo y se lo había lanzado a sus atacantes.

—Los he expulsado del taller con el tapiz en llamas, que he dejado quemándose en la piedra —dijo Jaldún.

Levantó las manos. Como se había quemado la piel, lo que se veía era carne roja y pus.

Rawiya arrancó una tira de tela de su capa y le vendó una mano. Al-Idrisi le vendó la otra con su turbante blanco.

—Se curarán —dijo Rawiya.

—Con el tiempo, y quedarán cicatrices —dijo al-Idrisi—. Pero es poca cosa comparada con tu vida.

Jaldún siguió contando cómo, con graves quemaduras y escondiendo el rostro para parecer un saqueador, había sacado la plataforma del taller. Había huido por el túnel de los criados porque había visto a Rawiya y al-Idrisi meterse en él. Agotado y tirando del pesado planisferio, se había desplomado en el jardín del palacio, oculto por hojas y por la oscuridad.

—Entonces ya no estabas —le dijo Rawiya—. Ya habías escapado cuando volví a buscarte.

Jaldún parpadeó para retirar la espesa pasta de ceniza que se le había formado en las pestañas.

—¿Volviste a buscarme?

Rawiya acercó la frente a la de Jaldún, y el rostro se le manchó de hollín.

—Eres mi único hogar. Me marché de casa hace años. Estoy harta de marcharme. —Besó a Jaldún en los labios, cubiertos de ceniza—. Sí, me casaré contigo, Jaldún. Me casaré contigo.

A modo de respuesta, Jaldún levantó el brazo que no tenía herido hasta el pelo de Rawiya y la besó alzando los dedos quemados al cielo.

—Habéis hecho más por mí de lo que nunca habría pedido —les dijo al-Idrisi—. Los saqueadores habrían fundido la obra de mi vida, lo habrían destruido todo. Pero daría mil veces más por vuestras vidas... Con vosotros dos es como si Dios me hubiera devuelto a mis hijos. —Al-Idrisi se inclinó para besar en la cabeza a Jaldún, y sus pestañas le dejaron un rastro húmedo en el hollín de la cara—. Dios te bendiga.

Pero los tres sabían que el peligro no había pasado. Era imposible ocultar el planisferio de plata, del diámetro de un hombre. Solo la plata valía miles de dirhams. El valioso artilugio de al-Idrisi ya no estaba a salvo en Sicilia, y tampoco Rawiya y sus amigos. Mientras siguieran allí, serían un blanco fácil.

Decidieron llevar el planisferio a un lugar seguro y secreto, y no decirle a nadie dónde estaba. Al-Idrisi eligió como escondite Ustica, la isla deshabitada de roca calcinada al noroeste de la costa siciliana por la que habían pasado al principio de su viaje. Esconderían el planisferio en una gruta profunda, donde lo protegerían las mareas y las rocas volcánicas de la isla conocida como la Perla Negra.

—El planisferio se quedará allí, oculto para siempre, a salvo de manos egoístas —dijo al-Idrisi.

Por encima de ellos, el gran león y las gacelas corrían entre las estrellas.

—¿Y nosotros? —preguntó Rawiya—. Nuestra misión ha concluido y nuestros pacíficos años en Palermo han llegado a su fin. Alguien me espera al otro lado del mar, alguien que lleva mucho tiempo aguardando mi regreso.

Al-Idrisi sonrió y alzó el rostro al cielo.

—Ha llegado el momento de que también yo vuelva a casa, al lugar en el que Dios me tejió en el vientre de mi madre. Después de todo, llevo casi veinte años yendo de un lado a otro. —Se rio y se levantó—. Vamos. Aún tengo amigos entre los comerciantes. Seguro que alguno puede encontrarnos un médico y un barco que nos lleve a Ustica y al oeste.

—Pues nos vamos a Ceuta —dijo Rawiya.

Al-Idrisi sonrió. Sus ojos volvían a ser jóvenes.

—Nos vamos a Ceuta.

La puerta trasera del camión se cierra de golpe. Nos quedamos a oscuras, pegajosas y heladas. Luego el camión vibra, el motor estalla y nos ponemos en movimiento.

El frío parece cobrar vida cuando el camión arranca. Alrededor de nuestros pies y de nuestras piernas desnudas circula aire frío, que nos corta la piel y nos escuece. Es como si los conductos de ventilación expulsaran cuchillos congelados. Paso el dedo por el trozo de cerámica azul y blanca de mi madre, que cuelga de un cordón alrededor de mi cuello. Como ha acumulado el calor de mi cuerpo, lo utilizo para calentarme los dedos.

—¿Crees que vamos en la dirección correcta? —me susurra Zahra—. ¿No se habrán equivocado?

—Quizá Itto leyó un cartel del edificio o del camión —le digo. Me callo un momento, y el miedo se pega a mis piernas, junto con la fruta machacada—. Itto no se ha equivocado. No ha podido equivocarse.

Estamos apoyadas en las cajas, agachadas hasta que se nos adormecen las piernas. No hacemos ruido, y cada vez que el camión se cala o se para, tememos que alguien nos haya oído susurrar. Está más oscuro que el armario de nuestro piso de Nueva York en el que me metía cuando jugaba al escondite. Está más oscuro que la playa de Rockaway cuando observábamos las estrellas fugaces, más oscuro que los arbustos de Central Park.

La única razón por la que sé que estoy aquí es porque hace demasiado frío para no notar mi piel de gallina. El aire frío se arremolina en nuestras pantorrillas y en nuestras nucas, las agrieta y las quema. Cada ráfaga parece más fría que la anterior, lo que nos obliga a cruzar los brazos alrededor de las costillas y acurrucarnos. La oscuridad es una lacra helada que aplasta los delicados huesos de mis muñecas y mis tobillos hasta que creo que van a romperse. Zahra y yo temblamos tanto que chocamos entre nosotras y contra las cajas de fruta, y nos golpeamos la mandíbula y los codos en la madera.

Hace demasiado frío para quedarnos dormidas, y pronto perdemos el control de nuestras rodillas entumecidas. Rebotamos y chocamos contra el suelo de madera cuando el camión sube una colina. Resbalamos en la fruta que aplastamos, y semillas granuladas se me incrustan en el dobladillo de los pantalones cortos. Tengo las zapatillas llenas de pulpa.

Nos apoyamos la una en la otra, y nuestros brazos y nuestra barbilla tiemblan tanto que nos hacemos moratones. El frío es duro, doloroso y punzante. Me laten las yemas de los dedos y siento los pinchazos de la sangre. El cuerpo se nos queda rígido, nuestras uñas parecen piedras, y nuestra piel, cristal. Todo mi cuerpo desprende fuego. Si me cae una caja encima, ¿me romperé en pedazos?

—¿A cuántos kilómetros está Ceuta? —le susurro a Zahra para que el conductor no me oiga.

—Mil, quizá, o mil quinientos.

Me agarro a Zahra. La mandíbula me rechina.

—¿Cuánto falta? —Mis palabras son arenilla y hielo. No quiero morir congelada—. Llegaremos pronto, ¿verdad? ¿Verdad?

Zahra se queda un momento callada y luego dice:

—Depende de cuánto cargue el camión.

Después nos quedamos en silencio.

El camión se para y arranca, sube colinas y desciende por empinados valles. Nos castañetean los dientes hasta que se nos cierra la mandíbula. Estoy entumecida. Mi piel se convierte en una gruesa manta gris, y empiezo a tener sueño y calor.

Esa primera sensación de calor es lo que me dice que podríamos morir aquí dentro. Me dice que mi madre podría habernos hecho salir de Libia para nada. Me dice que podríamos llegar a Ceuta solo para que encuentren nuestros cuerpos congelados en la parte de atrás de este camión con fruta.

Una vez leí en un libro que morir congelado no es una mala manera de morir, que justo antes de morir no sientes frío, sino calor. Pero no quiero morir. Me doy golpes en la cabeza con los dedos entumecidos intentando mantenerme despierta. El brillo del sudor que cubría mi mano se desconcha, convertido en pequeños cristales de escarcha blanca. Y luego ya no puedo levantar las manos, así que me dejo caer encima de Zahra y cierro los ojos.

Si mueres cuando estás dormido, ¿sigues soñando?

El camión da un bote y se para.

Se abre la puerta, y el calor se introduce en el camión. El dolor del calor nos llega en oleadas. Gimoteamos como gatos. Nuestra piel son láminas enteras que arden.

—¡Se ha roto una caja! —grita alguien en árabe.

Luego oigo palabras en español. Me recuerda a la guardería de Nueva York. Nuestra profesora de español llegaba una vez por semana a leernos cuentos, y nosotros nos sentábamos con las piernas cruzadas en la alfombra.

¡Español!

—Ceuta —susurro lo bastante fuerte para golpear a Zahra contra una caja de naranjas—. Estamos en Ceuta.

Un hombre sube a la parte de atrás del camión y nos ve. Se queda inmóvil. El frío nos ha dejado los dientes apretados. No podemos movernos ni gritar. Levanto el brazo hacia las costillas, con la mano inerte cerrada en un puño congelado.

El hombre se marcha. En su lugar suben al camión tres guardias fronterizos armados. Nos sacan del camión y nos dejan a la luz abrasadora. Paso el brazo por la correa de la bolsa de arpillera y la sujeto con el codo lo más fuerte que puedo.

Nos meten en una furgoneta. Zahra y yo nos derrumbamos. Apoyo el hombro en su pecho, y ella la barbilla en mi cabeza. Comparados con el camión helado, los asientos de plástico están tan calientes que queman.

Al otro lado de la ventanilla trasera todo es verde. Las colinas descienden hasta el mar. Una gran valla plateada rodea el codo de bajas montañas. Casas cuadradas de yeso con tejados de tejas rojas se agrupan en las laderas de las colinas y de los valles. A lo lejos, la ciudad serpentea hacia el estrecho de Gibraltar y se reduce a una estrecha franja de tierra cerca del puerto antes de ensancharse en la península de Almina. Una montaña baja —el Monte Hacho, la montaña que mi madre me dijo que llamaban Abyla— vigila el estrecho como la espalda encorvada de una ballena. Higueras y algarrobos se elevan, álamos blancos y pinos enanos. Entre las casas y las carreteras se apretujan grandes aloes.

Llevaba semanas sin ver tanto verde. Mi cerebro grita.

Llegamos a casas amarillas, beis, rosas y blancas. Los edificios tienen antenas parabólicas, tendales y veletas. Palmeras y naranjos flanquean las calles. Después del interminable desierto, observo indicios humanos por todas partes. Señales de tráfico. Farolas. Vallas y balcones. Contenedores de basura.

La furgoneta gira. Bajamos una colina y nos alejamos de las casas. Pego la cara a la ventanilla. Nos dirigimos a un descampado a las afueras de la ciudad cercado por una gran valla de tela metálica. Más allá de la puerta hay decenas de barracones rectangulares de hormigón.

—No. —Tiro de la manga de Zahra—. Hemos hecho un largo camino. No pueden meternos en un campo de refugiados. —Intento llamar la atención del conductor, al otro lado del panel—. Tenemos que encontrar a mi tío. Nuestro tío. Tío.

Pero no me oye. Zahra se desploma y yo hundo la cara en su clavícula. Pasamos el hormigón, atravesamos la puerta metálica roja y blanca, y dejamos atrás la tela metálica. La furgoneta frena en seco. Me miro las manos, las abro y las cierro, y los músculos me arden a medida que recupero la sensibilidad.

Al otro lado de la ventanilla trasera se cierran las puertas.

Nos dejan salir de la furgoneta, y un policía nos lleva al campo. Hay dos niveles, el de arriba, que parecen oficinas, y la planta baja, los barracones. Hay gente fuera tecleando en el móvil o persiguiendo a niños. Hay ropa secándose por todas partes, en vallas, arbustos y bancos. Una mujer de la edad de mi madre da vueltas repartiendo cigarrillos a las personas que se los piden. Los cuenta en español.

Otra mujer con el pelo corto y canoso da las gracias al policía y nos lleva al piso de arriba. La sala está abarrotada de archivadores metálicos, y la mesa se halla cubierta de carpetas de cartón. Aquí todo está en silencio, y los olores son diferentes: el olor gris de los cojines de tela de los asientos, el verde del metal. Perfume rancio. Jabón.

La mujer nos da una botella de agua y anota nuestros nombres. Nos dice que estamos en el CETI, el Centro de Estancia Temporal de Inmigrantes. Dice que es donde alojan a los refugiados y a los inmigrantes.

—Tenemos que encontrar a nuestro tío Ma'mun —le digo.

Se lo digo en inglés, en árabe y en español, buscando sus ojos.

Pero la mujer se limita a anotar el nombre de mi tío.

—Tendréis que esperar aquí hasta que venga a buscaros —me dice en español.

—Pero ¿qué va a pasar con nosotras? —le pregunto.

La mujer se ablanda.

—Tendréis que esperar a que se decida qué se hace en vuestro caso —me contesta—. Quizá os trasladen a un centro de detención, pero aquí podéis entrar y salir cuando queráis. Os alojaréis en una habitación compartida, con una cama para cada una. Si queréis lavaros, tenéis las duchas cerca. Podéis tomar clases de español.

¿Clases de español? Me da la impresión de que este lugar es para personas que no tienen a dónde ir, que se quedan aquí mucho tiempo.

Me vuelvo hacia Zahra y le digo moviendo los labios, sin emitir un sonido: «No podemos quedarnos».

La mujer me da otra botella de agua.

—Si necesitáis ayuda, hablad con una madre..., las mujeres que hacen las rondas —nos dice.

—¿Qué día es hoy? —le pregunto.

Parpadea y lo piensa mientras entrega a Zahra una tarjeta verde del CETI.

—Primero de octubre.

Nos llevan a una habitación con diez camas. Elijo una, y Zahra se queda con la de al lado. Extiende la alfombra de rezar de mi madre entre nuestras camas, contra la pared. Parece que va a rezar.

Otras familias han decorado las paredes alrededor de las camas y han colgado ropa en los alféizares, como si fuera su casa.

¿Quién vendrá a buscarnos?

Pienso en mi primera idea de la eternidad. Le había preguntado a mi padre por el cielo, por cómo era, y él me contestó que era eterno. Y le pregunté: ¿qué es eterno?

En aquel momento estábamos en el banco de la calle Ochenta y seis Este con York Avenue, y mi padre estaba esperando para ingresar un cheque. Me daba la impresión de que llevábamos mucho tiempo esperando, aunque probablemente no era así.

Mi padre me dijo: «La eternidad nunca se acaba».

Así que me imaginé entrando en el banco, esperando mucho rato y luego marchándome..., y volviendo a entrar, a esperar y a marcharme. Y así una y otra vez.

Y pensé que eso era la eternidad.

Esa noche, después de cenar espaguetis en el comedor, me quito las zapatillas rotas. Las tiro al suelo y me desplomo en la cama. Fuera, las palomas van de un lado a otro picoteando, y los niños las persiguen. Por delante de las ventanas pasan guardias de seguridad con cinturones y placas que tintinean. Los ruiditos grises de la habitación me ponen nerviosa, las familias susurran como en la casa de los contrabandistas. Parece que en el mundo hay muchas familias que no tienen a donde ir, mucha gente cansada de sufrir pero sin un sitio en el que dormir.

Siento en el regazo el peso de la bolsa de arpillera de mi madre, que el aire del desierto ha arrugado, aún cubierta de una capa de sal. Si estiro el cuello, veo por la ventana la nariz de Gibraltar más allá de los muros del CETI. Imagino margaritas amarillas junto a la playa.

Abro la bolsa de arpillera e intento no recordar las manos maternas atando la correa para convertirla en una mochila. Saco la bolsa de plástico de mi madre, la bolsa en la que metí el mapa y después hice un nudo. Desenrollo el lienzo blando. No le ha entrado agua, así que debí de hacer un nudo muy apretado.

Sigo hacia atrás con el dedo el camino que hemos recorrido, Marruecos, Argelia por el Sáhara, y por debajo de Túnez hasta Misurata. Salto el golfo de Sidra hasta Bengasi. Arrastro la uña por la costa hasta Alejandría, y luego hasta El Cairo. Giro hacia Jordania, hasta las colinas de Amán, donde me perdí. Paso por el cruce de la frontera, más al norte, y luego por Damasco y por la calle que llaman Recta. Mi dedo se detiene en Homs.

Observo fijamente el mapa. Soy el halcón que esperaba ver vegetación en Manhattan. Soy el ónix negro del mar, el agujero negro que me atraviesa. Sin mi madre, sin mi padre, sin Huda.

«Lo doloroso es vivir.»

«Me dijo que siguiéramos el mapa, pero no ha funcionado —me digo a mí misma mientras Zahra duerme—. Hemos hecho todo este camino para acabar atrapadas detrás de una valla.»

Rasco con la uña el código de colores de HOMS: cuadrado marrón, cuadrado blanco, negro y rojo. Muevo la uña hacia la gruesa capa de pintura verde que cubre toda Siria, una capa que parece demasiado espesa para el lugar en el que está.

Mi dolor es un pegote rojo, losas de colores malos palpitan dentro de mí como un riñón hinchado.

Rasco trozos enteros de Siria y borro Homs y los alrededores. Quizá así el mapa coincida con lo que siento, con cómo se sentía mi padre, como si hubiera perdido toda una ciudad dentro de mí, todo un país cuyo aire respiraba.

Rasco hasta que la uña topa con tinta.

Hay algo escrito debajo de la pintura, en letras árabes. Reconozco la *waw* inclinada y la puntiaguda *kaaf*. Es la letra de mi madre, y la entiendo.

Ha pasado mucho tiempo, pero por fin sé leer en árabe.

Empiezo con la primera línea chasqueando la lengua en las consonantes. «Oh, amor mío...» Tanteo cada sílaba y traduzco del árabe. «Oh, amor mío, te mueres con el corazón roto.»

—¿Qué es eso?

Zahra se despierta y se frota los ojos.

—Nunca ha sido solo un mapa. —Le muestro las palabras de mi madre—. Hemos estado corriendo con fantasmas.

Rasco otros países, lugares por los que pasamos, lugares que mi madre coloreó con sus pinturas. Por debajo de la gruesa pintura aparecen más poemas.

Jordania y Egipto: «Amor mío, estoy ciega».

Cuando pasamos por Libia: «Este dolor tiene mil caras, esta hambre, dos mil ojos».

Rasco lugares que mi madre seguramente soñó que vería con nosotras: Argelia. Marruecos. Ceuta.

«Mi nombre es una canción que me canto a mí misma para recordar la voz de mi madre.»

Zahra se levanta de la cama.

—Habla de todo lo que ha pasado —me dice—. Las cosas tristes. Todas las cosas que deseaba.

Durante este tiempo hemos cargado con todo ese peso.

—Llevábamos esas palabras a la espalda —le digo. Observo el mapa y rasco otras franjas—. Es un mapa de nosotras.

—Y todas aquellas historias crípticas que nos contaban nuestros padres... Mamá tenía razón —me dice Zahra—. El mapa era importante.

Sujeto el mapa por las esquinas.

—¿Y por qué no está aquí para verlo?

—¿No lo entiendes? —me dice Zahra—. No es solo un mapa de adónde íbamos. Es un mapa de de dónde veníamos.

Al otro lado de la ventana se enciende una bombilla. La pintura acrílica absorbe la luz amarilla mate. El resplandor ilumina el poema que mi madre escribió para Siria. Por primera vez en años, pienso en algo que me dijo mi madre cuando era pequeña: que cuando haces un mapa, no solo pintas el mundo como es. Te pintas a ti mismo.

—Es un mapa de todas las cosas terribles que sucedieron —le digo.

—Pero seguimos aquí.

La indignación me revuelve las tripas, el agudo dolor de todas las palabras que quedaron enterradas con mi padre, las palabras que no puedo recuperar.

—Pero mamá no está aquí —le digo alzando la voz. Mis palabras destilan rabia naranja y rubí—. Huppy no está aquí. Ni siquiera han salido de Libia. No vendrán, Zahra. Ojalá el mapa de mamá se hubiera hundido con el barco, y mamá estuviera aquí en su lugar. Quiero recuperar a mi familia.

—Sé que no basta —me dice Zahra—. Nada puede ser como era. Pero hemos hecho lo que teníamos que hacer. —Se toca la cara como si quisiera alisarse la cicatriz de la mandíbula, un gesto automático como el que habría hecho mi madre—. Quizá estamos marcadas, pero lo hemos conseguido.

Bajo los ojos hacia la ciudad que falta en el mapa de mi madre.

—Los poemas no bastan.

—Lo sé. —Zahra me sujeta la cara con las dos manos. El polvo se ha acumulado en las grietas de sus labios y en la delicada piel magullada por debajo de los ojos. Me acerca tanto a ella que veo rastros en el polvo. Ha estado llorando en la oscuridad—. Pero mientras estés viva, tienes voz. Eres tú la que tiene que oírla.

Los calambres en la barriga se acentúan, una sensación dolorosa, como si tuviera las tripas llenas.

—No sé qué pasará después —le digo.

—Seguiremos adelante —me dice Zahra—. Aún podemos buscar al tío Ma'mun.

Paso las manos por la bolsa. He cargado con nuestros recuerdos durante todo el camino, con la historia de lo que nos sucedió. He cargado con ella al hombro todo este tiempo, pero no me he caído.

Levanto las manos y me toco la espalda, los huesos de los omoplatos. Sigo entera, pero mi cuerpo no es el mismo que cuando salí de Siria. No es el mismo que cuando salí de Nueva York. Mi piel es diferente, los dibujos que forma mi piel de gallina, los huecos entre mis costillas. Tengo las piernas más largas. Se me marcan los huesos.

Me aprieto la cara con las manos. No me reconozco. Mi nariz es una colina puntiaguda, y tengo los labios más gruesos. Los kilómetros me han esculpido. El tiempo tiene manos de escultor. Ni siquiera las notas.

El dolor de barriga aumenta, una leve mancha de calor. Me aprieto la piel y los músculos como si quisiera sacarme la pulpa roja. Mi cuello es una carretera estrecha. Tengo el esternón duro como el caparazón de un cangrejo. Pienso en meterme la mano en el bolsillo, donde tengo la media piedra. ¿Queda magia en el mundo? Si toco la piedra, ¿volveré a oír la voz de mi padre? ¿O mi padre está más en mis huesos que en la tierra?

Rozo con la mano el cordón que me cuelga del cuello. El fragmento de azulejo azul y blanco de mi madre me calienta la piel por debajo de la blusa. Lo he redondeado frotándolo, limando las asperezas de la memoria.

La fuente.

—Sé adónde tenemos que ir. —Cojo el azulejo y me quito el colgante para que Zahra lo vea—. Sé cómo encontrar al tío Ma'mun.

Pero Zahra baja la mirada.

—Nour..., estás sangrando.

Miro hacia abajo. Tengo una mancha roja amarronada en los pantalones cortos, entre las piernas, una mancha oscura y pegajosa.

Digo lo primero que se me ocurre:

—Creo que tenías razón.

—¿En qué?

—En lo de ser adulto. —Me doy golpecitos en el pecho. El corazón, ese músculo asimétrico, se contrae y suspira—. Sangras.

QUINTA PARTE

CEUTA

Volví
al amanecer.
Pasé por la avenida
por la que paseábamos
cuando éramos jóvenes
y guapos, por las calles
por las que deambulábamos inquietos
bajo la luna. Entonces el mundo era joven, y más
hermoso de lo que pensábamos. Antaño creíamos que
todo lo que conocíamos lo tendríamos para siempre. Tus dedos, la sangre
latiéndome en el cuello, aquel cálido espacio en la alfombra que nos tejió
mi abuela. Rastreo los bordes de sus manos. Fríos océanos de tiempo han cambiado
lo que una vez amé, pero ¿mi piel no es una cuerda? ¿Mi sangre no es un océano? ¿Mi hueso
no es un mástil? ¿Nuestras lágrimas no son la misma grieta, el canto fúnebre por
todo lo que conocemos y amamos? ¿No son la misma marea, la
misma sal? El gran albatros blanco del anhelo me
recorre. Llevo el recuerdo de las fronteras
en la piel.

Vuelta a casa

Desde el estrecho de Gibraltar, Ceuta era una oscura franja de tierra en el horizonte.

El barco gimió al rodear Punta Almina y entró en la bahía de Ceuta, donde estaba el puerto. Hacía un mes que habían salido de Palermo. Al-Idrisi se llevó la mano al pecho al ver el Monte Abyla, que asomaba por encima del puerto. La ciudad, alargada y blanca, se extendía ante ellos, y las casas brillaban a la luz de la tarde.

Al-Idrisi se apoyó en la barandilla y tragó aire marino. Habían pasado más de dos décadas desde que había cruzado aquel tramo de agua en dirección contraria y se había alejado de su hogar.

—Por fin vuelvo —dijo.

Más allá de la península había campos escalonados y olivares, las montañas que Rawiya conocía desde niña. Las colinas estarían pintadas con eucaliptos, pinos y los puntos de las casas de adobe. Una de ellas, situada en el pequeño pueblo costero de Benzú, era la casa en la que había nacido. Más allá, el desierto extendía sus dedos hacia el sur, e Ifriqiya observaba el sol hundiendo su fuego en el mar.

Bajaron del barco tirando de las riendas de sus caballos. Rawiya acarició el cuello de Bauza.

—¿Está todo aquí? —preguntó—. ¿Los libros y los mapas? ¿Su investigación y las notas?

Al-Idrisi sonrió.

—Rawiya, siempre atenta a los detalles. —Se frotó la espalda encorvada y la barbilla plateada, observó las bolsas y las tocó una a una—. Sí —dijo por fin—, está todo aquí.

—¿Y qué hay de su familia? —le preguntó Rawiya—. ¿Adónde va a ir?

—No lo sé exactamente —le contestó al-Idrisi—. Mis padres murieron hace mucho. Quizá aún exista la casa de mi familia. Pero soy el último de mi linaje.

Llevaron los caballos más allá de las hileras de casas blancas, amarillas y rosas, y de los eucaliptos y los naranjos. Entre el puerto y el peñón de Gibraltar aparecían barcos con velas blancas y henchidas como plumas. Ante ellos se alzaban verdes colinas, que ascendieron con dificultad.

Era otoño y ya no hacía calor. El cielo, con protuberantes nubes grises de tormenta, amenazaba lluvia. Llegaron a la cima de una colina y se detuvieron a un lado de la carretera para que los caballos descansaran. Ceuta se llenaba de comerciantes que cruzaban la península. La carretera se redujo a una estrecha franja, un cuello de tierra rocosa de un tamaño no superior al de cincuenta hombres. Viajeros llenos de polvo buscaban refugio antes de que empezara a llover, y por todas partes las mujeres gritaban a los niños que volvieran a casa. Por encima del Mar de la Oscuridad, el sol del atardecer tiñó de rosa las nubes del oeste.

—Una vez me hablaron de unos hermanos, aventureros intrépidos, que cruzaron estas aguas —dijo al-Idrisi señalando al oeste—. Volvieron hablando de criaturas fantásticas, islas extrañas, ovejas de carne amarga y un mar de aguas turbias y malolientes. Una tormenta los desvió de su camino y volvieron al Magreb por una isla que no aparecía en los mapas. Nadie ha logrado aún cruzar el Mar de la Oscuridad. Algún día se conseguirá, estoy seguro. Como con todo, algún día veremos qué hay más allá.

Llegaron a un valle y volvieron a ascender. Las casas empezaron a ser más grandes y elegantes, y el ruido de la ciudad se desvaneció. Pasaron por majestuosos jardines llenos de palmeras parecidas a las del jardín del palacio de Palermo, en las que Rawiya y al-Idrisi se habían escondido mientras el palacio ardía. Al recordar el sabor amargo de la ceniza de palmera, Rawiya cogió de la mano a Jaldún.

Llevaron los caballos por un sinuoso sendero hacia una gran finca.

—Igual que como la dejé —dijo al-Idrisi en la entrada—, quizá las ventanas algo polvorientas.

Entraron en los jardines del *riad* cuando empezaba a llover y se agacharon bajo las perezosas ramas de los álamos blancos. En el patio central había una fuente vacía. La lluvia se acumulaba en su interior y se deslizaba por azulejos azules y blancos.

Desmontaron. Detrás de ellos, el peñón de Gibraltar se alineaba perfectamente con la calle adoquinada.

Al-Idrisi empujó la puerta, y de la madera tallada se elevaron polvo y telarañas. Dentro de la casa todo estaba en silencio. Las baldosas del suelo resonaban al pasar. El tiempo suspiraba en las paredes. Al-Idrisi retiró con la mano una gruesa capa de polvo de una mesa, y el canto de la mano se le quedó gris.

Rawiya paseó por las esquinas de las habitaciones, donde colgaban cuadros de caligrafía y tapices. Cajas de madera con incrustaciones de nácar se alineaban en un estante.

Abrió una. Las bisagras crujieron y apareció una sarta de treinta y tres cuentas de oración de lapislázuli con una borla de plata.

—El misbaha de mi madre. —Al-Idrisi sacó las cuentas de la caja y cerró la tapa—. Quería llevármelo cuando me marché, pero sabía que nos enfrentaríamos a peligros y a bandidos.

Se sacó otra sarta de cuentas del bolsillo, simples huesos oscuros ensartados en una cuerda.

—Huesos de aceituna —dijo—. Son más económicos. Me los regaló mi madre antes de que viajara a Anatolia.

Su mano proyectaba una larga sombra sobre los sofás, la mesa y la pared.

Rawiya mantuvo firmes sus manos temblorosas y jugueteó con las cuentas de oración que llevaba en el bolsillo, el misbaha de cuentas de madera que le había dado su madre cuando se marchó de su casa, hacía más de siete años. Incluso el aroma familiar del aire le hacía pensar en el rostro materno. Fuera, en el patio, pardelas y petreles silbaban y se acicalaban bajo la lluvia.

—Creo que no he visto una casa tan bonita en mi vida —le dijo Rawiya.

Al-Idrisi se rio.

—Has visto el palacio de Roger y el de Nur al-Din. Algún día esta casa polvorienta será escombros. Volverán a construir en esta colina, pero hará tiempo que mi hogar habrá desaparecido. ¿Cómo podrían ser mis humildes tesoros más duraderos y más hermosos que los de emires y reyes?

—La riqueza no suple el sentimiento de pertenencia. —Rawiya inclinó la cabeza y apretó el misbaha en el bolsillo—. Discúlpeme, tengo algo que hacer.

Al-Idrisi desvió la mirada por los pasillos vacíos hacia las ventanas con incrustaciones, con cortinas de terciopelo rojo que el paso del tiempo había apagado. Sus ojos vagaron por las puertas de madera con versículos del Corán tallados, que el aire marino había torcido.

—Si alguien me esperara en casa, yo también iría —dijo al-Idrisi en voz baja. Cerró suavemente la caja que tenía en las manos, que desprendió espirales de polvo y telarañas—. Esperaré a que volváis.

Rawiya y Jaldún montaron a sus caballos y descendieron la colina. Dejó de llover y las nubes avanzaban hacia los acantilados de Yebel Musa. Bauza sacudió la cabeza agitando así las crines, lo que dispersó las nubes de gorriones. Era como si haber regresado a Ceuta le hubiera devuelto algo de juventud. Aunque Bauza había envejecido mientras que Rawiya seguía siendo joven, a ella le reconfortó pensar que su caballo no tardaría en estar en casa por fin.

Cabalgaron por la carretera de la costa hacia Gibraltar, teñido de rojo, hasta que casi había anochecido. La costa rocosa dio paso a montañas de arcilla roja y pinos que las nubes bajas abrazaban. Todo estaba en silencio.

A lo lejos, casas de colores les indicaron que se acercaban al pueblo de Benzú. Rawiya se incorporó en su silla y pasó los dedos por las treinta y tres cuentas de madera del misbaha de su madre. Cuanto más se acercaba a la casa de su madre, más honda era su tristeza y su sentimiento de culpa.

—Mi madre no ha sabido nada de mí durante años —dijo Rawiya—. Debe de pensar que estoy muerta. ¿Por qué le mentí diciéndole que iba al mercado de Fez? Debería haberle contado mis planes. No sabía que pasaría tanto tiempo, que mi viaje me llevaría tan lejos y durante tantos años.

—Aún eras una niña —le dijo Jaldún—. Te has hecho mayor y ahora eres una guerrera. Todo ha cambiado.

Rawiya le acarició el cuello a Bauza. El caballo aceleraba el paso a medida que se acercaban a la colina que llevaba a la casa de su madre. Rawiya respiró el aire salado y dirigió a Jaldún una sonrisa traviesa.

—Todo no.

Se rio y animó a Bauza a seguir. Aunque el caballo había envejecido en los años que habían pasado en Palermo, tenía más fuerza que algunos potrillos.

—*Yalla*, querido amigo —le susurró al oído—. Corramos por esta colina una vez más.

Bauza corrió por el camino que tanto conocía golpeando la tierra con los cascos. Jaldún lo siguió riéndose. Galoparon hasta el pueblo situado al pie de las montañas, y Bauza se detuvo ante una casita de piedra y yeso, con la entrada a la sombra de una higuera.

Rawiya se bajó de la silla y le dio a Bauza un poco de azúcar de dátiles que se sacó del bolsillo. Las casas del pueblo miraban hacia Gibraltar, que asomaba por encima del olivar. Rawiya observó las primeras estrellas y luego la bahía sin barcos.

Jaldún desmontó y ató su caballo a la higuera.

—¿Es aquí? —Como Rawiya no dijo nada, se acercó a ella—. ¿Qué pasa?

—Intenté hacerlo bien. —La brisa marina alborotó su turbante rojo e hinchó su sirwal—. Pero ahora tengo que arreglar muchas cosas.

—Cuando intentamos hacer las cosas bien, no sabemos si los resultados de lo que hacemos serán buenos —le dijo Jaldún. Se rio para sus adentros—. Quizá Dios lo planea así para enseñarnos a dejarle a él la planificación.

Las primeras constelaciones movían la cabeza como niños tímidos. Rawiya le acarició el cuello a Bauza.

—Los terneros siguen haciendo girar el molino —dijo.

Jaldún levantó la mano.

—Y hagan lo que hagan los hombres, seguirán haciéndolo girar, y el mundo roto siempre sigue adelante, siempre.

—Deberíamos entrar. —Rawiya miró las tejas rojas y la higuera retorcida. Soltó el aire de sus pulmones—. Me resulta muy extraño ver que todo está igual. De niña, mi madre fue una vez a Fez, cuando mi abuelo vendía aceitunas en el mercado. Nunca lo olvidó. —Pasó los dedos por la puerta de madera agrietada—. Entendía más de lo que yo creía.

Jaldún le apoyó una mano en el brazo.

—Llama —le dijo—. Llama y vuelve a casa.

Y entonces Rawiya del desierto y de las estrellas acercó la mano a la madera y golpeó la puerta.

Nada.

Frunció el ceño. En las habitaciones no brillaban velas. La puerta estaba cerrada, y por un momento Rawiya se asustó al pensar que la casa estaba abandonada.

—Dios mío, ¿crees que...?

Jaldún fue a la parte de atrás de la casa en busca de luz. Hablaron en susurros, ambos reacios a decir en voz alta lo que le podría haberle pasado a la madre de Rawiya en aquellos años. Pero ella volvió al camino, porque sabía que si su madre seguía viva, solo había un lugar al que iría cada noche, cuando la tristeza y la soledad se le hicieran insoportables.

Rawiya corrió por el olivar. Jaldún se apresuró a seguirla tropezando y levantando polvo.

Ella llegó primero, jadeando. La luna colgaba baja y gorda como un nabo. La brisa transportaba el silbido de las olas. Rawiya cruzó por los olivos mirando entre las ramas. No había nadie.

Salió del olivar y llegó a la orilla rocosa a la que tantas veces había ido con su padre. Allí estuvo después de su muerte, esperando a que llegara el barco de su hermano. Arrastraba guijarros con los pies, que chocaban con conchas marinas. Miraba al mar y empujaba algas con los pies.

Una figura oscura junto al mar se puso rígida al oír que las piedras se movían. La figura se volvió. Llevaba un pañuelo alrededor del cuello. De la oscuridad surgió la forma de una mujer, con la pálida luz de la luna sobre los hombros. Los años de ausencia se desvanecieron, y fue como si no hubiera pasado ni un día desde que Rawiya se había despedido de su madre, aquel día en que el viento soplaba con fuerza desde el estrecho.

—¿Mamá?

La madre de Rawiya, encorvada y canosa, echó a correr. Corrió hacia las rocas con los brazos extendidos.

Rawiya se dirigió hacia la gran sonrisa de su madre. Las olas sofocaron sus voces hasta que estuvieron casi una encima de la otra.

—¡Rawiya!

El rostro de su madre reflejaba conmoción, alegría y sorpresa. Abrió los brazos y Rawiya se dejó caer en ellos como en agua profunda, cálida, plena y sin aliento.

—Creía que no volvería a verte —le dijo Rawiya.

Su madre le enjugó las lágrimas de la mejilla con el pulgar y sonrió.

—Yo nunca perdí la esperanza.

Rawiya besó a su madre en las mejillas y en la cabeza.

—Es tarde —le dijo—. Deberías estar en casa. ¿Esperabas a Salim? Hace horas que los barcos llegaron al puerto.

—Te esperaba a ti. —Su madre le tocó la cara con las dos manos—. Me dijeron que te habían secuestrado, que te habían vendido a unos bandidos y que te habían matado. Me dijeron que habías escapado. Nunca creí una palabra.

—Te prometí que volvería a casa. —Rawiya se apartó y abrió la bolsa de cuero que le colgaba del pecho. Tiró del pañuelo de seda rojo y azul de Bakr y lo dejó en las manos de su madre—. Un regalo de alguien que habría querido estar aquí. Alguien que habría querido que supieras que nunca te abandoné.

Volvieron a cruzar el olivar, y Rawiya le habló a su madre de sus compañeros y de su viaje: Palermo, Bilad ash-Sham, El Cairo y la batalla de Barnik.

Al llegar a la carretera se encontraron con Jaldún, que se dirigía a ellas.

—¿La has encontrado? —gritó.

La madre de Rawiya se recogió la falda y corrió los diez pasos que los separaban. Abrazó a Jaldún.

—Poeta —le dijo—, esta noche eres un invitado en mi casa. Esta noche eres de la familia.

La madre de Rawiya abrió la puerta, y las bisagras crujieron y temblaron. Y aunque había prometido contárselo todo a su hija, Rawiya contuvo la respiración. El mordisco de sal había invadido la casa, y el penetrante olor del mar se había instalado en las baldosas y en las cortinas. El olor le recordó a su hermano, Salim, y aunque sabía que debía de haber muerto en el mar hacía mucho —¿por qué otra razón su madre había dejado de esperarlo en la costa, y en su lugar la esperaba a ella?—, sintió como si Salim aún estuviera en la casa y el olor a sal de sus ásperas manos lo cubriera todo.

La madre de Rawiya encendió una vela y empezaron a entrar en calor. Las habitaciones estaban llenas de sombras. Mientras Rawiya se quitaba la capa, su madre gritó hacia la oscuridad:

—¡Sal! ¡Ven a ver las maravillas que han creado las manos de Dios!

Una figura salió de la habitación arrastrando los pies y apoyándose en un bastón. Su barba se había vuelto gris y tenía la cara demacrada, pero Rawiya lo habría conocido en cualquier sitio.

—¡Salim!

Corrió hacia su hermano y le pasó los brazos alrededor de las costillas. Salim la rodeó con un brazo apoyándose en el bastón. Había sufrido una lesión en el mar, y su trabajo como marinero había concluido hacía un año. Salim besó a su hermana en la mejilla. Durante largos minutos, su llanto era tan alegre que ninguno de ellos pudo decir una sola palabra.

La madre de Rawiya los hizo sentar y preparó té con menta. Sacó la mejor comida que tenía: harina, una gran jarra de aceite y bonito fresco envuelto en una tela. Las escamas del pescado brillaban y tenía las agallas rojas.

Mientras su madre cocinaba, Rawiya habló de sus viajes con al-Idrisi, de su encuentro en el mercado, del palacio del rey Roger en Palermo, de la derrota del ruc y de cómo sus amigos y ella se habían abierto camino entre serpientes gigantes y tres ejércitos para recuperar el libro de al-Idrisi, que había caído en manos del general almohade Mennad. Les señaló el punto en el que el ruc le había roto las costillas. Tenía una cicatriz en la piel, a la altura del corazón.

Cuando terminó su relato, Rawiya y Jaldún sacaron de su equipaje un cofre lleno de piedras preciosas y monedas, y lo dejaron en el suelo. Era la parte del tesoro de Nur al-Din que le correspondía a Rawiya.

—No lo necesito —dijo Rawiya—. Es mejor que os lo quedéis vosotros.

Salim, que en su vida había visto tantas riquezas, tocó la parte superior del cofre con el bastón. El cofre tenía cientos de joyas incrustadas.

—Solo con el cofre podríamos comer el resto de nuestra vida —dijo.

—Y no tendrás que volver al mar —dijo Rawiya.

Y lo abrazó.

La madre de Rawiya les sirvió humeantes cuencos de cuscús, pepitas de granada y grandes platos llenos de pastel de bonito, un pastel de pescado que Rawiya comía cuando era niña. Era una noche de celebración, y la madre de Rawiya había preparado lo mejor que tenía.

Cuando estuvieron todos sentados, Rawiya carraspeó y volvió a hablar.

—Los poetas dicen que Dios nos manda riquezas incluso en un páramo, y tienen razón —dijo—. Ningún rey podría hacerme más rica. —Alargó el brazo y cogió de la mano a Jaldún—. Nos gustaría casarnos aquí, donde nací.

Su madre bajó la cabeza.

—Hija mía —le dijo—, has vuelto a mí con gran honor. ¿Cómo puedo contarle a Dios mi gran alegría?

Al oír sus palabras, Rawiya lloró, porque sabía cuánto la había echado de menos su madre.

—Te prometo que no volveré a abandonarte así —le dijo Rawiya—. Nunca me habría marchado de ese modo si hubiera sabido...

La madre de Rawiya la interrumpió con un gesto.

—¿Qué me importa ahora, cuando Dios me ha devuelto a mi hija perdida?

Por encima de la casa, las últimas gaviotas surcaban el viento marino en dirección a sus nidos nocturnos llamando a la luna. La madre de Rawiya cogió de la mano a su hija y a Jaldún.

—De mi hija dicen que es aprendiz de cartógrafa, valiente guerrera y la que mató al ruc. De ahora en adelante todo el pueblo de Benzú y la ciudad de Ceuta te conocerá como una enemiga de los tiranos. Si este es el hombre al que amas, el poeta-guerrero Jaldún de Bilad ash-Sham, ningún otro podría ser tan valiente y noble. Hemos sido muy afortunados.

—Dicen que el desierto es estéril y vacío como la palma de una mano —dijo Rawiya—. Pero el desierto, como un año difícil, está lleno de bendiciones. —Besó los dedos de su madre—. Allí encontré más de lo que estaba buscando. Me encontré a mí misma.

Zahra y yo vamos a las duchas a lavar mis pantalones cortos hasta que se vaya la sangre. Ya casi es de día. Las madres patrullan el CETI, y una mujer con la que nos encontramos me da una caja de compresas. Limpio la mancha marrón con una pastilla de jabón y agua fría, y se me mete espuma rosa en las uñas. El dolor que me palpita en la barriga hace que me sienta poderosa y fuerte.

Me siento en mi cama y balanceo las piernas.

—Sé lo que tenemos que hacer. Sé lo que estamos buscando.

—Solo son suposiciones, y no puedes buscar en toda una ciudad con suposiciones. —Zahra saca la navaja de Yusuf, corta las lengüetas de mis zapatillas de deporte y saca el dinero que nos queda—. No es un juego. La casa del tío Ma'mun no está marcada con una cruz en el mapa.

Enrollo la alfombra de rezar de mi madre y la guardo con el mapa.

—Mejor suposiciones que nada.

Zahra se dirige a la puerta sin levantar la mirada.

—No volveré a dejar las cosas al azar.

Salto con mi bolsa y la sigo. Dejamos atrás los demás barracones y la plaza vacía. La mañana es gris como el chocolate rancio, y el viento arrastra el calor procedente del sur.

—Quédate aquí mientras voy a las oficinas de la ciudad —me dice Zahra—. Quizá puedan darme la dirección del tío Ma'mun. Alguien lo conocerá.

—¿Por qué no me escuchas? —La agarro de la muñeca y luego de la mano. Sus huesudos nudillos magullan la poca grasa infantil que me queda en las palmas de las manos—. Sé lo que debemos hacer.

Gira la cara hacia mí e intenta soltarse, pero no lo consigue. A quince pasos de nosotras, un hombre de mandíbula prominente se saca un llavero del bolsillo y abre la puerta del CETI.

—Suéltame —me dice.

Forcejeamos y tiramos la una de la otra. Zahra intenta zafarse. Una madre pasa y nos mira con expresión cautelosa, con ojos aún entornados de sueño. En el bolsillo se le marca un paquete de tabaco.

—Te digo que lo sé —insisto.

Zahra me empuja las manos y se rodea las muñecas con los dedos como si fueran unas esposas.

—¿Sabes lo que nos habría pasado si no hubieran abierto el camión? —me susurra—. ¿Te haces una idea?

Aprieto los nudillos de Zahra con los míos, y la sal mojada de su sudor me embadurna las manos. La mañana húmeda me acaricia las ampollas rojas y blancas de las piernas, las huellas del frío. Zahra me mira y aparta mis manos de su muñeca como pulseras invisibles. La cicatriz ondea en su mandíbula igual que un moratón en la piel de una aceituna, como esas ampollas que me dejarán pálidos ópalos de piel cicatrizada en las pantorrillas. Pienso que la vida dibuja sangre y deja sus piedras preciosas en nuestra piel.

Como las de mi madre, las venas en los ojos inyectados en sangre de Zahra son un mapa del miedo.

—No puedes ir sin mí —le digo.

Abro las piernas y apoyo la mano en el brazo de Zahra. Tiro de ella hacia mí y la aparto de la puerta.

—Suéltame. —Forcejea conmigo. Arrastramos polvo con las zapatillas—. ¡Suéltame!

—¡Eh! —La madre interviene y nos separa—. ¿Qué pasa aquí?

Zahra se dirige a la puerta.

—Mi hermana quiere dejarme aquí sola —le digo.

No funciona.

—Si tiene que hacer algo, aquí te vigilaremos —me contesta la madre.

La mujer me agarra con fuerza del hombro. Veo a Zahra cruzar la entrada del CETI y desaparecer.

—Tu hermana volverá —me dice la madre.

—Tú qué sabes —le contesto.

La mujer me mira y se ríe.

—Los pequeños siempre son los que tienen la boca más grande.

—Se saca el paquete de tabaco del bolsillo.

—Voy con ella. —Me dirijo a la puerta moviendo la bolsa—. Necesita mi ayuda.

—¡Eh, oye! —La madre agarra la correa de mi bolsa—. Las niñas no pueden salir solas del CETI. El desayuno es a las ocho. Hasta esa hora puedes ver la tele en el comedor.

La compresa que llevo entre las piernas es un bulto pesado y áspero. Por encima del labio superior, la madre tiene una ligera capa de vello, como la que empezó a salirme a mí en las últimas semanas. Me rasco la barriga por dentro de los pantalones cortos y sé que no volveré a ponerme un cinturón con hebilla metálica.

—No soy una niña —le digo.

La madre se coloca las manos en las caderas.

—Entonces sube conmigo.

Sigo a la mujer hasta un despacho. Abre un escritorio, saca unos caramelos y me los tiende.

—Toma —me dice—. Son dulces.

Los nervios me golpean las costillas. Tengo demasiada hambre para decirle que no, así que quito el envoltorio a un caramelo y me lo meto en la boca. Pero hace tanto tiempo que no me como un caramelo que en lugar de chuparlo lo mastico. La madre se ríe.

—Hemos estado de viaje mucho tiempo —le digo con la boca llena—. No siempre hemos tenido comida.

—Pobrecita —me dice la madre, y aunque no parece impresionada, sé que de verdad lo siente por mí—. Todo eso ya pasó. Podrás comer tres veces al día, y mañana vendrá el autobús a llevar a los niños al colegio. Aquí estás a salvo.

—Pero tengo que irme —le digo—. Tengo que encontrar a mi tío, que vive en Ceuta...

Veo una espiral verde azulada y destellos grises cuando una voz se eleva desde el patio hasta la ventana. Giro la cabeza hacia la ventana siguiendo los colores. El verde azulado y el gris son de una voz gutural que no puedo olvidar. Brota de las costillas y de los omoplatos de un chico larguirucho que está debajo de la ventana, junto a la puerta del CETI.

—¡Yusuf! —Corro hacia la ventana. Intento abrirla, pero está bloqueada. Golpeo el cristal—. ¡Yusuf!

Sus rizos negros vuelan hacia la entrada del CETI mientras saluda a un vigilante. Luego cruza la puerta y deja caer los hombros con las manos en los bolsillos. Aún va con la camiseta gris que llevaba puesta cuando lo vi alejarse por una calle de Bengasi.

Corro hasta la puerta y bajo la escalera. Estoy a medio camino cuando la madre llama a los vigilantes. Los policías llegan corriendo y se detienen al pie de la escalera.

Me doy la vuelta, subo a la carrera y paso junto a la madre.

—¡Oye! —me grita—. ¡No corras! ¿Me oyes?

Un vigilante me agarra. Me aparto hacia un lado y me doy un golpe en el muslo contra la pared del barracón. Algo se rompe dentro de mi bolsillo, pero no tengo tiempo para ver qué es.

La escalera del otro lado del barracón está plagada de vigilantes. Las ventanas se llenan de caras curiosas de familias del CETI. Los que están jugando al fútbol en el patio se detienen y miran hacia arriba.

Corro a lo largo de la barandilla del primer piso buscando otra manera de bajar. Llego a un sitio con un par de tendales atados desde la barandilla a un balcón. Debajo veo el tejado plano de un barracón.

La madre y los vigilantes corren hacia mí resoplando. Por encima de sus cabezas, un pájaro gris y negro salta al aire desde un tejado con las diminutas garras curvadas.

¿Dónde está Zahra, vagando por el mundo que se tragó a mi familia y nos marcó a todos?

Me agarro a la barandilla y paso el cuerpo por encima. El metal está frío como el fondo de un río. Me aferro al tendal y salto.

Al principio aguanta mi peso. A medio camino del barracón, el tendal cede. Extiendo los dos brazos y me agarro al tejado. Al impulsarme hacia arriba me araño los codos en el hormigón.

Los vigilantes bajan corriendo la escalera hacia mí. Los hombres han extendido una alfombra en el patio para los rezos de la mañana. Los vigilantes corren por la alfombra y los hombres arrodillados me miran, silenciosos y confundidos.

Corro al otro extremo del tejado. El barracón llega hasta la valla verde que rodea el CETI. Al otro lado de la valla está la ladera de una colina, con arbustos y pinos dispersos. Parece lo bastante cerca para saltar, con un poco de suerte y cogiendo carrerilla.

Debajo, entre la valla y la colina, hay un gran desnivel. Se abrió una zanja en el acantilado para levantar el muro del CETI, y la dejaron abierta. La zanja es de unos dos metros de ancha y más de seis de profunda.

—¡Para!

La madre corre hacia mí.

Retrocedo unos pasos.

—¡Baja! —me grita la madre—. Espera a que venga tu hermana. ¡Baja de ahí!

Doblo las rodillas y siento calor en las pantorrillas, llenas de ampollas.

Cojo carrerilla y salto desde el tejado, por encima de la valla y de la zanja. Vuelo por los aires moviendo las piernas y con los brazos extendidos para llegar a la ladera. La luz del sol se enreda en mi centímetro de pelo, y mis cicatrices se alargan.

Es lo contrario a estar en los arbustos oscuros. La electricidad aporrea todos los huesos de mi cuerpo. Palpito de calor. Estoy viva.

Aterrizo con fuerza y la bolsa me da un golpe entre los omoplatos. Resbalo unos metros por la colina y me agarro a las raíces de un pino. Gateo arañando la tierra con las uñas y esparciendo hojas de pino naranjas.

Corro hacia el bosque y dejo atrás los gritos.

Salgo a la carretera que da a la entrada del CETI. No sé a qué distancia estoy ni dónde he ido a parar, pero sigo adelante. Mis zapatillas gastadas golpean el pavimento, y el asfalto me quema las durezas de la planta de los pies. Estoy rodeada de un bosque de pinos. Presto atención por si oigo la voz verde azulada y gris, cualquier voz. No oigo nada.

Me paro para recuperar el aliento. Grito: «¿Yusuf?».

Unos pájaros blancos cantan desde la costa, cruzando el estrecho.

Lo he perdido.

Oscilo de un lado a otro del camino mirando el bosque. Me subo a la rama de un árbol para ver mejor la carretera, pero no llego a las ramas más altas.

Me coloco las manos alrededor de la boca y grito. «¡Yusuf!»

Mi voz resuena entre los troncos de pino.

Me siento en medio de la carretera y meto la cabeza entre las rodillas. Agujas de pino caídas se me pegan a los pantalones cortos y a los cordones de las zapatillas.

Meto la mano en el bolsillo, siento trozos de madera y me corto el dedo con algo metálico. Mascullo, hago una mueca de dolor y saco los trozos de la navaja rota de Yusuf. Al chocar contra la pared del barracón, el impacto ha debido de romper la madera y el acero. Me sangra el dedo.

Siento lágrimas calientes en la garganta. Si hubiera sido más rápida, si hubiera sido más lista, si hubiera sido más grande... Me he sentido muy grande volando por los aires. ¿Por qué me siento tan pequeña?

Oigo crujidos de pasos en el asfalto. Me vuelvo apoyando una mano en el pavimento.

—¿Nour?

Una voz verde azulada y gris. Una camiseta gris. Una barba de tres semanas.

—¡Yusuf!

Me levanto y corro. Choco contra Yusuf en medio de la carretera. Los pinos dejan caer sus agujas en la brisa, y la sal espesa el aire.

Aprieto la cara contra su camiseta. Oigo los latidos de su corazón en su estómago.

—Creía que lo había soñado —le digo. La hoja de la navaja de Yusuf me arde en la palma de la mano—. Creía que nadie se acordaba de nosotras.

Yusuf me pasa un brazo por los hombros y se inclina para pegar la mejilla a mi oreja.

—Entonces tenemos que recordarnos el uno al otro —me dice.

—Pero has llegado hasta aquí —le digo—. ¿Cómo?

—En Libia había demasiados enfrentamientos armados —me dice Yusuf—. ¿Habíamos hecho todo aquel camino para volver a oír disparos por la noche? Así que seguimos adelante. Viajar por mar era muy peligroso, pero podíamos seguir por el oeste. Decidimos trasladarnos a España. Ceuta era el único lugar posible.

—Tengo que encontrar a mi tío Ma'mun —le digo—. Mi madre dijo que vive aquí, o vivía.

—Mi madre, mi abuela y Rahila están en el comedor del CETI —me dice. Hace una pausa—. ¿Y tus hermanas?

Me enjugo el sudor de la cara con el dorso de la mano.

—Zahra está en la ciudad. Huda...

Me coge de la mano.

—Vamos por partes —me dice—. Vamos a buscar a Zahra.

Andamos hasta que el bosque se retira de la carretera, y la ciudad se extiende por debajo de nosotros. El puerto se curva como una mano abierta. Los edificios son cajas de cerillas blancas, amarillas y rosas. Las gaviotas vuelan por encima de nuestras cabezas. La sal se me pega al pelo, lo ahueca y forma pequeños rizos.

Al fondo de la carretera, una figura avanza lentamente hacia la ciudad, con los dobladillos de los vaqueros deshilachados y las suelas de las zapatillas negras.

—¡Zahra!

Bajamos la colina gritando. Zahra se vuelve. Al vernos, se aprieta la cara con las dos manos y luego las extiende hacia delante, como si quisiera coger algo que Dios hubiera dejado caer.

Yusuf y yo llegamos hasta ella y nos agarramos por los hombros y por la cintura riéndonos. Nos caemos juntos a un lado de la carretera, con los brazos y las piernas enredados, unidos por la alegría.

—¿Cómo has llegado hasta aquí? —Me mira dos veces antes de verme—. Te dije que te quedaras en el CETI.

Yusuf sujeta con fuerza a Zahra con el brazo. Se arrodillan uno frente al otro, con la cabeza a la altura de mis hombros.

—Cruzamos la frontera hace tres noches, en grupo —dice Yusuf—. Mi abuela y Rahila entraron en maleteros de coche, una detrás de la otra, pero a mi madre y a mí nos obligaron a dar media vuelta. Estábamos desesperados. Entramos en el puerto en un bote de remos. —Desvía los ojos al estrecho y parpadea—. He pedido asilo para todos nosotros.

Zahra sonríe, una de esas sonrisas estupefactas que podrían acabar tanto en risas como en lágrimas. El mar hierve bajo sus ojos.

—¿Sabes lo que significa? —Yusuf acerca la frente de mi hermana a la suya, como si lo que intenta decirle pudiera atravesarle la piel hasta los huesos—. Me quedo. Si tu familia puede pedir asilo, si podéis quedaros también...

Zahra, aún arrodillada en la hierba, abraza y besa a Yusuf. Luego me acerca y me besa en la cabeza, donde el pelo, en el que se intuyen pequeños rizos, se me ha manchado de tierra. El aire es ácido por la sal y el sudor.

Los tres nos separamos y nos levantamos. Miramos la ciudad, con sus grupos de casas como perlas, huesos de aceitunas y arcilla roja.

—¿Qué hacemos ahora? —pregunta Zahra.

Levanto el azulejo de mi colgante y saco la hoja de la navaja de Yusuf. Corto el cordón plateado. El trozo redondo de azulejo azul y blanco me cae en la mano.

—Encontrar al tío Ma'mun.

Bajamos a la península desde el bosque, hacia los edificios de estuco y yeso. Esquivamos las bicicletas en calles bordeadas de palmeras y estrechos callejones. Vemos la playa desde casi todas partes, la costa con sus piedras como cristal tallado. Pasamos por balcones blancos de hoteles. Pasamos por parquímetros y vallas. Pasamos por jardines de rosas.

Recorremos la ciudad durante toda la tarde, pero no encontramos ninguna casa con una fuente de azulejos azules y blancos.

Vemos la puesta de sol desde lo alto de una colina. Me siento bajo un naranjo, con las piernas extendidas en la acera, y contemplo el círculo del sol. Aprieto el trozo de azulejo en la mano. ¿Dónde están mi madre y Huda esta noche? ¿Alguien las ha enterrado como Rawiya y sus amigos enterraron a Bakr? Sé que al final Dios los escuchó a ambos igual, que los amaba a los dos igual aunque sus oraciones fueran diferentes. Me pregunto si quien los enterró lo sabía.

Desde aquí los sonidos de la ciudad parecen distantes. La calle se aleja de nosotros. Detrás, en lo alto de la colina, hay casas más grandes y más antiguas, de esas que tienen patios, jardines cercados y elegantes tejados. Las miro por encima del hombro. Lo único que veo es nuestra casa de Homs, de la que Zahra aún tiene la llave, y nuestro techo roto.

Zahra y Yusuf se sientan a mi lado, frente al mar. Viejos álamos estiran los brazos entre los edificios, como si la ciudad creciera a su alrededor cuando nadie mira. La noche procede de Siria, al este. En algún lugar, Itto dirige su camello hacia la oscuridad.

Yusuf se inclina hacia mí.

—Quiero mucho a tu hermana —me dice—. Quiero que seamos una familia.

Levanto la cara de los adoquines.

—Me gustaría mucho. —Saco los trozos de su navaja—. Lo siento. La llevé cuando cruzaba el desierto en el camión de fruta y se manchó de pulpa. Y luego choqué con una pared antes de saltar y se me rompió en el bolsillo.

Yusuf coge los dos trozos del mango y la hoja doblada, y observa la madera y el acero deslustrado. Une los dos trozos de madera con el metal en medio, y la navaja vuelve a ser una navaja. Abre la mano y sopesa en la palma la navaja arreglada como si estar roto no fuera algo que te destruye.

Sonríe.

—La pulpa de fruta no es nada —me dice.

Colina abajo, el mar está jaspeado de olas espumosas. Zahra se inclina y coge una piedra de la acera.

—¿Sabes de dónde viene el nombre árabe de Ceuta? —me pregunta.

Niego con la cabeza.

—En árabe, Ceuta es Sabta —me dice—. Viene del latín *septum*, que significa «siete».

—¿Por qué?

—Porque la ciudad está construida sobre siete colinas.

Zahra lanza la piedra al bordillo de la acera.

—No lo sabía.

Pienso en las siete hermanas de las Pléyades y me siento encima de las piernas para ver más. Los adoquines se mezclan en la distancia. A través de la neblina nocturna, el peñón de Gibraltar levanta la barbilla, perfectamente alineado con la calle.

—Pero lo que sé es que he contemplado esta vista antes —digo levantándome. La barriga me zumba de calor.

—No tiene gracia —me dice Zahra.

—No, conozco esta colina —le digo—. Es la colina de la historia, la colina en la que estaba la casa de al-Idrisi. Dijo que volverían a construir aquí, y así fue.

Corro en dirección contraria al sol, hacia las casas de la colina. Paso por jardines y palmitos, tejados adosados con antenas parabólicas, ventanas arqueadas y vallas de hierro. Corro hasta que me arde el pecho.

Giro una esquina y apoyo las manos en las rodillas para recuperar el aliento. Zahra y Yusuf corren detrás de mí. Recorro con los ojos las parcelas, grandes casas con muchas ventanas.

Frente a mí hay una casa con tres gabletes de piedra rosa. Junto a la calle hay una valla de hierro forjado con figuras de flores y pájaros de larga cola. Entre la puerta y la casa hay un jardín con una fuente.

—¡La veo!

Zahra sube por la colina.

—¿Qué ves?

—Veo la fuente. —Corro hacia la puerta—. Levantadme.

Yusuf me levanta por debajo de las axilas y me apoyo en la puerta. Paso las piernas por encima y salto al jardín. El sol, que acaba de introducirse en el mar por detrás de mí, proyecta largas sombras.

Delante de la casa, con una puerta de madera tallada, hay una vieja fuente rota, sin agua. Las palmeras y los helechos crujen. Los arrullos de las palomas que se preparan para pasar la noche son de color azul claro y púrpura.

Me acerco a la fuente. Miro por una ventana lateral de la casa, hacia un patio, pero no viene nadie. Apoyo las manos en el borde.

En el centro de la vieja fuente hay un hueco. Casi todos los azulejos son cuadrados, formando un bonito dibujo de flores y enredaderas en azul y blanco. Pero en el centro falta una baldosa circular. Solo hay rugoso cemento.

Salto dentro de la fuente. Extiendo la mano con mi trozo de azulejo y lo coloco en el hueco del centro.

Encaja perfectamente, salvo un trocito que falta en el lado izquierdo.

—Es aquí —susurro.

—¿Nour?

Zahra y Yusuf me esperan en la acera, mirando nerviosos.

Dejo el azulejo en la fuente y salgo en la oscuridad creciente. Me dirijo hacia la puerta de la casa. Por un momento recuerdo que no es posible construir cosas dos veces de la misma manera, y me pregunto si después de todo he resuelto las cosas, si nada en el mundo puede seguir siendo como fue.

Aun así llamo.

Sale un hombre alto con una barriga redonda. Tiene poco pelo alrededor de las orejas, como mi padre, grandes ojos castaños y largas pestañas. Al principio estoy segura de que lo he visto antes, su cara me suena mucho. Pero luego me mira fijamente en las sombras, frunce el ceño y dudo de mí misma.

—¿Sí? ¿Quién eres? —me pregunta en español.

Intento decirle mi nombre, pero no me sale nada. En la boca del estómago algo me susurra que me equivoco, y el miedo me convierte en piedra la garganta y los pulmones.

Levanto la barbilla y fuerzo una sonrisa. Me sale un nombre.

—Rawiya.

—¿Rawiya?

El hombre lo repite como si el nombre que le he dicho le hubiera refrescado la memoria. Se inclina hacia mí y los últimos rayos de luz lo atrapan. Lleva un grueso jersey de punto y un pañuelo al cuello, como un marinero mirando el mar. Hace días que no se afeita la barba, que le ha crecido desordenadamente y se extiende por sus mejillas como glicina, se le enreda en las patillas y se le introduce por el cuello del jersey.

Mira hacia la calle y ve a Zahra y a Yusuf agarrados a la puerta. ¿Tiene los ojos y la nariz de mi padre, o solo son imaginaciones mías?

—He arreglado la fuente. —Olvido hablar en español, pero me mantengo firme, chupándome la sal de los labios—. Mi madre me dio el azulejo que faltaba.

—¿El azulejo? —me pregunta el hombre.

—Dijo que es difícil hacer algo dos veces de la misma manera. —Levanto la cara—. ¿Tío Ma'mun?

—*Ya Allah!* —exclama—. ¿Nour? Te pareces mucho a tu padre. —Me abraza—. ¡Entrad! —grita a Zahra y a Yusuf. Se dirige pesadamente hacia la puerta—. *Hamdulillah!* Entrad. ¡Habéis llegado!

—¿Sabías que veníamos?

Lo sigo por los helechos.

El tío Ma'mun deja entrar a Zahra y a Yusuf y los abraza. Levanta a Zahra.

—No voy a dejar a mi familia en la puerta como si fueran vagabundos —dice—. Entrad.

Entramos. Los gorriones se quedan callados en el patio, con sus piedras frías y sus puertas arqueadas. El tío Ma'mun nos lleva a una cálida cocina; dejamos atrás una mesa que parece de madera arrastrada por el mar. El roce y los años han suavizado la madera, barnizada con aceite. Los nudos ondulan la suave madera. En algún lugar hay un guiso de pescado al fuego, que desprende ese olor cálido y embriagador que recuerdo de la cocina de Sitt Shadid, el olor a hogar.

El olor es tan reconfortante y familiar que me quedo rígida, clavada en el suelo y abrumada. La repentina sensación de seguridad hace que el corazón me martillee el pecho de alivio con tanta fuerza que creo que me voy a morir.

El tío Ma'mun nos empuja por la casa, y apretamos el paso. Vamos al piso de arriba y recorremos un pasillo al que dan varias habitaciones. Hay una puerta entreabierta, y la brisa marina se pega al marco. Lo primero que veo son las cortinas, de lino blanco y encaje. Luego se superponen en mi visión espirales de suave lavanda. Huele a rosas.

Siento un nudo en la garganta y trago saliva. Junto a la ventana, de espaldas a nosotros, hay una mujer sentada, mirando el estrecho.

Recuerdo a Huda en la cama del hospital de Damasco, con las vendas manchadas de sangre. Me acerco a la mujer. Trago aire buscando el olor a muerte, pero no me llega. Al principio, el intenso amarillo del olor a sal es abrumador. Luego me llegan el rojo y el violeta, el olor a granadas y a flores, el olor que las lágrimas de mi madre absorbieron en Manhattan.

—¿Mamá?

La mujer se vuelve.

—*Habibti!*

Corro hacia la ventana y al abrazar a mi madre nos enredamos en las cortinas. Ella me rodea con sus brazos y me mece pegada a sus costillas. Siento su anillo de ámbar en la nuca. Su olor lo invade todo, se mete entre mis pestañas y entre mi pelo corto. Es el olor de Siria, como si nunca hubiera salido de casa.

—He leído lo que había debajo —le digo con la cara pegada a su blusa—. Sé lo que nos pasó. Me sé la historia de memoria.

—Para eso no necesitabas un mapa —me dice mi madre con los labios sobre mi cabeza—. Tienes ese mapa dentro de ti.

No puedo reprimir la pregunta. Me aparto.

—¿Y Huppy?

Oigo una voz forzada detrás de mí.

—*Ya* Nouri?

Y me recorre un escalofrío, el mismo que sentí en la funeraria cuando vi el cuerpo de mi padre en la camilla. Lo primero que sentí, antes del pegajoso miedo a la muerte: el hormigueo de la sangre descendiendo desde el cuero cabelludo, la alegría como un terror abrumador. Como si la tierra de los muertos se hubiera retorcido para expulsar a los vivos.

Me vuelvo hacia la voz. En una cama individual hay una chica tapada con una manta de color amarillo claro. Los pliegues le cubren el hombro izquierdo. Lo primero que reconozco no es su delgada cara, ni sus ojos, más viejos que nunca. Lo primero que reconozco es el dibujo de su pañuelo, durante mucho tiempo cubierto de manchas de polvo.

Las rosas.

—¡Huppy!

Me aferro a ella, y detrás de mí Zahra grita algo que no son palabras. Me tiro en la cama y pego la mejilla al pañuelo de Huda. Inhalo y sé de dónde venía el olor púrpura a flores. Me llegó el olor a rosas por Huda.

Huda me rodea con el brazo, con el hombro izquierdo aún debajo de la manta. Me acerca a su pecho.

—*Hamdulillah* —dice mi madre. Gracias a Dios. No contesta a las preguntas de Zahra—. Cuando aún estábamos en el hospital, nos dijeron que habíais muerto. *Ya Allah*, cuando dispararon al barco de ayuda, pensé...

Mi madre se levanta y se sienta a los pies de la cama. La brisa introduce el mar por la ventana y retuerce las cortinas.

—Vuestra madre y vuestra hermana corrieron un gran peligro —dice el tío Ma'mun—. Cruzaron el desierto con contrabandistas.

—Cuando la operaron y salimos del hospital —dice mi madre—, Argelia había cerrado la frontera con Libia. Nos metimos en un camión con otras familias. Nos pararon en la frontera tunecina y nos hicieron volver. La segunda vez cruzamos por el desierto. Lo conseguimos. Muchos no lo lograron. Echaban arena en la comida. Echaban gasolina en el agua para que no bebiéramos tanto. —Mi madre apoya la boca en la mano y desvía la mirada—. Pero ahora ya no importa.

El tío Ma'mun acerca una silla a la cama.

—Os esperé durante meses —dice—. Tenía la esperanza de que vendríais.

—Vuestro tío Ma'mun ayuda a personas que no tienen nada —dice mi madre—. Las ayuda a encontrar un sitio donde vivir, se asegura de que tengan comida para su familia y las ayuda con los papeles. Pero algunos se enfadan. Creen que somos peligrosos. Los asustamos.

—Yo no quería asustarlos —digo. Hundo la cara en el hiyab de Huda—. Solo quería volver a casa.

El tío Ma'mun inclina la cabeza y apoya las manos en el regazo. Cuando levanta la mirada, sus ojos son redondos y están húmedos, como los de un poni, pero la risa sigue escondida en lo más profundo de ellos.

—Estás en casa —me dice.

Me doy la vuelta para abrazar otra vez a Huda y le retiro la manta del hombro. Pero su brazo izquierdo ha desaparecido. Debajo del bíceps no hay brazo, hay una venda, y la manga está cuidadosamente doblada. Si me concentro, puedo imaginarme la estilizada curva de su codo y su suave mano de delgados dedos.

—La infección estaba extendiéndose hacia el corazón —me dice Huda. Se mueve en la cama. Su bíceps se flexiona debajo de la manga doblada para equilibrarse—. Dijeron que sería menos doloroso y menos peligroso. Muchos médicos habían huido o los habían matado.

—El hospital estaba desbordado —dice mi madre acercándose a mí—. A veces no teníamos luz ni medicinas.

Me pongo de rodillas y siento el picor de las sábanas en las ampollas de las pantorrillas. Toco el hueso por encima de las vendas de Huda. Debajo hay cicatrices como las mías, peores que las mías. Para sacar el metal de su cuerpo tuvo que renunciar a una parte de ella.

—Ya no tienes metal dentro, ¿verdad? —le digo.

Con el brazo derecho, Huda acerca mi cabeza a su clavícula y su hombro izquierdo se inclina hacia mí como si el brazo siguiera en su lugar.

—Las cosas no serán como antes, pero sigo siendo tu Huppy —me dice mi hermana.

Me aferro a Huda y siento el punto en el que sus costillas

se encuentran, cerca del corazón. Su sangre y la mía nos tamborilean en la nuca y en los dedos.

—Habría dado mi brazo —le digo—. No me importaría tener más cicatrices a cambio de que tú tuvieras menos.

Huda me acaricia el hueso en el que el cuello desciende hacia los hombros.

—En la vida hay cosas peores que las cicatrices —me dice. Apoya la palma de la mano en mi corto pelo manchado de tierra—. Que haya tenido que perder los huesos que me rompió la metralla no significa que tenga todos los huesos rotos.

El dolor de la sangre de mi barriga me sube hasta el corazón.

—Yo tampoco.

El viento salta hacia el estrecho, más allá de la península. Deja atrás las casas de estuco y los bosques de pinos, y arrastra la sal de mis palabras.

El último espacio vacío

Al día siguiente, Rawiya y Jaldún se marcharon de la casa de la madre de Rawiya, en Benzú, para ir a ver cómo estaba al-Idrisi y darle las buenas noticias. Volvieron a recorrer la carretera de la costa, entraron en la ciudad y llegaron a su casa hacia el mediodía.

Lo encontraron esperándolos en el jardín. Habían arreglado la fuente, que burbujeaba y murmuraba. El agua salpicaba los helechos que rodeaban la pileta de azulejos.

Caminaron por la finca; de vez en cuando se detenían para que al-Idrisi recuperara el aliento.

—Hemos vivido aventuras maravillosas, ¿verdad? —dijo al-Idrisi—. Hemos visto lugares fantásticos, cosas sobre las que había leído, pero que nunca había visto. Cosas que nunca había soñado ver.

—Encontramos tesoros inimaginables —dijo Rawiya—. Cartografiamos el mundo, sobrevivimos a una guerra y acabamos con la tiranía del ruc en ash-Sham y en las costas del Magreb para las generaciones venideras.

—Según dicen los poetas —dijo Jaldún—, la muerte del ruc, del águila más grande, fue predicha hace cientos de años. Ahora ha desaparecido de la tierra dejando tras de sí solo a las águilas blancas.

—La leyenda se ha cumplido y ha llegado a su fin —dijo al-Idrisi.

—¿Qué leyenda? —preguntó Rawiya.

—Vega. La estrella que llaman Waqi, «la gran águila que cae en picado». —Al-Idrisi señaló el cielo azul, donde giraban las invisibles estrellas—. La gran águila cayó. La leyenda de Vega se ha cumplido. —Sacó el astrolabio del bolsillo de su túnica—. Esto es lo único que queda del ruc —dijo señalando la forma de un pájaro en la red del astrolabio, el símbolo que indicaba Vega—. Pero nosotros, que sabemos la verdad, transmitiremos la leyenda a las generaciones venideras y contaremos la historia de su poder, su fuerza y su tiranía, y también la historia de cómo la tiranía llegó a su fin.

Volvieron a la fuente. Rawiya y Jaldún ayudaron a al-Idrisi a sentarse en el borde. Contemplaron las casas blancas y amarillas de la península, abajo, y más allá, la mano abierta del mar.

—Pero ¿cuál es la lección? —le preguntó Rawiya—. ¿Qué puede aprenderse de todo esto, de esta aflicción y este caos? Vimos el magnífico mundo herido, sus montañas, sus ríos y sus desiertos. ¿Tiene algún sentido?

Al-Idrisi se rio y tendió a Rawiya el astrolabio. El sol brillaba en la red grabada y la plata cambiaba como si fuera encaje. Rawiya lo cogió. El grueso disco le calentó la mano, como tantos años atrás.

—¿Debe haber una lección? —le preguntó al-Idrisi—. Quizá sencillamente la historia sigue adelante. El tiempo sube y baja como un pulmón que no deja de respirar. El camino va y viene, y el sufrimiento con él. Pero las generaciones de hombres, algunos buenos y otros crueles, se suceden bajo las estrellas.

Sitt Shadid acepta venir con nosotros hasta la entrada al muelle, pero no más allá. Nos dice adiós con la mano.

—Os esperaré aquí, *habibti* —me dice en árabe, y se sienta en un banco, debajo de una palmera—. No tardéis. Tu madre y tu tío no tardarán mucho en tener la comida preparada.

Zahra, Huda y yo nos dirigimos al muelle de La Puntilla, más allá de los búnkeres de techo rojo y los montones de barras de acero y alambre. Estamos en el segundo fin de semana de octubre, y las pardelas han empezado a emigrar. El aire está lleno de plumas marrones y blancas. Rellenan las grietas entre las siete colinas de Ceuta como el pegamento entre las siete estrellas de las Pléyades.

En algún lugar de la colina, cerca del puerto, mi madre está en la cocina del tío Ma'mun pintando mapas de nuevo, y él está limpiando un dormitorio del piso de arriba para las dos refugiadas que han llegado a primera hora de esta mañana, Aisha y Fátima. Después de arrodillarse para rezar al mediodía, mi tío Ma'mun les explicará cómo pedir asilo entre tazas de té y cuencos de lentejas y de burghul. La luz entrará por las cortinas y la neblina de estas horas de la mañana amortiguará las bocinas de los coches.

Paso corriendo por las defensas de neumáticos encadenados en el muelle hasta el final del embarcadero. Al otro lado de la entrada al puerto está el muelle Alfau, que se acerca a nosotros como un brazo.

Me siento al final del muelle, balanceo las piernas por encima del agua verde, y el sol se refleja en los óvalos de tonos rosas de mis cicatrices. Zahra y Huda se sientan a mi lado. El mar se mueve como un ser vivo y raspa madera y cemento. Es un arcoíris de murmullos sordos.

—Ojalá Yusuf pudiera ver esto —dice Zahra.

La sal se enreda en sus rizos.

Toco los soportes de madera del muelle, uno detrás de otro.

—Seguro que te lo ha pedido.

Zahra sonríe y se coloca un mechón de pelo detrás de la oreja.

—Mamá me dijo que antes le pidió permiso. Le contestó que no dependía de ella.

—¿Vas a casarte con él? —le pregunto—. ¿Cuando acabes el colegio?

Zahra mira las nubes. Su pelo acaricia la ligera cicatriz de su mandíbula.

—Creo que dentro de mí ya dije que sí el primer día en Ceuta, cuando lo vi bajando la colina —me dice mi hermana.

Sus palabras parecen sorprendidas, como si salieran de la boca de otra persona.

Huda señala con la mano derecha.

—Desde aquí se ve la España continental.

Tarifa es una franja azul en el horizonte, las costillas de montañas bajas. ¿Cuántas millas de agua hay entre Europa y África? Las olas del espejo verde del mar retuercen mi reflejo. Pienso en que el agua, como la tierra, lo toca todo. Una piedra lanzada al East River podría resonar en el estrecho de Gibraltar.

Muevo la media piedra verde y púrpura en el bolsillo. En algún lugar del mar, Abú Sayid tiene aún su piedrecita plana, la que guardaba para su hijo. ¿Alguna vez Dios nos ha hablado a través de las piedras?

El cemento está caliente debajo de nuestros muslos, y el sol cae sobre nuestros hombros morenos.

—¿Aún lo tienes? —me pregunta Huda—. ¿El mapa de historias de mamá?

—Claro —le contesto—. Por supuesto que sí.

Los veleros cortan el agua, inclinados por el viento.

Balanceo las piernas.

—Me pregunto si todos los mapas son historias.

—O todas las historias son mapas —dice Huda.

Muevo la media piedra en mi bolsillo.

—Quizá nosotros también somos mapas. Todo nuestro cuerpo.

Zahra se inclina hacia atrás y extiende los brazos en el muelle.

—¿De qué?

Me inclino sobre el agua y veo mi cara. Las olas me estiran los ojos y la nariz. Por un efecto de la luz, veo la cara de mi padre.

—¿De nosotros mismos?

—Tus preguntas cuelgan sobre mi cabeza. —Zahra se ríe y se estira—. Vamos. Sitt Shadid nos espera.

—Ya voy.

Me saco la media piedra del bolsillo. No espero oír la voz caramelo y roble de mi padre. Abro la mano y dejo caer la piedra al mar. Se hunde lentamente. Parece latir, como si hubiera tirado un corazón.

Volvemos. Una bandada de pardelas aparece por encima de nuestras cabezas en dirección al estrecho, y miles de alas zumban en el aire. Sus vientres blancos pasan por encima de nosotras, y por un segundo solo oímos sus alegres gritos.

En casa, Zahra ayuda a mi madre a secar los pinceles. Rahila ayuda a Umm Yusuf a colocar los platos de cerámica azul, y Yusuf y Sitt Shadid abren las cortinas para que entre la luz.

Paso por la cocina de camino a mi habitación. El tío Ma'mun está sentado a la mesa con Aisha y Fátima, con papeles dispersos y tazas de té de salvia entre ellos. Las mujeres se vuelven para sonreírnos a Huda y a mí. Aisha mete dos delgados dedos en el asa de su taza de té, con dibujos de peonías. Un botón de la chaqueta de Fátima es distinto de los demás, y reconozco el plástico blanco de los botones de la blusa de mi madre. Mi madre debe de habérselo cosido esta mañana. En la pequeña cocina hace calor.

—Venid, sentaos —dice el tío Ma'mun—. La comida está casi lista.

—Volvemos enseguida. —Entrelazo los dedos a los de Huda—. Quiero mostrarle algo.

—*Ya'amo!*—grita el tío Ma'mun riéndose mientras subimos la escalera—, ¡siempre estás corriendo! ¿Adónde vas con tanta prisa?

—Un minuto.

Tiro de Huda hasta mi habitación y abro la puerta de madera.

Hasta aquí arriba llega el olor del mar y del bosque de pinos. Cojo la bolsa de arpillera de la esquina, saco el mapa y desenrollo el lienzo.

—Mira —le digo a Huda—. Aún lo tengo. Lo habría colgado, pero no llego.

Huda sonríe. En realidad, su hiyab nunca ha dejado de tener polvo. Las rosas han perdido el color, una de esas cosas que has amado y se han deteriorado.

—Yo sí llego —me dice.

Elegimos un espacio vacío en la pared, encima de mi cama. Huda sujeta la esquina superior izquierda con la mano derecha mientras yo coloco el mapa. Lo colgamos juntas y alisamos las esquinas arrugadas.

Me tumbo en la cama con las piernas en la pared, y Huda se sienta a mi lado. Me miro las rodillas, que ya no son tan huesudas. Ahora tengo los dedos de los pies lo bastante largos para llegar al mapa.

El lienzo asoma en una esquina por debajo de una mancha de pintura. La tela del mapa es del mismo color gris rosado que las rosas de Huda.

Ese punto en blanco vuelve a llamar mi atención. Es el único que mi madre no llenó de color o palabras.

Huda sigue mi mirada.

—¿Qué ves? —me pregunta.

—Lo que falta.

Cojo un bolígrafo y le quito el capuchón. La brisa agita las esquinas del mapa, y plumas blancas de pardela caen sobre el alféizar como nubes diminutas. Acerco el bolígrafo al último espacio vacío. Aprieto la mano y lo relleno.

Nota de la autora

Este libro es una obra de ficción. Los personajes de al-Idrisi y el rey Roger se basan en personas reales —el califa az-Zafir, mencionado brevemente, también fue un califa fatimí en El Cairo de 1149 a 1154—, pero todos los demás personajes son ficticios, incluidos los de la parte contemporánea. Cualquier similitud con personas reales, vivas o muertas, es pura coincidencia. Ninguno de los personajes y las situaciones de la parte contemporánea se basa en mi vida o mis experiencias, y tampoco en las de mi familia.

Rawiya es producto de mi imaginación, una de las ventanas a través de las cuales esperaba mostrar a los lectores un período histórico extraordinario. Al-Idrisi fue un erudito y cartógrafo, nacido en Ceuta hacia 1099, que colaboró con el rey normando Roger II en Palermo para crear, en 1154, lo que se conoce como la Tabula Rogeriana, el mapa del mundo más preciso hasta aquel momento, así como *al-Kitab ar-Ruyari* (*El libro de Roger*) y el planisferio de plata. No está claro qué parte del conocimiento del mundo de al-Idrisi procedía de relatos de primera mano de sus viajes, ya que buena parte de la información que contenía *al-Kitab ar-Ruyari* se basaba en relatos de otros viajeros y comerciantes que pasaban por Palermo, aunque al-Idrisi viajó mucho, incluido un viaje a Anatolia (en la actual Turquía) cuando era adolescente. Según mis investigaciones, no está claro si al-Idrisi se casó y tuvo hijos, ya que los detalles sobre su vida personal son escasos. Las alusiones a su vida familiar en este libro son especulaciones mías.

La Tabula Rogeriana de al-Idrisi tenía el sur en la parte superior, en efecto, como era común entre los cartógrafos árabes de la época. Durante muchos años, los mapas de al-Idrisi se consideraron los más precisos del mundo. A lo largo de tres siglos los copiaron sin modificarlos. *Al-Kitab ar-Ruyari* o *Kitab Nuzhat al-Mushtaq fi Ijtiraq al-Afaq* (que suele traducirse libremente del árabe como *El libro de gratos viajes a tierras lejanas*) se tradujo en su totalidad al latín y al francés, y se tradujeron fragmentos a varias otras lenguas. El manuscrito se conserva en la actualidad en bibliotecas de todo el mundo, aunque hay pocos ejemplares y son difíciles de encontrar. Puede consultarse una copia digital de un manuscrito árabe de 1592 sin mapas en las colecciones digitales de la biblioteca de la Universidad de Yale (<http://findit.library.yale.edu/catalog/digcoll:177851>).

Agradezco haber tenido la oportunidad de estudiar análisis y extractos del *Kitab Nuzhat al-Mushtaq* traducidos al español y al catalán en la obra de Juan Piqueras Haba y Ghaleb Fansa («Cartografía islámica de Sharq Al-Ándalus. Siglos x-xii. Al-Idrisi y los precursores», *Cuadernos de Geografía*, 86, 2009, pp. 137-164; «Geografia dels països catalans segons el llibre de Roger d'Al-Sarif Al-Idrisi», *Cuadernos de Geografía*, 87, 2010, pp. 65-88), así como en las descripciones incluidas en *Palestine Under the Moslems*, traducidas al inglés por Guy Le Strange, publicadas originalmente en 1890 por A.P. Watt, Londres, y en *The History of Cartography: Volume Two, Book One*, que se cita más adelante. Después de investigar en Ceuta, tuve la oportunidad de consultar trabajos académicos sobre la vida de al-Idrisi, traducciones de extractos del *Kitab Nuzhat al-Mushtaq* al español y descripciones de la Andalucía medieval recopiladas por el Instituto de Estudios Ceutíes en un libro titulado *El mundo del geógrafo ceutí al Idrisi* (Ceuta, 2011). Agradezco además haber tenido la oportunidad de acceder a la restauración (y la transliteración) de la Tabula Rogeriana de al-Idrisi por parte de Konrad Miller en 1927, disponible en la Biblioteca del Congreso (Idrisi y Konrad Miller, *Weltkarte des Idrisi vom Jahr 1154 n. Ch., Charta Rogeriana*, Stuttgart, Konrad Miller, 1928. Obtenido de la Biblioteca del Congreso, <https://www.loc.gov/item/2007626789/>). El *Mappae Arabicae* de Miller (*Mappae Arabicae: Arabische Welt- und Länderkarten*, I-III, Stuttgart, 1926-1927) también me resultó muy útil para interpretar la Tabula Rogeriana de al-Idrisi.

En cuanto al planisferio de plata, nadie sabe qué sucedió con él. Algunos dicen que lo fundieron o que desapareció tras el golpe contra el rey Guillermo, en 1160, seis años después de la muerte del rey Roger. Me temo que las especulaciones de la novela respecto de su posible supervivencia y su paradero, incluido el escondite en la isla de Ustica, no son más que eso, especulaciones meramente imaginarias.

En la narración de la historia de Rawiya y al-Idrisi, he hecho lo posible para que las localizaciones geográficas y las fechas de los eventos históricos fueran lo más precisas posibles, con las mínimas variaciones necesarias para ajustar la trama. Nur al-Din tomó efectivamente posesión de Damasco en 1154, cuando se le pidió ayuda para rechazar el asedio cruzado de Damasco durante la segunda cruzada, aunque el mítico ruc no tuvo nada que ver, por supuesto. En realidad, el ruc procede de *Las mil y una noches*, en concreto del cuento de Simbad el Marino, en el que también aparecen las serpientes gigantes. La conquista de Bilad ash-Sham por parte del ruc y su posterior derrota son invenciones mías meramente simbólicas, así como la leyenda de la piedra del ojo del ruc (aunque algunos aspectos de la piedra se basan en una piedra preciosa real). Esta «leyenda» mencionada en el texto se inspira en el cuento del pescador y el genio de *Las mil y una noches*. La inclusión de estos elementos de *Las mil y una noches* sirve para anclar firmemente la historia de Rawiya y al-Idrisi en las tradiciones narrativas del mundo árabe e islámico. Lamento decir que no hay ninguna leyenda que relacione al ruc con la estrella Vega. La relación la establecí yo apoyándome en el antiguo nombre árabe de la estrella: *an-Nasr al-Waqi*, «el águila que cae en picado».

Me interesa especialmente la astronomía antigua árabe e islámica, y he disfrutado inmensamente investigándola. Todos los nombres y las historias de las constelaciones que menciono se basan en datos reales. Como bibliografía complementaria sugiero las siguientes obras: «Bedouin Star-Lore in Sinai and the Negev», de Clinton Bailey, *Bulletin of the School of Oriental and African Studies*, Universidad de Londres, vol. 37, n.º 3 (1974), pp. 580-596 (<http://www.jstor.org/stable/613801>); *The History of Cartography, Volume Two, Book One: Cartography in the Traditional Islamic and South Asian Societies*, edición de J.B. Harley y David Woodward, University of Chicago Press (pdfs disponibles en: <http://www.press.uchicago.edu/books/HOC/HOC_V2_B1/ Volume2_Book1.html>), y *An Eleventh-Century Egyptian Guide to the Universe: The Book of Curiosities*, edición, traducción y notas de Yossef Rapoport y Emilie Savage-Smith, Boston, MA, Brill, 2014. Para más información sobre las tradiciones culinarias medievales en Oriente Próximo y el norte de África (incluidas recetas) sugiero *Medieval Cuisine of the Islamic World: A Concise History with 174 Recipes*, California Studies in Food and Culture n.º 18, de Lilia Zaouali y traducido por M.B. DeBevoise, con prólogo de Charles Perry (Oakland, CA, University of California Press, 2007). La investigación de ArchAtlas, del Departamento de Arqueología de la Universidad de Sheffield, me resultó muy útil para que la ubicación de khans y caravasares en la Siria del siglo XII fuera lo más exacta posible desde el punto de vista histórico (Cinzia Tavernari, «The CIERA program and activities: focus on the roads and wayside caravanserais in medieval Syria», ArchAtlas, versión 4.1, 2009, <http://www.archatlas.org/ workshop09/works09-tavernari.php>).

Los imazighen (singular: amazigh) son un grupo étnico del norte de África. El término *imazighen* engloba a varias comunidades diferentes, todas ellas marginadas a distintos niveles tanto por la arabización como por el colonialismo europeo, y en esta novela solo se alude brevemente a su historia. Sugiero encarecidamente que el lector busque literatura escrita por autores amazigh que detallen sus experiencias con sus propias palabras. Para empezar, recomiendo *We Are Imazighen: The Development of Algerian Berber Identity in Twentieth-Century Literature and Culture*, de Fazia Aïtel (Gainesville, FL, University Press of Florida, 2014) y las obras de Assia Djebar, especialmente *Fantasia: An Algerian Cavalcade*, traducida al ingés por Dorothy S. Blair (Portsmouth, NH, Heinemann, 1993).

No será necesario que recuerde al lector que la guerra de Siria y la crisis de los refugiados sirios son reales, y que los refugiados se enfrentan a una violencia y una injusticia terribles en sus intentos por encontrar seguridad. Las mujeres corren aún más riesgo, en especial el de violencia sexual. Un estudio realizado en marzo de 2017 por Save the Children llegó a la conclusión de que más del setenta por ciento de los niños sirios mostraban signos de estrés tóxico o estrés postraumático a raíz de la guerra que desde hace casi seis años sacude a su país (A. McDonald, M. Buswell, S. Khush y M. Brophy, «Invisible Wounds: The Impact of Six Years of War on Syria's Children»). A lo largo de este conflicto se han truncado infancias, se han destrozado sueños y carreras prometedoras, y se han roto familias. Espero que este libro sirva como punto de partida para entender y empatizar, y que los lectores busquen bibliografía adicional, especialmente de autores sirios.

Agradecimientos

Este libro no habría existido sin la ayuda de muchas personas a las que me resultaría imposible expresar toda mi gratitud.

Gracias a Trish Todd, este libro es mucho más sólido gracias a ti, y es un honor para mí que seas mi editora. Gracias por pulir la sal de la piedra y hacer de este libro el mejor posible. A todo el increíble equipo de Touchstone/Simon & Schuster, especialmente a Susan Maldow, David Falk, Tara Parsons, Cherlynne Li, Kaitlin Olson, Kelsey Manning, Martha Schwartz y Peg Haller, gracias por vuestro entusiasmo por este libro y por ayudar a traerlo al mundo. Gracias por convertir mi misión en vuestra misión.

Gracias a Michelle Brower, mi extraordinaria agente literaria: gracias por tu comprensión y por entender lo que este libro intentaba ser desde el principio. Gracias por defender incansablemente mi obra, por creer en mí y por hacer realidad mis sueños. Gracias también a Chelsey Heller, a Esmond Harmsworth, a todo el equipo de Aevitas Creative Management y a todos mis coagentes internacionales por trabajar para llevarlo a lectores de todo el mundo. Os agradezco profundamente vuestros esfuerzos.

Gracias a Beth Phelan, por crear el evento #DVPit en Twitter y por dar constantemente voz a escritores marginados. También agradezco infinitamente a Amy Rosenbaum que me encontrara vía #DVPit y me remitiera a Michelle, un acto de generosidad que nunca olvidaré. Gracias a mis amigos del #DVSquad por compartir conmigo este viaje. Estoy impaciente por tener todos vuestros libros en mis manos.

Gracias a mi familia de Voices of Our Nations Arts Foundation (VONA): Tina Zafreen Alam, Cinelle Barnes, Arla Shephard Bull, Jai Dulani, Sarah González, John Hyunwook Joo, Devi S. Laskar, Soniya Munshi y Nour Naas, por apoyarme, por animarme y por darme cabida, a mí y a mis obras. Gracias a Tina, Arla, John y Devi por leer partes de este libro y hacerme valiosos comentarios. Gracias, Elmaz Abinader, por tu aliento, por tu trabajo absolutamente vital y por reunir a nuestra familia del Political Content Workshop. ¡Te quiero, Poetical Content!

Gracias al Radius of Arab American Writers (RAWI), especialmente a Randa Jarrar, Hayan Charara, Susan Muaddi Darraj y el personal de *Mizna*, sobre todo a Lana Barkawi, por animarme cuando era una escritora en ciernes, por creer en mi trabajo y por acogerme en una comunidad de escritores a la que sé que pertenezco.

Gracias a las bibliotecas en las que me he inspirado y me he refugiado toda mi vida. Gracias a los profesores que me animaron cuando era una joven aspirante a escritora. Gracias a los editores que publicaron mis cuentos y defendieron mi trabajo desde el principio.

Gracias a mi abuela Zeynab. Gracias a mi familia y a mis amigos por quererme, apoyarme y creer en mí. Significáis para mí mucho más de lo que puedo expresar, por muchos kilómetros que nos separen. Ojalá algún día podamos celebrar la paz juntos, *insha' Allah*.